도시에서 살아남기

― 현대 도시성장소설 연구 ―

도시에서 살아남기

- 현대 도시성장소설 연구 -

김한식

역락

현재의 기원을 추적하는 작업은 주관적인 성격을 띨 수밖에 없다. 학계에서는 근대 형성기를 우리 삶의 기원으로 보는 관점이나 해방이나 분단을 그것으로 보는 관점이 널리 퍼져 있는 것 같다. 반면에 민족의 오랜 역사와 전통을 강조하는 일부의 시각은 이제 별 설득력을 얻지 못하고 있다. 한편, 기원을 찾는 일은 현재의 문제를 탐구하는 일과 무관하지 않다. 해결하기 어렵거나 고질화된 지금 문제의 '첫 단추'를 찾는 작업이라 할 수 있다.

일상이나 문학에서 내가 체감하는 현재의 기원은 1960년대이다. 그 당시의 청년들이 지금의 '기성'이어서인지 몰라도 나는 그들이 만들어놓은 세상에서 살고 있다는 느낌을 받는다. 그들은 흔히 말하는 산업화의 문을 연 세대이며, 도시의 삶을 당연한 것으로 여긴 첫 세대이다. 특히 그들은 도시 밖에서 태어나 도시로 이주하여, 일이나 돈 그리고 욕망을 좇으며 젊은 시절을 보낸 사람들이다. 이후 세대는 그들의 이념과 일상을 공기처럼 느끼고 살아왔다고 생각한다.

전쟁 이후 한국 소설이 전성기를 구가할 때 활약한 작가들도 이 세대에 속한다. 그들은 1940년 전후에 지방에서 태어나 대도시에서 유학 생활을 하고, 그곳에서 삶의 터전을 일군 사람들이다. 과거 도시 인구의 다수가 토박이가 아닌 이주자들이었다는 점에서 이들은 전형적인 도시인이라 할 수 있다. 이들 중에는 수십 년 동안 문단에서 권력을 행사해 온 사람들도 있다. 경제적으로도 이들은 가장 윤택한 세대에 속한다.

이 책의 1부는 이들 세대의 소설에 대한 관심으로 쓰였다. 지난 몇 년간 도시와 성장이라는 키워드로 중요 작가들의 소설을 검토해 보았다.

루카치의 개념에 의하면 근대 소설 대부분이 성장 소설일지 모른다. 성장 소설에 대해서는 그 밖에도 다양한 이론이 존재한다. 여기서는 도시로 몰려든 젊은이들의 도시 적응기를 '도시성장소설'로 규정하고 그 소설들의 특징을 살펴보려 하였다. 개성이 다른 여러 작가들이지만 그들의 소설에는 '생활', '생존', '성공'이라는 도시의 무의식이 담겨 있었다.

2부는 각기 다른 관점에서 쓰인 다섯 편의 논문으로 구성되었다. 『학원』이라는 잡지에 대한 글이 두 편, 황순원 소설의 개작과 관련된 글, 이기영 소설과 북한 소설에 대한 글이 각각 한 편씩이다. 최근 문학 연구가 작품을 둘러싼 환경에 대한 탐구로 나아가고 있다는 것은 주지의 사실이다. 작품을 미학적으로 분석하는 것이 어떤 것인지 여전히 잘 모르고 최근 문학 연구에 대한 특별한 관심을 드러낸 적도 없지만, 이 글들을 보면 나 역시 변하는 연구 분위기에 노출되어 있었다는 생각이 든다.

편저나 공저를 제외하고 아홉 번째 책이다. 언제나 그랬지만 책을 내는 일은 과거를 떠나보내는 의식인 것 같다. 이번에도 지난 몇 년간 내가 해온 일이 무엇인지 그리고 앞으로 무엇을 해야 할 지에 대해 생각하며 교정지를 마주했다. 그래도 한 가지 희망적인 일은, 내가 여전히 더 나은 공부와 결과를 꿈꾼다는 사실이다. 열이라는 숫자에 어울리게 다음에는 좀 더 그럴듯하고 만족스러운 결과를 냈으면 좋겠다.

마지막으로 '도시에서 살아남기'라는 제목과 주제는 서울에서 살아남기 위해 모든 것을 바치신 내 부모님을 위한 헌사임을 밝힌다.

2016년 봄을 보내며 안서동에서

● ● ● **차례**

머리말 _ 5

제1부 도시성장소설의 양상 / 9

도시성장소설의 배경과 성격 ·· 11

김승옥 소설에서 생활의 문제 ·· 37
  − 성·죄의식·가치 교환

박태순 소설과 1960년대 서울 ·· 63
  − 이방인의 시선과 도시 위계화를 중심으로

소년들의 도시, 전쟁과 빈곤의 정치학 ······································ 91
  − 이동하의『장난감 도시』와 김원일의『마당 깊은 집』을 중심으로

상경 청년, 귀향 성장 서사의 의미 ·· 119

자기 위안과 합리화, 도시유민들의 삶 ···································· 145
  − 이문구의『장한몽』연구

전쟁과 유민, 속악한 세상 속으로 ·· 167
  − 이호철의『소시민』연구

제2부 전쟁 전후의 문학 풍경 / 189

학생 잡지『학원』의 성격과 의의 ·· 191
　－1950년대를 중심으로

『학원』의 인물 이야기와 전후 청소년 교양 ······························· 221

해방기 황순원 소설 재론 ·· 247
　－작가의 현실 인식과 개작을 중심으로

이기영 소설과 농촌 체험 ·· 271

소설과 기억의 정치학 ·· 297
　－〈불멸의 역사 총서〉『영생』에 대하여

제 **1** 부

도시성장소설의 양상

도시성장소설의 배경과 성격

1. 현대 소설과 도시

근대 소설의 탄생과 발전은 농촌의 몰락과 도시의 발달이라는 역사의 진행과 흐름을 같이 한다. 초기의 소설들이 농촌의 삶이 어떻게 변하는지, 도시적 삶이 사람들에게 어떤 영향을 미치는지를 주로 다루었던 것은 이런 의미에서 당연하다. 디킨스 시대의 런던과 발자크 시대의 파리는 근대 소설을 만들어내는 데 결정적 역할을 하였다. 코난 도일의 소설에서 런던이나 빅토르 위고의 소설에서 파리는 그 어떤 소재보다 중요한 의미를 갖는다.[1] 이광수의 『무정』이 '상경한 고아 청년'인 '경성학교 영어교사' 이형식으로 시작하여 기차와 배 그리고 교육이라는 근대의 키워드로 구성되어 있음은 주지의 사실이다. 염상섭이나 채만식, 이상과 박태원의 소설들도 도시라는 배경을 떠나서 생각하기 어렵다.[2]

---

1) 근대 소설과 도시 지리의 연관에 대한 구체적인 사례는 Frank Moretti의 "Graphs, Maps, Trees"(Norton & Co Inc, 2007)를 참조할 수 있다. 최근 우리 문학 연구에서도 로컬리티에 대한 관심이 높아지면서 도시와 소설을 연관시키려는 시도가 활발히 이루어지고 있다.

근대 소설에서 도시는 욕망의 공간인 동시에 좌절의 공간이기도 하였다. 부와 명예를 얻기 위해 많은 젊은이들이 도시로 향했지만 그들이 꿈꾼 화려한 삶은 때로 그들을 파멸로 이끌기도 했다. 먼 곳의 예를 들면, 『감정교육』의 프레데릭 모로나 『적과 흑』의 줄리앙 소렐, 『고리오 영감』의 라스티냑은 모두 욕망의 도시 파리를 동경해서 고향을 떠난 준수한 시골 청년들이었다. 그들은 모두 성공의 꿈을 안고 도시에 왔지만 도시의 탐욕과 부정을 깨닫고 실망하거나 좌절하고 만다.

시간의 차이, 동기의 차이에도 불구하고 도시로 몰려든 젊은이들의 욕망과 좌절은 한국 소설에서도 중요한 주제였다.[3] 근대화 과정에서 도시는 성공과 출세의 공간임과 동시에 가난과 몰락의 공간이었다. 농촌의 해체와 분단이 만들어낸 유민(流民)과 탈향민(脫鄕民)들은 생존을 위해 도시로 몰려들었다. 운이 좋은 사람들은 안정된 생활 기반을 확보하고 미래 '중산층'의 기초를 닦았으며 그렇지 못한 사람들은 고난의 날을 이어갔다. 어떤 이들은 자신들에게 찾아온 기회를 놓치지 않고 도시를 붙들기 위해 노력했고, 다른 이들은 도시 변두리에 자리 잡고 하루하루의 삶을 걱정하며 도시 기층민을 형성해갔다. 안정된 직장은 물론 편히 쉴 집도 온전히 갖추지 못했지만 그래도 계급 상승의 기회를 꿈꾸며 그들은 당장의 고통을 견뎌 냈다.[4]

---

2) 물론 이러한 소설사 인식에 대해 지나치게 서구 중심이라고 비판할 수 있다. 전 지구적으로 볼 때 다양한 소설이 존재하는 것이 사실이다. 하지만 우리 소설이 서구 소설의 영향을 많이 받았고 그 발달 과정도 서구에 비추어볼 만한 이유가 충분하다는 것이 이 글의 기본적인 관점이다. 소설사에 앞서 근대사가 서구의 그것을 모범으로 삼았던 점 역시 부정하기 어렵다. 우리가 흔히 말하는 '제3세계 문학'을 접한 것은 비교적 최근의 일이다. 또 20세기 우리 작가들에게 그것이 모델이 되기는 어려웠다.

3) 이에 대해서는 졸고, 「1970년대 후반 '악한 소설'의 성격 연구」(『상허학보』 10집, 2003.2) 참조.

이처럼 전후에서 1970년대까지 도시로 이동한 새 '시민'들의 고뇌와 투쟁은 동시대 우리 사회의 중요한 특징을 보여준다고 할 수 있다.[5]

이 글에서는 전후 새롭게 도시로 진입한(혹은 유입된) 인물들의 욕망과 좌절 그리고 고뇌를 보여주는 소설들을 "도시성장소설"이라 규정하고 그 배경과 성격을 살펴보려 한다. 전후에서 1970년대까지 발표된 일군의 작품들은 도시에서 어떻게 살아가야 할 것인가, 도시는 사람을 어떻게 변화시키는가를 제재로 하여 개인의 갈등과 성장을 보여주었다.

'도시성장소설'은 성장 소설의 특징과 도시 소설의 특징을 함께 가지고 있다. 주지하다시피 성장소설은 교양소설, 발전 소설, 이니시에이션 소설 등 다양한 이름으로 불린다.[6] 성장과 관련된 소설 용어는 다양한 함의를 가지고 있으며, 각기 다른 발생론적 배경을 가지고 있다. 성장이라는 단어의 어감과 달리 성장소설은 어린이나 청소년의 성장 과정을 다룬 소설에 한정되지도 않는다. 교양을 체득하고 주체를 세우는 과정이나 개인의 이상과 외부 세계가 갈등을 겪는 과정을 다룬 작품을 포함

---

4) 소설 속 배경만으로 예를 들면, 김승옥 소설 「역사」의 창신동, 이문구 소설 『장한 몽』의 연희동, 박태순 소설 「정든 땅 언덕 위」 연작의 난곡은 전형적인 도시 변두리였다고 할 수 있다. 조세희 소설의 송파, 윤흥길 소설의 성남 역시 마찬가지였다. 1980년대는 양귀자의 부천, 박영한의 하남 등이 변두리로 '편입'되었다.

5) 근대화 과정의 인구 이동에 대해서는 조은, 『도시 빈민의 삶과 공간』(서울대학교 출판부, 1997)에서 자세히 다루고 있다. 이 밖에 이완범 외, 『1960년대의 정치사회 변동』(백산서당, 1999) ; 박길성 외, 『1960년대 사회 변화 연구』(백산서당, 1999) ; 배긍찬 외, 『1970년대 전반기의 정치 사회 변동』(백산서당, 1999)을 참조할 수 있다.

6) 한국 현대 소설에서 성장을 다룬 연구는 꾸준히 발표되고 있다. 그러나 이 연구들은 대부분 도시와 근대화에 주목하고 있기 보다는 성장이라는 소설 구조 자체에 주목하고 있다. 앞 선 연구들과 달리 이 글은 도시화 속에서 성장이 갖는 내용을 문제 삼는다. 성장을 다룬 대표적인 연구서들을 소개하면 다음과 같다. 김병희, 『한국현대소설의 구조와 의미망』(한국학술정보, 2007) ; 나병철, 『가족로망스와 성장소설』(문예출판사, 2007) ; 최현주, 『한국현대성장소설의 세계』(박이정, 2002) ; 이보영, 『성장소설이란 무엇인가』(청예원, 1999) ; 신희교, 『현대성장소설』(신아출판사, 1998).

하기도 한다. 이때 성장의 계기 역시 매우 다양한 양상을 띠게 된다.

또, 도시 소설은 도시를 배경으로 한 소설 일반을 가리키는 말로 사용되거나 단순히 농촌 소설과 대비되는 의미로 사용된다. 성장소설이 주제적 측면이 강조된 개념이라면 도시 소설은 소재적 측면이 강조된 개념이라 할 수 있다. 성장소설이 굳이 도시를 배경으로 할 필요는 없고, 도시 소설로 성장을 다루지 않은 예도 많다. '도시성장소설'이라는 개념은 도시에서의 삶과 그 과정에서 이루어지는 인물의 성장이 긴밀한 관계가 있으며 그를 다룬 서사가 소설사에서 의미 있는 양식으로 자리 잡고 있다는 사실을 강조한다.[7]

도시성장소설이라는 개념은 세대론적 관점을 포함하고 있다. 흔히 한글세대로 명명되는 전쟁 후 세대들의 글쓰기는 도시라는 공간에서 이루어지는 개인의 성장을 다루는 것에서 출발하였다. 이들을 이전 세대와 구분할 수 있는 정신적 요소는, 실존적 위기나 전후 폐허에 대한 의식이 아니라, 새로운 성장을 이루어야 한다는 의식, 자신의 힘으로 삶을 꾸려가려 한다는 인식에서 비롯되었다. 이런 시각은 1960년대 이후 소설을 단순히 모더니즘으로 접근하는 태도와 구분된다. 산업화 시대의 문학이나 분단 문학이라는 용어가 사회적 배경에 치우친 개념이었다면 '도시성장소설'은 환경에 대한 주체의 반응이 강조되는 개념이라 할 수 있다.

---

7) 도시성장소설을 이렇게 정의하면 그 범위가 매우 넓어진다. 그러나 이는 문제가 아니라 장점이라 생각하는데, 도시성장소설을 1960~70년대 우리 소설의 중요한 양식으로 생각한다면 시기와 성격의 다양성은 개념의 필요성을 반증하는 것이 되리라 생각한다.

2. 공간의 이동과 성장소설

근대의 서사인 소설에서 공간이 갖는 의미는 이전 서사들의 그것과는 비교하기 어려울 만큼 중요해졌다. 공간의 이동은 새로운 삶의 시작을 의미하고 자유로운 공간의 이동은 근대적 삶의 특징이 되었다. 이는 근대 문학사의 앞부분을 차지하고 있는 소설들이 자주 여행의 서사를 선택한 것을 보아도 알 수 있다. 『돈키호테』, 『로빈슨 크루소우』와 같은 서양 소설은 말할 것도 없고, 『무정』이나 『만세전』, 『탁류』, 『토지』와 같은 우리 소설에서도 공간 이동은 중요한 의미를 갖는다.

공간 체험의 확대가 근대의 일반적인 현상이기는 하지만 개인적 차원에서 공간의 이동은 계획 없이 갑자기 이루어지기도 한다. 자의 반 타의 반의 이러한 이동은 단순히 삶의 새 출발이 아니라 뿌리 뽑힘에 가깝다. 우리 현대사는 이러한 이동의 실체를 잘 보여준다. 여기에 해당하는 굵직굵직한 사건으로 식민지 시대 말기의 인구 유출, 해방으로 인한 귀환, 전쟁으로 인한 탈향, 가난과 개발로 인한 실향 등을 예로 들 수 있다. 우리 현대사의 인구 이동 유형은 크게 둘로 나눌 수 있는데 1960년대 이전의 인구 이동은 고용구조나 상업구조에 기반을 둔 산업 도시화뿐 아니라 정치격동에 의한 사회적 도시화와 관계되었다.[8] 이후의 인구 이동 원인으로는 점차 경제적 동기가 늘어가는 경향을 보였다.[9]

---

8) 박길성, 「1960년대 인구사회학적 변화와 도시화」, 『1960년대 사회 변화 연구』, 백산서당, 1999, 25면.
9) 여기서 특이한 것이 교육을 위한 도시로의 이동인데 교육이라는 측면만으로는 사람들이 구체적으로 어떤 권력을 지향하게 되는지 말하기 어렵다. 부르디외의 말처럼 교육이라는 하나의 상징권력은 미래에 다양한 권력으로 변이가 가능하기 때문이다. 지금도 그렇지만 교육은 정치권력, 경제권력, 문화권력 등으로 나가는 길을

전후 특히 60년대 이후 데뷔한 작가들 중에는 이러한 이동을 실제 겪었던 이들이 많았다. 흔히 새로운 세대로 뽑히는 이청준, 김승옥, 이문구, 이동하, 김원일 등의 작가들은 먼 지방에서 도시로 유학 온 시골 인재들로 대학을 졸업하고도 어떻게든 고향에 내려가지 않겠다는 결심을 하고 있었다.10) 이호철, 최인훈과 같은 월남 작가들은 다른 의미에서 도시에 적응하기 위해 노력하였다.11) 이들에게 문학은 그것 자체로 도시에서 살아남기 위한 수단이었다. 그들은 고향에 돌아가도 할 일이 없거나, 돌아가고 싶지 않은 특별한 이유를 가지고 있었다.

이들 소설에 등장하는 젊은 남성 인물들에게 도시가 갖는 의미 역시 작가들의 그것과 크게 다르지 않았다. 도시는 적응하기 쉽지 않지만 어떻게든 견디고 버텨 살아남아야 하는 곳이었다. 예를 들어 도시에서 밀려나는 것에 대한 두려움을 직접적으로 표현한 것이 이청준 소설이라면 김승옥의 소설은 도시 생활이 갖는 이중성과 그것에 대한 양가적 감정을 드러내고 있다. 이문구, 이호철, 최인훈의 소설에서는 고향이나 탈향의 기억이 도시 생활에까지 영향을 미친다. 소설 속 인물들은 고향에 대한 이중적 감정을 가지고 있다. 고향은 이들에게 가난이나 이념적 상

열어주곤 하였다(피에르 부르디외, 『구별짓기』상, 새물결, 2005 참조).

10) 정규웅은 당시 사정을 다음과 같이 회고한다. "실제로 4·19 세대이기도 한 60년대 문인들의 과제는 '살아남기'와 '버티기'였다. 문단에서도, 서울에서도 그들은 살아남아야 했고 버텨야 했다. 대부분 지방출신이었던 그들에게 있어서 '문학'과 '서울'은 등식이었고 거의 똑같은 의미였다. 문학을 버리면 서울을 떠나야 했고, 서울을 떠나면 문학을 버려야 했던 것이다."(정규웅, 『글동네에서 생긴 일』, 문학세계사, 1999, 188면.)

11) 최인훈의 데뷔작 「Gray 구락부 전말기」는 주인공이 도시에서 살아남기를 배우는 성장소설의 하나로 읽을 수 있다. 이 소설은 방외인으로 창밖의 사색을 즐기는 젊은이들이 세계와 직접 만나고 세계에 적응하는 과정을 다룬다(이에 대해서는 졸고, 「창문 없는 방과 유리 달린 창」(『현대문학사와 민족이라는 이념』, 2009, 소명) 참고).

처를 의미했다. 가족들은 만날 수 없는 곳에 있거나 그들을 부담스럽게 만드는 존재였다. 여기서 비롯된 고향에 대한 '과도한' 자의식은 이들의 성장을 지배하거나 방해하였다. 하지만 그들은 고향을 잊을 수도 벗어날 수도 없었다. 도시에서 환멸과 피로를 느낄 때 그들이 상상할 수 있는 공간은 고향뿐이었기 때문이다.

이청준의 초기 소설 「별을 보여드립니다」, 「퇴원」, 「소문의 벽」은 현실에 적응하지 못하는 젊은이의 병리 기록이라 할 수 있다. 소설 속 인물들은 '어떤' 병을 앓고 있지만 증상이 뚜렷하지 않기 때문에 치료 방법을 찾을 수 없다. 증상이 뚜렷하지 않은 이유는 이들이 환부를 드러내지 못하거나 드러낼 수 없기 때문이다. 그의 소설에서 반복되는 모티브인 전짓불에 노출되었던 체험이나 광 속에 숨어 있던 기억은 인물들이 고향으로 돌아갈 수 없는 대표적인 이유들이다.[12] 고향이 돌아갈 수 없는 곳이라면 도시에서라도 잘 적응해야 하는데 이청준 소설의 인물들은 그 일 역시 잘해내지 못한다. 그들은 성인이 되었지만 실제 성인의 역할을 하지 못하는 인물, 성인되기를 거부하는 인물들이라 할 수 있다.[13]

김승옥의 소설 역시 유사한 관점으로 읽을 수 있다. 김승옥 소설에는 '자기세계'라는 단어가 자주 등장한다. 그의 소설에 따르면 자기세계를 찾은 인물들은 도시 생활에 적응하여 현실과 갈등이 없는 상태를 유지할 수 있다. 그러나 실제로 인물들의 '자기세계'는 현실과 타협하고 자신의 이익을 챙길 줄 아는 이기주의에 가깝다.[14] 그의 소설 속 인물들

---

12) 이청준의 「퇴원」에 대해서는 같은 책의 「체험의 형식과 관찰의 문제」 참조.
13) 이청준에게 귀향은 특별히 어려운 일이었다. 한 예로 「귀향연습」이라는 소설의 주인공은 고향 너머 마을에서 한 달 이상을 머물지만 고향에 가보지 못하고 서울로 돌아온다.

의 머릿속에도, 이청준 소설과 유사하게, 고향이 늘 따라다닌다. 그러나 「무진기행」에서처럼 고향은 그냥 관념 속에 있는 곳일 뿐 인물들이 구체적으로 지향하는 곳은 아니다. 그들이 살아가야 할 곳은 서울이고, 거기서 자기세계를 찾는 것이 인물들의 궁극적인 목적이다. 이 자기세계의 문제는 결국 생활의 문제로 귀착된다.[15)

다음은 정규웅이 이청준 자작 연보 1965년 항목을 인용한 부분이다. 서울에서 살아남아야 한다는 강한 의지를 느낄 수 있다.

> 서울을 다시 쫓겨나지 않도록 하자. 어떻게 올라온 서울길이었던가. 어떻게 버티어온 서울의 6년이었던가. 그리고 어떻게 얻게 된 이 자랑스런 도시의 시민이 된 영광이던가. 그것을 다시 잃게 해서는 안 된다. 다시 쫓겨나게 되어서는 안 된다. 친척과 친지가 없음으로 해서 내가 이 자랑스런 도시의 시민이 되고자 겪어야 했던 수많은 고초들을 자손만대 나의 후손들과 이웃들에게는 다시 겪게 하지 말아야 한다. 내가 이 서울을 쫓겨나지 않고 버티고 남아 있어야 한다. 나의 6년과 6년의 고초를 헛되이 하지는 말아야 한다.[16)

위 글에서는 서울에서 살게 된 것을 자랑스러워하고, 자신의 후손들에게 도시의 삶을 물려주고자 하는 필자의 생각을 읽을 수 있다. 작가는 '이 자랑스런 도시의 시민'이라는 말을 두 번이나 사용하고 있다. 고

---

14) 김승옥 소설에서 "자기세계는 죄의식을 견뎌 내는 것"(장세진, 「아비 부정, 혹은 1960년대 미적 주체의 모험」, 『상허학보』 12집, 2004.2, 109면), 또는 "순수한 감정을 위악적으로 훼손하여 결국 강자들의 도시에서 살아남고 마는 인물들의 태도를 포괄하여 '극기'라고 부르며 이렇듯 극기의 과정을 거쳐 성립된 실체"를 의미한다(오윤호, 「가족관계와 '가난과 이주'에 대한 윤리적 대응 연구」, 『국제어문학』, 2005.12, 106면).

15) 생활의 문제에 대해서는 다음 장에서 다룬다. 이에 대한 자세한 논의는 졸고, 「김승옥 소설에서 생활의 문제」(『겨레어문학』, 2011.12) 참조.

16) 정규웅, 같은 글, 190면.

향으로 돌아가는 것을 '쫓겨난다'고 표현한 데서는 서울 붙들기가 갖는 절박함을 느낄 수 있다. 서울에서의 삶을 '고초'라고 표현한 것에서도 경험의 구체성이 느껴진다. 서울에서의 삶이 단순한 적응의 문제가 아니라 생활의 문제, 생존의 문제와 관계되어 있음을 짐작할 수 있다. 1960년대 이후 우리 소설들에서 실제 작가들의 이러한 형편을 찾아내는 것은 그리 어려운 일이 아니다.

이청준, 김승옥과 달리 박태순과 이문구는 개인의 살아남기를 그들이 발견한 인물들의 삶을 통해 간접화해서 드러내었다. 박태순의 인물들이 도시에서 밀려났거나 도시에 살지만 가난으로 떨어진 사람들이라면 이문구 초기 소설의 인물들은 고향을 잃고 도시로 올라온 실향민들이다. 박태순의 「정든 땅 언덕 위」 연작은 도시의 확장을 통해 고향을 잃어버린 사람들의 삶을 핍진하게 그려내고 있다. 이 작품은 이후 조세희의 「난장이가 쏘아올린 작은 공」 연작이나 윤흥길의 「아홉 켤레의 구두로 남은 사내」 연작으로 이어지는 변두리 도시 빈민 소설의 기원이 된다. 박태순의 소설들은 실향이 농촌만의 현실이 아니라 위계가 형성된 도시 안에서도 벌어지는 일임을 보여준다.[17]

이문구의 초기 소설들은 다양한 이유로 서울 변두리에 모여든 사람들의 삶을 다루고 있다.[18] 초기 대표작 『장한몽』을 예로 들면 가난해서 고향을 떠나야 했던 홍씨, 전쟁 중 이념 대립으로 고향에서 사람대접을

---

17) 박태순의 초기 소설 「서울의 방」은 서울에서 방 한 칸을 얻어 사는 것이 얼마나 어려운지를 보여주는 소설이다. 이 소설에서 주인공 청년은 자기 방에 대한 가치 부여 그리고 복잡한 감상을 여과 없이 그러나 조금 비장하게 드러낸다.

18) 이문구가 『관촌수필』을 쓰기 전 발표한 도시 소설은 「백결」, 「야훼의 무곡」, 「생존허가원」, 「부동행」, 「지혈」, 「두더지」, 「가을 소리」, 「몽금포타령」, 「금모래빛」, 『장한몽』 등이다. 이들 작품에 대해서는 오창은의 「1960년대 하위 주체의 저항적 성격에 관한 연구」(『상허학보』 12집, 2004.2)에서 자세히 다루고 있다.

받을 수 없었던 구씨와 주인공 상배, 월남해서 뜨내기처럼 다양한 일을
맡아 하는 모가 형제, 부정부패를 저질러 철퇴를 맞은 박영감, 재주는
있으나 역시 한 곳에 정착하지 못하고 막일꾼이 된 마가 등이 주요 인
물들이다. 이들은 모두 시골 생활의 편안함에 대해 꿈을 꾸고 있지만
실제로는 돌아갈 곳이 없어 도시 변두리를 전전한다. 그들을 기다리고
있는 것은 더 깊은 변두리로 밀려나게 될 운명이다. 이들은 고향을 떠
나 노동으로 하루 벌이를 해야 했던 이문구가 실제 체험 속에서 발견한
인물들이다.

대표적으로 뿌리 뽑힌 자들이라 할 수 있는 월남민에게 정착은 더 말
할 수 없이 절박한 문제였다. 이호철의『소시민』은 그들이 어떻게 남쪽
사회에 정착하는 지를 보여주는 소설이다. 성년이 되어 월남했고 나름대
로 물적 기반을 가지고 있던 이들이라면 전쟁이나 전후 현실에 대한 관
념적 대응이 가능했을지 모른다.[19] 그러나 아무 곳에도 기댈 곳 없는 월
남 소년·청년은 슬퍼할 기운도 없이 세속의 때에 스스로를 더럽혀야 했
다.『소시민』의 서술자 박씨는 주인 여자를 위해 성적인 봉사까지 서슴
지 않는다. 인간성의 결정적 타락으로까지 발전하지는 않지만 그가 갖는
현실에 대한 태도는 철저히 살아남기이다.[20] 어린 소년 주인공이 등장
하는 이호철의「나상」이나「탈향」은 고아처럼 도시에 떨어져 나온 이
들의 막막함을 그리고 있다.

---

19) 문학사에 다루어진 비중으로 보면 손창섭, 장용학, 김성한, 오상원 등을 예로 들
    수 있다.
20) 졸고,「전쟁과 유민, 도시에서 살아남기」(『비평문학』, 2009.9) 참조.

3. 성장소설에서 생활과 생존

위에서 살펴본 소설들은 정도 차이는 있지만 모두 성장의 문제를 다
룬다. 기본적으로 성장은 시간의 문제이다. 인간의 성장은 자연의 다른
생물들과 마찬가지로 '오래'되어 '무르익는다'는 의미를 포함한다. 단순
히 말하면 소년이 청년으로 청년이 다시 어른으로 변하는 것이 성장이
다. 그러나 앞서 보았듯 외부 환경의 변화는 시간의 변화를 통해서만
오는 것이 아니다. 공간의 변화가 주는 압력 역시 매우 중요하다. 공간
의 이동은 삶의 기반을 바꾸는 일이기 때문이다. 공간의 이동은 일종의
상실을 의미하고 상실은 개인에게 모든 것을 새롭게 출발해야 하는 부
담을 주었다. 이는 정신과 물질 양쪽에 모두 걸친 문제였다. 이동은 기
존의 가치를 유지하기에 어려운 상황을 만들어냈다. 공동체는 해체되고
새로운 공동체를 엮어야 할 가치는 아직 준비가 덜 되어 있었다. 지난
가치를 넘어 새로운 가치를 갖게 되는 것이 성장의 의미라고 보면 이동
은 성장을 위해 간직하고 있어야 할 과거의 것을 상실하게 만든다. 그
빈자리에 순전히 새로운 도시의 가치가 들어서게 된다. 이런 이유로 도
시성장소설에서는 삶의 목표가 경제적 재편에 종속되면서 성장이 경제
적 근대화와 상동성을 갖는 '성장의 무의식'이 드러나게 된다. 도시성장
소설에서 성숙 이전에 세속화 혹은 생존이 문제되는 이유는 우리 소설
사(근대사)의 이런 특수성에서 기인한다.

성장소설의 개념은 넓기도 하고 오래되기도 했다. 루카치는 선험적
고향 상실성, 개인과 사회의 분열을 극복해 가는 과정이 어쩔 수 없는
소설의 운명이라고 했다.[21] 그에 따르면, 넓은 의미에서 인물의 성장은

---

21) 게오르그 루카치, 반성완 역, 『소설의 이론』, 심설당, 1985, 47면.

근대 소설의 존재 조건이라고 할 수 있다. 개인과 사회의 분열은 사회화를 통해 극복되거나 지연되고 이를 위해 자기 성찰이 이루어지게 되는데 이 과정이 곧 성장의 과정이기 때문이다. 그러나 우리 성장소설에서 이 '성찰'이 충분히 이루어지고 있는지는 의문이다.[22] 인물들이 자기를 돌아보기보다는 자신이 처한 삶의 현실적인 조건을 먼저 문제 삼는 경우가 대부분이다. 사회와 개인의 분열은 사회적 가치의 일방적인 승리로 마무리되는 것이 보통이다.

이런 성장소설의 다양한 스펙트럼 중에 독일의 교양소설은 성장소설의 전형적인 예로 이야기된다. 교양소설은 일반적인 성장 과정을 다루는 발전소설에서 유래했으며, 소위 인간의 '자기완성'이라는 교양의 이념이 형성되던 18세기 말과 19세기 초에 독특한 양식으로 성립되었다.[23] 이들 소설에서 성장은 일종의 신적인 완전성의 이념이 인간의 자기완성으로 내재화되는 역사적 과정과 불가분의 관계 속에 있다. "시민적 개인주의와 새로운 인문주의의 소산"[24]이라고 할 수 있다. 어린이가 어른이 되는 과정보다는 주체성을 가진 성숙한 시민으로 자기의 '완성'과 인격적 '완결성'을 추구하는 것이 교양 소설의 서사이다.

이와 달리 우리 현대 소설사에서 성장소설은 한결 느슨한 개념으로 사용된다. 성장은 삶의 일정 기간에 이루어지는 의미 있는 변화를 광범위하게 가리킨다. 사회적 기준에 맞는 어른의 사고를 갖게 되거나 시민으로서의 사회적 책임을 깨닫게 되는 것, 삶과 죽음의 의미 또는 인생의 의미를 깨닫게 되는 과정이 성장에서 중요한 부분을 차지한다. 그러나 많은 도시성장소설에서 이런 정신적 성숙의 문제는 전면으로 드러

---

22) 강유진, 「근대 주체로서의 성장과 가족 로망스」, 『어문론집』 39집, 2008.
23) 이창남, 「한독성장소설의 비교 연구」, 『괴테연구』 21권, 1988, 90면.
24) 같은 글, 같은 면.

나지 않는다. 어린이가 어른이 되는 과정에서는 정신이 깊어지는 과정보다는 사회에 적응하는 과정이 더 빈번하게 그리고 자세하게 그려진다. 오히려 경쟁에서 살아남으려는 고투의 과정 혹은 물질적 어려움을 극복하는 과정에서 개인의 '성숙'이 이루어진다. 이때 성장은 성숙의 문제를 넘어 '생존'의 문제가 되고 만다.

앞의 예로 이청준, 김승옥의 소설이나 이문구의 『장한몽』을 들 수 있고 뒤의 예로 김원일의 『마당 깊은 집』, 이동하의 『장난감 도시』, 이호철의 『소시민』을 들 수 있다. 전쟁의 직접적 영향을 벗어난 도시화를 배경으로 한 것이 앞의 작품들이 갖는 공통점이라면 전후 도시의 척박한 환경을 견디는 소년이나 청년의 이야기를 다룬 것이 뒤의 소설들이 갖은 공통점이다.

위 소설들에서 성장은 때에 따라 성공, 생존, 성숙의 의미를 포함하고 있다. 성공은 특별한 욕망의 실현을 이르는 말이다. 명예와 같은 추상적인 문제이든 치부와 같은 경제적인 문제이든 그것은 개인의 사회적 성취를 의미한다. 또, 성공은 내면에서 이루어지는 것이 아니라 외적으로 드러나야 하는 성질의 것이다. 성공은 자아보다는 타인이 인정해 줄 때 실현되며, 그를 뒷받침 해 줄 가시적인 증거를 필요로 한다. 말하자면 성공은 내면의 문제라기보다 외적으로 드러나는 성취의 문제, 사회적 인정의 문제라 할 수 있다.

생존은 성공에 비해 수세적인 느낌을 준다. 인물들에게 생존이 목표가 될 때는 소설에서는 사회적인 상황이 강조되고 개인의 의지나 발전은 부차적인 것이 된다. 이러한 소설의 인물들에게 교양을 갖춘 성숙한 시민의 정신을 발견하기는 쉽지 않다. 특히 전후를 배경으로 한 소설에서는 절대 빈곤 속에서 삶을 꾸려가야 하는 소년 가장들의 모습을 자주 발견할 수 있다. 추상적인 여러 문제를 떠나 당장의 한 끼를 걱정해야 하는 현실에서 성장의 계기는 생각보다 일찍 찾아온다. 이때 그들에게 가장 중요한 문제는 생존이다. 반면, 성숙은 개인이 사회와의 갈등을 해소한 상태를 말한다. 개인의 윤리와 사회의 도덕이 상치될 때, 개인의 양심과 세속적 관습이 모순될 때 그를 극복하면서 개인은 성숙해진다.[25]

한편, 탈향과 도시로의 이동은 아버지 부재를 낳기도 한다. 공간의 이동은 전통과의 단절을 의미했으며 새로운 전통 찾기를 요구한다. 그런데 전후성장소설의 경우 새로운 전통이라 할 수 있는 새로운 가치는 성공이나 생존과 관계되면서 그 실체를 구성하지 못하고 만다. 아버지에 대한 신뢰를 상실한 조건에서 인물들은 고아적 무의식을 통해 아버지의 세계, 그 오이디푸스 구조를 넘어선 공동체적 화해를 소망하게 된다.[26] 여기서 오이디푸스 구조를 넘어선 화해란 결국 자신의 새로운 아비 되기에 다름 아니다. 새로운 아비 되기는 새롭게 만들어진 질서에 철저히 순응하는 것이다. 그 질서는 도시의 질서여야 하고 도시의 질서는 생존과 성공을 무엇보다 중시하는 경쟁의 논리를 합리화한다. 이것이 도시에서의 삶에 대해 '살아남기' 혹은 '버티기'라는 말을 쓸 수 있는 이유이다.[27] 조금 더 좁혀서 말하면 공간의 이동과 이후의 안정 희구는 경제적인 문제와 긴밀한 관계를 맺게 되고, 그 결과 성공이든 생존이든 심지어 성숙까지도 시간의 결과에 따른 경제적 형편의 향상을 배제하지 않게 되는 것이다.

물론 이는 우리 성장소설만의 특징이 아닐 수도 있다. 성장의 과정과

---

25) 물론 인물의 사고나 행동에서 이 셋을 엄격히 구분하는 것은 쉽지 않다. 세 가지 욕망이 함께 포함되어 있는 경우도 많다. 도시성장소설에서 각각은 앞서 살펴본 공간의 이동에 따르는 자리 잡기 과정에서 수반하는 결과라 할 수 있다.
26) 나병철, 『가족 로망스와 성장소설-반 오이디푸스 문화론』, 문예출판사, 2007, 336면.
27) 피에르 부르디외, 앞의 글 참조.

결과는 어떤 식으로든 기존 질서에 대한 긍정과 편입이고, 결국 성장은 개인이 사회적 가치를 수용하는 방향으로 결론이 날 수밖에 없기 때문이다. 성장소설은 애초에 부정성의 폭로나 사회 문제의 고발을 문제 삼은 소설은 아니었고, 그것을 지향하지도 않았다. 발전과정에 갈등은 있지만 결국 지향하는 바와 소설의 결론이 일치하는 도식적인 양식이었다. 근대적 사회화를 형상화하고 장려했던 상징적 형식인 성장소설이 근대의 상징적 형식 가운데서 가장 모순적인 형식이기도 하다는 점은, 우리가 사는 세상의 사회화 자체가 무엇보다도 모순의 내면화에 있다는 점을 의미하기도 한다.[28]

그렇다고 해도 경제 문제로 서사가 수렴되는 경향은 우리 도시성장소설의 성격을 설명하는 결정적 요소이다. 『소시민』과 『장한몽』[29]에서 경제적 가치는 다른 무엇과 비교할 수 없을 만큼 중요하다. 이호철의 『소시민』에 등장하는 인물들은 모두 속악하다. 이문구의 『장한몽』에 등장하는 인물들은 속악을 넘어 '범죄'적 성향까지 보인다. 고향을 잃고 도시로 밀려들어온 사람들은 하루하루의 '생활'을 위해 '노동'하는 사람들이다. 생활과 노동은 이들에게 내면 없는 성장을 주었고 이들이 경제적인 이익을 최우선으로 생각하는 속물이 되게 만들었다. 거기에 이념의 문제까지 추가되면 도시로 유입된 인물들이 새로운 사회에서 안정을 찾는 일은 요원하고도 험난한 문제가 된다. 나이가 많든 적든 자신의 생존을 위해 수단과 방법을 가리지 않고 정착해야 하는 것이 그들의 목

---

28) 나병철, 같은 책, 30면.
29) 『장한몽』은 주인공 상배가 공동묘지 이장 작업을 관리하면서 과거의 상처로부터 자신을 구하는 과정을 주요 서사로 하는 소설이다. 그러나 주인공의 성장 못지않게 도시로 유입되어 온 빈민들의 생활과 그들의 정착 과정을 중요하게 다룬 작품이기도 하다.

적이다. 그들은 자기 삶을 유지하기 위해 부도덕한 짓을 저지르고 타인 들에게 피해를 주기도 한다. 그들에게서 남을 돕는 마음이나 시민으로 서의 책임감은 찾아볼 수 없다. 작은 이익에 따라 움직일 뿐 미래에 대 한 계획은 꿈꾸기도 어렵다. 이들은 도시에서 그런 방향으로 '성장'해 왔다.30)

　김승옥 소설에서는 무엇보다 생활의 문제가 중요하다. 그의 작품 중에 는 「염소는 힘이 세다」처럼 순수하게 가난과 생존의 문제를 다룬 소설이 없지는 않지만 「건」과 같이 청소년의 성장을 다룬 소설이나 「환상수첩」 이나 「60년대식」처럼 생활에 적응하기 위해 일부러 '악'을 저지르는 인물 을 다룬 소설들도 있다.31) 「서울, 1964년 겨울」이나 「역사」는 도시에서 살아남으려는 노력이 가진 허위와 모순을 날카롭게 지적한 작품들이다.

　김승옥 소설에서 생활은 마땅히 가져야 할 것이지만, 어떤 인물도 그 것을 흔쾌히 받아들이지는 못한다. 그들은 생활의 유지라는 문제로 갈등 하거나 생활인이 되는 과정을 쉽게 견뎌내지 못해 방황하는 인물들이다. 인물들은 그들이 살아갈 삶이 가진 황폐함에 대해 이미 알고 있지만 특 별히 다르게 살아갈 방법이나 의지를 가지고 있는 것 같지도 않다. 단순 하게 말하면 생활을 받아들일 것인지 말 것인지를 두고 방황하는 인물

---

30) 월남민을 다루고 있지만 이호철의 소설에 비해 최인훈 소설에는 생활이 전면에 드러나지 않는다. 성장소설의 관점에서 볼 때, 최인훈의 『회색인』은 식민지시대 어린 시절을 보내고 중학 시절에 해방과 전쟁을 겪었으며 대학은 분단된 남쪽에 서 보낸 주인공 독고준이, 미숙한 자신의 정체성을 찾아가는 이야기이다. 개인의 미성숙이 민족의 미성숙과 비교되고 성장을 위한 긍정적 요소를 찾아가는 것이 이 소설의 중심 서사라 할 수 있다. 이는 『광장』에서도 비슷한 양상을 보인다. 그 의 소설이 다른 작가들의 성장소설과 구분되는 점이 여기에 있다 하겠다. 이에 대해서는 졸고, 「개인과 민족의 미성숙」(『현대문학사와 민족이라는 이념』, 소명, 2009) 참조.

31) 이에 대해서는 졸고, 「김승옥과 생활의 문제」 참고.

의 내면을 보여주는 것이 김승옥 소설의 주요 내용이다. 대표적인 인물로 「생명연습」의 서술자를 꼽을 수 있다. 그는 순수한 감정을 위악적으로 훼손하여 결국 강자들의 도시에서 살아남고 마는 인물들의 태도를 포괄하여 "극기"라고 부르며, 이렇듯 극기의 과정을 거쳐 성립된 실체를 하나의 자기세계라고 명명한다.[32] 이런 자기세계를 마땅히 가져야 할 것으로 여기지만 실제로는 그 자기세계에 들어가기 위한 문 앞에서 서성거리거나 망설인다. 생활을 가진 자들을 부러워하고 있지만 그렇다고 그들을 일백 퍼센트 인정하고 있다는 인상을 주지도 않는다.

그의 소설에서 생활의 문제를 마지막까지 밀고 갔을 때 마주치는 것은 환멸과 죽음이다. 「서울, 1964년 겨울」이 김승옥의 대표작이자 시대를 가장 잘 보여주는 소설인 이유는 그 작품만이 도시의 가치문제를 끝까지 밀고 나갔기 때문이다. 우연히 포장마차에서 술을 마시게 된 병사계 직원 김과 대학원생 안은 공허한 이야기로 현실을 벗어나려 한다. 여전히 자기세계에는 나아가지 못하고 하찮은 에피소드를 나누는 두 젊은이는 성숙하지도 미숙하지도 않은 그런 나이를 보내고 있다. 두 청년은 아내를 잃고 합류한 서적 외판원의 절망을 진심으로 공유하지 못한다. 아내의 몸값을 불에 던져버리는 이 외판원 역시 자기세계를 갖지 못한 인물이다. 도시의 논리나 영악함을 알지 못하기 때문이다. 김과 안은 나름대로 자기세계를 갖게 될 수도 있다. 두 청년이 밤새 외판원을 홀로 둘 수 있었던 이유는 이들이 '도시' 사람들이었기 때문이다. 아내의 죽음으로 받은 돈을 불 속에 던져버리는 절망 속에서도 외판원은 혼자 긴 밤을 보내야 했고, 결국 차가운 시체로 여관방에서 발견되고 만다. 아내를 잃고 몇 푼의 돈을 손에 쥔, 누구와도 소통할 수 없는 사내

---

32) 오윤호, 앞의 글, 106면.

에게 서울은 죽음 외에는 극복할 길이 없는 공간이었다.

4. 회고 형식과 성장의 윤리

근대화는 넓은 의미에서 합리화의 실현 과정이다. 분명한 목표를 세우고 그것을 제외한 다른 가치들을 배제하는 것이 근대의 특징이다. 이러한 근대의 도구적 합리성은 성장 과정에서 자연스럽게 교육된다. 도구적 합리성이 지배하는 삶에서는 윤리나 도덕이 무시되거나 타자에 대한 배려가 실종되고, 무엇보다 경쟁을 통한 생존이라는 가치가 중요한 의미를 갖는다. 이 과정에서 개인들이 부덕(不德)을 기꺼이 받아들이는 것처럼 사회 역시 성공을 위한 부정(不正)을 문제 삼지 않는다. 이러한 사회는 건강한 이상을 가진 개인들에게는 부조리하게 다가오기도 한다. 성장소설은 이러한 실제 삶과 개인의 이상 사이의 모순을 고민하고 그 모순 안에서 자기를 정립해 가는 과정을 다룬다.

우리 성장소설은 이런 모순 속에서 기성의 사회 윤리를 전폭적으로 받아들이는 양상을 보인다. 특히 남성을 주인공으로 한 소설에서 이러한 면이 두드러진다. 아이나 청년의 목표는 성공한 어른이 되는 것이다. 아이에게 성공한 어른은 아버지의 부재를 대체하며 새로운 권위가 된다.[33] 앞서 말한 것처럼 이 경우 성장은 생존이나 성공과 거의 같은 의미로 사용된다.

---

33) 나병철은 전쟁의 와중에 잃어버린 선량한 아버지의 자리에는 도구적 이성을 원리로 하는 속악한 아버지가 대신 나타나게 되고 그 같은 속악한 아버지의 등가물로서 전쟁 이후 사회적 차원에서 구체화된 것은 반공 이데올로기와 경제지상주의적 근대화였다고 지적한다(나병철, 앞의 책, 437면).

도시성장소설의 이러한 특징은 여러 작품에서 택하고 있는 회고적 형식을 통해서도 확인할 수 있다. 많은 소설들이 '생존자'들이 현재와는 '다른' 과거의 경험을 돌아보는 형식을 취하는데, 이는 과거의 '성장'이 현재와 연속성을 갖지 않는다는 점을 강조하는 효과를 거둔다. 여기서 과거의 나는 현재의 나와 분명한 차별성을 갖는다. 고생하던 과거의 모습, 어리석었던 과거의 모습은 어른이 된 현재의 자신과 멀리 떨어져 있다. 김원일의 『마당 깊은 집』, 이동하의 『장난감 도시』, 이호철의 『소시민』은 공통적으로 현재의 서술자가 과거의 경험에 개입하여 회고의 형식을 분명히 드러내는 도시성장소설들이다.

『마당 깊은 집』과 『장난감 도시』에는 굶주림과 관계된 경험이 자주 등장한다. 정신적 억압이나 물리적 폭력이 아니라 감당하기 어려운 가난 때문에 소년은 고통스러워한다. 이런 현실적인 절박함에서 빈곤의 정치학[34]은 시작된다. 하루 세끼 밥을 먹는 소망 말고는 다른 어떤 것도 기대할 수 없었던 사람들이 이후에 어떤 목표를 가지고 살게 될 지는 너무도 분명한 것이 아니겠는가. 심지어 소설 속 누군가는 "아, 누워 살 수 있는 팔자만 된다면야 원자폭탄 할애비라도 맞아주지."[35]라 중얼거린다. 삶의 어려움이 원폭의 무서움보다 결코 덜하지 않다는 푸념이었을 게라고 서술자는 회상한다.

빈곤의 정치학은 노력하면 누구나 성공할 수 있다는 신화에 바탕하고 있다. 여기서 성공은 경제적으로 풍요로워지는 것 이상도 이하도 아니

---

34) 빈곤의 정치학은 엄정한 개념은 아니다. 과거의 빈곤을 예로 들어 현재의 처지를 긍정하는 다양한 서사를 이르는 말이다. 이런 서사는 소설뿐 아니라 영화나 드라마, 수기 등에서 쉽게 찾아 볼 수 있다.
35) 이동하, 『장난감 도시』, 『문학과지성사』, 1994, 99면(실제 작품은 1979년에서 1982년에 걸쳐 발표된다).

다. 빈곤의 정치학 또는 성공 신화는 예전 가난의 비참함을 이야기함으로써 현재의 불평등에 평등의 이미지를 씌어준다. 과거의 지옥을 상상하게 함으로써 현재를 그 너머의 것으로 인정하게 하는 효과를 거둔다. 무엇보다도 그것은 가장 절실한 단 하나의 목표만을 세우게 한다. 물론 성공의 가능성이 누구에게나 고르게 존재하는 것은 아니다. 『마당 깊은 집』의 후반부는 "열심히 노력했던 사람이 모두 잘 살게 되었다."는 회고로 마무리된다. 근대화 과정을 겪어온 세대가 자신의 과거를 회상하면서 쓴 소설이라는 사실을 재삼 떠올리게 한다. 이 소설의 서두는 "간난스럽던 지난 시절을 이야기할 적이면, 으레 "그 마당 깊은 집에 살 적에⋯⋯"란 말을 곧잘 쓰곤 했다."[36]로 시작한다.

이호철의 『소시민』에서도 유사한 구조를 발견할 수 있다. 전후 몇 년을 부산 제면소에서 보낸 서술자 박은 십오 년이 흐른 뒤에 제면소를 다시 찾는다. 제면소는 흔적도 없고 복덕방에서 안경 쓴, 함께 공장의 기술자로 일하던, 신씨가 예전 주인네와 한 집안 식구처럼 지내고 있다. 당시 수줍은 새댁이었던 천안 색시도 만나는데 그녀는 부자가 되어 나이 어린 남자와 살고 있다. 배다른 아이가 넷이라고 하고 고향에는 한 번도 찾아가지 못했다고 말한다. 그녀는 동대문 시장에 점포를 하나 가지고 있고 냉면집을 경영한다. 이들을 만나본 박씨는 시대의 흐름은 어쩔 수 없는 것이고 "결국 죽은 사람은 그렇게 죽어 갔지만 산 사람은 산 사람대로의 논리로 조금도 어긋남이 없는 필연적인 코스를 겪고" 있으며, "모두 고여 있는 바다에서의 고여 있는 땀을 흘리고 있"[37]음을 새삼 깨닫는다. 도덕적 타락이나 개인적 윤리가 아닌 어떻게든 살아남

---

36) 『마당깊은 집』, 10면.
37) 이호철, 『소시민』, 『세대』, 1965.8, 424면.

았다는 것에 큰 의미를 두는 셈이다.

앞서 확인해 본 대로라면 도시에서 살아남기는 이념도 종교도 아닌 경제적 삶으로의 투항이다. 위 소설들에서 정치나 윤리는 경제적 문제에 비하면 부차적인 것이 되고 만다. 고향으로 상징되는 전통적인 삶은 사라지고 있으며, 따라서 한 번 발을 들인 도시의 변화 안에 어떻게든 적응해야 하는 것이 인물들에게 주어진 과제이다. 인물들의 이러한 삶은 피하기 어려운 것이지만 결코 바람직한 것은 아니다. 독자들은 그러한 삶이 시작되는 시간과 장소를 바라보는 서술자의 눈을 통해 복잡한 감정을 전달 받는다. 그것이 현재의 우리에게까지 이어져 오고 있고 아무도 쉽게 거기서 벗어날 수 없다는 사실은 독자를 비애감에 젖게 만든다.

회고적 형식을 띠고 있는 도시성장소설에는 서구 성장소설에서 강조되는 상징적 교환도 없다. 상징적 교환이란 "주인공이 그의 삶의 특정한 영역에서 절대적인 자유를 누리고 싶다면, 그 대신 사회적 활동의 다른 부문에서는 완전한 순응"[38]을 받아들이는 것으로, 자신의 꿈을 포기하고 사회적 질서에 편입하는 과정을 대표적인 예로 들 수 있다. 그러나 이들 소설의 주인공들은 자신의 꿈이 사회적 생존이나 성공과 분리되어 존재함을 깨닫기 전에 벌써 어른이 되고자 한다. 이런 소설은 개인성과 사회성의 분리가 명확하지 않거나 아직 이루어지기 이전 상태에서 출발해 화합이나 화해를 보여준다. 개인성과 사회성의 대립과 이를 통한 자아 형성은 사회화를 단순한 '체념'(Entsagung)으로 생각할 수 없게 만드는 힘에서 나오게 되는데,[39] 생존 문제가 전면에 부각되는 도시성장소설에서는 이러한 긍정적 경향마저 찾아보기 어렵다. 결국 소년의

---

38) 프랑크 모레티, 『세상의 이치』, 문학동네, 2005, 114면.
39) 같은 글, 45면.

생존을 다룬 성장소설은 교양 소설의 요소를 완전히 잃게 된다.

이런 이유로 우리의 '소년' 성장소설에서는 환멸을 찾아보기 어렵다. 환멸이 극복하지 못한 문제를 여전히 안고 가야 하는 현실이 안겨주는 것이라고 볼 때 우리 성장소설에는 극복의 대상으로 삼아야 할 과거의 긍정적인 상이 없고, 그들을 극복하고 새롭게 만들어야 할 청년들의 가치도 없다. 주인공 소년들은 절망에서 시작하였고 이후에도 그 절망의 시절은 다시 돌아가고 싶은 순수의 시절이 아니다. 비교적 성공한 것이 분명한 현재와 대비되면서 과거와 다른 현재의 가치는 자연스럽게 긍정되고 만다. 인물들이 현재에 대한 환멸을 느끼기에는 과거가 지나치게 비참했다고 할 수 있다. 예를 들어 『장난감 도시』는 아름다운 시골 학교로 시작하고 그곳에 대한 회상으로 마무리된다. 일 년 남짓한 도시 생활이 낳은 절망을 나름대로 표현한 소설이라 할 수 있다. 그러나 고향의 학교 창문을 회상한다고 해도 그곳으로 돌아갈 수는 없는 것이 현실이다. 오랜 시간이 지난 후 고향의 자리는 어른이 된 서술자의 현재가 차지하게 된다.

엄격히 말해 도시성장소설에서 소년들은 타락을 겪을 뿐 성장을 경험하지 못한다. 이 소설들은 회고나 기억을 통해 고난을 말해주고 있을 뿐이다. 독자들은 어른이 된 서술자의 목소리를 느낄 수 있기 때문에, 소설 내 소년의 성장이 아니라 성년이 된 서술자의 성공을 읽게 된다. 과거를 기억하는 서술자는 소년이기도 하면서 현재의 성년이기도 하다. 지난날의 가난을 거기서 빠져나온 사람의 목소리로 들려주는 것이다. 그런 인물이 들려주는 이야기는 우리 현대사 속에서 공동 기억을 형성한다. 실제 개인의 경험과는 거리가 먼 사람까지 동의하게 만드는, 빈곤의 정치학을 통해 거듭 확인되고 강화된 그것이다. 이렇게 하여 절실한 경험이 낳은 하나의 목표라는 점에서 성장과 성공 그리고 근대화는 상동성을 가지며, 도시성장소설은 전후에서 1980년대에까지 이르는 우리 사회의 현실을 집약적으로 보여주게 된다.40)

비록 소년이 등장하지만 도시성장소설은 청소년 문학과도 다르다. 어른들 입장에서 청소년들이 추구해야 하는 성장의 목표는 사회제도로의 편입일 것이다. 일반적으로 청소년들에게는 그들이 어떠한 성장통을 겪고 또 어떤 방식으로 방황을 하든지 기어코 제도로 귀속되어야 하는 사명이 있다. 하지만 청소년 문학으로서의 성장소설에서 중요한 것은 청소년들이 기존의 제도에 편입해야만 하는 인간의 숙명을 받아들여야 한다는 계몽적 가르침이 아니라 그들이 세상을 알아가고 자신을 탐색해가는 과정에서 얼마나 진지하게 주체적으로 성숙해가는 지를 깊이 사고하는 자세이다.41) 회고 형식으로 어려운 옛날을 돌아보는 도시성장소설에서는 청소년 성장소설의 이러한 특징을 찾아보기 어렵다.

1970년대까지 활발히 창작되던 도시성장소설은 1980년대 후반이 되면 본격적인 생존의 문제를 다룬 노동 소설이나 민중소설에 의해 대체된다. 여기서 생존의 문제는 개인의 차원을 벗어나 집단의 차원이 된다. 『마당 깊은 집』이나 『장난감 도시』의 소년이 아니라 계급성을 띤 노동자의 성장이 이야기되면서 개인의 성장은 소설이 아닌 다른 양식의 몫으로 넘어간다.

---

40) 이런 과정을 보여주는 텔레비전 드라마가 근대화 세력들이 득세했을 때 자주 등장한다는 점도 우연이라고 볼 수 없다. 이들 드라마에서도 과거를 돌아본다는 의미보다 현재에 대한 긍정이라는 의미가 크다. 의식적이든 무의식적이든 이런 소설은 "기억이라는 풍부한 유산에 대한 공동 소유이고, 다른 하나는 현재의 합의, 함께 살려는 욕망, 나누어지지 않은 형태로 물려받은 유산의 가치를 영구화하려는 의지"(에르네스트 르낭, 「국민이란 무엇인가」, 『국민과 서사』, 후마니타스, 2011, 39면)에 동의하게 된다.

41) 김화선, 「청소년 문학에 나타난 '성장'의 문제」, 『아동청소년문학연구3』, 2008.12, 296면.

5. 성장소설의 변화

　지금까지 도시로의 이주라는 사회적 경험에서 탄생하고 그것을 중요한 작품 배경으로 삼은 일련의 소설들을 도시성장소설이라는 이름으로 살펴보았다. 이 소설들에서 성장은 성공이나 생존, 성숙의 의미를 포함하고 있었다. 각기 다른 배경에서 탄생한 성장소설들(교양 소설 포함)이 다양한 스펙트럼을 가진 것처럼 우리 성장소설 역시 고유한 특성을 가지고 있음을 확인했다.

　도시성장소설이라는 개념은 특정 시기 특정 작가들의 작품에 제한적으로 사용된다. 흔히 한글세대로 명명되는 전후 세대들의 글쓰기는 도시라는 공간에서 개인의 성장을 제재로 삼고 있다. 이런 시각은 1960년대 이후 소설을 단순히 모더니즘으로 접근할 때와 다른 관점을 제공해 준다. 이 시기의 사회 · 역사적 배경으로 분단이나 산업화를 들 수 있지만 이러한 배경의 영향력은 지나치게 광범위한 것이어서 소설의 특성을 규정하기에 적절하지 못한 면이 있다. 또, 산업화 시대의 문학이나 분단 문학이 배경에 치우친 개념이었다면 도시성장소설은 환경에 대한 주체의 반응이 강조되는 개념이다.

　도시성장소설은 문학사적 개념이기도 하다. 실제로 1980년대 후반 이후로는 이들과 유사한 성장소설을 찾아보기 어렵게 되었다. 시대적 조건이 달라져 이주와 도시에서 살아남기를 다룬 소설이 시의성을 상실했기 때문이다. 반대로 성장이 갖는 방향성은 더욱 뚜렷해졌다고 할 수 있다. 성장소설은 어린 시절의 이니시에이션을 다룬 소설로 범위가 한정된다. 일부 여성 회고적 소설이 없지 않지만 대세는 청소년 소설의 몫이 되었다.

　동시대적 삶의 재현이라는 측면에서 도시성장소설은 1960-70년대 소설을 대표한다. 이들은 개인의 진솔한 체험과 그것의 무의식까지 보여주었다. 과거와 마찬가지로 현재의 도시도 욕망과 좌절의 공간이다. 그러나 공간의 이동이 갖는 의미는 많이 달라졌다. 도시와 농촌이라는 공간의 분리가 갖는 의미 자체가 미약해졌으며 생존과 성공의 문제는 너무나 일상화·개인화 되어 버렸다. 소설은 좋든 싫든 성공이니 생존이니 하는 추상에서가 아니라 일상에서 소재를 찾고 주제를 찾는 방향으로 변화해야 했다.

김승옥 소설에서 생활의 문제

― 성 · 죄의식 · 가치 교환

1. 김승옥 소설과 도시

김승옥은 그가 본격적으로 활동하던 시기에는 물론 현재까지도 '문제적'으로 평가되는 작가이다. 김승옥 소설의 문체나 인물들의 성격이 보여주는 새로움은 이전 소설과 구분되는 그만의 특징으로 높이 평가되곤 한다. 특히 '감수성의 혁명'이라는 찬사는 그와 그의 소설에 늘 따라다니는 수사가 되었다.[1] 그의 소설을 좋아하든 그렇지 않든 김승옥이

---

[1] '감수성의 혁명'과 함께 '개인의 발견'이라는 의미에서도 김승옥은 높이 평가되어 왔다. 최근 논문에서도 여전히 김승옥 평가의 이런 전형을 발견할 수 있다. "보편적 이념으로 무장하고 공동체의 문제에 매달리는 '보편적 개인'이 아닌 '충만한' 자의식으로 자신의 문제에 관심을 두는 '자율적 주체'가 등장한 것"(최용석, 「1960년대 시대상과 김승옥 서사문법의 상관성 연구」, 『우리어문연구』 30, 2010.6, 378면)이라는 평가를 예로 들 수 있다. 그런데 김승옥 소설 이전 우리 문학에서 "보편적 이념으로 무장하고 공동체의 문제에 매달리는 보편적 개인"은 구체적으로 무엇을 말하는지 알기 어렵다. 또, "충만한 자의식으로 무장한" 주인공이 없었던 것도 아니다. 따라서 김승옥 소설의 새로움은 충분히 인정되어야 하지만 당연히 상대적으로 평가되어야 한다.

전후 소설사에서 빠질 수 없는 중요한 작가라는 사실에는 연구자들 사이에서도 큰 이견이 없는 듯하다.

그가 본격적으로 작품 창작활동을 한 기간은 그리 길지 않았다. 대표작이라고 할 수 있는 「생명연습」, 「건」, 「무진기행」, 「서울, 1964년 겨울」 등의 작품은 모두 1960년대 초중반에 발표되었다. 김승옥은 1970년대까지 작품을 발표하지만 이들은 '본격'적인 소설과는 거리가 있는 것으로 취급되곤 한다. 짧은 기간의 인상적인 활동 역시 그의 소설을 시대의 상징으로 만든 이유 중 하나이다.[2]

그러나 김승옥 소설을 연구하는 현재적 의미가 이미 낡은 듯 느껴지는 수십 년 전 그의 감수성을 재조명 하는 데 그쳐서는 안 된다.[3] 이 연구의 목적은 그의 소설을 통해 그의 시대와 그와 동시대를 살았던 사람들의 내면을 살펴보는 데 있다. 그의 소설이 큰 호응을 얻었다면 그것은 그의 소설에 동시대인들이 의식적, 무의식적으로 공감하고 동의할 수 있는 요소가 있었다는 말이다. 그것이 문체나 인물이든 그 밖의 무엇이든. 이를 추적하기 위해서는 당시를 살았던 이들의 의식 지형을 읽는 것은 물론 그들이 살았던 시대가 그들에게 강요했던 객관적인 조건을 읽어야 한다. 김승옥이 60년대 초반 그들 세대[4]를 대표한다는 데 무리가 없다

---

2) 김승옥은 다분히 신화화된 감이 없지 않다. 그와 동시대를 살았던 비평가 그룹이 그의 소설이 가진 '새로움'을 강조했고, 이를 통해 이전 세대와의 단절을 시도한 데 그 먼 이유가 있다고 할 수 있다. 그러나 실제 그의 소설이 이후 문학에 미친 영향이나 그의 문학이 가진 새로움의 실체에 대해서는 확실한 규명이 이루어졌다고 보기 어렵다. 전후 소설과의 차이, 리얼리즘 소설과의 차이는 분명히 드러나지만 그것이 1930년대 모더니즘 소설에 비해 과연 혁명적인지도 의문이다. 그의 소설이 정전화되는 과정은 또 다른 연구 과제이지만 현재 이 논문의 관심사는 아니다.

3) 여전히 그의 언어에서 새로움과 신선함을 느끼는 독자도 많을 것이다. 그러나 무의식중에 우리는 '오래 되었음에도 불구하고'를 괄호 속에 넣고 있다고 생각한다. 요즘 소설들이 신선하지 않다고 말할 때 '최근에 창작되었음에도 불구하고'를 괄호 안에 넣는 것과 같은 경우라 생각한다.

면, 그들의 삶에서 중요한 의미가 되었던 것이 무엇인지를 소설을 통해 짐작해 보는 일, 바꾸어 말해 그러한 시대가 소설에 어떤 식으로 반영되어 나타나는지를 살펴보는 작업이 필요하다.

이러한 전제하에 이 글은 "도시에서 살아남기"라는 관점에서 김승옥의 소설을 읽어보려 한다.[5] 이는 지금까지 김승옥 소설의 특징으로 자주 지적되어 온 도시적 감수성을 살피는 것과 무관하지 않다. 김승옥에서 발견되는 도시적 감수성을 읽는다는 것에는 단순히 도시의 삶을 다룬다는 것 이상의 의미가 담겨 있다. 거기에는 도시에서 살아가야 하는 동시대 젊은이들의 갈등과 선택 그리고 적응의 과정이 모두 함축되어 있기 때문이다. 또 도시와 도시인들의 속성에 대한 그들의 감상도 함께 녹아있다.

이전 소설과 비교해 볼 때 김승옥 소설의 '살아남기'가 갖는 가장 큰 특징은 구체적인 생활이 결여되어 있다는 점이다. 소설의 주요 인물들은 생활에 몰입하지 못하거나 몰입하기 위해 첫 걸음을 내딛으려 한다. 그러면서도 그들은 하루하루의 일상이나 물질적인 삶보다는 정신적인

---

4) 세대라는 용어는 당연히 동시대인 중 일부를 가리키는 말이고 다분히 전략적인 개념으로 사용되어 왔다. 하지만 제한적이라는 것조차 중요한 의미를 가지고 있고 전략적으로든 실제로든 새로움을 말하기에 적당한 용어이기에 여기서는 기존에 사용하던 60년대 세대, 4·19 세대라는 말을 그대로 사용한다. 이 글에서 세대를 중시하는 것은 도시에서 살아남기라는 김승옥 소설의 주제가 50년대 혹은 70년대 소설들과 어떻게 다른지 확인하기 위해서이다.

5) 현대 소설사 전체가 도시에서 살아남기를 다루고 있다고 해도 지나친 말은 아니다. 도시화와 공업화 그리고 농촌의 해체가 근대화의 일반적인 현상이라면 거기에 이어지는 도시로의 인구 유입 역시 보편적인 현상이다. 우리뿐 아니라 세계의 많은 근대소설이 이러한 이주와 그곳에서 벌어지는 삶을 다루고 있음은 잘 알려져 있다. 그러나 그러한 살아남기의 의지와 방법이 시대마다 같지 않은 것도 사실이다. 김승옥을 생활의 관점에서 읽는 이유는 그의 소설을 도시를 다룬 다른 시대의 소설과 비교하기 위해서이다.

삶에 관심을 갖는다. 그의 소설에서 생활인은 천박하거나 부도덕한 인물로 다루어지기도 한다. 이는 전후 소설이나 전후를 배경으로 다룬 많은 소설에서 가난이나 생존이 가장 큰 주제였고, 그를 극복하기 위한 노력이 이야기의 중심에 놓였던 사실과는 분명한 대조를 이룬다.6)

김승옥 소설의 서사를 추동하고 있는 가장 흔한 모티프는 성(性)이다. 그러나 그의 소설에서 성은 사랑과 거의 무관하다. 간혹 긍정적인 감정의 끌림이 등장하더라도 그것을 사랑으로 보기는 애매하며, 그마저 파탄으로 마무리되기 일쑤이다. 가족 간의 관계나 이성에 대한 호감은 갑작스러운 상황 변화에 의해 방향을 바꾸곤 한다. 그렇다고 성이 육체적 욕망과 관계되는 경우도 많지 않다. 성은 개인의 성장 혹은 성숙의 계기로 다루어진다. 어린 시절의 순수에서 벗어나 어른들의 세계로 진입할 때, 설득력의 문제와는 무관하게, 성적 체험이 자주 등장한다. 성으로 대표되는 욕망이 표현될 때 그 대상에 대한 고려가 전혀 없다는 점 역시 인상적이다. 인물들은 자신의 행위가 만들어낸 결과에 대해 무관심하다. 윤리적 판단은 물론 대상에 대한 관심 자체가 전무하다고 해도 좋을 정도이다. 욕망은 대부분 대상을 향한 것이 아니라 개인 문제 해결의 수단으로 환원되고 만다. 여기서 개인의 문제란 성숙한 인간이 되어야 한다는 당위와 그를 통해 생활을 가져야 한다는 과제를 포함한다.

이러한 생활의 부재와 성숙의 압력은 인물들로 하여금 도시적 가치를 거부하도록 만든다. 교환가치, 속물근성, 과도한 질서 등은 그 대표적인 예이다. 도시적 가치에 대한 거리 두기 혹은 부적응은 머뭇거리고

---

6) 여기서 생활이란 물질에 기초한 일상의 유지를 말한다. 전형적인 생활인은 사회의 일원으로 경제 활동을 하며 가정을 유지하고 나아가 자아와 세계의 적당한 타협을 수용하는 태도를 갖는다.

주저하는 듯한 문체와 인물로 대표되는 김승옥 식 감수성의 실체를 설명하는 중요한 열쇠이다. 적극적으로 평가한다면, 1960년대 서울이라는 환경과 그를 받아들이지 못하는 인물들이 보이는 불협화음에서 김승옥 소설의 주제가 드러난다고 할 수 있다.[7]

본론에서는 차례로 왜곡된 성과 성숙의 문제, 죄의식과 생활의 문제, 경제와 윤리의 문제를 다룬다. 두 번째와 세 번째 장에서 다룰 문제들이 김승옥 소설의 현상적 특징에 해당한다면 네 번째 장에서 다루게 될 문제는 김승옥 소설의 주제 혹은 의의에 해당한다.

2. 성적 체험과 생활의 갈등

처음 김승옥 소설을 읽을 때 독자를 가장 당황스럽게 하는 것이 '성'의 문제이다. 그의 몇몇 소설에서 발견할 수 있는 신선한 문체는 대다수의 소설에서 중심을 차지하고 있는 성 혹은 성적인 체험의 문제와 비교할 때 작은 부분으로 느껴지기까지 한다. 대표작으로 꼽히는 「건」이나 「무진기행」에서조차 성은 '교육적'으로 불편한 모티프이다. 「건」을 소년의 성장을 다룬 소설로 볼 때, 비록 상징적이라고 하지만, 그의 성년 의식에 윤희의 성적인 대상화가 필수적인가는 의문이다. 「무진기행」에서 희중과 하인숙과의 관계 역시, 다양한 해석을 낳기는 하지만, 주제를 드러내기 위해 설득력 있게 동원되었는지 의심스럽다.

---

7) 물론 교환가치가 근대 자본주의 그리고 도시 생활의 바탕을 이루는 것임에는 의심할 여지가 없다. 그것을 끝내 받아들이지 못한다면 도시 생활 아니 근대인으로서의 생활은 불가능하다. 그럼에도 불구하고 흔쾌히 도시의 가치를 받아들이지 못하는 데서 김승옥 소설의 인물이 가진 아이러니를 발견할 수 있다.

일상에서 성은 사랑의 부분 혹은 결과로 여겨진다. 때로는 순수한 육체적인 욕망을 나타내기도 한다. 앞의 경우가 행복이나 화합 등 긍정적인 이미지를 가지고 있다면 뒤의 경우는 불행이나 갈등의 이미지를 가지는 것이 보통이다. 또 성은 인간과 인간의 관계를 강화시키거나 악화시키는 중요한 계기로 사용된다. 굳이 결혼이라는 제도를 떠나더라도 성은 인간의 삶에 필수적인 것이며 소설에서는 관계를 표현하는 중요한 수단으로 사용된다.[8] 그러나 김승옥 소설에서 성은 사랑과 큰 상관이 없거나 전혀 상관이 없다. 김승옥 소설에서 온전한 사랑으로 이어진 남녀 관계는 거의 찾아볼 수 없다. 비교적 온전하고 평화로운 부부관계가 표현된 작품은 「차나 한잔」 정도이다. 그렇다고 그의 소설에서 성적인 욕망이 두드러지게 드러나는 것도 아니다. 성적인 욕망을 인간 본성의 하나로 다루고 있는 작품도 「야행」 정도에 그친다.

김승옥 소설에서는 연애소설과 같은 순정을 찾아보기 어렵고, 성으로 상대방을 지배하려는 인물도 찾아볼 수 없다. 인물들은 성에 절실하게 매달리는 듯한 태도를 보이다가도 어느 순간에는 그것이 아무런 의미도 없는 것처럼 행동한다. 자세한 묘사가 등장하는 것도 아니어서 성이 순수하게 독자의 호기심을 자극하기 위해 동원되었다고 보기도 어렵다. 성 혹은 성적 체험이 자주 이야기되기는 하지만 소설 전체의 인상을 지배할 만큼 강렬하게 표현되지는 않는다.

그럼에도 불구하고 그의 소설에서 성은 인물들의 사고를 지배하고

---

8) 시대마다 성문화가 동일한 것도 부부 사이의 관계나 위상이 변치 않는 것도 아니다. 성 역시 하나의 문화로 보는 관점은 성에 대한 다양한 사고를 가능하게 한다. 그러나 이 글에서 말하는 성은 결혼을 전제로 한 제도로서의 성을 말하는 것은 아니다. 김승옥 소설이 창작될 당시 문화나 제도로서의 성에 대해 다룬 글로는 이선미의 「1960년대 이후 성문화풍속과 '사랑'의 사회성」(상허학보 27집, 2010.6)을 참조할 수 있다.

하루하루의 일상을 규율하고 있다는 인상을 준다. 무엇보다 성적인 체험은 인물의 행위에서 중요한 전환점이 된다. 즉, 김승옥 소설에서 성은 성장 혹은 성숙의 계기가 된다. 여기서 성숙은 단순히 육체적 정신적 성장을 의미하기보다 사회화 과정을 이르는 말이다.[9] 그의 소설에서 사회화란 내면의 성장이라는 의미보다는 주변과 같아진다는 의미, 사회의 속물성을 받아들인다는 의미를 가지고 있다. 성적인 체험은 다른 사람과 같아지는 행위 또는 자신을 내면에서 꺼내어 사회적 기준으로 편입시키는 행위가 된다.

초기작 「생명연습」은 이후 그의 작품에 빈번하게 등장하는 성적 체험을 통한 성숙의 구조를 잘 보여준다. 이 작품은 두 가지 서사로 이루어져 있다. 대학생인 서술자의 소설 속 현재와 그의 어린 시절이 병행하여 전개된다. 서술자의 스승인 한 교수는 그의 동료인 사회학과 박 교수 부인이 죽었다는 소식을 듣고 남다른 반응을 보인다. 그녀는 유학생활 중 한 교수와 사귀던 여인이었기 때문이다. 당시 유학생활을 계속할 것인지 귀국할 것인지를 고민하던 한 교수는 유학 중 사귀던 여인을 범해버린 후 귀국을 단행하였다.

「생명연습」의 두 번째 서사는 서술자가 회상하고 있는 자신의 가족 사이다. 서술자 삼남매와 어머니는 전후 아버지 없이 어렵게 살림을 유지해온다. 어느 날부터인가 어머니는 남자를 집으로 끌어들이는데 그것이 가족들의 경제적 문제와 무관하지 않음을 남매들은 알고 있다. 지병으

---

9) 김승옥 소설에서 성숙은 일부 성장소설에서 볼 수 있는 성장과 다르다. 소년 주인공이 가족사를 통한 현실의 자각이나 독립된 개인으로 '성공'을 추구한 것이 우리 성장소설의 중요한 흐름이었다면 김승옥 소설에서 주인공들은 소년을 넘어 선다. 그들에게도 현실의 자각이나 성공이 중요하기는 하지만 구체적인 사건이나 사실 보다는 감상적인 차원에서 주로 다루어진다. 이에 대해서는 졸고, 「소년들의 도시, 전쟁과 빈곤의 정치학」(『비평문학』 37호, 2010.9) 참조.

로 다락방을 차지하고 있던 형은 어머니를 죽이려는 음모를 꾸민다. 이를 알게 된 나와 누이는 형을 바다로 밀어버린다. 비록 동생들의 시도는 형의 귀가로 수포가 되지만 이후 형은 스스로 죽음을 택한다.

한 교수는 정순을 범함으로서 과거의 자신에서 한 발 벗어나 새 걸음을 디딜 수 있었다. 사랑으로 자신을 묶어두거나 귀국해서 안정된 자리를 잡는 일 중 하나를 선택해야 했을 때 그는 후자를 택했던 것이다. 그때 이후로 한 교수는 정순의 장례식장에 가서 자신이 울지 안 울지를 미리 재어 볼 정도로 지극히 현실적인 인간이 되었다. 반면 두 번째 서사에서 어머니의 부정한 성은 삼남매 모두에게 충격이었음에 틀림이 없다. 그러나 어머니의 행위에 대한 반응은 각기 달랐다. 형이 도덕적인 잣대를 놓지 않았다면 나와 누이는 생활 쪽을 선택하였다. 폐병으로 다락방을 차지하고 있는 형과 부정한 어머니 사이에서 갈등하던 동생들은 어머니의 행위를 용서하고 형의 도덕적 개입을 저지하려 하였다.

이러한 인물들의 선택을 성숙의 과정이라 부를 수 있다면, 성숙이란 결국 더 큰 욕망인 생활을 배우는 것과 다르지 않다. 김승옥 소설에서 성숙은 결코 사랑을 배우는 것이 아니다. 어느 시인은 도시에서 사랑을 배울 것이라는 말로 희망과 절망을 섞어 노래했지만, 산문의 세계에서는 어쩔 수 없이 현재의 구체적인 삶이 문제되는 것이다. 한 교수의 선택이나 나와 누이의 선택 기준은 생활이었지 윤리나 도덕이 아니었다. 어른이 된다는 것은 이러한 삶의 원리를 깨달아간다는 말과 다르지 않다. 인물들은 성숙을 위해서 버릴 것이 필요하다면 기꺼이 그것을 버려야 한다고 생각한다. 이때 한 여자의 정조나 환자의 목숨은 그리 중요하지 않다.[10]

---

10) 물론 여기에는 단순한 생활을 문제를 넘어서는 무엇이 존재한다. 나와 누이의 선

사회화는 개인이 사회의 보편적 가치를 받아들이고 거기에 맞추어 자신의 가치관을 수정하는 과정에서 이루어진다. 김승옥 소설에서 성 혹은 그것의 용인은 사회와 개인의 가치를 교환하는 중요한 체험이 된다. 소중하다고 생각하는 과거의 가치를 자기 밖에 존재하는 낯선 가치와 바꾸는 것이다. 소설 속 인물이 추구(?)하고 이후 연구자들에게도 큰 주제가 되었던 '자기세계'[11]라는 것도 결국은 이 교환이 성공적으로 이루어졌느냐의 문제로 환원될 수 있다. 이 교환이 원활하게 이루어졌을 때 인물들은 생활을 얻을 수 있는 것이다. 물론 수많은 가치 중 성이 중심에 놓이는 것이 문제적이기는 하다. 성은 단순히 경제적인 문제로 접근하기 어려운 요소를 가지고 있기 때문이다. 이는 다음에 다룰 죄의식의 문제와도 연결된다. 여하튼 무엇인가 가치 있는 것을 버려야 한다는 것이 그의 소설에서 말하는 성숙이고 도시의 삶임에는 틀림이 없다.[12]

그렇다고 김승옥 소설이 생활의 긍정을 주제로 내세우거나 거기에 절대적 의미를 두는 것은 아니다. 그의 소설에는 현실적 삶을 본격적으

택은 젊은 어머니가 가지고 있는 생명력에 대한 동의이기도 하다. 자신의 상징을 절단해 버렸다는 전도사의 괴이한 행위를 이야기하는 청소년기 소년과 소녀에게 어머니의 행위는 충분히 용서될 만한 것이었다.

11) 자기세계의 의미에 대해서는 여러 해석이 가능하다. 아비 부정, 누이 콤플렉스, 살아남기 등 다양한 내포를 가진 개념으로 해석된다. 이에 대해서는 다음 두 글을 참조할 만하다. "주체의 내면에 상상적으로 신성화된 어머니를 설정한 후 스스로 그녀를 살해하는 과정에 다름 아니다. 그리고 그녀를(그녀들을) 살해한 죄의식을 견뎌내는 것. 이것이야말로 김승옥 식 <자기세계>의 실체이다."(장세진, 「아비 부정, 혹은 1960년대 미적 주체의 모험」, 『상허학보』 12집, 2004.2, 109면.) "소설 속 내포 화자는 순수한 감정을 위악적으로 훼손하여 결국 강자들의 도시에서 살아남고 마는 인물들의 태도를 포괄하여 '극기'라고 부르며 이렇듯 극기의 과정을 거쳐 성립된 실체를 하나의 자기세계라고 명명한다."(오윤호, 「가족관계와 '가난과 이주'에 대한 윤리적 대응 연구」, 『국제어문학』, 2005.12, 106면.)

12) 이렇게 볼 때 "'자기세계'로의 진입 그 자체는 일반적인 의미에서의 성장과 크게 다르지 않다."(이수형, 「주체의 책임과 자유」, 『상허학보』 16집, 2006.2, 417면.)

로 긍정하지 못하는 청년의 섬세한 감수성이 드러나기 때문이다. 구체적 현실과 사건으로 드러나지는 않지만 인물들의 넘치는 자의식은 온전하게 받아들이기 어려운 성숙의 압력에서 비롯된다고 할 수 있다. 성적 체험으로 표현되는 성숙의 욕망과 그 성숙이 완전한 자기 것이라고 말하기에는 너무나 감성적인, 미성년의 심리가 김승옥 소설의 인물에는 공존한다. 그에게 수사처럼 붙어 다니는 새로운 감수성은 기실 둘 사이의 긴장에서 비롯된다.

성적 체험은 다른 소설에서도 변화의 중요한 계기가 된다. 젊은이의 고민과 절망을 극단적으로 드러낸 소설 「환상수첩」은 성적 소재들로 넘친다. 수첩의 저자(정우)는 선애를 종삼 여인 향자와 교환하자는 영빈의 제안을 받고 자신의 여자 친구를 친구에게 '주어 버린다.' 선애는 자신의 모습을 비추는 거울과도 같은 존재였지만 정우는 그런 선애를 범하고 자신의 행위는 단순한 성욕 때문이었다고 말한다. 하지만 실제로 애인을 누구에게 주어 버린다는 터무니없는 행동의 이유는 현재의 자신을 부정하기 위해서이다. 그는 이를 위해 선애를 학대하고, 신성한 세계를 오염시키고자 노력한다. 그녀의 죽음은 그가 귀향을 결심하게 되는 결정적인 계기이다.

고향에서는 정우와 닮은 친구들이 절망적인 삶을 살고 있다. 삼류 시인 윤수는 기생과 어울려 기꺼이 도색 사진의 주인공이 되어 주고 여행 중 만난 곡마단 여인을 사랑하기도 한다. 여행을 통해 정상적인 삶을 회복해가던 그는 수영의 여동생을 강간한 불량배들과 싸우다 결국 죽음에 이르게 된다. 윤수는 범죄에 저항함으로서 모든 가치가 의미 없는 것은 아니라는 사실을 몸으로 보여주고 싶었던 것이다. 반면 춘화를 그려 팔던 수영은 살아남아 친구들의 이야기를 기록한다. 자신의 약값을 마련하기 위해 선택한 일이 주변을 불행하게 만들었지만 결국 그는 살아남는다. 수영은 친구들의 경험을 통해 새로운 삶에 대한 의욕을 새삼 갖게 되는 것인데, 이를 생활로의 귀의로 보는 것도 무리가 없어 보인다.

「건」의 서술자가 미영이와의 아름다운 과거와 이별하는 행위, 윤희 누나를 형들에게 넘겨주는 행위가 갖는 의미 역시 이러한 맥락에서 해석된다. 자신이 버려야 할 세계와 앞으로 살아가야 할 세계가 분명히 눈에 들어오면서 주인공이 스스로 다음에 닥칠 세계로 진입하기 위해 과거의 기억과 이별하는, 즉 교환해 버리는 것이 이 소설의 결말이다. 「무진기행」에서 희중과 하인숙의 성적 관계는 시작도 갑작스럽고 마무리도 갑작스럽다. 그들 사이에 놓여 있는 문제가 분명히 드러나지 않았음에도 불구하고 잠시의 만남으로 그들은 자신들의 문제 혹은 관계를 쉽게 해결해 버린다. 경험 이전의 긴장은 실제 경험을 통해 녹아버리고 의미조차 잃어버리게 된다.13)

3. 선취된 죄의식과 선택의 경계

앞 장에서는 성적 체험을 통해 생활을 깨닫게 되거나 현실 사회로 인물의 내면을 조정해 가는 구조가 김승옥 소설의 서사가 갖는 특징이라고 말했다. 그런데 이러한 성적 체험이 죄의식과 연관되어 있다는 사실은 그의 소설을 읽는 또 하나의 열쇠이다. 사랑에서 비롯되거나 그곳으

---

13) 누이 콤플렉스는 생활 콤플렉스와 다르지 않다. 김승옥 소설에서 여성들은 일찍 생활로 뛰어든다. 남성들은 이에 비해 생활에 빨리 적응하지 못한다. 여성들은 남성보다 현실의 생활 원리에 충실하다. 그들은 그들에게 가해진 폭력이나 상처에 대해서도 큰 반응을 보이지 않는다. 생활은 그러한 고통을 아무렇지 않게 여기는 데서부터 출발한다.

로 귀결되는 성적 체험이 아니라 생활로 진입하기 위한 과정 혹은 수단
으로 그것이 존재하기에 죄의식의 존재는 어쩌면 당연한 지도 모른다.
한 쪽에게는 성적 체험이 성숙을 위한 과정이 되겠지만 그러한 과정을
위해 대상화되는 상대방은 피해자가 될 수밖에 없고, 피해자가 존재하는
한 가해자 역시 존재하기 마련이기 때문이다.

  그의 소설에서 가해자와 피해자의 관계가 가장 노골적으로 드러나는
사건은 강간이다. 그러나 그것이 유별난 범죄로 도드라지지는 않는다.
현실과는 거리가 느껴질 만큼 담담하게 다루어진다. 그의 소설에서 강간
의 예로는 「환상수첩」의 수환 여동생 사건과 「염소는 힘이 세다」의 서술
자 누이 사건을 들 수 있다. 그러나 실제로 물리력에 의한 강간이 아닐
지라도 대상화된 여성에게 가해지는 남성의 폭력 혹은 애정 없는 성이
라는 의미에서는 다른 예를 더 찾을 수 있다. 「생명연습」의 정숙, 「환상
수첩」의 선애, 「건」의 윤희, 「다산성」의 유숙, 「60년대식」의 애경(현숙)
은 남성의 무책임한 행위에 의해 대상화되는 여인들이다. 김승옥 소설
에서는 뒤의 경우가 앞의 예보다 더 중요하다. 앞이 우발적으로 벌어진
사건이라면 뒤는 인물들에 의해 의도된 행위이다.

  그런데 앞 장에서 다루었듯 이 의도에는 성적인 욕망이나 사랑이 개
입하지 않는다. 욕망과 사랑 대신에 어떤 일이든 저질러야 하겠다는 인
물의 의지가 강하게 개입한다. 그 의지의 바탕에는 죄의식이 놓여 있는
것으로 보인다. 인물들의 목표는 죄의식을 갖는 것이고, 그 목표를 이루
기 위해 죄를 저지르는 전도된 상황이 펼쳐진다. 일반적으로 죄의식은
우발적인 잘못이나 지나간 악에 대한 자각에서 비롯된다. 행위의 결과
혹은 각성의 결과라고 할 수 있다. 그러나 죄의 결과라 할 죄의식을 이
미 선취한 경우라면, 이때 죄는 결과이지 원인이 아니다.[14] 사실 이는 죄
와는 크게 관계가 없는 죄의식이다. 인물들은 가고자 하는 길 혹은 갈 수

밖에 없는 길을 가기 위한 선택으로 죄를 짓는 것이다.

　이처럼 김승옥 소설의 인물들은 선택 자체에 어려움을 겪을 때 죄를 저질러버림으로 해서 한쪽을 선택하지 않으면 안 되는 상황을 만든다. 「건」에서 윤희 누나를 형들에게 보내는 행위, 「다산성」에서 특별한 애정도 없는 하숙집 딸을 범하는 행위, 「생명 연습」에서 선애를 친구와 교환해 버리는 행위, 「무진기행」에서 희중이 하인숙과 관계를 맺는 행위는 모두 '죄'의 선택과 관계된다. 또, 이 선택은 앞서 다룬 성숙으로 이어진다.

> 거절할 수도 없었다. 거절하면 또 무슨 판잔을 받을지 몰랐다. 그리고 위대한 모험 속으로라도 뛰어드는 기분이기도 하였다. <u>스스로는 모험을 만들어 거기에 자신을 바칠 기운도 없었다. 어쩌면 이런 일이 저절로 일어나기를 기다리고 있었던 것인지도 몰랐다.</u> 세상이 깜짝 놀랄 사건이나 일으키고 죽고 싶다. 선애고 뻥 뚫린 구멍이고 휩쓸어 버릴 사건이나 생겼으면 좋겠다.[15](밑줄 필자)

　위에서 확인할 수 있듯이 어떤 일이고 일어나서 자신이 어쩔 수 없이 행동을 해야 하는 처지에 몰리게 되는 것, 이것이 죄를 저지르는 목적이다. 현재를 벗어나야 하지만 그 계기를 스스로 찾지 못한 위 「환상수첩」의 인물은 치기 어리게도 누군가 대신 상황을 저질러 주었으면 하고 바라기까지 한다. 일종의 자포자기와 같은 심정이면서 동시에 새로운 세계

---

14) 죄의식이 죄 이전에 존재한다는 생각은 여러 글에서 찾을 수 있다. 프로이트 역시 다음과 같이 말한다. "범죄 이전에 강한 죄의식이 존재하는 것을 볼 수 있는 것이다. 따라서 죄의식은 범죄의 결과가 아니라 동기이다. 마치 주체는 그 무의식적인 죄의식을 실재적이고 현실적인 어떤 것과 결부시키면 그 죄의식이 경감될 수 있다고 느끼는 것 같다."(S. 프로이트, 「자아와 이드」, 『정신분석의 근본 개념』, 열린책들, 2003, 398면.)

15) 김승옥, 「환상수첩」, 『무진기행 외』, 한국소설문학대계 45, 두산 동아, 1995, 50면.

로 나아가려는 몸부림이다. 굳이 '모험'이라는 단어를 여러 번 사용한 이유가 여기 있다.

따라서 인물들이 죄를 저지르는 대상과 그들에 대한 증오 혹은 미움은 큰 관계가 없다. 반대로 성숙에 대한 강박 그리고 자기세계를 가져야 한다는 강박은 애정에 대한 배신으로 나타나게 된다. 인물들은 분명히 사랑하던 것을 독으로 바꾸어버림으로서 자신을 바꾸려 노력하기 때문이다. 이는 도스토예프스키의 주인공 라스콜리니코프가 자신의 동정과 애정을 미움과 죄로 바꾸어버리고 바로 그의 죄를 경찰과 소냐에게 고백해 버리는 상황과 비슷하다.16)

그렇다면 중요한 것은 김승옥 소설의 인물들이 죄의식을 선취하고 있는 이유이다. 그들 의식의 심연에는 고향과 가족에 대한 부채가 놓여 있다. 고향을 버리고 '남자'로서 자신의 책임을 다 하지 못하고 스스로 서지도 못하고 있다는 의식, 어떻게든 도시에서 '혼자' 살아남아야 한다는 이기심이 자연스럽게 죄의식을 낳는 것이다. 즉 도시에서 살아남으려는 현실적 의지가 죄의식을 수반하는 것이다. 도시에서 살아남는 것이 당면한 과제가 될 경우 고향을 버리게 되거나 여인을 버리게 되는 일은 피할 수 없다(최소한 인물들의 내면에 그런 생각이 자리하고 있다). 그 죄의식에서 벗어나기 위해 오히려 실재적이고 현실적인 죄를 저질러 버리는 것이 김승옥 소설의 중심 서사이다. 죄의식이 언제나 무의식 속에

---

16) 이에 대해서는 다음 글을 참조할 수 있다. "The second layer involves unconscious motivation, those strange inversions wherein love turns into hate and guilt express itself as poisonous, sickly love Thus Raskolnilov's mad need to confess his crime to the police and to the Sonia the prostitute presage Freud's comment on the action of the superego: "In many criminals," writes Freud, "especially youthful ones, it is possible to detect a very powerful sense of guilty which exist before the crime, and is therefore out its result but its motive."(James Wood, *How fiction works*, Picador, Nes York, 2008, pp.159-160.)

있기 때문에 그것을 떨쳐버리는 일은 죄를 짓는 일 말고는 없다. 피할 수 없다면 미리 저질러 버리는 것이 죄의식에서 벗어나는 한 가지 방법 인 것이다.

「60년대식」에서 현숙과의 관계, 「다산성」에서 하숙집 여인과의 관계 는 여러 번의 생각과 계획에 의해 이루어진다. 이 과정에서 두 여인은 속된 욕망의 대상이 된다. 남성 인물들이 아는 도시는 여인을 욕망하고 결국 버리는 곳이다. 욕망하지 않고는 그들에게서 벗어날 수도 없다. 이 는 그의 소설에서 성장한 남성들이 여인들을 다루는 일관된 방식이다. 가족을 다루는 방식 역시 유사하다. 이미 가야 할 길에 가족은 장애물 이다. 「환상 수첩」, 「염소는 힘이 세다」, 「생명 연습」에서 가족으로서의 여인은 더럽혀 지거나 타락한 인물로 그려진다. 죄의식의 측면에서 보자 면 이는 버려야 할 것에 대한 두려움이나 책임을 지지 못할 것에 대한 인물들의 두려움이 어색한 방식으로 나타난 것이라고 할 수 있다.

> 아니 선애의 추억은 불러일으키지 말자. 고향에 가서 나는 어떻게 살아야 하느냐가 문제다. 서울에서 내 행동의 일체가 악이었다면 그러 면 고향에서는 그와 정반대로의 행동을 하고 살면 선이 될 것인가? 그 러나 정반대의 행동이란 도대체 어떤 것인가? 그러기 전에 내가 과연 서울에서의 나의 행동 일체를 부정하고 나설 수 있을까?[17]

죄를 저지르면 그 죄의 값을 받거나 죄를 씻기 위해 노력해야 한다. 그러나 위의 글 어디에도 그러한 기미는 보이지 않는다. 행위는 단지 수단이나 계기였기 때문이다. 선과 악을 말하고 있지만 정확히 무엇이 선인지 악인지 말하려는 것도 아니다. 과거를 부정하고 현재의 생활을

---

17) 김승옥, 「환상수첩」, 같은 책, 58면.

모색하는 과정에 있을 뿐이다.

김승옥 소설의 인물들이 가지고 있는 이러한 죄의식은 그의 소설이 가지고 있는 시대적 의미와도 연결된다. 이전 세대들은 이러한 죄의식을 느끼기 전에 현실을 맞이하게 되었다. 해방과 전쟁 그 이전에 식민지 시대라는 커다란 환경이 그들을 억누르고 있었다. 큰 아비가 존재하였고 그들과의 작용을 통해 자신을 정립하면 되었던 것이다. 이런 의미에서 그들은 행복할 수도 있었고 불행할 수도 있었던 세대였다. 그들이 경험한 사건이나 처한 환경은 상대적으로 개인들이 개입할 여지를 남겨 두지 않았다. 개인들은 외부의 변화를 그저 수동적으로 받아들이고 있어야 했다. 그런데 자신을 억누르는 커다란 아버지가 없어지고 현실에 개인이 놓였을 때 개인이 선택할 수 있는 길은 시대에 억눌려 살았던 이전과는 다른 것이었다. 그러나 바뀐 시대 앞에서 정신을 차리자마자 그들은 학교를 졸업하게 되었고 어른이 되어 있었다.[18] 생활을 찾아야 하는 절박한 선택이 바로 앞에 놓여 있었다. 그 길을 찾아가는 것은 그것 자체로 쉽지 않았고 과거 자신의 부채와도 이별해야 하는 과정을 필요로 하였다. 고향을 버려야 하고 때로는 과거의 윤리와도 이별해야 했다.

이런 의미에서 김승옥의 소설에서 아버지의 부재는 다시 언급할 만하다. 흔히 말하듯 4·19라는 사건은 스스로 아버지를 만들어냈고, 이는 이전 세대에게서 찾아보기 어려운 경험이었다. 그런데 그들이 만들어낸 아버지는 그리 굳건한 아버지가 아니었다. 4·19 세대라는 사람들은 정치적인 데는 실제로 명민하지 못했을 뿐 아니라 아비 죽이기 권력

---

18) 도시로 올라온 대학생들에게 고향으로 돌아가지 않고 어떻게 서울에 남아 있을까는 공통된 관심사이자 고민이었다. 이는 단지 작가에 한정되는 것이 아니라 도시화 과정에서 농촌을 떠나 도시로 올라온 이들의 공통된 과제였다.

등과도 거리가 있었다.[19] 부재한 아버지의 자리는 다른 무엇이 차지하게 되었고 자신들은 다시 새아버지의 너무 큰 의붓아들이 되어 버렸다. 이러한 경험은 자연히 환멸로 이어지게 된다.

자신의 세계에서 벗어나고 싶어 하는 「환상수첩」의 주인공들의 생활은 말할 것도 없이 현재의 삶에 대한 진한 환멸에서 비롯된다. 살아야 할 것인가 조차 의심하고 있는 이들에게 죄의식은 자신이 살지 않으면 안 될 이유가 되어야 한다. 따라서 이 소설 속 인물들은 죽음 충동과 삶의 충동 사이에서 계속 갈등한다. 자신을 소모하는 죄와 그에 대한 죄의식을 경험하면서 조금이라도 건강한 삶으로 돌아와야 한다는 의지를 보여준다. 윤수의 갑작스런 행동들은 이 변화의 결과라 할 수 있다. 수영의 어색한 삶의 의지도 이와 크게 다르지 않다. 가장 비극적인 인물은 정우인데, 고향에서 무언가를 찾으려는 그의 시도는 기본적으로 한계를 가지고 있었다고 할 수 있다.

죄의식이라는 창으로 볼 경우 김승옥 소설에 등장하는 '자기세계'의 실체는 분명해진다. 그의 소설에서 자기세계를 갖는다는 것과 어른이 된다는 것은 크게 다르지 않다. 어른이 된다는 것은 여성을 윤리적으로 버리는 일이고, 고향을 버리는 일이며, 결국 도시에서 살아남기를 배우는 것이다. 그렇다면 문제는 자기세계가 아니라 '살아남기'이다. 이들에게 존재하는 욕망의 실체가 살아남기이기 때문이다. 인물들은 살아남기 위해 고향 그리고 자신이 책임져야 하는 '여성'에게서 벗어나려 노력한다. '자기세계'는 당시 젊은 작가의 고민이었을 것이고 그것은 단순히 자신의 의지로 살아가는 것, 도시에서 살아남는 것 이상도 이하도 아니었다고 할 수 있다.

---

19) 장세진, 같은 글, 103면.

이렇게 보면 앞의 소설들에서 하나의 진전을 보여주는 소설이 「역사」이다. 창신동과 양옥집 사이에서 혼란을 겪고 있는 주인공이 악을 통해서 하나의 죄를 만들고, 이를 통해 양옥집의 세계에서 빠져 나오고자 했으나 결국 죄를 짓지 못하고 양옥집에 머무르고 마는 것이 이 소설의 중심 서사이다. 이 소설의 서술자는 죄를 짓는 데조차 무기력하다. 개인의 문제가 아닌 질서나 사회 혹은 도시의 문제로 확대할 때 개인의 죄짓기는 무기력할 수 있는 것이다. 매일 밤 돌을 옮기는 역사의 노력이 도시에 아무런 영향을 주지 못하듯이 개인의 죄짓기로는 아무런 영향을 주지 못하는 곳이 도시라는 것을 서술자는 깨닫게 된다. 이를 깨닫고 절망하는 청년의 각성은 개인 차원의 성숙에서 만족하던 소설들과는 다른 성취를 보여준다. 작가는 창신동과 양옥집을 자주 대조하면서 가치의 문제에 대해 직접적인 질문을 던지고 이를 통해 생활과 관련한 일종의 비판 의식을 드러낸다.

4. 도시의 경제와 주변인의 윤리

부정적으로 볼 경우 김승옥 소설 인물들의 죄의식은 생활력 없는 무기력한 인물의 극약 처방이다. 그들은 머뭇거림과 주저함을 극복하는 방법으로 죄를 짓는 것이다. 이때 생활에 쉽게 적응하는 것이 선이고 그러지 못한 것이 악이라면 소설의 주제는 명확해질 수 있다. 그의 소설을 인물들의 힘겨운 사회 적응기 혹은 성장기로 이해하면 되기 때문이다. 그러나 김승옥 소설에서 생활이 갖는 의미는 그리 단순하지 않다.

생활을 갖는 것에 대한 갈등이 김승옥 소설의 중요한 내용이기는 하지만 어떤 인물도 그것을 흔쾌히 받아들이지 못한다. 그들은 당연한 과정을 쉽게 견뎌내지 못해 방황한다. 인물들은 그들이 살아갈 삶이 가진 황폐함에 대해 알고 있을 뿐 어떻게 살아갈 것인가에 대한 구체적인 고민을 드러내고 있지는 않다. 살아가야 할 목표나 이유를 가지고 있는 것 같지도 않다. 방황 그 자체가 소설의 내용을 이루고 있는 것이다. 물론 어딘가의 별을 향해 가면 저절로 길이 되는 그런 시대는 우리에게 없다. 보이지 않는 그래서 결국 잡히지 않는 길을 찾아 떠난 도시인의 이야기가 소설이라면 김승옥의 소설 역시 그러한 범주 안에 속한다고 말할 수 있다.

어떻게든 살아가야 한다는 생각이 주요 인물들을 지배하고 있는 것은 사실이다. 그러나 '자기세계'를 마땅히 가져야 할 것으로 여기지만 실제로 인물들은 그 자기세계에 들어가기 위한 문 앞에서 서성거리거나 망설이고 있다. 생활을 가진 자들을 부러워하고 있지만 그렇다고 그들을 일백 퍼센트 인정하고 있다는 인상을 주지도 않는다. 앞서 보았듯이 「생명연습」의 서술자는 순수한 감정을 위악적으로 훼손하여 결국 강자들의 도시에서 살아남고 마는 인물들의 태도를 포괄하여 "극기"라고 부르며 이렇듯 극기의 과정을 거쳐 성립된 실체를 하나의 자기세계라고 명명한다.[20] 김승옥 소설이 도시 생활을 마냥 긍정하는 것이 아니라면 '자기세계'는 긍정되어야 하지만 도전 받기도 해야 한다.

> 그 집—그늘 많은 얼굴들이 살던 그 집에서 나는 나 자신 속에서
> 꿈틀거리는 안주(安住)에의 동경을 의식하지 않을 수 없었다. 그것은
> 그 사람들의 헤어날 길 없는 생활 속에 내가 휩쓸려 들어가게 되는 것
> 이 무서웠기 때문이었던 모양이다. 그러나 그곳을 뚝 떠나서 이 한결

---

20) 오윤호, 같은 글, 106면.

같은 곡이 한결같은 악기로 연주되는 집에 오자 그것은 견디어 낼 수
없는 권태와 이 집에 대한 혐오증으로 형체를 바꾸는 것이었다. 나란
놈은 아마 알 수 없는 놈인가 보다.[21](밑줄 필자)

가난한 동네 창신동을 벗어나 양옥집으로 이사한 후 양옥집의 분위
기 혹은 양옥집의 생활에 대한 감상을 서술하는 부분이다. 불쾌한 환경
에서 간신히 벗어났기에 서술자는 빠르게 과거의 자신을 버리고 새로
운 양옥집에 적응해야 한다. 그러나 서술자는 새로운 생활을 마음에 들
어 하지도 않는다. 도시가 가진 질서나 깨끗함은 창신동이 가진 건강함
과 원초적인 감상을 잃을 때만 가능하기 때문이다. 서술자에게 이 양쪽
중 어느 쪽을 선택하느냐는 결코 쉬운 일이 아니다. 하지만 나은 환경과
조건에 적응하기 위해 자신의 기호나 도덕을 이차적인 것으로 치부하지
않는다는 것만으로도 이 소설의 주인공은 특별하다.

서울에 대한 주인공의 이러한 생각은 결국 김승옥 식 도시에서 살아
남기의 주제를 낳게 된다. 어떻게든 살아남아야 한다는 생각이 김승옥
이전 소설, 특히 1950년대 소설의 주제였다면 김승옥 소설은 어떻게 살
아남을 것인가를 고민한다. 어떻게 사느냐는 곧 생활의 방법을 묻는 것
이고, 생활의 방법은 곧 가치관의 문제와 닿게 된다. 사실 이는 개인의
선호 문제가 아니라 도시의 가치 전반에 대한 비판과도 이어진다. 물론
서술자가 양옥집의 가치를 부정하는 일은 현실적으로 불가능하다. 현실
이나 사회 혹은 성장이라는 이름 앞에 개인의 힘은 미약하기 때문이다.
그렇지만 서술자는 양옥집의 질서에 투항하느냐 자신이 오랫동안 발을
담그고 살던 창신동의 생활에 가치를 두느냐 사이에서 끝까지 갈등한다.

이처럼 사회적 문제가 개인으로 수렴되는 방식은 김승옥 소설이 가

---

21) 김승옥, 「역사」, 같은 책, 146면.

진 고유성이자 장점이라고 볼 수 있다. 새로운 생활을 위해 무언가를 포기해야 한다고 생각하는 순간 도시 생활의 부정성이 내면의 갈등을 통해 드러나게 된다. 「역사」에서는 새로운 생활과 교환해야 할 것이 생명력이나 원시성이었다면 다른 소설에서는 가족이거나 고향이었다. 또, 연인이거나 지난 시절의 꿈 역시 생활과 교환해야 할 것들이었다. 이러한 교환이 김승옥이 이해하고 있는 생활이며 도시에서 살아남는 방법이다. 드러내놓고 비판하는 내용은 없지만 인물이 기꺼이 발을 내딛지 못하는 환경과 흔쾌히 받아들이지 못하는 생활 속에서 부정성을 드러내는 것이 김승옥 소설의 서사 미학인 것이다.

김승옥 소설에서 생활의 문제를 마지막까지 밀고 갔을 때 마주치는 것은 환멸과 죽음이다. 「서울, 1964년 겨울」이 김승옥의 대표작이자 시대를 가장 잘 보여주는 소설인 이유는 도시의 가치문제를 끝까지 밀고 나가기 때문이다. 우연히 포장마차에서 술을 마시게 된 병사계 직원 김과 대학원생은 공허한 이야기로 현실을 벗어나려 한다. 여전히 자기세계에는 나아가지 못하고 하찮은 에피소드를 나누는 두 젊은이는 성숙하지도 미숙하지도 않은 그런 나이를 보내고 있다. 두 청년은 아내를 잃고 합류한 서적 외판원의 절망을 진심으로 공유하지 못한다. 아내의 몸값을 불에 던져버리는 이 외판원 역시 자기세계를 갖지 못한 인물이다. 도시의 논리나 영악함을 알지 못하기 때문이다. 나머지 둘은 나름대로 자기세계를 갖게 될 수도 있다. 그들이 외판원을 그냥 두고 말았다는 점은 이들이 '도시'의 사람들이라는 사실을 확인하게 한다. 아내의 죽음으로 받은 돈을 불 속에 던져버리는 절망 속에서도 외판원은 혼자 긴 밤을 보내야 했고, 결국 차가운 시체로 여관방에서 발견되고 만다. 아내를 잃고 몇 푼의 돈을 손에 쥔, 누구와도 소통할 수 없는 사내에게 서울은 죽음 외에는 극복할 길이 없는 공간이었다. 거기에 대해 김승옥은 대안을 가지고 있지 않다. 아니 누구도 대안을 가지고 있지 못하다. 그래도 소설가는 그 경계에서 살아가는 인물들의 모습을 보여주고 그들의 고민을 함께 나누려 노력하는 미덕을 발휘한다.

순전히 생활 문제로 접근해 보면 김승옥 소설은 모더니즘의 부활이라고 할 수 있다. 1930년대 소설들에서 자주 볼 수 있었으나 해방기와 1950년대 소설에서는 자주 볼 수 없었던 인물이 그의 소설에서 다시 중요하게 부각된다. 또 김승옥이 다루고 있는 '생활'의 문제는 최명익을 비롯한 모더니스트들이 고민하던 그것과 그리 멀리 있지 않다.[22] 구보가 하루 종일 경성을 떠돌고 얻은 결론은 '생활'이었고, 이상이나 김유정은 세상과 소통하지 못함 나아가 '자기세계'를 갖지 못함에 대해 쓰고자 했다. 기생과 연애를 하고 자신을 소모함으로서 세상과 만나던 그들 소설의 인물들과 여성을 대상화하고 죄의식을 선취하고 있는 김승옥의 인물들이 유사한 점이 많다고 해도 지나친 비약을 아니라 생각한다.[23]

도시의 가치 교환은 부정적으로 드러난다. 「염소는 힘이 세다」는 도시 생활의 어려움과 환멸을 슬프게 그리고 있는 소설이다. 서술자는 "염소는 힘이 세다. 그러나 염소는 오늘 아침에 죽었다. 이제 우리 집에

---

22) 김승옥 소설에서 생활의 부재에 대해서는 김형중의 「김승옥 중단편 소설 연구」(『한국문학이론과비평』, 1999.12)를 참조할 만하다. 그는 생활의 부재와 대안의 부재를 함께 말한다. "염세적인 에피소드들을 통해 김승옥이 강조하고 싶었던 것은 …… 그것은 역시 대안의 부재이다. 그에게 60년대 서울로부터 탈출하는 유일한 대안은 위악이 아니면 죽음 외에는 없었던 것이다. 60년대 서울은 그들에게는 '아득바득 이를 악물고' 극복하고 대항하기에는 역부족일 만큼 부조리한 것으로 밖에는 비치지 않는다."(47면)

23) 물론 여기서는 그들의 '차이'를 애써 숨기고 말한 것이다. 그러나 30년대 모더니즘과 해방기-전후 소설의 성격을 비교해 보면 김승옥의 소설이 이들에게 많이 닿아 있음을 의심하기 어렵다. 특히 김유정은 고향과 도시라는 두 공간 속에서 갈등하며 도시에서 정착하지 못하는 '생활'의 문제를 중요 소재로 하였다.

는 힘센 것은 하나도 없다."는 말을 반복한다. 힘 센 것은 하나도 없다
는 말에 초점을 맞추면 이 집안의 상황을 짐작할 수 있다. 고집스럽고
다루기 쉽지 않은 염소와 달리 이제 집에는 힘이 세거나 자기 힘을 과
시하거나 고집을 피울만한 사람이 하나도 남아 있지 않다는 말이다. 의
도적인 반복 뒤에 나오는 서술이 서글프게 이 소설의 메시지를 구성한
다. 자주 반복되는 "힘센 것은 모두 우리 집의 밖에 있다."와 같은 문장
들이다. 반대로 이러한 반복은 소설 전체를 냉소적으로 만들기도 한다.
서술자가 자기 이야기에 지나치게 거리를 둔다는 느낌이 들기 때문이
다. 힘 센 것이 집안에 하나도 없기 때문에 누이는 생활을 위해 버스 안
내양으로 취직하게 된다. 그를 위해 누이는 자신을 겁탈한 버스 회사
직원과 모종의 거래를 했음이 분명하다.[24]

「서울의 달빛 0장」은 도시의 교환가치의 성격에 대해 생각하게 하는
소설이다. 이 소설에는 여성을 철저하게 교환가치로 취급하려는 서술자
가 등장한다. 서술자는 우연히 만나게 된 유명 배우와 결혼한다. 첫날
밤 처녀가 아닌 것에 대한 교환으로 노련한 애무를 선택한 아내는 이미
교환가치의 세계에 익숙한 인물이다. 그녀가 어쩔 수 없이 돈을 벌어야
했고 그러기 위해 자신의 성을 시장에 내 놓아야 했다는 점을 알고 있
으면서도 서술자는 그녀를 철저하게 교환가치로 취급한다. 그것이 그녀
에게 더욱 절망을 주는데, 그녀는 성을 순전히 사랑이나 욕망으로 생각
하지는 않지만 완전히 교환가치로 취급되는 것에 대해서도 모욕감을
느끼기 때문이다.

---

24) 이를 성공에 대한 갈등으로 해석하기도 한다. 신형기는 김승옥의 소설에 성공 욕
  망이 있고 그러면서도 그것이 다가 아니라는 딜레마를 갖고 있다는 점을 지적했
  다. 이는 매우 적극적인 해석이라 할 수 있는데 성공 이전에 생활이 문제라는 것
  이 이 글의 관점이다(신형기, 「분열된 만보객」, 『상허학보』 11집, 2003.8).

이후 통속 소설들에서는 성이 노골적인 교환가치로 등장하면서 이전 소설에서 보이던 갈등들을 희석시킨다. 「60년대 식」은 그 전조가 보이는 소설이다. 현주는 도인이 젊은 시절에 범해 버린 여인이다. 도인은 우연히 그녀를 만난 이후 죄의식을 갖게 되는데 이미 현주는 다른 생각을 가진 사람이 되고 말았다. 세속화되었다고 할 수 있는 그녀는 성을 철저한 교환가치로 생각한다. 예전의 미안함을 잊지 못하는 순진한 도인과는 다른 사람이 되어 있었다. 그녀는 여전히 성숙하지 못하고 이상 속에 머물고 있는 듯한 그에게 의식적으로 다른 모습을 보여주기도 한다. 도인과 함께 있으면서도 그녀는 돈을 따라 기꺼이 움직인다.

5. 의의와 남은 문제

이 글에서 다룬 소설이 모두 도시를 공간적 배경으로 하고 있는 것은 아니다. 그러나 모두 '도시적 삶'을 다루고 있다고 볼 수는 있다. 「환상수첩」은 도시적 삶에서 회의를 느낀 젊은이의 귀향 기록이고, 「서울의 달빛 0장」과 「60년대식」은 서울이 배경이다. 그러나 무엇보다 도시에서 살아남기의 비겁함과 환멸을 보여주는 소설이 「서울, 1964년 겨울」이다. 「역사」 역시 서울 생활에 적응하기 어려워하는 인물을 내세운 소설이다. 「염소는 힘이 세다」에는 누이의 불행마저 생활을 위한 거래로 사용되는 슬픈 현실이 그려진다. 「다산성」에 등장하는 평범한 직장인 역시 자신의 현재가 마지못한 생활임을 자각하고 있다.

이처럼 그의 소설이 다루는 주제 혹은 그의 소설 저변에 흐르고 있는 창작의 주제는 도시에서의 생활이다. 소설의 인물들은 자신의 생활을 갖

는 것이 필요하고 또 그것이 어쩔 수 없는 일임을 안다. 반면에 생활로
의 투신이 기존에 가지고 있던 가치를 포기하고 세속화 된다는 것을 의
미한다는 사실도 알고 있다. 세속화는 사회화 혹은 성숙이라는 말로 포
장될 수 있다. 성숙은 주로 성적 체험과 선취된 죄의식의 실행을 통해
이루어진다. 또 그들은 당연히 받아들여야 하는 생활이 갖는 의미에 대
해 생각하고 그곳으로 진입하는 경계에서 갈등한다.

김승옥 소설의 문체가 갖는 특징이나 인물들의 특징은 '도시'에서 살
아남아야 하는 주인공들의 내면 상태를 잘 드러내 보여준다. 가족들에
대한 깊은 자의식, 고향과 도시라는 메타포의 빈번한 사용, 감각을 통한
대상의 묘사와 현실 앞에서 머뭇거리는 인물의 태도 등은 그 구체적인
예라고 할 수 있다. 이는 단순히 김승옥 소설의 문체를 넘어서 시대적
특성을 보여준다고 할 수 있는 바, 전쟁 체험에서 벗어나 새로운 시대
를 열어야 함에도 불구하고 무엇 하나 만들어 낼 수 없는 젊은 세대의
자기 인식을 표현한 것이라 할 수 있다.

조심스럽지만 김승옥의 새로움은 1930년대 모더니즘 소설의 부활이라
는 측면에서 다시 조명해 보아야 한다. 해방기나 1950년대 소설과의 차
별성은 충분히 인정할 수 있지만 그의 소설에서 특징으로 지적되는 새
로운 감수성이라는 것이 도시에 적응하지 못하는 젊은이의 방황을 다룬
기왕의 소설에서 크게 벗어나지 않는다고 보기 때문이다. 때로는 치기
어린 태도로 자신의 고민을 과장하고, 때로는 냉정하게 현실과 거리를
두기도 하는 인물들은 새로운 변화에 적응하지 못하는 근대 초기 지식
인 청년 인물의 모습과 매우 흡사하다. 그렇다면 이제 김승옥 소설을 새
로운 세대 혹은 시대의 출발로 평가하는 작업이 자칫 문학사의 흐름을
의도적으로 단절할 위험을 갖고 있는 것이 아닌지 진지하게 고민해볼
필요가 있다. 물론 이는 이후의 본격적인 작업을 요구하는 문제이다.

박태순 소설과 1960년대 서울
- 이방인의 시선과 도시 위계화를 중심으로

1. 1960년대 작가들과 서울

조선이 한양이라는 이름으로 양주 땅 한 자리에 도읍을 정한 후로 서울은 한반도 중심으로서의 지위를 한 번도 잃은 적이 없다. 도시의 이름이 달라지고 북악산 아래 기와집 주인도 여럿 바뀌었지만 서울의 중요성은 시간이 지나도 흔들리지 않았다. 근대에 들어서도 이런 흐름은 이어졌는데, 정치적 중심으로서의 역할은 물론 경제적 중심으로의 역할이 큰 비중으로 높아졌다. 한반도에서 서울은 단순히 가장 큰 도시가 아니라, 축소된 대한민국이며 수많은 도시를 거느리고 있는 우두머리 도시이다.

근대로 접어들면서 서울의 상징은 왕궁(王宮)에서 역(驛)으로 바뀌었다. 백성을 굽어보는 왕의 도성에서 사람과 물자를 모으는 거미줄의 중심으로 위상이 변화된 셈이다. 표면적으로 이런 변화는 수직적인 위계에서 수평적인 위계로의 전환을 가져온 듯 보였다. 하지만 그것이 기왕에 존재하던 지역적 차이를 해소할 것은 아니었다. 겉으로 보이는 수직적인 구조가 사라졌을 뿐, 다른 양상의 불평등은 지속적으로 강화되었다.

오랜 시간 중심에 자리하고 있었기에 문학에서 서울이 차지하는 지위 역시 다른 지역을 압도하였다. 근대 이후 소설로만 보아도 "경성학교 영어 교사 이형식"으로 시작하는 『무정』의 이광수에서부터 염상섭, 이상, 박태원에 이르는 많은 작가들이 서울을 배경으로 많은 작품을 남겼다. 해방 이후도 이런 면모는 전혀 달라지지 않았다. 기본적으로 '문단'이라는 것이 서울 중심으로 형성되어 있었기에 서울 문단은 지방 문단에 대한 중앙의 권위를 누려왔다.

물론 서울을 배경으로 한 작품이 많다고 해도 그 작품들 안에서 서울이 차지하는 위치는 천차만별이었다. 단순히 배경이 서울인 작품에서부터 서울이 가진 속성이나 특징이 주제에 기여하는 작품까지 그 편차는 대단히 컸다.[1] 근대 문학사에서 서울이 갖는 시대적·문화적 의미를 충실히 드러낸 소설을 꼽자면 박태원의 『천변풍경』이 우선 거론되어야 한다. 이 소설은 식민지 시대 서울의 세태·풍속을 세밀하게 관찰하여

---

[1] 이동하는 기왕의 연구에서 서울의 특성을 드러낸 소설이 의외로 많지 않음을 지적한 바 있다(이동하, 「도시공간으로서의 서울과 소설 연구의 과제」, 『현대소설연구』 52, 2013). 위고의 『레 미제라블』에서 보이는 1832년 혁명의 처절한 시가전의 드라마나 고골의 「네프스끼 거리」에서 보이는 풍속에 필적할 만한 서울만의 소설이 없다고 말한다. 「날개」나 「서울, 1964년 겨울」의 경우도 그 무대를 도쿄 같은 곳으로 바꾸어도 큰 문제는 생기지 않는다며 서울 소설 부족을 아쉬워한다. 하지만 이는 소설에서 배경의 의미를 좁게 해석한 것이라 할 수 있다. 서울이 여타 도시와 다른 이유는 그것이 다른 도시에 없는 백화점이나 다른 도시 이상의 문화 시설을 갖추고 있기 때문이 아니다. 서울이라는 도시가 갖는 욕망과 위계가 대한민국 안에서 서울이 차지하는 지위를 말해주는 것이다. 단순히 서울의 어느 곳이 어떻게 묘사되었는지는 그리 중요한 문제가 아니다. 서울은 도시의 욕망을 상징하고, 지역 간 위계를 상징하는 곳이며 도시 내에서의 위계도 가장 덜 드러나는 곳이다. 이것이 문학에서 서울이 갖는 가장 중요한 의미라 생각한다.

보여준다. 또 여러 등장인물을 통해 서울이라는 도시가 한반도에서 차지하는 지위까지 짐작하게 해 준다. 그가 쓴 「소설가 구보씨의 일일」 역시 서울이라는 지역을 빼놓고 생각하기 어려운 소설이다. 청계천 변에서 시작하여 서울 시내를 돌아본 구보의 하루를 통해 독자는 서울 풍경뿐 아니라 당시 지식인의 내면까지 들여다볼 수 있다.[2]

해방 이후 소설에서 서울이 갖는 위치가 새롭게 주목받기 시작한 것은 1960년대 이후이다. 60년대 등장한 젊은 작가들에게 서울은 고향이나 지방 도시와 비교할 수 없는 절대적 의미를 갖는 도시였다. 그들에게 서울시민이 되는 일은 매우 특별했으며 그 특별함이 소설을 통해 구체적으로 드러났다. 이 시기 등장한 작가들은 서울에서 살아남기를 공공연히 표현한 것으로 유명하다.

다음은 당시 청년들의 서울에 대한 애착이 어느 정도였는지를 보여주는 예로 자주 인용되는 글이다.

> 서울을 사수하자……
> 서울을 다시 쫓겨나지 않도록 하자. 어떻게 올라온 서울길이었던가. 어떻게 버티어온 서울의 6년이었던가. 그리고 어떻게 얻게 된 이 자랑스런 도시의 시민이 된 영광이던가. 그것을 다시 잃게 해서는 안 된다. 다시 쫓겨나게 되어서는 안 된다. 친척과 친지가 없음으로 해서 내가 이 자랑스런 도시의 시민이 되고자 겪어야 했던 수많은 고초들을 자손만대 나의 후손들과 이웃들에게는 다시 겪게 하지 말아야 한다. 내가 이 서울을 쫓겨나지 않고 버티고 남아 있어야 한다. 나의 6년과 6년의 고초를 헛되어 하지는 말아야 한다.[3]

---

2) 이후 1970년대 탄생한 최인훈의 구보 역시 주로 성 안을 돌아본다. 도시화가 어느 정도 진행된 상황에서도 그는 식민지 시대 구보처럼 시선을 사대문 밖으로 돌리지 못한다. 이에 대해서는 송은영의 『현대도시 서울의 형성과 1960-70년대 소설의 문화지리학』(연세대박사, 2007) 참조.

60년대 등단한 문인들에게 있어서 '문학'과 '서울'은 거의 같은 의미였다고 한다. 그들은 문학을 버리면 서울을 떠나야 하고, 서울을 떠나면 문학을 버려야 한다고 생각했다.[4] 김승옥 소설에서 자주 드러나는 도시에 대한 환멸, 이청준 소설에서 자주 보이는 고향에 대한 특별한 자의식은 서울에 대한 그들의 집착을 역으로 보여주는 것이라 할 수 있다. 하지만 두 작가의 소설에서 서울의 모습이 특별히 의미 있게 표현된 것은 아니다. 그들 소설에서 묘사된 서울은 인물들의 내면에 의해 걸러진 것들이었다. 즉, 서울의 구체적인 모습보다는 서울에서 살아가는 인물들이 느낀 서울에 대한 감정이 소설에 두드러지게 표현되었다.

누구보다 60년대 서울의 모습과 의미를 잘 그려낸 작가는 박태순이다. 박태순은 4·19세대라는 이름으로 묶여 김승옥, 이청준과 같은 자장 안에 있는 것으로 평가되지만 그들과 다른 면이 많은 작가였다. 대학을 다니기 위해 호남에서 상경한 둘과 달리 박태순은 월남사민, 상경 2세대였다. 박태순은 1942년 황해도 신천에서 태어나 1947년 가족의 월남으로 서울에서 성장하였다. 그에게는 서울이 고향이나 마찬가지였다. 김승옥이나 이청준이 싫든 좋든 고향이라는 정신적 뿌리를 가지고 있었는데 비해 박태순에게는 서울 말고 자신의 뿌리로 여길만한 공간이 없었다. 이는 그의 소설 배경이 서울에 집중되는 이유이며, 그의 소설에서 서울이 환멸의 대상을 넘어 생활의 공간으로 묘사되는 이유이다.

작품 창작의 원초적 체험에서도 박태순은 이들 둘과 달랐다. 김승옥과 이청준에게 가장 강렬한 체험은 한국전쟁이었다. 김승옥의 회고[5]나

---

3) 이청준, 「이청준 연보」, 『자서전을 쓰십시다』, 열화당, 1977, 5-7면(송은영, 앞의 글 27면에서 재인용).
4) 정규웅, 『글동네에서 생긴 일』, 문학세계사, 1999, 188면.
5) 임규찬·최원식 편, 『4월 혁명과 한국문학』, 창작과비평사, 2002 참조.

이청준 소설의 반복되는 모티브를 통해 이는 쉽게 확인할 수 있다. 이에 비해 박태순에게는 어린 시절 서울의 거리 체험이 다른 무엇보다 강렬했다. 김승옥이 「건」과 「무진기행」을 쓰고 이청준이 「소문의 벽」과 「귀향 연습」을 쓸 수 있었던 데 반해 박태순은 서울과 고향을 구분하여 표현한 소설을 쓸 수 없었다. 박태순에게 서울은 현재의 공간인 동시에 원초적 공간이었다 할 수 있다. 젊은이의 정신적 방황을 형상화한 그의 초기 소설조차 애인과 함께 서울 거리를 떠도는 것을 주요 서사로 삼고 있다.

상경민 2세 박태순에게는 향수병도 전도된 향수병도 없었다. 향수병은 고향을 떠난 이들이 고향을 그리워하는 병이다. 그런데 이 시기 고향을 떠난 사람들은 고향을 그리워하는 마음보다 더한 전도된 향수병을 앓고 있었다고 한다. 이 병은 새로운 시대를 맞이한 젊은 청년들이 미지의 도시에 새로운 마음의 거처를 마련하고 싶어서 앓아야 했던 신종 유행병이었다. 이러한 향수병은 일단 서울에 입성한 사람들에게는 서울을 사수하겠다는 전투적 의지로 전환되었다.[6] 그러나 박태순에게 서울은 굳이 사수해야할 공간은 아니었다. 그곳에서 살아가야 하는 것이 당연한 일이었지만 서울 생활에 대한 집착을 보이거나 '동경하면서 경멸의 포즈를 취하는 모순'을 보이지는 않았다.[7] 향수병의 유무는 4 · 19 세대를 연구한 이들이 박태순을 김승옥, 이청준과 유사하게 보면서도 다른 부류로 묶을 수밖에 없는 이유이기도 하다.[8]

---

6) 송은영, 앞의 글, 27면.
7) 그 대표적인 소설로 김승옥의 「역사」를 꼽을 수 있다. 이 주장은 아직 가설 수준에 불과하다.
8) 이 글에서 4 · 19 세대로서의 박태순을 보는 관점은 조현일의 「대도시와 군중」(『한국현대문학연구』, 2007)이나 오창은의 「4 · 19 공간경험과 거리의 모더니티」(『상허학보』, 2010)의 그것과 크게 다르지 않다.

박태순의 소설 속 서울은 박태원의 소설 속 서울과 여러 면에서 대조된다. 박태원이 오래된 도시 서울의 식민지 풍경을 대상으로 한다면 박태순은 산업화의 흐름 속에서 몸집을 키우고 있는 거대도시의 중심과 주변을 대상으로 한다. 박태원이 서울에 정주하는 토박이의 시선으로 서울의 일상에 주목하고 있다면 박태순은 이방인의 시선을 통해 변화의 양상에 주목하고 있다. 이런 소설의 차이는 1930년대 서울과 1960년대 서울의 차이를 의미하기도 한다.

박태순은 1964년 사상계 신인문학상에 「공앙알당」의 입선되어 처음 문단에 이름을 올렸으나, 본격적으로 작품 활동을 시작한 것은 『세대』 신인문학상에 「형성」이 당선되고, 신춘문예에 「약혼설」, 「향연」이 뽑힌 1966년부터라 할 수 있다. 그는 1966년에서 1969에 이르는 짧은 기간 많은 작품을 발표하였다. 이 시기 발표된 그의 소설은 대부분 서울을 공간적 배경으로 하고 있지만 이 글에서는 「서울의 방」, 「정든 땅 언덕 위」, 「무너진 극장」, 『낮에 나온 반달』을 대상으로 한다. 그의 초기 소설 「공알앙당」, 「연애」, 「형성」, 「뜨거운 눈물」, 「동사자」 등도 주로 도시를 배회하는 주인공을 내세워 도시적 일상성을 관찰하는 것은 사실이지만[9] 그것이 서울이라는 도시의 특징을 드러낸다고 보기는 어렵기 때문이다.

2. 정주의 의지와 어려움

서울과 관련하여 볼 때, 박태순 소설의 의미는 군중과 지역 위계의

---

9) 이주미, 「인물의 시선을 통해 본 박태순 소설의 현실 재현방식」, 『우리문학연구』 40집, 2013, 579면.

발견에 있다. 이러한 발견에는 그의 실제 체험이 중요한 역할을 했다. 어린 시절 가족과 함께 서울로 상경한 박태순은 초등학교를 다섯 군데나 옮겨 다니는 유전생활을 했으며, 그는 그 체험이 '생의 근간'을 이루었다고 말한다. 이후 대학에서 맞이한 4·19 역시 세계를 보는 그의 시각에 큰 영향을 미쳤다. 또, 대학 졸업 후 한동안 뜨내기 생활을 하면서 그는 서울이라는 곳이 어떻게 배치되고 변화하고 있는지를 체험할 수 있었다. 이런 체험은 자연스럽게 중심과 주변에 대한 인식을 낳았다.

이 시기 그의 소설은 1960년대의 연대기라 부를 만큼 시대 현실을 충실히 담아내고 있다. 그의 소설에는 덩치를 키워가는 서울의 발전과 그 안에서 유동하는 군중들의 모습, 도시개발로 인해 도심에서 밀려나 변두리에 자리 잡은 사람들의 생활, 경제 개발로 인해 변해가는 서울과 지방의 위계가 잘 드러나 있다. 서울에 대한 묘사는 그것 자체로 박태순 소설의 주제가 되기도 한다. 서울살이의 어려움과 변화하는 현실에 적응하지 못하는 인물들의 삶에 대한 관심은 60년대 박태순 소설의 일관된 주제였다.

그가 그린 서울의 풍경은 1950년대와 1970년대의 그것과 매우 달랐다. 주지하다시피 전후의 서울을 다룬 소설들은 주로 전쟁의 상처와 그것을 안고 살아가야 하는 개인들의 실존 의식을 다루었다. 전후 작품 속에는 군중이나 대중이라고 부를 만한 무리가 등장하지 않는다. 군중은 작품 속에만 등장하지 않는 것이 아니라 실제 역사에도 중요하게 등장하지 않았다. 해방 직후를 제외하면 4·19에 이르기까지 우리 역사에서는 군중을 발견하기 어려웠다. 경제 발전이라는 키워드 역시 찾기 어렵다. 이 시기 소설에는 변화하는 인간이 아니라 여전히 전쟁에 묶여 있는 병리적 인간의 모습이 부각된다. 그런가 하면 1970년대 소설은 본격적인 산업화에 대응한다. 이 시기에는 산업화가 낳은 모순과 인간 소외 현상을 본격적으로 탐구한 소설이 많이 발표되고, 계급 문제 등 사회의 구조적 문제에 대한 천착도 이루어진다. 1960년대 박태순의 소설은 전후의 실존적 상황을 고민하던 소설에서 벗어나 구체적 현실의 천착에 나섰으나 본격적으로 산업화의 문제점을 다루지는 않는다.

그렇다면 박태순이 본격적으로 작품 활동을 시작한 1966년 이후 몇 년의 서울은 어떤 상황이었을까? 서울은 15세기 이후 지속적으로 발전해온 도시이며 한반도의 Aleph[10]이었다. 서울을 다룬 글들은 언제나 '현재' 혹은 '당시'의 서울이 급격한 변화를 겪고 있다고 말한다. 그리고 그 변화는 늘 중요하다고 말한다. 특별히 어떤 시대 서울의 변화가 가장 컸는지를 묻는 것은 문학의 영역에서 그리 중요한 문제가 아닐지 모른다. 하지만 이 시기 서울의 근대화가 가진 구조적 특징을 이해하는 일은 소설 이해에서도 중요하다.

> 1966년 센서스는 특별한 의미를 가지는 것이 되었다. 즉, 단군 이래 5,000년의 역사상 모든 시·읍·면은 인구가 조금씩 늘어나는 추세에 있었는데, 그것이 1966년 센서스에서 최고 수준에 달한 것이었다. 1970년 센서스 때부터 많은 농어촌 읍·면에서 절대인구의 감소 현상이 일어나게 된다. 다른 말로 표현하면, 1966년 당시 한국의 모든 농어촌은 생산력을 초과하는 과잉인구를 가장 많이 안고 있었다. 그중 상당 부분은 대도시 진출을 위한 대기 상태에 있었던 것이다.[11]

1966년은 1962년 시작된 경제개발 5개년 계획이 끝나는 해였다. 1960년에 244만 명이었던 서울의 인구는 1966년 센서스 때는 379만 명이 되

---

10) Aleph은 히브리어의 알파벳 첫째 자이다. 보르헤스의 소설 제목으로 유명해진 말로, 세계의 모든 것이 그것에 수렴된다.
11) 손정목, 『한국도시 60년의 이야기』1, 한울, 2005, 138면.

었다. 6년 동안 55퍼센트 이상이 늘어난 셈이다. 1966년은 개발을 앞세운 새로운 서울 시장이 등장한 해이기도 했다. 위 글은 서울로의 급격한 인구유입이 이루어질 수 있었던 여건을 설명해준다. 어느 한 시기를 꼽아 서울로의 상경이 절정을 이룬 시기라 부르기는 쉽지 않지만 그러한 시대적 여건이 1966년 전후 성숙되었다고는 말할 수 있다. 마침 1963년에는 충분한 인구 유입이 가능할 정도로 서울의 면적도 확대되었다. 1969년에는 제3한강대교(한남대교)가 완공되어 강남과 강북을 하나의 생활권으로 묶을 수 있게 되었다.[12] 다시 말해 1960년대 후반은 정치·경제적으로 서울의 특별한 지위가 강화되는 시기였다.

이 시기를 살아가는 '60년대' 작가의 '일반적인' 시각이 잘 드러나는 소설이 「서울의 방」이다. 박태순에게 서울은 '방' 하나 구하기조차 어려운 곳이었다. 방의 문제가 아니어도 서울은 사람들 쉽게 받아들이는 곳이 아니며, 사람들이 쉽게 적응할 수 있는 곳도 아니다. 상경민의 의식을 지녔으면서도 돌아가야 할 '고향'이 없기에 박태순 소설의 인물들은 근원적인 공간 결핍을 겪는다. 이들은 심리적이며 근원적인 공간으로서 '방'을 지향하게 된다.[13] 소설의 서술자인 '나'는 서울에 와서 떠돌다가 적응에 실패하면 고향으로 돌아갈 수 있는 인물이 아니다. 어떻게든 서울에 적응해야 하는 인물이다. 이는 돌아갈 고향이 마음에 들지 않는다는 것과는 다른 의미를 갖는다. 박태순의 인물들은 서울에 속하면서도 서울에 익숙해 질 수 없고, 그렇다고 서울 외에 다른 곳으로 갈 수도 없는 사람들이다. 이런 이유로 그의 소설 속 인물들은 서울 시내를 떠돌거나 서울 주변을 방문하고, 먼 지방에 갔다가도 다시 서울로 돌아온다.

---

12) 이기석, 「20세기 서울의 도시성장」, 『서울 20세기 공간 변천사』, 2001, 62-69면 참조.
13) 백지연, 「박태순 소설에 나타난 도시 공간 고찰」, 『비평문학』, 2007.8, 86면.

이 소설은 양옥에서 한옥으로 하숙을 옮긴 서술자 '나'가, 지난 하숙집에 두고 온 거울을 찾기 위해 애인 지온과 함께 옛 하숙집을 찾아가는 간단한 서사로 이루어져 있다. 하지만 「서울의 방」에서는 이러한 표면적인 서사보다 하숙집을 옮기게 된 이유와 함께 서울에 대한 '나'의 상념이 중요한 의미를 갖는다. 그가 하숙집을 옮긴 이유는 간단히 '염증'으로 표현된다. 그 염증은 "과연 언제쯤 내 집, 내 방을 가져 볼 수 있을는지?"에 대한 회의와 이어지기도 한다. 그가 양옥에서 한옥으로 하숙을 옮긴 이유는 겉으로는 난로를 쓰는 양옥이 겨울나기에 좋지 않아서이다. 그러나 무엇보다 하숙방에서 자신이 안주할 공간이라는 느낌을 받지 못한 것이 이사의 가장 큰 이유였다.

말하자면 '나'는 서울에 제대로 된 방을 마련하지 못한 사람이다. 그가 서울에 제대로 된 방을 마련하지 못한 데는 그가 원래부터 서울 사람이 아니라는 조건이 중요하게 작용한다. 그는 하숙방을 옮길 때마다 처참한 기분을 느낀다. 그는 여자 친구 지온이 이런 자신을 이해하지 못할 것이라 짐작한다. 그는 자신과 달리 지온이 '완성된 세계 속'에서 살고 있다고 생각한다. 실제로 그녀는 '원래부터가 서울 태생'이기 때문에 하숙방의 풍경에서 특별한 감정을 느끼지 못한다. 서울 태생이라는 조건이 갖는 특권에 대한 자의식은 60년대 등장한 작가들에게 흔하게 볼 수 있는 정서였다.

> 아마 그래서일 테지만 방을 단지 방이라고 간단히 생각해 버리지 못한다. 방은, 내 경우 한 없이 포근하며 마음이 놓이고, 나아가서는 나의 삶을 시인해주는 어떤 따뜻한 특혜라고까지 생각하게 되었다. 잠자리만 제대로 보장되어 있으면 그 나머지 일들이야 아무렇게 되어도 큰 염려는 없다고 나는 아직도 믿고 있다.[14]

서술자에게 방이 의미하는 바가 무엇인지 분명히 나타나는 부분이다. 그에게 방은 포근한 안식처이며 자신의 삶을 시인해주는 공간이다. 방은 그의 온전한 생활을 유지하기 위해 가장 먼저 갖추어야 될 조건이다. 이렇듯 '방'에 정착하고자 하는 그의 욕망은 '서울'에 정착하고자 하는 욕망과 다른 것이 아니다. 앞서 말했듯 그가 기왕의 하숙방에 오래 머물지 못한 이유는 집에 이질감을 느꼈기 때문이었다. 그런데 그가 느낀 이질감은 단순히 방이 주는 이질감이 아니라 서울이라는 거대 도시가 주는 이질감이었다. 그에게 하숙방은 아늑한 밀폐공간이 아니라 '소음이 일고 있는 거리 한복판'이었다. 그런 방에서 주인공은 '문 바깥, 방 바깥에서 서성대고 있는 자신'(12면)을 깨닫는다. 그는 자신이 서울에서 '방'을 얻을 수 없으리라 생각한다. 자신이 "삼백만 이상의 사람들이 득실거리는 이 더러운 도시에서 마음에 맞는 방을 바란다는 것은 굉장한 사치일 것"(10면)이 분명하다고 생각하기 때문이다.

그렇다고 그는 쉽게 서울을 떠날 수는 없다. 그는 서울에서 '월급 이천 원'을 받으면서 직장 생활을 하는 사람이다. 나름대로 안정된 생활을 누릴 수 있는 조건을 갖추고 있는 셈이다. 서울 사람이면서 스스로는 그곳에 완전히 동화되지 못하는 존재가 '나'인 셈인데, 인물의 이런 정체성은 60년대 새롭게 등장한 작가들에게서 유사하게 나타나는 것이기도 하다. 결국 '나'는 부르주아 사회의 '자발적인' 낙오자이면서 그렇다고 해서 결코 '밑바닥'으로 걸어 들어갈 수도 없는 존재이다.[15] 이들은 도시 속의 어쩔 수 없는 '이방인'으로 존재하게 된다.

14) 박태순, 「서울의 방」, 『무너진 극장』, 정음사, 1972, 10면.
15) 김건우, 「4·19세대 작가들의 초기 소설에 나타나는 '낙오자' 모티프의 의미」, 『한국근대문학연구』, 2007.10, 182면.

3. 군중과 이방인

　그의 대표작 중 하나인 「정든 땅 언덕 위」의 인물들은 서울의 중심에서 밀려난 사람들이다. 그들은 도시 정비 사업으로 시내에서 쫓겨나 서울 외곽에 정책적으로 마련된 주택에서 새롭게 삶을 시작한다. 행정구역상 서울에서 살고 있지만 그들은 서울로의 진입을 꿈꾼다.

　그들의 사는 '외촌동'은 행정구역상 서울에 속함에도 불구하고 서울과는 다른 특징을 가지고 있다. 다음은 「정든 땅 언덕 위」의 첫 부분이다.

　　외촌동(外村洞)은 지난 봄철에 급작스럽게 생긴 동네였다. 서울시 도시계획에 따라 무허가 집들을 철거한 시 당국은, 판자촌에서 살던 사람들을 위하여 새로이 동네를 증정했던 것이다. 시 당국은 <재건토목주식회사>에 청부를 맡겨서 날림으로 공영 주택을 지었다. 적당히 블로크로 간을 막아 가면서 닭장 짓듯이 잇달아 지은, 겉으로 보자면 길다란 엉터리 강당과 같은 모습이었다. 또는 반듯하게 죽어 있는 길다란 뱀과 같은 형국이었는데, 그렇게 본다면 형형색색의 비늘을 가지고 있는 이 뱀은 세 마리가 될 것이다.16)

　외촌동은 도시 계획에 의해 새롭게 조성된 동네이다. 갑자기 조성된 동네라 집들도 날림으로 들어섰을 뿐 아니라, 수도 시설이나 화장실 시설 등도 충분히 갖춰져 있지 않다. 산을 깎거나 들을 메워 새롭게 조성한 동네이기에 원래부터 이곳의 주민이라곤 있을 리가 없었다. 작가는 이들이 "다들 무슨 귀찮은 휴대물인 양 제 사정에 의하여 떠돌아다니다가 이런 구석에까지 밀리어 들어"(18면)왔다고 표현한다. 원한 것은 아니었지만 서울 *끄트머리*에 자리를 잡은 이들은 도시의 하층민으로 시장의

---

16) 박태순, 「정든 땅 언덕 위」, 『정든 땅 언덕 위』, 민음사, 1973, 13면.

필요를 충족시키며 최소한의 시민 권리를 얻게 된다.

이렇게 조성된 외촌동은 도시와 시골의 특징을 함께 가지고 있다. 외촌동이 조성되고 곧 버스노선이 들어왔다. 서술자는 "버스 앞 차창에다가 <외촌동> 표지를 달고 시내를 질주했으니 외촌동은 이제 어느 동 못지않게 서울의 중요한 동네의 이미지로서 서울시민의 뇌리에 부각되"(26면)었을 것이라 말한다. 마을의 고립을 해소해줄 외촌교(外村橋)도 놓였다. 그러나 다른 한 편 외촌동에서는 여전히 산이 자신의 냄새를 풍겼고, 뻐꾸기도 울었고, 소나무를 위시해서 전나무 미루나무가 싱싱한 송진 냄새를 피우고 있었다. 산 쪽에서부터 내려온 개울에는 아낙네들의 빨래 방망이 소리가 들려왔다. 산천과 경치가 좋아 살기 좋은 데가 서울 시내이니 별장 지대 못지않은 곳이라는 동네 노인들의 말은 이 동네의 애매한 상황을 역설적으로 말해준다.

실제로 소설 속 외촌동은 1960년대 중반 서울 변두리의 모습을 충실히 담아내고 있다. 1963년 서울시는 주변 경기도 땅의 편입을 통해 지금의 크기로 확대되었다. 그러나 새로 편입된 지역 중 영등포나 노량진 등을 제외한 지역은 농촌과 다름없는 실정이었다. 전차 종점이었던 독립문, 마포, 돈암동, 청량리, 왕십리가 시가지의 끝이었고 그 외곽인 갈현동·수유리·광나루로 나가면 지프차로 왕복하는 데만 하루가 걸렸다고 한다.17) 서울시는 도시빈민들과 서민들을 변두리와 인근 소도시로 이주시키는 정책을 추진하였는데, 이를 위하여 도심 내의 무허가 건물의 철거를 시행하는 동시에 <토지구획정리사업법>에 의해 곳곳에 대규모 택지조성사업을 실시했다. 당시 서울 변두리 일대의 토지구획정리사업에는 동부에 화양·망우의 양대 지구, 서부의 연희·역촌·경치·

---

17) 손정목, 『한국도시 60년의 이야기』1, 한울, 2005, 143면.

김포의 4대 지구, 남부에 시흥·신림·영동 1·2지구, 그리고 북부의 도봉·창동지구 등 광대한 지역이 그 대상이었다.[18] 소설 속 외촌동은 이렇게 조성된 택지 지구를 떠올리게 한다.

앞서 말한 대로 외촌동 사람들은 서울에 살고 있으면서도 '서울'에서 살기를 원한다. 정의도를 기다리는 나종애나, 약장사를 따라 나선 오미순, 오미순을 따라 간 나종렬은 이러한 의지를 가진 대표적인 인물들이다. 그들은 기회만 있으면 자신들이 살고 싶은 곳인 '시내'를 향해 떠날 준비가 되어 있다. 약장사 무리를 따라 나서거나 남의 돈을 훔쳐 달아나는 등 방법은 고약하지만, 그들은 외촌동에서 벗어나 번듯한 서울 시민이 되고 싶어 한다.

4·19를 배경으로 대도시 군중의 모습을 사실적으로 그려낸 「무너진 극장」 역시 1960년대 서울의 모습을 잘 보여준다. 이 소설은 1960년 4월 25일 서울 한 복판에서 벌어진 평화극장 방화를 모티브로 삼고 있다. 주인공 '나'는 망우리의 친구 무덤에 들렀다 시내로 들어오던 중 데모 무리에 섞여 평화극장 안으로 들어가게 되고, 그 안에서 폭력과 무질서의 하룻밤을 경험한다. 극장 안에서 벌어지는 폭력과 무질서에 자극된 '나'의 생각은 시대에 대한 사유로 이어진다. 무질서는 당연히 부정적인 면을 가진 것으로 그려진다. 그러나 이 소설에서는 그러한 파괴와 무질서가 새로운 것을 만들어 낼 수 있다는 점도 강조된다. 무질서를 현상 자체로 생각하지 않고 그것이 갖는 시대적 함의를 탐구하려는 작가의 의지가 보인다. 서술자는 지난 시대의 질서를 파괴하며 시작한 1960년대가 이후에 어떻게 전개되었는지에 대해서도 깊이 생각한다.[19]

---

18) 손세관, 「서울 20세기 주거환경의 변천」, 『서울 20세기 공간 변천사』, 2001, 258면.
19) 이 소설은 60년대의 성공과 좌절이라는 체험을 4·19의 혁명적 열기와 그것이 좌절한 이후의 삶을 동시적으로 보여주는 것으로 나타낸다. 공간을 중심으로 볼 때

소설 말미에서 서술자는 파괴는 새로운 것을 낳는 법인데 그것이 자신의 목적을 제대로 이루지 못한 것이 60년대라고 정리한다.

극장 안에서 벌어지는 군중들의 행동을 통해 이 소설은 도시인들의 무의식을 드러내기도 한다. 1950년대 부정과 부패를 상징하는 인물 임화수 소유의 '평화극장'에 난입한 군중들은 집기를 부수고 소리를 지르고 불까지 지른다. 처음에는 지난 권력을 대표하는 하나의 상징에 대한 보복처럼 진행되던 파괴는 점차 이유 없는 폭력으로 변해 간다. 친구들과 함께 극장에 들어간 '나' 역시 알 수 없는 흥분에 싸여 무질서에 동참한다. 군인들이 들어온 후 상황은 정리가 되지만 무질서가 남긴 충격은 '나'를 하룻밤동안 극장에 묶어 놓는다. 이웃 사람들이 몰려와 극장에 불을 피우지 말라고 경고하고 갔으며, 혼란을 틈타 매점의 물건을 훔치던 남자가 군인들에게 체포되었다.

주지하다시피 군중은 도시 이방인의 집단이며, 근대 대도시에서 특징적으로 나타나는 집단이기도 하다. 이방인은 방랑자나 떠돌이와 유사하지만 조금 다른 개념으로 사용된다. 짐멜에 따르면 이방인은 오늘 와서 내일 가는 그러한 방랑자가 아니라 오늘 와서 내일 머무는 그러한 방랑자를 가리킨다. 소위 잠재적 방랑자로서 이방인은 비록 더 이상 이동하지는 않지만 오는 것과 가는 것의 분리 상태를 완전히 극복하지는 못한 방랑자이다.[20] 이방인은 기존 사회에 진입하려 하지만 그들에 의해 거부된 사람들을 의미하기도 한다. 방랑자가 정착하고 사는 사람의 반대 개념이라면 이방인은 이 두 가지 특징을 함께 가진 사람들이기도 하다.

거리와 공간을 대조시켜 관찰자인 '나'의 행보를 속도감 있게 묘사하는 서술방식을 택한다(백지연, 앞의 글, 91면 참조).

20) 게오르그 짐멜, 김덕영·윤미애 역, 「이방인」, 『짐멜의 모더니티 읽기』, 새물결, 2005, 79면.

군중이란 제도의 테두리 밖에서, 제도에 반대해서 일시적으로 모인 개인들의 집합체이다. 군중을 구성하는 사람들은 '하층민', '천민', '룸펜프롤레타리아트'인 경우가 많다. 이런 군중들은 중심에서 소외되어 있다는 느낌을 가지고 있으며 그들의 이런 의식은 간혹 중심을 향한 폭력으로 표출되기도 한다. 군중들의 심리는 최면과 비교될 수 있는 상태에 빠지기도 하는데, 그것은 전체 속에 용해되고 싶다는 개인의 어두운 욕구를 자극하는 기묘한 약이다.[21] 군중은 개인의 고독을 덜어주고, 그들이 전능하다는 느낌을 만들어준다. 「무너진 극장」의 군중들도 군중의 이러한 성격에서 크게 벗어나지 않는다.

「무너진 극장」은 '나'를 서술자로 하는 일인칭 소설임에도 불구하고 현실에 대한 거리를 적절히 유지한다. '나'는 공포스러운 존재가 되어버린 군중에 스스로 참여하면서도, 군중을 대상화해 냉정하게 응시하는 것이다.[22] 군중이 이 사회에서 이방인으로 존재하는 사람들의 집합이라면 극장 안에서 군중을 바라보는 서술자의 시선 역시 그들과는 분리되어 있다. 이런 거리를 통해 군중은 역설적으로 개인의 존재를 확인하게 만든다. 주인공은 시위대에 휩쓸리는 공동의 체험을 하면서도 한편으로 그 속에서 개인의 분리를 경험하는 것이다.[23] 이 소설에서 군중의 모습을 통해 혁명의 의미와 한계 그리고 60년대에 대한 의미 부여가 온전히 이루어지는 이유도 이런 냉철한 시선이 작품을 끌어가고 있기 때문이다.

원시적이고 본능적인 무질서에로의 해방 상태. 이런 본능이야말로 최루탄을 맞으면서도 애써 진행시켜갔고 대열을 만들어갔던 데모의

---

21) 세르주 모스코비치, 이상률 역, 『군중의 시대』, 문예출판사, 1996, 124-154면.
22) 오창은, 앞의 글, 37면.
23) 백지연, 앞의 글, 93면.

다른 한쪽 면이 아니겠는가? 그러니까 데모의 바깥쪽에는 법률적인 것, 도덕적인 것, 종교적인 것, 심지어는 신화적인 것이 이를 지켜주고 있을 것이나, 데모의 그 안쪽에는 이런 도취, 이런 공동 무의식이 잠재되어 있을 것이었다. 오류에 빠진 질서를 파괴하여, 인간을 속박시키던 것들을 풀어버리고, 구차한 사회생활의 규범과 말 못할 슬픔과, 부정부패에 대한 울분을 훌훌 떨구어버리고 나서, 하나의 당돌한 무질서 상태를 만드는 것이었다.[24]

그러나 우리는 얼마 안 가서 어떤 철학자의 말처럼 <한 순간의 흥분을 너무 과대평가하여 기억하는 것의 무의미함>을 어느덧 배우기 시작하였으며 그리하여 우리가 힘들여 끌어올렸던 그 무질서의 위대한 형식이 역사성 속의 미아처럼 다만 한 순간의 고립에 불과하고 말았다고 주장하는 세력이 여전히 의연히 버티고 있음을 보았다.[25]

앞의 예문이 군중에 의해 만들어진 무질서의 의미를 설명한 것이라면, 뒤의 예문은 무질서가 만들어놓은 흥분이 어떻게 가라앉았는지를 설명한 글이다. 데모를 둘러싸고 그것을 지지해주는 많은 생각들이 있지만 실제로 데모는 무질서를 동반하는 것이다. 이를 통해 데모는 오류에 빠진 질서를 파괴하고 현실의 질곡을 파괴하며 부정부패에 대한 울분을 떨구어낸다. 이것이 데모가 가진 '당돌한' 무질서 상태라 할 수 있다. 60년대 초 그러한 무질서가 꽃을 피운 것이 4·19혁명이었다. 그러나 이 소설은 과거의 질서를 파괴했다는 흥분은 한 때의 열기에 불과했고 그것이 이후 역사를 지배하지 못했다는 사실을 강조한다. 그것에서 생겨난 새로운 비감에 대해서도 언급한다. 두 번째 예문에서 철학자의 말을 통해 전하고자 한 내용이 그것이다.

---

24) 박태순, 「무너진 극장」, 『무너진 극장』, 정음사, 1972, 359면.
25) 「무너진 극장」, 369면.

어찌 되었든 군중에 대한 박태순의 관심과 묘사는 60년대 소설에서 중요한 의미를 갖는다. 군중은 주변에 존재하며 반역을 일으키는 사람들이다. 그들은 평범한 사람들이며 개별적으로는 아무것도 할 수 없는 무기력한 개인들이다. 하지만 그들만이 기존의 질서를 깨뜨릴 수 있는 것도 사실이다. 이러한 군중의 힘은 새 시대를 위한 동력으로 활용되기도 한다. 그것이 박태순이 「무너진 극장」에서 본 역설이다.[26]

4. 서울 안팎의 위계

1960년대 서울은 이방인들이 모인 도시였다. 지방에서 서울로의 인구 집중이 이루어지면서 서울은 낯선 곳이고 지방은 포근하고 낯익은 곳이라는 관념이 만들어졌다. 자기 의지로 올라와 서울 한 구석에서 자리를 잡고 살아가고 있음에도 불구하고 사람들에게 서울은 타향이었다. 그러나 이런 관념은 역설적으로 지방을 점차 타자화된 공간으로 만들었다. 서울의 상대적 의미로 지방이 규정되면서 그곳에 사는 사람들은 점차 '서울 밖'에 사는 사람이 되었다. 이는 자연스럽게 중심과 주변이라는 구도를 만들었다. 서울이 정상 혹은 정점을 이룬다면 다른 지역은 부족한 곳, 모자란 곳이 되어 갔다. 1960년대의 이러한 위계화는 교통이나 통신의 발달로 인해 가속화되었다.

앞서 살펴본 「정든 땅 언덕 위」에서 외촌동과 서울(시내)을 이어주는 수단은 버스였다. 버스가 들어오면서 외촌동 사람들은 쉽게 서울로 갈

---

26) 군중에 대한 이러한 인식은 70년대로 넘어가면서 민중 의식이나 노동자 의식이라는 말로 변한다. 박태순의 이 시기 소설에서 계급에 대한 인식은 보이지 않는다. 이점 역시 60년대 소설의 수준을 보여준다고 할 수 있다.

수 있게 되었고, 외촌동이 서울에 속한다는 의식을 분명히 갖게 되었다. 또, 이는 외촌동이 도시도 시골도 아닌 서울의 '끝'으로서 존재한다는 사실을 보여준다. 소설에는 버스 말고도 외촌동이 도시로 편입된 증거로 여길 만한 것들이 자세히 묘사된다. 서술자는 공동 라디오를 듣게 되고 수도나 전기가 개설된 것을 서울 시민이 누릴 수 있는 권리를 얻은 것이라 말한다.[27] 그러나 다른 관점에서 보면 이것들은 외촌동이 서울 안의 위계질서 안에 확실히 편입되었음을 보여주는 증거에 다름 아닙니다.[28]

1969년 발표된 소설 『낮에 나온 반달』은 도시를 방황하는 주인공 구자석을 통해 1960년대 서울의 모습을 보여주는 소설이다. 구자석은 대학을 휴학하고 지방을 돌며 카시미론 이불 외판을 하다 서울로 돌아온 청년이다. 그는 서울에 정착하고 싶어 하지만 당장은 방법을 찾지 못한다. 기질에 맞지 않는 영업 일은 포기하고 가정교사 자리를 구하려 하지만 그마저 쉽지 않다. 동대문 시장 등을 기웃거리지만 그곳에 자리 잡는 일도 만만치 않다는 사실만 확인한다. 친구에게 시한부로 퇴계로의 작은 방을 얻은 것 말고 그는 본격적인 생활을 갖지 못한다.[29]

---

27) 다음의 변화도 외촌동이 서울로 편입되는 과정을 보여준다. "그리고 전기 공사가 끝이 나서 엉터리 강당과도 같은 각 방으로는 전등이 켜졌다. 그리고 앰프시설도 구비되어 있어서, 시설비 이백 원에 매달 사십 원씩만 내면, 날마다 열두 개의 연속방송을 사람들은 들을 수 있었다."(「정든 땅 언덕 위」, 26면.)

28) 앞서 살펴본 「무너진 극장」의 주요 배경은 서울 시내이고 등장인물들은 대도시의 군중 그리고 대학생이다. 이 소설에도 서울 교외와 교통수단이 상세히 언급된다. "우리는 중량교까지 시내버스를 타고 가서, 거기에서 서울을 벗어났다. 우리는 망우리 입구에서 시외버스를 내려 허덕허덕 걸어 올라가기 시작했다."(348면) "먼 지방으로부터 서울을 향하여 다가오는 시외버스는 그런데 만원이 되어 있었다."(349면) "우리는 전차를 타고 가다가 종로 5가에서 내렸다."(349면) 그리고 서울 의대 병원으로 간다. 각 지명과 인물들의 동선이 정확하게 묘사되어 있다.

29) 장현은 『낮에 나온 반달』은 박태순의 문학편력의 도상에 있는 소설이라고 평가한

이 소설의 주인공 구자석은 서울 시내를 떠도는 이방인이다. 이방인의 특징 중 하나는 객관적으로 세계를 인식할 수 있다는 것이다. 어느 집단에 소속되어 있지 않아 다른 이들의 모습을 잘 볼 수 있기 때문이다.[30] 그의 서울 돌아보기는 박태원이 「소설가 구보씨의 일일」에서 말한 고현학을 떠올리게 한다. 하지만 둘의 중요한 차이는 구보가 어머니가 있는 집으로 돌아가야 하는 정해진 경로를 따르는 데 비해 구자석은 이방인으로 도시를 떠돈다는 점이다. 역사적 배경이 다른 만큼 둘이 돌아보는 서울의 크기도 많이 다르다. 구보가 청계천을 중심으로 사대문 안의 풍경을 그리는 데 그쳤다면 박태순은 서울의 모습을 통해 의식적이든 아니든 경제 발전을 통해 위계화가 가속화되는 도시의 모습을 보여주고 있다.

> 서울역 광장은 여느 날과 다름없이 지저분하고 시끄러웠다. 마치 그 더러움을 청소해 주려는 것처럼 어둠이 내려앉고 있었다. 주간지를 파는 애들이 소리 지르며 다니고 있고 어슬렁어슬렁 택시들이 다가들고 있었다. 서울역 광장은 마치 커다란 항구의 부두처럼 또는 화물선의 갑판처럼 붐비고 있는 것이었다. 서울역 광장이 화물선의 갑판처럼 보인다면 사람들은 지향처가 어딘지조차 모르면서 떠가고 있는 승객들일 것이다.[31]

다. 비록 '외촌동'이라는 공간이 구체적으로 드러나고 있지는 않지만 박태순의 소설 공간이 도심에서 난민촌이 있는 외곽으로 이동되고 확대될 수 있었던 근거를 보여준 의미 있는 작품이라는 것이다(장현, 「배회하는 공간에서 삶의 공간으로」, 『한국현대문학연구』 31, 2010, 43면). 전반적으로 온당한 평가라 할 수 있지만 순서를 따져보면 「정든 땅 언덕 위」가 이 소설보다 먼저 발표되었다. '외촌동' 연작의 공간은 난민촌이라는 공통점은 있지만 같은 공간을 대상으로 한 작품들은 아니다.
30) 짐멜, 앞의 글, 82면.
31) 박태순, 『낮에 나온 반달』, 삼성출판사, 1973, 7면.

위 예문은 소설의 첫 부분이다. 소설이 서울역에 대한 묘사로 시작한다는 점은 이 소설의 주제와 관련하여 큰 의미를 갖는다. 작가는 서울이 이방인들의 도시라는 점을 처음부터 분명히 하는 것이다. 서울역은 오랫동안 서울과 지방을 연결하는 동맥 역할을 해온 곳이었다. 각자의 사정은 다르지만 고향을 떠나 서울로 올라온 사람들이 가장 먼저 만나는 역이었다. 이곳은 모든 지방과 연결되는 거미줄의 중심이었다. 하지만 서술자는 마치 서울역이 커다란 항구의 부두나 화물선의 갑판처럼 지향 처도 모르는 사람들로 가득하다고 말한다.

서울역에 내린 후 나흘 동안 구자석은 서울 곳곳을 돌아다니며 서울의 변화와 그곳에 정주하지 못하는 자신을 냉정하게 돌아본다. 행적 중심으로 그의 나흘을 정리하면 다음과 같다.

상경 첫째 날 서울역에 내린 구자석은 염천교 쪽 지하도를 지나 남대문을 거쳐 시청 앞에 이른다. 그곳에서 버스를 타고 종점 동네에 내린다. 방을 구하려 하지만 실패하고 동네 건설 현장에서 하룻밤을 보낸다.

상경 둘째 날 새벽 그는 종점 동네에서 청진동 가는 택시를 탄다. 아침을 먹고 르네상스 뮤직홀로 간다. 시내에서 친구 한민을 만나 퇴계로에 있는 건물의 방을 임시로 얻는다. 이어 현저동의 교도소를 찾는다. 남대문을 지나 양동의 캐시미론 소비조합에 들렀다가 마포에 있는 제약회사 앞에서 공소저를 만난다. 그녀와 서강 변두리의 설렁탕집에서 밥을 먹고 마포강 둑에서 김포평야를 본다. 다시 버스를 타고 시청 앞으로 와서 명동으로 들어선다. 명동 유네스코 회관을 거쳐 종로 YMCA를 지나 종로통을 걷는다. 거기서 허름한 극장에 들어가 <미워도 다시 한 번>이라는 영화를 본다. 저녁에 을지로 2가에서 공소저를 만나 종로까지 걷는다.

상경 셋째 날 구자석은 을지로 다방을 거쳐 청계천 대림 다방으로 간다. 거기서 성공담이라는 사람을 만나 충무로 고급 왜식집으로 옮겨 점심을 먹는다. 씁쓸한 마음으로 동대문 시장을 찾는다. 서울역처럼 이곳도 여객선 갑판으로 묘사된다. 동대문에서 종로 5가로 나와서 이화동을 향해 걷는다. 경기 북부로 연결된 시외버스 정류장에서 서울역과 같은 느낌을 받는다. 다시 종로로 와 순댓국으로 점심을 먹는다. 청계로를 천천히 걸어 퇴계로로 간다.

넷째 날 새벽에 그는 서울역 광장에 와서 인천행 기차를 탄다. 영등포역에서 목포발 기차와 마주친다. 인천에서 만국공원, 인천 앞바다, 부두를 지나 하인천, 동인천에 이른다. 거기서 수인선을 탄다. 소래, 군자, 수원을 지나 부곡에서 내린다. 시골풍경을 보고 그곳이 서울의 쓰레기통 역할을 한다고 말한다. 서울로 올라가는 완행버스를 탄다. 고속도로 버스보다 완행이 좋다고 술 취해 떠드는 아저씨를 만난다. 용산 시외버스 터미널에 도착한다. 그는 다시 서울 거리를 힘없이 걷는다.

이처럼 『낮에 나온 반달』은 1960년대 서울 거리의 모습을 참으로 꼼꼼하게 기록하고 있다. 어떤 부분은 굳이 서사에 필요한 내용인지 의심이 갈 정도이다. 작가는 사대문 안의 서울보다 변화하는 주변부 서울에 더 큰 관심을 보이고 있다. 소설에 나타난 서울의 변화는 실제 사실과 거의 일치한다. 소설에서 언급된 내용만 정리하면, 1966년에는 청계천 복계공사가 시작되었고, 명동입구 지하상가가 개통되었다. 1967년에는 유네스코 회관이 준공되었고 시영버스가 운행을 개시했다. 1968년에는 70년간 운행된 전차가 철거되었고 경부고속도로 서울–수원 구간과 경인고속도로가 개통되었다.[32]

---

32) 서울시정개발연구원, 「서울 20세기 공간변화 연표」, 『서울 20세기 공간 변천사』, 2001, 641–642면.

나흘 동안 주인공 구자석은 많은 곳을 방문한다. 독자들은 지명들을 확인하는 것으로도 당시 서울이 어떻게 변화하고 있는지 짐작할 수 있다. 군중들에 대한 묘사도 눈에 띤다. 구자석은 서울역이나 동대문 시장에서 많은 사람들을 발견한다. 그리고 그들이 '여객선 갑판'에 모인 사람들처럼 보인다고 한다. 하나의 목적지를 향해 가는 것 같지만 실제로는 목적지 없이 방황하는 사람들의 모습을 이야기한 것으로 볼 수 있다. 「서울의 방」에서 확인할 수 있었던 것처럼 서울에서 방을 얻는 것이 얼마나 어려운지에 대해서도 이야기한다. 그는 서울 도심과 변두리를 버스를 타고 왕복한다. 종로와 무교동, 청계천, 명동이 중심에 해당한다면 서강, 영등포는 서울 변두리에 해당한다. 거기에 인천과 수원은 서울에서도 벗어난 지방으로 서울 변두리에 비해서도 변두리 지역이다.

실제로 서울과 지방의 위계는 경제 발전이 이루어지면서 가속화되었다. 서울이 가진 상징성과 정치적 중요성은 새삼스러운 것이 아니지만, 타 지역에 대한 상대적 우위는 근대 들어 더욱 커졌다. 1960년대는 서울의 지위가 한 번 더 질적으로 상승하기 시작한 때이다. 서울과 지방의 위계 뿐 아니라 서울 안에서의 위계 역시 분명해 지기 시작한다. 특히 60년대 후반(1966-1971)은 국가 정책이 자본과 결탁하여 기존의 도심을 상업, 문화, 오락, 유행, 소비의 중심지로 거듭나게 하는 한편, 변두리를 팽창시켜 서울의 엄청난 인구를 계층적으로 재배치하는 시기이다.[33] 서울의 인구 증가와 위계가 갖는 상관성도 이 시기 들어 분명해졌다. 새롭게 편입된 도시 공간을 지방에서 올라온 상경민들이 채우게 되었기 때문이다.[34] 그들이 도심에 진입하여 서울 토박이들의 자리를

---

33) 송은영, 앞의 글, 80면.
34) 양적으로나 질적으로나 실제로 서울을 압도한 것은 바로 비(非)서울 출신 사람들이다. 서울 토박이들이 없었던 것은 아니지만 그들의 목소리는 거의 힘을 내지 못

차지하는 일은 그리 쉽지 않았다.

이 시기 박태순 소설에 빈번하게 등장하는 교통수단은 지역의 확대와 위계를 가능하게 하는 조건으로 기능한다. 시속 20km로 달리는 전차가 사라지고 버스나 택시가 대중교통 수단을 대표하게 된 것도 60년대이다. 교통수단을 효과적으로 이용할 수 있게 만들기 위해 서울에는 지하도가 생겼고 고가도로가 생겼다. 버스는 1957년 전차보다 많은 서울시민을 수송하여 서울의 중요한 대중교통수단으로 등장하였고,[35] 1968년 전차의 운행정지로 그 위치를 확고히 하였다. 이후 지하철이 경쟁적인 교통수단으로 등장하기는 하였지만 1980년대 초까지 서울의 버스는 대중교통 수단으로서 절대적 위치를 차지하고 있었다.[36] 버스 외에도 구자석은 경인선 기차, 수인선 기차, 택시, 시외버스를 탄다. 그 안의 사람들에 대한 묘사도 상세한 편이다.

고속도로 건설 역시 이러한 경향을 촉진시켰다. 고속도로는 먼 곳을

했다. 상경민들은 서울 인구의 대다수를 차지했을 뿐만 아니라, 1960-70년대 서울을 둘러싼 담론을 장악했으며 서울을 자신들에게 맞춰 재구성해나갔다(송은영, 앞의 글, 32면). 이는 해방 이전 소설에 비친 서울과 비교해 보면 극명하게 드러난다. 염상섭, 이상, 박태원의 서울은 생존을 위해 상경한 사람들의 서울이 아니었다. 그들 소설의 많은 주인공들은 본래부터 서울 사람들이었다.

35) 1960년대 소설에는 버스에 대한 묘사가 자주 등장한다. 김승옥의 소설을 예로 들면, 「역사」에서는 창신동과 양옥집의 차이를 "버스 하나를 타면 곧장 갈 수 있다는 평범한 가능성"마저 무색해 가는 거리로 묘사한다. 「무진기행」의 첫 장면의 배경은 무진으로 가는 버스 안이다. 「서울 1964년 겨울」에서는 "버스 칸 속에서 일 센티미터도 안 되는 간격을 두고 자기 곁에 이쁜 아가씨가 서 있다"는 것에 대해 이야기한다. 버스라는 교통수단에 대한 관심은 박태순의 『낮에 나온 반달』에서도 확인할 수 있다. 버스가 전차의 대안으로 떠오른 시기는 1966년에서 1968년에 이르는 기간이다. 전차에 비해 버스는 빠르게 움직이는 교통수단이었고 더 많은 곳, 더 먼 곳까지 갈 수 있는 교통수단이었다. 동시에 많은 사람들이 이용할 수 있는 것이기도 했다. 따라서 이 시기 소설에서 버스는 서울의 양적 팽창을 상징적으로 보여준다고 할 수 있다.

36) 이혜은, 「서울 20세기 교통의 발달」, 『서울 20세기 공간 변천사』, 2001, 191면 참조.

하나의 생활권으로 묶기도 하지만 서울 근교를 먼 지방만큼이나 주변화 시켰다. 이렇게 주변화된 지역은 시외버스를 타야 갈 수 있는 곳이 되었다. 종로 5가 시외버스 정류장에 대한 묘사나 부곡에서 탄 시외버스에 대한 묘사에서 서술자는 서울 주변에 사는 사람들의 모습을 매우 초라하게 그리고 있다. 시외버스는 "고속도로에 손님을 빼앗겨 단거리 여행을 하는 시골사람들이 태반의 승객"을 이루는 교통수단이고, 고속도로는 "마치 사막의 한가운데를 달려가는 것처럼 무미건조할 뿐 시골과 시골 사람들을 무시"한다. 이른 아침 인천으로 내려가는 기차의 살풍경한 모습 역시 모든 것이 서울로 집중되고 있는 당시 시대 현실을 보여준다고 할 수 있다.

이러한 변화를 바라보는 구자석은 자신이 이방인의 시선을 띠고 있음을 인식한다. "60년대가 다 흘러가버린 이 세월, 바로 경제건설과 국방 강화가 당면 과제로 시급해진 이 세월에, 그런 것은 알지도 못한다는 듯이 방황하고 있는 나"(54-55면)가 얼마나 딱한 사람인지 돌아보지만, 그럼에도 불구하고 이러한 방황을 회피해서는 안 된다는 것을 의식하고 있다. 이런 개인적인 상념은 거리를 떠도는 동안 구자석의 머리를 떠나지 않는다.

> 구자석은 먼 곳의 산봉우리에 깜박이고 있는 불빛을 보는 것처럼, 시골을 헤매면서 항상 서울을 보고 있었다. 서울은 너무 거대해 버린 쓰레기통과 흡사했다. 전국 방방곡곡으로부터 인간과 돈과 물자가 서울로 운반되어가고 있었다. 해삼과 멍게는 가마니 부대에 싸여서, 지리산 소나무는 빠개져서, 낙동강변의 조그만 읍에 사는 아버지들의 돈은 송금환의 숫자가 되어, 그리고 처녀들은 이미자의 얼굴을 보며 노래를 듣기 위하여 서울로 올라가고 있었다. 각 지방의 특색은 서울에 와서 무특징의 것으로 변질이 되고, 그러면 서울은 애드벌룬처럼 두둥실 이륙하고 있었다.37)

이 영화에는 두 군데의 지명이 등장하고 있었다. 서울과 묵호였다. 서울은 한국의 중심지였고 묵호는 한국의 벽지였다. 중심지대와 벽촌에 나눠져 사는 가냘픈 영혼들은 계속 슬픈 일들만을 당하게 마련이었다. 서울과 묵호의 지정학적인 거리는 슬픈 마음들이 갖고 있는 바로 그 영혼의 거리와 일치했다. 세상일은 뜻한 대로 되지 않고, 선량했던 사람들은 자꾸 악행을 쌓아 가고 있었다.[38]

역시 서울의 변화에 대해 말하는 부분이다. 첫 번째 예문은 모든 것이 서울로 모이지만 서울은 커다란 쓰레기장처럼 되어버렸다는 것, 물질만이 아니라 인간도 그렇다는 점을 이야기한다. 아래 예문은 서울과 묵호를 대비시키는 서술자의 생각이다. 서울과 지방이라는 선명한 대조를 통해 시대의 변화 방향을 암시하고 있다. 물론 이러한 국토의 위계는 하루 이틀에 걸쳐 이루어진 것은 아니다. 하지만 그러한 위계가 이 시기 들어 급속한 속도로 이루어지고 있는 것 또한 사실이다.

『낮에 나온 반달』에서 위계의 발견이 계급적 인식이나 분명한 역시 인식에서 비롯된 것은 아니다. 지역에 따른 인물들의 계층적 특징이 구체적으로 드러나고 있지도 않다. 시대의 변화에 대한 인식은 주인공 구자석이 아닌 공소저를 통해 잠시 비추어질 뿐이다. 그녀는 대출업을 하는 사무실에서 일한다. 그녀는 자신의 시대를 '밥을 굶지 않기 위해 별의별 짓을 다 하는 계층'과 '돈을 벌기 위해 별의별 짓을 다 하는 계층'이 투쟁하는 시대라고 말한다. 누구는 죽지 않고 살아야 한다는 것 때문에 어떤 짓이든 하고, 누구는 더 많이, 더 많이 돈을 벌어야겠다는 조바심 때문에 온갖 짓을 다 하는 모순이 가득한 시대라 한다. 이런 공소저의 인식은 짧은 에피소드처럼 등장할 뿐 이 소설, 나아가 1960년대

---

37) 『낮에 나온 반달』, 14-15면.
38) 『낮에 나온 반달』, 112면.

박태순 소설에서 더 이상 발전된 모습을 보이지 않는다.

5. 맺음말

이 글은 박태순 소설에 대한 새로운 시각을 제공하고 있지는 않다. 그의 소설과 서울이라는 공간이 갖는 관계를 1960년대 후반 소설을 중심으로 정리하는 데 주력하였다. 1960년대 서울의 모습을 그처럼 자주, 의미 있게 그린 작가는 없었다는 것이 이 글의 관점이다. 박태순은 1960년대 서울이라는 공간의 의미를 밝혀줄 뿐 아니라 그 안에서 살아가는 사람들의 삶을 잘 보여주고 있다. 특히 경제가 발전하면서 외연을 넓히고 있는 서울의 변화를 구체적인 묘사를 통해 드러낸다. 작가는 이 과정에서 서울의 안과 밖, 서울과 서울 밖을 대비시킨다.

이 시기 박태순 소설은 상경한 서울 시민의 내면과 군중의 모습을 발견하고 표현하였다. 「무너진 극장」은 군중의 모습을 통해 무질서와 사회 변화에 대한 깊은 사색을 보여주었다. 「정든 땅 언덕 위」와 『낮에 나온 반달』은 서울의 확장과 그로 인해 벌어지는 위계화의 문제를 잘 보여준 소설이다. 이 소설은 서울 시대 곳곳을 돌아다니는 주인공을 등장시켜 변화하는 서울의 모습을 구체적으로 보여준다. 이들 소설에서 작가는 공통적으로 정주자의 시선이 아닌 이방인의 시선에 의지하고 있다.

1970년대 이후에도 박태순은 서울을 배경으로 한 많은 작품을 발표했다. 그의 대표작 외촌동 연작은 난곡에서 광주 대단지까지 서울에서 밀려난 사람들의 이야기를 담고 있다. 1980년대 창작된 「밤길의 사람들」에서도 영등포에서 명동에 이르는 서울의 모습이 상세하게 그려지고 있다. 서울에 대한 작가의 관심은 동시대가 아닌 과거로까지 확대된다. 『어느 사학도의 젊은 시절』은 작가의 말대로 1950년대의 의미를 추적해본 소설이다. 작가가 어린 시절을 보냈던 서울을 배경으로, 서울살이의 어려움을 적고 있는 『가슴 속에 남아 있는 미처 하지 못한 말』역시 같은 시기의 연대기로 볼 수 있다. 그가 1970년대 이후 기행문을 통해 우리 국토에 대한 광범위한 관심을 보여준 것은 사실이지만, 소설에 한정할 경우 박태순은 다른 어느 작가보다 서울에 대한 관심을 표 나게 드러낸 작가라 할 수 있다. 특히 1960년대 서울을 이해하는 데 그의 소설은 매우 유용한 단서를 제공해 준다.

소년들의 도시, 전쟁과 빈곤의 정치학
— 이동하의 『장난감 도시』와 김원일의 『마당 깊은 집』을 중심으로

1. 문제 제기

이 글은 전쟁 직후 도시와 가족의 문제를 다룬 소설 『장난감 도시』와 『마당 깊은 집』에 대한 연구이다. 이 소설들은 시골에서 도시로 흘러 들어온 가족들의 이야기를 소년 서술자 주인공을 중심으로 들려준다. 두 소설을 통해 우리는 전후를 배경으로 한 일단의 '성장소설'[1]이 공유하고 있는 형식과 그것의 의미에 대해서 생각해 보려 한다. 또, 이러한 유형의 소설들이 단순히 과거를 추억하는 데서 그치지 않고 경제 발전을 긍정하고, 성장을 지향하는 현대 도시인들의 내면을 읽을 수 있는 거울이 된다는 점도 밝혀 볼 것이다.[2] 이는 소년 시절에 전쟁을 겪은 세대의 현실을

---

1) 여기서는 일단 기존 연구에서 사용하던 용어를 그대로 쓴다. 그 함의에 동의하기 어려운 점이 많지만 워낙 자주, 일반적으로 사용하는 용어이기에 논의 전개를 위해 어쩔 수 없이 선택하게 되었다.
2) 성장소설과 근대화의 상동성은 기왕의 연구에서도 지적된 바 있다. 차혜영은 「성장소설과 발전 이데올로기」(『상허학보』12집, 2004, 131면)에서 "기본적으로 성장소

보는 태도를 묻는 것이며 동시에 이들 세대가 만들어낸 '근대화'가 우리에게 남긴 것이 무엇인지를 묻는 일이기도 하다.

결론을 먼저 말하면, 성장과 발전을 다룬 많은 소설이 '빈곤의 정치학'과 긴밀하게 연결되어 있다는 것이 이 글의 관점이다. 근대화 과정에서 끊임없이 반복되어 온 빈곤의 정치학[3]은 전후와 현재를 이어주는 매우 중요한 개념이다. 20세기 후반 내내 가난의 극복과 풍요로운 생활[4]은 모든 목표에 앞서는 강력한 이데올로기였고 무소불위의 권력을 가진 가치였다. 빈곤의 퇴치라는 목표는 구성원들의 다양한 욕망을 다음 차례로 미루게 만들면서도 국민들의 강한 동의를 얻어내는 데 성공하였고 그들의 내면을 규율하고 지배하는 가치가 되었다. 개인의 희생과 공적 영역의 포기를 감수할 정도로 동의의 수위는 높았으며 결국 독재를 용인하고 강압을 필요악으로 여기는 수준에까지 이르게 되었다. 남북의 이념 경쟁도 결국은 빈곤과의 전쟁이었고 대외적인 성공과 실패도 그것으로 판가름 났다고 할 수 있다.

설의 성숙, 성장, 어른됨의 논리가 사실은 당대 이데올로기인 발전, 개발, 국민됨의 논리구조를 닮고 내면화하고 있다."고 지적한 바 있다. 나병철 역시 『가족로망스와 성장소설』(문예출판사, 2007)에서 이런 관점에서 성장소설을 다루었다. 차혜영의 경우 발전 이데올로기와 함께 반공주의를 중요하게 언급하고 있고 나병철의 경우 정신분석적 관점에서 아버지 부재를 중요하게 다루고 있다.

3) '빈곤의 정치(학)'는 명확히 개념화된 수사는 아니다. 여기서는 빈곤이 정치적으로 동원되는 현상을 광범위하게 이르는 말로 사용하고자 한다. 한국 전쟁 이후 현재에 이르기까지 빈곤의 극복 또는 가난에서의 해방이라는 구호는 반공이데올로기처럼 여러 가치들을 아우르고 결국은 많은 가치를 배제하는 데 이용된 강력한 이데올로기였다고 할 수 있다. 이는 정치뿐 아니라 우리 생활 전반을 강하게 규율하는 논리로 작용해 왔다. 빈곤의 정치는 근대화 논리를 뒷받침하며 구체화하는 실천 이념이기도 했다. 빈곤의 정치는 성장과 발전이라는 이름으로 남아 여전히 정치적인 힘을 발휘하고 있다.

4) 여기서 풍요는 당연히 물질적인 데 한정되고, 풍요로운 생활은 실제로는 언제나 미래형으로 지연되어 괄호 속에 갇혀있게 된다.

현대사에서 이러한 빈곤의 정치학이 현실적 힘을 발휘하기 시작한 것은 한국전쟁 직후부터이다. 물론 이전까지도 가난은 매우 중요한 문제였던 것이 사실이다(인류 역사에서 그렇지 않은 시기가 있기는 했을까?). 그러나 전쟁이라는 폭발적 사건이 만들어놓은 폐허는 국가와 국민에게 이전과는 질적으로 다른 절박함을 가져다주었다. 두 소설이 창작된 1970년대와 1980년대까지도 기성세대의 무의식을 지배한 것은 전후 빈곤에 대한 기억이었다. 따라서 소설『장난감 도시』나『마당 깊은 집』에서 다루고 있는 시대의 경험은 작가들뿐 아니라 20세기 후반 우리 삶의 무의식을 들여다 볼 수 있는 중요한 단서가 된다.

두 소설은 소년을 주인공으로 내세우면서도 성장한 서술자의 회상 형식을 취하고 있다는 점에서도 흥미롭다. 소설은 서술자의 과거 경험을 다루고 있지만 과거를 평가하는 현재의 시선까지 은연중 드러낸다. 경험에 충실하여 어떠한 이념도 겉으로 드러내지 않지만 경험의 절실함이 가진 강한 힘은 반대로 그 경험 밖의 새로운 서사를 쉽게 허용하지 않는다. 경험의 구체성이 오히려 독서 과정에서 다양한 경험이 끼어들 자리를 협소하게 만드는 것이다.

이상의 관점을 바탕으로 본론에서는 전쟁과 소년, 성장과 성공, 빈곤과 정치에 대해 차례로 살펴보려 한다.

2. 전쟁과 소년

한국 현대사의 연속과 단절을 이야기할 때 한국전쟁은 다른 무엇과 비교할 수 없을 정도로 중요한 의미를 갖는다. 우발적 사건으로서 6·25가 아니라 한반도 모순의 폭발로서 한국전쟁은 현재까지 이어지고 있으며 양 체제의 모순을 설명하는 기본 전제가 된다. 분단이라는 직접적 결과와 그를 통해 발생한 수많은 문제들을 전쟁을 제외하고는 설명할 수 없기 때문이다.[5]

문학에서도 한국전쟁의 영향은 결코 작지 않았다. 단독정부 수립 이후부터 이데올로기 편향성은 이미 노골화되었다고 하지만 전쟁 경험은 남북 모두에게 돌아올 수 없는 이념의 강을 건너게 하였다. 이후 전쟁의 경험은 문학의 소재이자 주제가 되었으며 작가의 상상력을 지배하는 주요 모티브가 되었다. 청·장년기에 전쟁을 겪었던 작가들에게 전쟁은 절망과 죽음, 불구의 이미지로 남게 된다. 존재에 대한 의문을 던져주고 새로운 삶의 가능성까지 빼앗아 간, 가장 깊은 바닥으로의 추락을 경험하게 한 사건이었다. 손창섭이나 장용학 등의 작가들을 이 범주 안에 넣을 수 있다.

어린 시절 전쟁을 겪었거나 그 영향을 직접적으로 경험했던 작가들에게도 전쟁은 작품의 중요한 제재이자 배경이 된다. 이청준, 김승옥, 김용성, 이문구, 김원일, 윤흥길, 이동하, 이문열, 이창동 등은 전쟁과 분단이 개인사에서 매우 중요한 의미를 갖는 작가들이다. 이들은 소년 시절에 전쟁을 겪었거나 전쟁에서 비롯된 상처를 안고 성장했다. 앞 세대와는 달리 그들에게 전쟁은 이념이나 체제 선택의 문제, 육체적 외상의 문제가 아니라 가족의 문제, 생존의 문제로 다가온 사건이었다.[6]

---

5) 전쟁이 남북 사회 체제에 미친 영향이나 이데올로기적 대립이 정치에 미친 영향에 대해서는 많은 연구가 축적되어 있다. 남과 북이 분단 상황을 이용해 온 과정은 '적대적 공범자'라는 개념이 잘 설명해 준다. 여기서는 정치적 차원보다는 개인의 체험에 초점을 맞추어 살펴보려 한다. '적대적 공범자' 개념에 대해서는 임지현의 『적대적 공범자들』(소나무, 2005) 제2부 "적대적 공범관계"를 참조할 수 있다.
6) 전쟁의 기억을 다룬 소설은 최근까지도 계속 발표되고 있다. 김용성의 『기억의 가면』은 2004년에, 김원일의 「오마니별」은 2005년에 발표된다.

이들은 어른이 된 후 자신들이 겪었던 전쟁 경험(또는 기억)을 소설로 풀어 놓는다. 때로는 전쟁에 대해 잘 알지 못하는 소년의 목소리를 빌기도 한다. 이는 실제 자신들이 소년으로 전쟁을 경험한 때문이기도 하지만, 이념의 압박에서 비교적 자유로울 수 있는 서술자를 불러내야 했던 시대적 조건 때문이기도 했다.[7] 작가들의 실제 경험이 갖는 차이를 인정한다고 해도 이들에게 전쟁이 삶의 시작이었고 세상의 '쓴 맛'을 알려 준 사건이었다는 점은 공통된다.

이동하의 『장난감 도시』와 김원일의 『마당 깊은 집』은 소년 주인공의 성장을 다룬 작품으로 전쟁 직후 대구에서 아버지 없이 살아가는 가정을 배경으로 하고 있다. 소년들은 그 집안의 장남이며 학교를 다닐 수 없을 만큼 가난하다. 『장난감 도시』는 "우리 가족이 고향을 떠난 것은, 내가 국민학교 4학년 때였다고 기억된다. 전쟁이 멈춘 것은 이보다 한두 해 전의 일이다"로 시작한다.[8] 『마당 깊은 집』 역시 "고향 장터거리의 주막에서 볼목하니 노릇을 하며 어렵사리 초등학교를 졸업하자, 선례누나가 나를 데리러 왔다. 나는 누나를 따라 대구시로 가는 기차를 탔다."[9]는 이야기로 시작한다. 그때가 대략 1954년 4월 하순 경이라고 한다. 두 작품이 다루고 있는 시기 역시 종전 다음 해로 비슷한 셈이다.

그렇게 고향을 떠나 대구라는 도시로 진입한 도시 유민[10]들인 주인

---

7) 전쟁을 다룬 소설에서 서술자의 역할과 변화에 대해서는 졸고, 「사실의 의지와 이념의 불만」(『현대문학사와 민족이라는 이념』, 소명출판, 2009) 참조.

8) 이동하, 『장난감 도시』 문학과지성사, 1994년 재판, 11면(이후 본문에 작품명과 면수만 표시).

9) 김원일, 『마당 깊은 집』, 문학과지성사, 1998년 재판, 9면(이후 본문에 작품명과 면수만 표시).

10) '시골'에서 도시로 이주한 사람들의 힘겨운 삶을 다룬 소설을 '도시 입성형 경험소설'로 분류하기도 한다. "도시 입성형의 경험소설이란 문자 그대로 도시 안에서의 삶의 경험을 다룬 것으로서, 시골태생의 순진하고 감수성 있는, 어리거나 혹

공의 가족은 가진 것 없이 몸 하나로 하루하루를 근근이 살아간다.[11] 이들이 찾아온 도시에는 세 부류의 사람들이 존재한다. "이 바닥 태생의 본토박이들과 전쟁 통에 쫓겨 온 피난민들과 그리고, 우리 가족처럼 그다지 떳떳치 못한 이유로 고향을 등진 사람들"(『장난감 도시』, 30면)이 그들이다. 피난민들과 고향을 등진 사람들은 도시의 하층민으로 전락하기 쉽다. 『마당 깊은 집』의 주인집처럼 전쟁 후 원조 경제 분위기를 타고 부를 늘여가는 사람이 있기는 하지만 두 소설에 등장하는 대부분의 사람들은 하루하루 살아가기가 힘겨운 하층민들이다('마당 깊은 집'에 세든 사람들과 달리 주인집은 지역 토박이이다).

> 그랬다. 도시의 그 많은 거리들 중에서 우리 같은 뜨내기가 발길을 들여놓아도 좋을 곳은 극히 제한되어 있었다. 그곳을 이탈했다가는 어떤 곤욕을 치르게 될지 예상할 수 없는 일이었기 때문이다. 게다가 허용된 구역 안이라 할지라도 결코 침범해서는 안 될 성역이 또 있었다.
> (『장난감 도시』, 206면)

은 젊은 주인공이 익명·소외 그리고 혼잡·고독 등의 표상을 지닌 도시 입성과 그 도시에서의 삶에 대한 개인적인 경험 과정을 통해서 도시의 삶의 특성과 그 실제를 발견하거나 동화됨을 드러내는 과정을 그리는 소설"(이재선, 『현대한국소설사』, 민음사, 1991, 278면)이다. 위 책에서는 '도시 입성형 경험소설'을 도시 소설 유형의 하나로 다루고 있다. 비록 1970년대 이후 소설에 한정한 평가이지만 이 글과 유사한 문제의식을 공유하고 있다. 이처럼 도시로 흘러들어온 빈민들을 이 글에서는 도시 유민이라 부르려 한다. 도시 유민들은 전후(또는 전쟁이 마무리 될 무렵)를 배경으로 한 소설에서도 자주 볼 수 있다. 이들에게 주어진 가장 중요하고도 긴박한 과제는 도시에서 살아남기였다. 도시에서 살아남기는 다른 모든 가치나 목적보다 우선했으며 그때의 삶의 자세가 현재까지 영향을 미치고 있다는 사실을 소설을 통해, 사회 경험을 통해 확인할 수 있다.

11) 전쟁과 그로 인해 발생한 유민에 대해서는 졸고, 「전쟁과 유민-도시에서 살아남기」 (『비평문학』 34, 2009.12) 참조.

낯선 도시는 농촌이나 고향이 상징하는 포근함을 가지고 있지 않다. 그럼에도 사람들이 도시로 밀려온 이유는 자발적인 선택에 의한 것이기보다는 어쩔 수 없는 '사정' 때문인 경우가 많다. 두 소설에서 주인공의 가족이 도시로 이주하게 되는 직접적인 이유는 '다른' 이념을 가진 가족 때문이다. 그들은 이념 갈등의 결과 고향에서는 예전처럼 살아갈 수 없는 입장이 된 것이다. 『마당 깊은 집』에서는 소년의 아버지, 『장난감 도시』에서는 소년의 삼촌이 흔히 말하는 '좌익'이었다.

하층민이며 소년인 주인공들에게 도시는 절망의 공간이었다. 생활 능력이 없다는 점에서 그렇고 학교를 가지 않으면 시간을 보낼만한 장소를 쉽게 찾을 수 없다는 점에서 그렇다. 그들은 감수성이 예민하고 보호받아야 하는 나이임에도 불구하고 자기를 표현하는 법보다 자기감정을 억제하는 법을 먼저 배워야 했다. "웃고 싶을 때 웃고 울고 싶을 때 울어버리면 세상에 되는 일이라곤 아무것도 없어."(『장난감 도시』, 12면)라는 말이 소년의 삶을 규율하는 가장 중요한 가르침이 된다든지, "나는 이제 아버지마저 잃어버린 아이가 되어 있었다. 울음이 목울대까지 차올랐지만 그러나 나는 울지 않았다. 나는 아직 우는 법을 익히지 못한 벙어리였기 때문이다."(79면)라는 표현이 이런 상황을 잘 말해준다.

소년에게서 소년의 특징을 빼앗아버린 곳이 공간으로서의 도시였다면, 거기에서 그들이 만나야 하는 현실은 아버지의 부재와 그에 이어지는 가난이었다. 소년에게 아버지의 부재는 다른 무엇보다 큰 영향을 미친다. 일반적으로 아버지는 청년이 어른이 되기 위해 극복해야 하는 대상이다. 그것이 실제이든 상징적 의미이든 상관없으며, 선악을 판단할 문제도 아니다. 가족 로맨스가 이루어지는 첫 번째 장면이 아버지의 부정(否定)에 있다는 점, 자기 부정의 뿌리가 사생아와 업둥이에 대한 상상에서 기원한다는 점을 생각할 때 아버지의 존재는 '소년'의 성장에서

결정적 계기를 제공하는 요인이다.[12]

그러나 현실적으로 소년에게 아버지는 아직 극복의 대상이 아니다. 의존하거나 따라야 할 대상이다. 생활의 문제가 개입하면 더욱 그러하다. 소년은 아버지를 벗어나기보다는 그 안에서 성장을 위한 시간을 보내며 심적·물적 안정을 찾아야 한다. 청년이 되기에는 아직 이른 나이이며 모성에서는 점차 벗어나고 있는 시기이다. 가족에 대한 책임면에서도 소년은 청년과 다르다. 경제적 능력이나 대표성에서 소년은 '아직 아닌' 단계에 있다.

장기적으로 볼 때 아버지의 부재는 전복과 반항의 기회를 제한하기도 한다. 일반적으로 성장의 계기에는 아버지의 권위를 극복하기 위해 형제애를 강조하고 이를 실천으로 보여주는 것이 포함된다. 굳이 구체적 사건으로 외화되지 않더라도 아버지는 성장의 최종 목표가 된다. 아버지가 사라진 상태에서는 일상에 대한 부정, 권위에 대한 도전까지도 목표를 잃게 된다. 이런 상황은 완전하지 못하거나 왜곡된 아버지를 세우게 만들기도 한다.

독자들이 두 소설 중『장난감 도시』에서 더욱 깊은 절망을 느낄 수 있는 이유는 가족 내 아버지가 완전히 무기력하기 때문이다. 반면에『마당 깊은 집』의 가정에는 아버지는 없지만 어머니가 그 자리를 어느 정도 대신하고 있다. 아버지의 역할을 대신하는 어머니는 아들 길남에게 끊임없이 삶의 기준을 마련해 주려 한다. 아버지가 없는『장난감 도시』의 소년이 탈출조차 생각하지 못하는 데 비해『마당 깊은 집』의 소년은 어머니와 가족으로부터의 탈출을 꿈꾼다.

---

12) 이에 대해서는 마르트 로베르의『기원의 소설, 소설의 기원』(문학과지성사, 1999) 참조.

소설 속 소년들은 실제 작가의 어린 시절을 떠올리게 한다. 많은 에피소드가 작가의 실제 체험과 무관하지 않다는 사실도 잘 알려져 있다. 작가들이 경험한 가난은 아마도 소설 속 인물들의 경험과 크게 다르지 않았을 것이다. 소설에 그려진 경험이 한국 전쟁이 동세대들에게 미친 이후의 영향을 짐작하게 한다는 점도 문제적이다. 아버지의 부재와 빈곤 그리고 도시로의 이주는 구체적인 경험이지만 그를 넘어서는 시대의 보편적 경험이기도 했다.[13] 더욱 중요한 것은 이 작품들이 1970년대 후반 이후에 창작되었다는 점이다. 근대화가 어느 정도 진행된 이후 가난했던 과거를 돌아볼 만한 여유가 생겼을 때 전후의 경험이 소설화된 것이다. 따라서 이 소설들은 도시에서의 삶이 어떻게 시작되었는지 그리고 그들의 삶이 어떻게 빈곤의 정치를 통과해 우리 사회의 현재 가치관을 형성하였는지까지 추론해 볼 수 있게 한다. 소설이 다루고 있는 시기가 아니라 그러한 소설이 창작된 시대를 읽을 수 있는 단서도 제공하게 되는 것이다.

이는 다른 말로 하면 실제가 아닌 '회고된' 소년의 기억을 살필 수 있다는 의미이다. 소년을 서술자로 한 소설은 단순히 경험을 기억으로 되살릴 뿐 아니라 희미한 기억을 공고히 하기도 한다. 두 소설은 가난이 낳은 생활의 어려움과 거기에서 이어지는 가족의 고통을 비극으로 표현하고 있는데, "이 비극의 현존성은, 그 당시의 열 살 소년이 오늘에 와서 40대 후반의 장년이 됨으로써 오히려 단단한 구조를 가지게 되었

---

13) 체험에 대해 다음의 회고 역시 참고할 만하다. "내 연배의 사람들은 대체로 나와 비슷한 소년 체험을 했고, 그것은 부끄러울 것도 자랑스러울 것도 없는 역사의 한 장면이 되었다. 그 가운데에서도 굳이 나의 체험이 대단한 것이 될 수는 없다. 그러나 한때 나는 내가 겪은 아픔과 고통이 유독 다른 사람의 것보다 특이하고 대단한 것이 아니었을까 생각한 적이 있었다."(김주연, 「모자 관계의 소외/동화의 구조」, 『문학과 정신의 힘』, 문학과지성사, 1990, 107면.)

고, 추억 속에서 객관화된다."[14]고 할 수 있다. 말랑말랑했던 기억이 단단한 구조를 갖게 되는 것은 일반적인 기억의 과정이다. 과거의 기억이 현재를 규정하는 데 중요한 역할을 하는 것만큼 현재의 생각이 과거의 기억을 단단하게 만들기도 하는 것이다. 주지하다시피 "기억이란 과거와 현재 간의 협상이며, 이것을 통해 우리는 우리 자신의 개인적 집단적 자아를 규정한다."[15] 따라서 중요한 기억은 기록되고 재생된다. 또, "인간 기억의 특성 중 하나는, 우리가 감각을 통해 개인적으로 경험해 온 것 이상을 기억한다는"[16] 데 있다. 실제로 문학 작품이 이러한 기억에 기여하는 바는 결코 작지 않다. 기억이 문학 작품에 기여하는 것 이상이라고 해도 좋다. 전쟁 후 어려웠던 시절에 대한 기억을 오랜 시간이 지난 후에 돌아보는 구조는 과거의 어려움을 추억으로 만들어 놓고 현재를 무의식적으로 긍정하는 결과를 낳게 된다.

중요한 기억이 어떻게 만들어지는 지는 시대적 여건에 따라 개인이나 집단의 성향에 따라 다를 수 있다. 또 무엇이 기억되느냐에 따라 선택한 개인이나 집단의 성향을 짐작할 수도 있다. 우리 현대사의 경우 전쟁이 그 중요한 기억의 일부가 된다는 데는 이견이 없을 것이다. 현재를 규정하는 가장 중요한 사건이 분단이며 최초의 원인은 아니지만 골을 깊게 만들고 고착화시키는 데 결정적으로 기능한 것이 전쟁이라는 사실이 분명하기 때문이다. 비록 두 소설이 전쟁의 현장을 다루고 있지는 않지만 전쟁을 중요한 기억으로 끌어내고 있으며 무엇보다 경제적 어려움을 최우선의 '문제'로 제기하고 있다는 점은 이후 현대사의 전개와 중요한 상동성을 갖는다.

---

14) 위의 글, 108면.
15) 제프리 K. 올릭 편, 『국가와 기억』, 민주화운동기념사업회, 2006, 31면.
16) 위의 책, 364면.

3. 성장과 성공

  엄격히 말해 이동하의 『장난감 도시』나 김원일의 『마당 깊은 집』은
성장소설이 지향하는 내면의 성숙을 보여주지는 않는다. 부르주아의 자
기 확인과 교양이라는 면에서 보면 두 소설은 자기 보존의 문제에 집중
하고 있는 소설이다. 두 작품을 성장소설이라 부를 수 있다면 그것은
어린 시절의 체험을 다룬 소설 혹은 어린 시절을 회상하는 소설이라는
의미에 한정된다. 서구적 의미의 성장소설(혹은 교양소설)과 이들 소설의
거리는 분명히 존재한다.17)

  교양소설18)은 그 뿌리가 우리의 성장소설과 많이 다르다. 교양소설은
대표적인 부르주아 양식인데, 그렇게 부를 수 있는 여러 이유 중 하나는
소설 속 인물들이 경제적인 부담에서 비교적 자유롭다는 점 때문이다.
성장의 지향은 경제적 책임을 지거나 가족을 부양하는 데 있지 않고 자
기 존재의 의미를 찾거나 시민으로서의 가치를 확인하는 데 있다.19) 비

---

17) 김병익은 우리 성장소설이 교양소설이 되지 못한 조건에 대해 다음과 같이 말한다.
   "성장소설이 가능하기 위해서는 첫째로 사회적 자아에 못지않은 비중으로 개인
   적 자아가 성립되고 허용되는 문화 체계가 있어야 한다는 것, 둘째로 두 자아간의
   갈등이 내성적인 각성으로 지양되어야 한다는 것, 셋째로 특히 그것이 '성장'소설
   의 범주보다 '교양'소설의 이름으로 불리우기 위해서는 그 사회의 문화가 보편적
   이념을 명백하게 표명하고 있고 그에 대한 개인의 선호가 이루어져야 한다는 것
   등이 전제되어야 한다. [……] 그러나 우리의 문화적 위상을 살필 때 성장소설의
   가능 조건이 충분치 못하다는 점은 잘 관찰될 수 있다."(김병익, 「성장소설의 문
   화적 의의」, 『지성과 문학』, 문학과지성사, 145면.)
18) 모레티는 교양소설이란 "새로운 패러다임을 기호화하고 젊음을 삶의 가장 의미
   있는 부분으로 본 바로 그 작품"을 일컫는다고 한다(프랑크 모레티, 『세상의 이치』,
   문학동네, 2005, 26면).
19) 역시 모레티는 "이는 또한 성장소설이 주로 중산층 주인공을 선호했던 것을 설명
   해 준다. 사회적 스펙트럼의 한계점은 상대적으로 안정적인 반면(극단적인 부나
   극단적인 가난은 서서히 변화하는 경향이 있다) '중간에서는' 어떤 일이든 일어난

록 억압의 주체나 극복의 대상이기는 하지만 그들에게는 든든한 버팀목이 되어줄 아버지가 존재한다. 오히려 아버지의 든든함 때문에 성장의 고통과 환희가 수반되는 것이 서구의 교양소설이다.

단순히 소년의 성장을 다룬 작품들을 성장소설의 범주 안에 넣을 경우 그 지향점은 사회적 통과의례를 통한 성숙 또는 어려움의 극복을 통한 성장이다. 이 경우 성장소설은 서구적 교양소설보다는 소년을 주인공으로 한 어린이 성장물과 비슷해진다고 할 수 있다. 소년에게 성장은 무사히 어른이 되는 것, 현실에 잘 적응하는 것 이상이 되기 어렵다. 물론 이러한 성장소설이 어린이 성장물에 비해 사회적 환경이나 시대적 조건을 구체적으로 다루는 등 훨씬 더 현실적이라 말할 수는 있다.[20]

『장난감 도시』의 주인공 가정에는 양친이 함께 있는 시간이 매우 적다. 도시로 올라온 후 아버지가 장물운반 혐의로 잡혀가기 전 짧은 기간을 제외하고는 무능한 한쪽 부모만이 방을 차지하고 있다. 특히 어머니는 병으로 인해 대부분의 시간을 방에서 보낸다. 가정에서 자리를 잡지 못하는 소년들에게 도시의 거리는 보호막 없이 개방되어 있다. 『마당 깊은 집』의 주인공은 자신이 업둥이가 아닌가 하고 의심한다.

물론 성장의 의미를 서구적 의미의 교양에서 찾는 것이 타당한지에 대한 문제제기가 가능하다. 비서구의 교양이 서구의 그것과 다를 수 있

수 있다─각 개인은 스스로 '해내거나' '망할 수' 있으며, 삶은 소설을 닮아간다. 중산계급이 근대의 이상적인 공명판이 된 것은 이렇게 희망과 환멸이 공존하기 때문이"라고 한다(위의 책, 30면).

20) 소년의 성장을 다룬 소설들은 아동물과 청소년물로 많이 출판되고 있다. 번역물인 『돼지가 한 마리도 죽지 않던 날』, 『내 영혼의 따뜻했던 날들』, 『나의 라임 오렌지 나무』는 대표적인 어린이 성장물이라고 할 수 있다. 이들 소설의 주인공들에게도 교양의 문제보다는 가난이나 소외 그리고 가족에 대한 책임 등이 더 중요한 문제로 등장한다. 사회로 정상적으로 진입하는 것의 어려움 역시 중요한 주제가 된다.

다는 점을 인정하는 것이 균형 있는 태도라고 할 수 있다.[21] 소년의 성장을 다룬 입사소설을 우리 성장소설의 전형으로 볼 수도 있다. 그렇지만 이럴 경우에도 강조해야 할 것은 성장소설이 우리 소설처럼 성장이 사회적(더 구체적으로는 경제적) 성공과 바로 이어지는 경우가 그리 흔하지는 않다는 점이다.

> "한 가지는, 공부 열심히 해서 배운 바 실력이 남보다 월등하여 훌륭한 사람이 되는 길이다. 평양댁 정민이 학생 봐라. 아부지 읎이 저거 엄마가 군복장수해도 공부를 얼매나 잘하노. 위채 학생 둘 가르쳐서 번 돈을 가용에 보태고 열두시 넘이까지 호롱불 케놓고 자기 공부를 안하나. 그러이 반장하고 늘 일등이라 안카나. 갸는 반드니 판검사나 대학교 교수가 될 끼라. 또 한 가지, 니가 이 세상 파도를 무사히 타넘고 이기는 길은, 세상살이를 몸으로 겪어 갱험을 많키 쌓는 길이다. 재주 읎고 공부하기 싫으모 부지런키라도 해야제."(『마당 깊은 집』, 33면)

세상살이에 대해 어머니가 아들에게 주는 가르침이다. 인격적 성숙보다는 사회적 성공을 강조하고 있음을 쉽게 알 수 있다. 험한 세상에서 어떻게 살아갈 것인지, 생존할 것인지에 대한 조언이다. 위 예문을 따라가 보면 어머니가 긍정적으로 보는 미덕은 남보다 월등한 사람이 되는 것, 공부를 잘 하는 것, 돈을 버는 것, 판검사나 교수가 되는 것, 부지런한 것으로 정리할 수 있다. 한마디로 공부를 통해 경쟁에서 승리하고 그를 바탕으로 권력과 경제력을 가진 사람이 되라는 말이다. 『마당 깊은 집』

---

21) 이창남은 "20세기 유럽에서도 확인되는 반교양의 후기 성장소설은 5-60년대를 배경으로 쓰여진 한국 성장소설의 한 단면을 드러내기도 한다."고 지적한다(「성장소설의 기호학」, 『한국문학이론과비평』44, 209, 308면). '반교양의 성장소설'이라는 개념은 우리 성장소설의 성격을 잘 설명해준다고 생각한다. 물론 모든 성장소설을 이 개념으로 규정할 수는 없을 것이다.

의 어머니는 아버지 역할을 대신한다. 그런 의미에서 그녀의 가르침은 매우 큰 영향력을 가진다. 이어 어머니는 큰 아들에게 돈 팔십 환을 주면서 신문을 받아 팔라고 지시한다. 서술자는 그것을 "내가 감히 거역할 수 없는 어머니의 옹이 박인 말"(33면)로 받아들인다.

> "신문을 팔지 못하겠거덩 그 돈으로 차비해서 다시 진영으로 내려가 술집 중노미가 되든 장돌뱅이가 되든 니 마음대로 해라." 어머니의 아귀찬 마지막 말을 떠올리자, 나는 용기를 내지 않을 수 없었다.
>
> (『마당 깊은 집』, 34면)

> "길남아, 봐라. 묵고 살라고 저 퉁퉁 부은 얼굴로 장삿길 나서는 거를. 저런 마음을 묵어야 배 안 곯고 사는 기라. 상이군인 저 식구는 은젠가는 반드시 일어설 끼다. 예전 이집에서 능금 팔며 고생하고 살던 시절을 웃으미 말할 좋은 날이 올 끼라."
>
> (『마당 깊은 집』, 45면)

도시의 냉혹함을 가르치기 위함인지 어머니는 아들에게 신문팔이를 시키고 신문을 팔지 못할 것 같으면 고향으로 내려가라고 말한다. 고향의 삶이 어떤지는 구체적으로 나와 있지 않지만 술집 중노미나 장돌뱅이가 부정적인 예로 사용되는 것으로 보아 그녀가 도시에서의 삶을 당위로 받아들이고 있음을 알 수 있다. 생존을 위해 부지런해야 하고 노력 여하에 따라 성공의 가능성도 열려 있는 곳이 도시라 생각한다. 타의로 고향에서 쫓겨난 사람으로 가질 수 있는 집념이 느껴지기도 한다. 길남 역시 이 말을 부정하거나 거부하지 못한다. 상이군인 가족을 보는 어머니의 시선은 이러한 생각에서 크게 벗어나 있지 않다. '퉁퉁 부은 얼굴로 장삿길 나서는' 부지런함 그리고 현재의 어려움에 크게 신경 쓰지 않는 의지 들이 그들의 성공을 예상하게 한다. 그리고 과거의 고생을 지난 일로 이야기하는 행복하고 윤택한 미래가 예정되어 있을 것이라 확신한다.

그런데 이 소설이 아니어도 이러한 논리에 우리는 매우 익숙하다. 현재 조금만 고생하면 이후에 잘 살 날을 만나게 되리라는, 그러면 이후에는 고생한 이야기를 편하게 하면서 살 수 있는 날이 오리라는 것. 이것이 바로 빈곤의 정치였다. 그것이 거둔 성과가 부정할 수 없을 만큼 크다고 하지만 그것이 지나치게 강한 구속력을 가진 논리였다는 사실 역시 우리는 알고 있다. 이런 논리는 개인에서 가정, 가정에서 사회 전체로 확대 재생산되었고 그 반대 순서로도 심화되었다.

주로 길남의 어머니가 가진 생각을 살펴보았지만 두 소설의 소년 주인공이 소망 하는 바 역시 가난에서의 탈출이다. 그와 더불어 온전한 가족의 회복을 바란다. 그런데 이 두 가지 문제는 실상 분리된 것이 아니다. 가난과 가족의 불안은 모두 아버지의 부재에서 오기 때문이다. 가정에서 아버지의 중요한 역할 중 하나는 생활을 책임지는 것인데 그의 부재는 가족의 의미를 한 방향으로 한정 짓게 한다. 가족은 휴식을 주는 '가정'의 의미보다는 경제 공동체 또는 생존의 최소 단위라는 의미만을 갖게 된다. 이러한 가정 안에서 개인의 내적인 성장은 장애를 맞게 된다. 없는 아버지의 자리를 자신이 대신해야 하는 소년은 당장 아버지가 되어야 한다. 그것도 내적으로 성숙한 인간으로서의 아버지가 아니라 가족을 부양하고 책임져야 하는 일방의 의미를 갖는 아버지이다. 이는 한편에서 아버지의 극복이지만 다른 편에서는 미숙한 가짜 아버지 되기이다.[22] 소년은 준비가 없는 상태로 사회와 만나야 하고 생활

---

22) 이는 성장소설에 대한 기존의 평가 "'성장'은 오로지 '굶주림의 해결'로만 집중되었고, 이것이 전쟁 및 분단이라는 비정상적인 상황에 의해 추동되는 것이 이 시기 분단소재 성장 모티브의 소설이 갖는 특징이라고 할 수 있다."(차혜영, 앞의 글,

의 문제를 직접 고민해야 한다.

반대로 아버지의 부재는 우리 성장소설의 주인공이 청년이 아닌 소년에 머무는 이유를 설명해 주기도 한다. '책임 있는' 아버지의 부재는 외부세계에 생생한 의미를 개인에게 침투시키려는 교양소설의 '청년의 형식'을 어렵게 만든다.[23] 소년을 주인공으로 한 성장소설에서 이성적으로 사회와 조화되는 상태를 찾아보기 어려운 이유도 여기에 있다. 청년의 열정으로 외부세계를 생생하고 역동적으로(젊은 시대로) 만들기 어려운 상황에서는, 사회와 조화된다는 것이 젊음의 의미가 사라진 세속적인 세계와 타협하는 것을 뜻하게 된다. 즉, 그것은 살아 있는 젊음의 열정 대신 '죽은 청년'인 '강요된 아버지'와 만나는 일이며, 새롭게 만든 젊음의 시대 대신 이미 사라진 젊음의 사체와 만나는 행위인 것이다.[24]

두 소설에서 아버지의 부재를 만들어내고 소년을 생활로 이끌어 낸 사회적 요인은 전쟁이다. 한국 전쟁에는 민족상잔이라는 거창한 수식어가 항상 따라 다녔다. 그러나 실제 소년들은 전쟁의 현장을 본 것이 아니라 전쟁 이후에 남은 현실을 살아간다. 아버지의 죽음은 가장 두드러진 흔적이다. 전쟁-가난-아버지의 부재로 이어지는 이 고리에서 두 소설이 시작되었고 성장의 지향점이 결정되었다고 보아도 무리가 없다. 그렇다면 아버지의 부재 속에서 두 소년이 긍정적으로 바라보는 세상 또는 인물이 무엇인지도 중요한 의미를 갖게 된다.

137-138면)는 지적과 연관된다. 이러한 특징은 단순히 소설에 머무는 것이 아니라 이후 우리 사회에서 과거나 전쟁 나아가 근대화를 보는 중요한 관점이 된다는 것이 우리의 관점이다.
23) 두 소설의 주인공에 한정할 경우 그들은 전쟁을 겪으면서 이러한 기회를 애초에 박탈당했다고 할 수 있다.
24) 나병철, 앞의 책, 334면.

『장난감 도시』에서 성공한 인물은 가족 밖에 있다. 그는 도시의 생리에 어울리는 인물이며 경쟁에서 살아남은 사람이어야 한다. 「유다의 시간」에 나오는 이발소 강씨가 소년에게는 대표적인 선망의 대상이다. 강씨는 어린 시절 막연히 그려보는 아버지의 모습, 실제 아버지에게 결핍된 모습을 가지고 있는 인물이라고 할 수 있다.

> 그는—이미 말한 바이지만—실로 불가사의한 인물이었다. 외견상으로는 계집애처럼 나약해 보이는 체격과 기생오라비 같은 용모에도 불구하고 그러나 그는, 살인적인 힘과 칼날 같은 차가움을 감추고 있는 사내였기 때문이다. 그는 지난 전쟁 때 무슨 특수부대 요원으로 사선(死線)을 아침저녁으로 무수히 넘나든 사내로 알려져 있었다. 그가 사살한 적군의 숫자만 가지고도 일개 중대 병력은 편성할 수가 있고, 전공으로 포상 받은 각종 훈장만도 무게로 따져 족히 한 관은 된다는 얘기였다.
>
> (『장난감 도시』, 161면)

> 그 후로도 그 같은 활극은 강씨 이발소를 무대로 자주 전개되었기 때문이다. 주역은 대체로 강씨였고 따라서 승자도 언제나 그였다. 상대는 매번 바뀌었지만 모두 다 그의 적수는 못 되었다. 때로는 흉기가 소도구로 등장하고, 또 때로는 패거리까지 동원되기도 했지만 결과는 마찬가지였다. 강씨는 그때마다 비장의 솜씨를 끊임없이 선보였을 뿐만 아니라 예의 불청객들이 필요할 때면 한몫씩 거들어준 덕분이기도 하였다.
>
> (『장난감 도시』, 163면)

과장이 분명해 보이지만 강씨에 관한 정보는 사실 확인 없이 도시 아이들에게 유포된다. 약해 보이는 외모에 강한 힘을 가진 사나이로 전쟁에서 큰 공을 세운 경험이 있는 사내. 이 정도면 도시의 뒷골목을 떠돌아다니는 아이들의 선망을 받기에 충분한 자격을 갖추었다 할 수 있다.

거기에 특별한 도구까지 꺼내드는 적을 가볍게 물리치는 '솜씨'를 가지고 있으니 더할 나위가 없다. 패거리로 달려들어도 적들이 그를 이길 수는 없었다. 강씨의 '불가사의'는 신화가 되었다. 강씨에 대한 이러한 선망은 소년들이 언젠가 겪게 되는 '무협'의 시대를 조금 이른 시기에 경험하게 해 준 것에 지나지 않을 수 있다. 때때로 무협은 어설픈 남자의 세계로 들어가는 입구를 지키는 문지기와도 같다.

도시 아이들이 강씨와 같은 인물을 선망하는 또 다른 이유는 그가 가진 '성공'이 매우 뚜렷이 눈에 띄기 때문이다. 강씨의 '성공'은 다이내믹할 뿐 아니라 노력 여하에 따라 자신들도 성취할 수 있는 종류의 것으로 보였다. 성공이나 성취를 향해 동원할 수 있는 수단이 전무한 이들에게 주먹 세계에서의 성공이 갖는 의미는 특별할 수밖에 없다. 경제력이나 기타 권력 없이도 평등하게 경쟁할 수 있는 수단이 주먹이기 때문이다. 강씨는 성공한 인물이며 동시에 자신들의 현재에 위안을 줄 수 있는 인물이기도 했던 것이다.

실제 아버지의 모습이 어떠했는가를 돌아보면 이 위안이 자연스럽다는 것을 쉽게 알게 된다. 서술자가 기억하는 아버지의 모습은 풀빵 기계를 들여놓고 며칠 장사를 하다 실패하고 나중에는 살아보려는 의욕조차 잃어버린 허약하고 나약한 그것이었다. 그런 아버지에 대해 서술자는 "일찍이 흙밖에 만져본 적이 없는 아버지는 결코 정직하지도 않고 믿을 수도 없는 도시를 요컨대 그런 모습으로 상대하고 있었던 것이다. 내게는 지금도 그때의 광경이 한 폭의 수채화처럼 선명한 기억으로 남아 있다."(『장난감 도시』, 38면)고 회상한다. 도시에서는 강해야 한다는 것을 소년들도 알고 있었던 셈이다. 아니 모를 수가 없었다.

따라서 강씨의 패배가 주는 충격이 얼마나 컸을지도 짐작할 수 있다. 소년들은 강씨가 가지고 있는 비장의 솜씨가 어디서나 먹히는 것은 아니라는 사실, 그 역시 다른 사람과 마찬가지로 실패하고 좌절하는 인물이라는 사실을 받아들여야 했다. 결정적으로 소년들은 강씨가 이발소 주인이 아니라 단순한 관리인에 불과했고 강씨를 대신해서 새로운 관리인이 그 자리를 차지하게 되었다는 점도 받아들이기 어려웠다. 그들에게 이발소는 강씨의 것이어야 했는데 결국 이발소에서도 강씨는 아무것도 아닌 사람이었다. 아버지 없이 거리를 떠도는 아이들은 자신들의 우상이 무너지는 것을 지켜보아야 했다. 아버지의 무너지는 모습만큼이나 절망적이었으리라 짐작할 수 있다. 이러한 과정 역시 세상이 어떤 곳인가를 깨우치는 데는 도움을 주었겠지만 자아의 성숙과는 무관해 보인다.

4. 빈곤과 정치

성장이 속악한 것으로의 편입이라면 이는 그 자체로 아이러니이다. 건강한 사회(또는 개인) 또는 보존되어야 할 사회에 대한 꿈을 꾸지 않는 성장소설이기 때문이다. 위 소설 속에서 이러한 속악을 합리화하는 것 역시 아버지 없음과 가난이다. 둘을 극복하기 위해서는 성장이 생존과 같은 이름이어야 했고 그런 한에서 많은 것이 '용서'되어 왔다고 할 수 있다. 생존의 문제가 달려 있기 때문에 그것과 관련된 행위들은 대부분 '어쩔 수 없는' 것으로 받아들여졌다. 반대로 생존과 관계없는 행위들은 사치로 여겨졌다. 이러한 사유의 패턴을 우리는 다른 곳에서도 확인할 수 있다. 근대화라는 이름으로 그와 관계없는 많은 것들의 가치가 무시되던 시대가 있었다. 거기에도 우리는 성장이라는 이름을 붙였고, 역시 가난의 퇴치를 최고의 덕목으로 삼았다.

가난이 죄로 여겨지던 시절 경제적 성장이 최고의 가치를 가졌던 것은 어찌 보면 당연했는지도 모른다. 길남의 어머니는 "니는 인자 애비 없는 이 집안의 장자다. 가난하다는 기 무신 죈지. 그 하나 이유로 이 세상이 그런 사람한테 얼매나 야박하게 대하는지 니도 알제?"(『마당 깊은 집』, 31면)라고 말한다. 가난의 극복은 성공으로 이어지고 성공은 아버지의 다른 이름으로 등장하기도 했다. 또, 성공에는 세상으로부터 당한 설움을 갚아준다는 의미도 포함되어 있다. 아버지 없음을 성공으로 만회할 수 있다고 생각한 것이다.

여기에서 성장과 성공의 의미에 혼란이 발생한다. 개인의 성장이 내적 성숙이 아니라 사회와의 화합 또는 빈곤에서 살아남기라면 성장과 성공은 같은 말이 된다. 경제적으로 충분히 아버지 역할을 할 수 있을 때 성장이라는 말을 붙일 수 있다면 그것도 성공과 크게 다른 말이 아니다. 성공은 사회적 평가나 개인의 욕망 실현과 떼어 생각할 수 없는 말이다. 이렇게 하여 소년 주인공 성장소설의 서사는 성공을 당연시하는 사회의 서사와 이어지게 된다.

근대화는 경제적인 영역에 한정되지 않는다. 넓은 의미에서 합리화의 실현이다. 분명한 목표가 설정되어 있고 그것을 제외한 다른 가치들에 대해서는 과감하게 배제의 칼을 들이대기도 하는 것이 합리성이다. 성장 과정에서는 윤리나 도덕이 무시되거나 타자에 대한 배려의 실종 그리고 무엇보다 경쟁을 통한 생존이라는 가치가 중요해진다. 개인들이 타락을 기꺼이 받아들이는 것처럼 사회 역시 성공을 위한 부정(不正)을 문제 삼지 않는다. 근대화의 경우 아버지의 부재를 권위적인 아버지, 성공한 어른으로 대체하기도 한다.[25]

물론 서구의 소설에도 이러한 성공의 드라마가 없지는 않았다. 잘 알려진 『감정교육』, 『적과 흑』, 『위대한 유산』 등의 장편들은 도시로 올라온 청년의 성장을 다루고 있다. 야망에 가득한 청년의 사랑과 고민 그리고 경제적 성패를 다룬다. 그러나 이 소설의 주인공들은 성공보다는 실패를 통해 세상을 배워간다. 성공을 지향함으로 해서 이들이 얻는 것은 도시에서의 환멸이다. 환멸은 단순히 실패에서 오는 것이 아니라 그것을 지향하는 과정에서 얻은 인생과 세계에 대한 주인공의 깨달음에서 온다. 세속적인 성공과는 다른 가치가 충분히 있다는 점을 의식하게 되는 순간 성공에 대한 환멸이 따라오게 된다고 할 수 있다.

그러나 우리의 소년 성장소설에서는 환멸을 찾아보기 어렵다. 극복의 대상으로 삼아야 할 과거의 긍정적인 아버지 상이 없고, 그들을 극복하고 새로운 아버지 상을 만들어야 할 청년들의 가치도 없다. 주인공 소년들은 절망에서 시작하였고 이후에도 그 절망의 시절은 다시 돌아가고 싶은 순수의 시절이 아니다. 비교적 성공한 것이 분명한 현재와 대비되면서 과거와 다른 현재의 가치는 자연스럽게 긍정되고 만다. 현재에 대한 환멸이 오기에는 과거가 지나치게 비참했다고 할 수 있다. 『장난감 도시』는 아름다운 시골 학교로 시작하고 그곳에 대한 회상으로 마무리된다. 이는 일 년 남짓한 도시 생활이 낳은 환멸을 나름대로 표현한 것이라 할 수 있다. 그러나 고향의 학교 창문을 회상한다고 해도 그곳으로 돌아갈 수 없는 것이 현실이다. 오랜 시간이 지난 후 고향의 자리는 어른이 된 서술자의 현재가 차지하게 된다.

소설의 서사에 초점을 맞추어도 두 소설에는 성장의 문법을 적용하기

---

25) 나병철은 전쟁의 와중에서 잃어버린 선량한 아버지의 자리에는 도구적 이성을 원리로 하는 속악한 아버지가 대신 나타나게 되고 그 같은 속악한 아버지의 등가물로서 전쟁 이후 사회적 차원에서 구체화된 것은 반공 이데올로기와 경제지상주의적 근대화였다고 지적한다(나병철, 앞의 책, 437면).

어렵다. 엄격히 말해 소년들은 몰락을 겪는 것이지 성장을 경험하는 것은
아니다. 이 소설들은 회고나 기억을 통해 고난을 말해주고 있을 뿐이다.
그러나 독자들은 어른이 된 서술자의 목소리를 느낄 수 있기 때문에, 소
설 내 소년의 성장이 아니라 어른이 된 서술자의 성공을 읽게 된다. 소년
의 현재(성장한 서술자)에 대한 지식이 독서에 개입하는 것이다. 과거를 기
억하는 서술자는 소년이기도 하면서 현재의 성년이기도 하다. 지난날의
가난을 거기서 빠져나온 사람의 목소리로 들려주는 것이다. 그가 들려주
는 이야기는 우리 현대사 속에서 공동 기억을 형성한다. 그것은 실제 개
인의 경험과는 거리가 먼 사람까지 동의하게 만드는, 빈곤의 정치학을 통
해 거듭 확인되고 강화된 기억이다.[26] 이렇게 절실한 경험이 낳은 하나
의 목표라는 점에서 성장과 성공 그리고 근대화는 상동성을 유지하며
1980년대 이전 우리 사회의 현실을 집약적으로 보여주게 된다.[27]

두 소설에는 굶주림과 관계된 경험이 많이 등장한다. 정신적 억압이
나 물리적 폭력이 아니라 감당하기 어려운 가난 때문에 소년은 고통스
러워한다. 이런 현실적인 절박함에서 빈곤의 정치학은 시작된다. 하루
세끼 밥을 먹는 소망 말고는 다른 어떤 것도 기대할 수 없는 시절의 경

---

26) 차혜영은 "구체적으로 아이의 시선을 통해 굶주림과 전쟁을 자명화하는 서사는,
    한편으로는 전쟁과 관계된 정치적, 역사적, 이념적 차원에 대한 배제와 함구, 그
    리고 사적 자기보존화의 합리화와 연결된다. 이는 성장소설을 통한 주체구성이
    고도 경제 성장이라는 발전 이데올로기와 그것을 댓가로 경제 외의 정치 및 공적
    영역에 대한 폐쇄를 용인하는 내면화된 반공이데올로기에 기초하고 있음을 보여
    준다고 할 수 있다."(차혜영, 앞의 글, 159면) 성장소설에 대한 이러한 논리는 설득
    력 있어 보인다. 그러나 논리 자체에는 비약이 많다고 할 수 있다. 특히 내면화된
    반공이데올로기에 기초하고 있다는 논리는 많은 설명이 필요하다. 논문에서 밝히
    고 있듯이 시론으로 이해할 수 있다.
27) 이런 과정을 보여주는 텔레비전 드라마가 근대화 세력들이 득세했을 때 자주 등
    장한다는 점도 우연이라고 볼 수는 없다. 과거를 돌아본다는 의미보다 현재에 대
    한 나름의 의미부여라는 생각을 하게 된다.

험을 한 사람들이 이후에 어떤 목표를 가지고 살게 될 지는 너무도 분명한 것이 아니겠는가. 이웃들은 흔히 "아, 누워 살 수 있는 팔자만 된다면야 원자폭탄 할애비라도 맞아주지."(『장난감 도시』, 99면)라고 말한다. 삶의 어려움이 원폭의 무서움보다 결코 덜하지 않다는 푸념이기도 했을 게라고 서술자는 회상한다.

빈곤의 정치학은 노력하면 누구나 성공할 수 있다는 신화에 바탕하고 있다. 하지만 실제로 성공의 가능성이 누구에게나 고르게 열려있는 것은 아니다. 여기서 성공은 경제적으로 풍요로워지는 것 이상도 이하도 아니다. 빈곤의 정치학 또는 성공 신화는 예전 가난의 비참함을 이야기함으로써 현재의 불평등에 평등의 이미지를 씌어준다. 과거의 지옥을 상상하게 함으로써 현재를 그 너머의 것으로 인정하게 하는 효과를 거두기도 한다. 무엇보다도 빈곤의 정치학은 가장 절실한 단 하나의 목표만을 세우게 한다.

『마당 깊은 집』의 후반부는 "열심히 노력했던 사람이 모두 잘 살게 되었다."는 회고로 마무리된다. 근대화 과정을 겪어온 세대가 자신의 과거를 회상하면서 쓴 소설이라는 사실을 재삼 확인하게 된다. 이 소설의 서두는 "간난스럽던 지난 시절을 이야기할 적이면, 으레 "그 마당 깊은 집에 살 적에⋯⋯"란 말을 곧잘 쓰곤 했다."(10면)로 시작한다. 처음부터 이 소설은 예전의 어려웠던 때를 회상하는 형식인 셈이다.

> 대학 동창생을 만나 낮술을 한잔 하고 중앙통 길을 걷고 있었다. 오후 여섯시가 가까웠으나 아직 해는 중천에 떠 있었다. 그런데 나는 새로 지은 말끔한 오층 건물에 내걸린 무척 낯익은 간판 하나를 발견했다. '최정민내과의원'이었다. 바로 마당 깊은 집에 살 때 의과대학을 지망했던 민이형 이름이 거기에 걸려 있었던 것이다.
> (『마당 깊은 집』, 252면)

우연히 만나게 된 최정민의 경우만이 아니다. 부지런했던 준호 아저씨
는 칠성시장에서 경북대학교로 가는 길목에서 서점을 한다. 준호 어머니
는 서점 옆에서 지금도 구멍가게를 한다. "물론 살림집을 겸한 그 이층
건물이 그분들 소유"(252면)이다. 후일담 치고는 훈기가 느껴지는, 차라리
성공담에 가깝다. 이렇게 어느 정도 성공한 사람들이 과거를 돌아보면서
편안하게 주고받는 이야기가 『마당 깊은 집』의 결말이다.

다음은 예전의 경험이 현재에 어떤 영향을 미치고 있는지를 가벼운
에피소드로 보여주는 부분이다.

> 밥 훔쳐 먹은 이야기까지 했으니 한마디 더 보탠다면, 세 끼니 먹
> 는 걱정을 하지 않게 된 지 오래인 지금도 나는 배를 가득 채워야 숟
> 가락을 놓는 식사 습관을 버리지 못하고 있다. '위장을 늘 칠 할쯤만
> 채워라.' '과식이 모든 성인병의 주범이다.' '허리둘레는 수명과 필연
> 의 관계가 있다.' 모두 옳은 말인 줄 알지만 포식을 하지 않곤 밥을 먹
> 은 것 같지 않고, 그렇게 맛 좋은 밥의 양조차 줄여가며 오래 살기보
> 다는 차라리 수명이 얼마쯤 단축되는 쪽을 택하고 싶다는 마음은 지
> 금도 변함이 없다.
>
> (『마당 깊은 집』, 274-275면)

수필이 아닌 소설 결말 부분에 실린 내용으로는 매우 사적으로 느껴
진다. 과거를 회상하는 수준이 아니라 현재 시점에서 독자와 이야기를
나누고 있다는 느낌이 든다. 그러나 내용이 특별하다는 생각은 들지 않
는다. 예전 가난을 경험했던 세대들이 흔하게 가진 밥에 대한 집착으로
받아들일 수 있다. 죽으로 세끼를 때우던 시절이 기억나 지금도 죽은
안 먹는다는 어른, 고기를 먹어본 적이 없어 지금도 고기를 먹으면 배
탈이 난다는 어른들의 이야기는 미디어를 통해 소문을 통해 자주 접할
수 있었다.

『마당 깊은 집』 전체에서 비극적인 인물은 정태뿐이다. 그는 대구에서 벌어지는 온갖 부정적인 현상에 대해 늘 비판적이었다. 물질주의와 비인간적 행태들 그리고 도덕적 타락을 안타까워했다. 월북하려다 검거되어 전향을 거부하고 오랜 감옥살이를 했으며 만기로 석방되었다가 현재는 (서술자가 어른이 된 후)사회안전법으로 다시 보호 감호소 신세를 지고 있는 인물이다. 유일하게 좌익 이념에 호의적이었던 인물이다.

> "전쟁이 사람들 다 버려놓았어요 모두들 돈의 노예가 되어 왕도둑놈들 앞에서두 그저 발발 기는 체제 순응주의자가 되구 말았으니. 도둑질이든 뭐를 하든 날래 벌어 잘살겠다는 욕심 하나에 매달려 있디 않갔시요. 그렇다구 정직하게 힘써 버는 하층 계급이 잘살게 되느냐 허면, 이런 계산은 뱁새가 황새 따라가기밖에 더 되갔시요?" 정태씨 말이었다.
> "그럼 넌 돈이 필요 없다는 겐가. 모두들 잘살겠다는 꿈 아니구 이 마당에 무슨 꿈이 더 중요하갔니?"
>
> (『마당 깊은 집』, 133면)

정태의 말은 매우 설득력이 있다. 그러나 실제 현실에서 힘을 갖는 것은 아래 평양댁의 말이다. 정태는 모든 사람이 돈의 노예가 되었다고 말한다. 돈이 중요하지 않다고 말하는 것이 아니라 그것만이 중요한 세상, 그것을 위해 부정이 용납되고 다른 가치가 무시되는 세상을 비판하고 있다. 그러나 그런 구체적인 문제 제기는 '돈이 필요가 없다'는 말이냐는 물음에 힘을 잃고 만다. 평양댁은 경제적으로 잘살겠다는 꿈 이외의 다른 것들은 '이 마당'에 중요하지 않다고 말한다. 논리적으로 그럴듯한 말과 현실적으로 사람을 움직이는 말에 차이가 있다면 이 역시 불행이라 할 수 있다. 이러한 경험과 '논리'가 실제 우리 현대사를 지배했다고 말해도 크게 무리는 없을 것이다. 두 소설은 이러한 경험이 시작되는 시점을 소년들의 시선으로 그려내고 있다. 지금 와서 그런 과거가 자랑스럽지 못하다고 여기는 것은 아주 쉽다. 그러나 그보다 중요한 것은 이런 생각이 여전히 힘을 가지고 우리 사회를 규정하고 있다는 사실을 인정하는 일이다. 물론 또다시 그때는 어쩔 수 없었다거나 그것이 중요하지 않느냐고 묻는다면 더 이상 할 말은 없다.

5. 맺음말

소설은 구체적 경험이나 역사를 만날 수 있는 좋은 재료이다. 독자들은 소설 속 인물의 경험을 통해 자기를 돌아보고 세계에 대한 이해를 넓힌다. 역사적 경험을 다룬 소설들은 단순한 흥미를 넘어 현재의 우리가 어떻게 지금에 이르게 되었는지를 이해하는 데 도움을 준다. 『장난감 도시』와 『마당 깊은 집』을 통해 우리가 읽으려고 했던 것은 단순한 과거의 사실이나 경험이 아니라 여전히 현재성을 가지고 있는 과거, 현재를 만든 경험으로서의 과거였다.

본론에서는 전후를 다룬 성장소설들이 소년의 성장보다 개인의 성공을 말하고 있다고 지적했다. 가난의 체험이 교양이나 내면을 돌아볼 여유를 빼앗고 인물이나 서술자의 생활을 압도했기 때문이었다. 이는 빈곤의 극복이라는 기본적이고 절실한 시대적 과제에 대한 대응이라는 점에서 이데올로기 이전의 문제였다고 할 수 있다. 그러나 그 결과까지 이데올로기 이전의 문제로 환원할 수는 없을 것이다. 소년 주인공의 성공담이 근대화의 성공담과 많이 닮아 있다는 점이 그런 생각을 가능하게 한다. 빈곤의 극복을 내세워 삶 전반을 규율했다는 점도 둘의 상동성을 짐작하게 한다. 미래를 동원해 현재를 지연시키는 데도 성공 이야기는 중요한 역할을 한다. 과거의 고난을 강조하여 현재에 대한 긍정을 괄호 속에 늘 담아둔다는 점도 유사하다.

『장난감 도시』와『마당 깊은 집』은 가난했던 시절의 경험을 어린 서술자를 주인공으로 하여 풀어낸다. 두 소설에서 다루고 있는 전후의 경험은 현재까지도 중요한 의미를 갖는다. 당시의 경험과 기억이 사회를 보는 기성의 관점을 형성하였고, 인간과 사회를 보는 우리들의 인식에도 지속적으로 영향을 미치고 있기 때문이다. 이 글에서는 이를 '빈곤의 정치'라 이름 붙였던 바, 두 소설은 '빈곤의 정치'를 확인할 수 있는 대표적인 작품들이다.

상경 청년, 귀향 성장 서사의 의미

1. 서론

1960년대 등단한 몇몇 작가들의 작품에서 고향과 귀향은 특별한 의미를 갖는다.[1] 이들은 탈향, 이향[2]을 경험했다는 공통점을 가지고 있으며, 어린 시절의 전쟁 체험과 1960년대의 도시 체험을 통해 정체성을 형성하였다. 이러한 경험은 그들 작품에서 중요한 제재나 주제로 활용되었고 세대의 성격을 형성한 주요 특징이 되었다. 이청준, 김승옥, 서정인, 이문구, 이동하, 김원일, 이문열 등을 대표적인 예로 들 수 있다.

기왕의 연구에서도 이들 소설에서 고향이 갖는 중요성에 대해서는

---

[1] 우리 근대 소설사에서 귀향은 특별한 의미를 갖는다. 식민지 시기 지식인들의 귀향은 계몽 소설을 거쳐 『고향』이라는 뛰어난 작품을 낳았고, 해방 이후의 귀향 서사, 전쟁 이후의 귀향 서사 역시 시대적 분위기를 잘 보여주었다. 여기서 말하는 1960-70년대 소설에서의 귀향은 산업화·민주화와 관련하여 세대론적 의미를 갖는다.

[2] 탈향과 실향이 타의에 의해 고향을 떠난다는 의미가 강한 데 비해 이향은 강제의 느낌이 비교적 적다. 물론 고향 상실의 정도에 따라 탈향과 실향의 의미 역시 다르다. 최인훈, 이호철과 같이 북에 고향을 둔 경우는 실향에 해당하겠지만, 이 글에서 언급하는 작가들은 주로 이향의 경험을 가진 셈이다.

자주 언급되었다. 소설 속 귀향의 의미 또는 인물들이 쉽게 귀향하지 못하는 이유를 다룬 논문들이 많았는데,3) 이들 연구에서는 위 작가들의 작품들에는 고향이 주는 평화롭고 풍요로운 이미지가 적은 대신 상처의 근원으로서 고향 이미지가 두드러지게 나타나고 있음을 밝히고 있다. 주로 이청준, 김승옥을 논의의 중심에 두고 있으며 인물들의 어린 시절 경험, 혹은 그들의 트라우마에 집중하고 있다.4)

이 글에서는 귀향이 도시에서 살아갈 미래에 대한 승인이며 성장을 위한 중요한 계기라는 점에 주목하여 이동하의 『우울한 귀향』5)을 살펴보려 한다. 이 소설은 공간의 이미지를 통해 과거의 경험을 객관화하고 그와의 대비를 통해 현재의 삶을 진지하게 고민하는 인물의 내면을 보여주는 소설이다. 시대적 의의를 충분히 가지고 있음에도 불구하고 흔히 4·19 세대라 불리는 작가들의 작품에 가려 크게 주목받지 못했던 작품이기도 하다.

『우울한 귀향』은 한국 전쟁이 안겨준 상처를 극복하는 소년의 성장 과

---

3) 「1960-70년대 소설의 '고향' 이미지 연구」(박찬효, 이화여대, 2009)는 이 주제를 본격적으로 다룬 박사학위 논문이다. 「소설에 나타나는 고향탐색 모티프 양상 연구」(장윤호, 동덕여대 박사, 2005), 『'고향'의 창조와 재발견』(동국대학교한국문학연구소 편, 역락, 2007) 역시 고향의 의미를 다룬 최근의 주목할 만한 성과이다. 또, 「'떠남'과 '돌아옴'을 통한 고향의 재인식 과정」(강찬모, 『한국문학이론과비평』 38, 2008.3), 『고향의 발견과 서울/지방의 (탈)구축』(문재원, 『한국문예비평연구』 38집, 2012.8), 「4·19 세대 작가들의 초기 소설에 나타나는 '낙오자' 모티프의 의미」(김건우, 『한국근대문학연구』 16, 2007), 「유년의 기억과 각성의 순간」(손유경, 『한국현대문학연구』 37, 2012)도 주목할 만하다.
4) 이에 대해서는 마희정, 「이청준 소설에 나타난 고향탐색 과정」(한국현대문학회 발표문, 2004.2) ; 졸고, 「체험의 형식과 관찰의 문체」(『우리어문』 24, 2005) 참고.
5) 『우울한 귀향』은 작가가 1966년 서라벌 예대를 졸업한 이듬해인 1967년 제1회 『현대문학』 장편 소설 공모에 응모해 당선된 전작 장편소설이다. 소설의 판본으로는 <三省出版社> 국문학전집 76 『우울한 歸鄕』(1972.9)을 사용하였다. 작품 인용은 본문에 이 책의 면수만 표시한다.

정을 다룬 소설이다. 같은 시기 다른 어떤 소설보다 고향과 귀향의 개인
적·시대적 의미를 상세히 다루고 있다. 유사한 제재를 다룬 작품들보다
비교적 이른 시기에 창작되었고, 본격적인 장편이라는 점도 이 소설을 주
목해야 하는 이유이다. 어린 시절의 경험과 고향이라는 공간이 중복되는
이미지로 등장하여 그것이 어른이 된 인물의 현재와 이어진다는 점도 이
소설의 서사가 갖는 시대적 대표성으로 지적할 만하다.[6)

또, 이 소설은 넓은 의미로 보면 도시성장소설의 하나로 분류할 수
있다.[7) 도시성장소설은 도시에서의 고단한 삶을 어떻게 유지할 것인지,
고향에 내려가지 않고 도시를 붙들고 있을 방법은 없는지를 고민하는
인물들이 등장하는 일련의 소설들이다. 이들 소설은 도시에서 살아남기
위해 겪는 우여 곡절을 개인 내면의 성장, 성숙, 성공과 연관시킨다. 성
장소설에는 여러 종류가 있겠지만, 우리 소설사에서는 도시의 삶을 유
지하기 위한 방황이나 노력을 다룬 소설이 그것의 중요한 부분을 형성
하고 있다.

다음 장에서는 『우울한 고향』의 문학사적 위치를 살피기 위해 이향
의 경험을 형상화한 '1960-70년대' 작가들의 작품을 먼저 살펴보고 이
어 이동하의 『우울한 귀향』이 갖는 의미에 대해 알아볼 것이다.

---

6) 귀향이 회고적 서사와 병렬적으로 진행되는 작품이 많다는 점은 이미 지적된 바
   있다. 박찬효, 장윤호, 강찬모의 앞의 글 참조.
7) 귀향과 도시성장소설에 대해서는 졸고, 「김승옥과 생활의 문제」(『겨레어문학』,
   2011.12) 참조.

2. 이향민 세대, 고향의 위계화

소설가의 경험과 소설 속 인물의 경험을 혼동하는 일은 독자들이 빠지기 쉬운 함정 중 하나이다. 당연히 작가와 작품 속 인물은 같은 사람이 아니다. 그러나 양자를 전혀 상관없는 인물이라고 할 수도 없다. 작가가 시대 경험을 벗어나기 어렵다는 거창한 의미에서가 아니라 소설 쓰기는 결국 개인의 경험을 허구화하는 과정일 수밖에 없기 때문이다. 경험이 허구화되면 그것은 개인의 영역에 머물지 않고 저절로 공공의 영역으로 옮겨가게 된다. 이렇게 하여 소설은 사회·역사적 공공 기억의 침범을 견디지 못하고 개인의 경험으로 남아 있을 여지가 증발되어 버린다.[8]

이 문제는 1960년대 소설을 읽을 때에도 충분히 고려되어야 한다. 흔히 1960-70년대 작가로 불리는 이들에게 고향의 의미는 각별하다. 해방 전후 태어나서 어린 시절에 전쟁을 겪었고, 4·19 전후 대학 생활과 서울 생활을 함께 시작한 세대들은 그들의 경험을 소설 속 인물을 통해 드러냈고 그것을 보편적 시대경험으로 만들었다.[9] 이향과 힘겨운 도시

---

8) 파묵은 이 문제에 대해 다음과 같이 말한다. "소설 예술은 독자와 작가 간에 허구에 대한 완벽한 합의가 존재하지 않기 때문에 힘이 있는 것입니다. 우리가 읽고 있는 것이 완전한 상상의 산물도 아니고, 완전한 실재도 아니라는 것은 독자도 작가도 알고 합의한 것입니다. 그럼에도 소설을 한 단어 한 단어, 한 문장 한 문장 읽어 나갈수록 독자는 일종의 의심이나 호기심에 사로잡힙니다. 독자는 작가가 분명 이와 비슷한 경험을 했으리라 생각합니다. 아니면 정반대로 작가는 경험한 것만을 쓸 수 있다고 생각해 작가의 실재를 상상하기 시작합니다. 독자가 소박한지 성찰적인지에 따라, 손에 들고 있는 소설이 실재와 상상이 어느 정도나 섞여 있을지에 대해 서로 모순되는 생각을 합니다."(오르한 파묵, 『소설과 소설가』, 이난아 역, 민음사, 2010, 41면.)

9) 1960-1970년대 소설에 나타난 '고향'의 이미지를 전쟁 체험과 산업화라는 두 개의 영향 관계 안에서 보는 관점은 이제 일반적이 되었다 할 수 있다. 이에 대한

정착의 경험은 근대화 시대를 지나온 세대들에게 집단의 기억으로 남게 되었으며 그런 한에 있어서 기억은 개인이 실제 경험했느냐 아니냐의 문제를 넘어서기조차 한다.[10]

이청준, 김승옥, 이문구, 김원일, 이동하 등의 소설에서 인물들이 갖는 고향에 대한 감정은 이중적이다. 고향은 상처로 기억되는 곳이지만 결국 다시 찾게 되는 공간이다. 이념 갈등이나 가난 등으로 돌아가지 못할 곳으로 상정된 경우도 있다. 그들에게 귀향의 욕망이란 좋지 못한 기억을 가지고 떠난 고향에 금의환향하는 마음으로 돌아가고 싶은 심리이다. 여전히 고향에 대한 기억은 우울하고, 그 기억 때문에 고향을 미워하지만 그들은 언젠가는 성공해서 멋지게 돌아가고 싶어 한다. 고향에 대한 그들의 이러한 감정은 복합적으로 얽혀 있어 쉽게 분리되지 않는다.

고향에 대한 작가들의 이런 감정을 잘 보여주는 소설이 이청준의 「귀향 연습」이다. 이 소설은 서울 생활을 하는 주인공이 친구 기태가 있는 화산 마을에 찾아와 머무는 기간 동안 벌어진 사건을 다루고 있다. 기태는 어린 시절 친구이며 화산 마을은 주인공의 고향을 지척에 두고 있는 의사 고향이다.[11] 서울생활 동안 주인공은 자신이 하고 싶지 않은 일을 할 때마다 배앓이 반응을 보였다. 그의 배앓이는 고향 근처에 돌아와서 치유되는 듯 했지만 고향에 대한 기억의 진위 여부를 따지면서

정리는 박찬효, 앞의 글, 10면 참조.
10) 이러한 경험을 만드는 데 소설뿐 아니라 비평이 크게 기여했음은 주지의 사실이다. <문학과지성사>를 중심으로 한 비평 그룹은 사실의 부합 여부와 상관없이 자신들의 정체성으로 4·19를 전유하는 데 성공하였다.
11) 『우울한 귀향』의 주인공이 고향 마을 근처에 사는 어린 시절 친구 건호 집에 내려와 소설을 쓰는 것과 같이 「귀향연습」의 주인공은 고향 마을 너머에 있는 기태의 집에 내려온다.

다시 시작된다. 치유를 위한 귀향이 배앓이를 낫게 해 주지는 못한 셈이다. 소설은 고향에 대한 환상을 가지고 있었으나 그것이 실체가 없음을 깨닫게 되는 과정, 허구적인 고향으로 인해 자기 각성에 이르는 과정을 주인공의 배앓이를 통해 보여준다.[12]

　주인공은 서울 사람들은 고향을 가지고 있지 않다는 말을 자주 하여 자신에게 고향이 있음을 강조해 왔다. 그리고 실제로 고향 마을 근처의 친구 집까지 내려왔다. 그러나 그는, 스스로 외면하고 있었지만, 고향에 돌아갈 수 없는 나름의 이유를 가지고 있었다. 어려운 형편의 고향을 외면하고 떠났지만 남들에게 내세울 만큼 성공하지 못했기에 그는 당당하게 귀향할 수 없는 것이다. 고향 집을 지척에 두고 배앓이를 시작하는 데서 그는 자신이 편안한 고향을 가지지 못했음을 다시 한 번 확인하게 된다. 이런 상태이기에 주인공은 서울 사람이 못되지만 고향 사람도 되지 못한다. 그에게 귀향은 여전히 두려움이 앞서는 일이었다.

　김승옥의 소설 「무진기행」의 고향 역시 흔히 생각하는 편안한 안식처와 그리운 추억의 공간과는 거리가 멀다. 무진은 서울 못지않게 속된 곳이다. 주인공 윤희중에게 무진은 서울 생활에 지치면 찾아가는 곳이기는 하다. 어머니의 무덤을 비롯한 과거의 흔적이 많이 남아 있기에 희중은 고향을 완전히 지워버릴 수도 없다. 그러나 그곳은 그에게 안식을 제공해주지 못하고, 실제 생활공간인 서울을 대신해 주지도 못한다. 유쾌한 기억이라고는 전혀 없는 곳이라 할 수 있다. 한편 이 소설은 극단적으로 금의환향에 대한 환상이 녹아 있는 작품으로 알려져 있기도 하다. 「무진기행」은 "60년대 신흥하는 상승집단의 의식의 최대치를 반영한 소설일 뿐만 아니라 6·25 이후의 사회사에서 전형화 된 소위 '출

___
12) 마희정, 앞의 글, 251면.

세한 촌놈'들의 사회학적 심리학을 고전적으로 투사"[13)한 것이라고 평가된다.

당시 작가들의 귀향과 관련한 이런 복잡한 의식에는 고향에 대한 좋지 않은 경험과 함께 서울에 대한 환상이 포함되어 있었다. 그들에게 서울과 지방은 동등한 가치의 공간이 아니라 이미 위계화가 이루어진 공간이었다.[14) 그들은 고향에 대한 향수병을 앓기보다는 그보다 강한 서울에 대한 '전도된 향수병'을 앓는다. 이 병은 새로운 시대를 맞이한 젊은 청년들이 미지의 도시에 새로운 마음의 거처를 마련하고 싶어서 앓아야 했던 신종 유행성 질환이었다.[15) 이러한 향수병은 일단 서울에 입성한 사람들에게는 서울을 사수하겠다는 전투적 의지로 전환된다.[16) 이들에서 고향은 마음속에 남아 있는 흔적일 뿐 궁극적으로 돌아가야 할 곳은 아니었다.

물론 1960년대 등단한 작가들의 소설 중 고향과의 화해를 보이는 예

---

13) 한기, 「김승옥 소설의 문학사회학적 성격」, 『전환기의 사회와 문화』, 문학과지성사, 1991, 226-227면.

14) 문재원은 서울/지방의 위계적인 구도가 갖는 위험성은 중심-악/주변-선, 중심-근대/주변-탈근대라는 도식에서 벗어나지 못하며 이때 로컬은 이미 구체성과 복잡성을 상실하고 추상화되고 고착된 한 방향만을 지정한다고 말한다. 이러한 구도 안에서는 여전히 근대화 담론을 벗어날 수 있는 여지가 빈약하다고 지적한다(앞의 글, 58면).

15) 송은영, 『현대도시 서울의 형성과 1960-70년대 소설의 문화지리학』, 연세대학교 대학원, 2007, 27면.

16) 이청준은 『자서전을 쓰십시다』 연보에서 다음과 같이 말하여 당시 서울 생활을 시작한 이들의 의지를 드러낸다. "서울을 사수하자-- 서울을 다시 쫓겨나지 않도록 하자. 어떻게 올라온 서울 길이었던가. 어떻게 버티어 온 서울의 6년이었던가. 그리고 어떻게 얻게 된 이 자랑스런 도시의 시민이 된 영광이던가. 그것을 다시 잃게 되어서는 안 된다. 다시 쫓겨나게 되어서는 안 된다. 친척과 친지가 없음으로 하여 내가 이 자랑스런 도시의 시민이 되고자 겪어야 했던 수많은 고초들을 자손만대 나의 후손들과 이웃들에게는 다시 겪게 하지 말아야 한다."(이청준, 「이청준 연보」, 『자서전을 쓰십시다』, 열화당, 1977, 6-7면.)

가 없지는 않다. 대표적인 작품으로 이문구의『관촌수필』을 꼽을 수 있다. 고향을 떠나 가난한 고학 생활을 했던 자신의 경험을 토대로 많은 도시 소설을 썼던 이문구는『장한몽』이후 농촌을 배경으로 한 작품을 창작한다. 특히『장한몽』의 주인공 상배의 과거 이야기는『관촌수필』의 고향 이야기와 겹치기도 한다. 일반적으로 고향의 기억에 대한 복원은 단순히 아픔이나 회고에 그치는 것이 아니라 자기 확인과 동시에 과거를 극복하는 과정이라는 의미를 갖는다. 이문구에게 고향은 단순한 예찬의 대상이나 복고적 향수의 대상이 아니라 적대의 외부세계로부터 보호처인 동시에 세계 속에 거주할 힘을 제공하는 공간이고 인간과 세계와 우주를 이해하는 토대라는 의미를 갖는다.17)『관촌수필』은 훼손된 농촌의 현실 문제를 본격적으로 다루기 전에 마지막으로 존재하는 고향의 자족적인 정서와 인물들을 상기시킨다.『관촌수필』은 이문구가 훼손된 농촌과 고향을 쓰기 위하여 마지막으로 남아 있는 고향의 옛 모습과 나누는 '이별 여행'이며, 고향에 바치는 '헌사(獻辭)'인 셈이다.18) 고향을 버린 사람들의 자기 평계를 넘어서서 고향에 대한 새로운 이해와 인정으로 끝난다는 점에서 특별한 작품이다.

그러나 이는 매우 예외적인 경우라고 할 수 있다. 이 시기 여러 작가들에게 있어 고향은 무엇보다 이념의 투쟁이 벌어졌던 불행한 장소로 기억된다. 김원일의『노을』은 어른이 된 주인공이 고향을 방문하고 과거를 회상하는 이야기인데, 그는 자신이 도시와 고향 어디에도 속하지 않는 인물이라는 느낌을 시종 유지한다. 윤흥길의『소라단 가는 길』은 먼 과거의 회상이지만 한국 전쟁의 비극을 되새기는 내용이다. 전쟁 체

---

17) 강찬모, 앞의 글, 347면.
18) 같은 글, 346면.

험과 관련된 가난의 기억이 어른이 된 서술자의 회상을 통해 생생하게 기억되고 그것이 수십 년 간 고향 방문을 주저하게 만든 이유였음이 강조되는 소설이다.19)

이상에서 살핀 바와 같이 여러 이유로 고향을 떠나온 인물들은 고향과 자신을 동일화 할 수 없음에도 불구하고 안식처를 찾고자 하는 간절한 욕망으로 인해 이향-귀향-이향의 행위를 반복한다. 고향이 안식처가 될 수 없음을 분명히 알고 있지만 그것을 애써 부정하거나, 고향이 안식처가 될 수 없음을 확인하고 도시로 돌아오는 행위를 반복하게 된다. 이러한 작품에서 귀향은 항상 또 다른 '이향'으로 이어지기 때문에 귀향 보다는 이향이 강조되는 구조라고 할 수 있다. 인물들은 '고향과의 동일화'라는 성취할 수 없는 목표를 향해 고통스럽게 다가가면서 고향의 실재와 마주하려 하고 가슴 아픈 실패에 이르고 만다.20)

냉정히 말하자면 이들에게 만족할 만한 귀향은 도시에서의 성공 또는 완전한 자리 잡기 이후에나 가능한 일이다. 섣부른 귀향 시도는 돌아가고 싶다는 의지를 드러내는 것일 수는 있으나 동시에 돌아갈 수 없음을 깨닫는 과정이라고 할 수도 있다. 따라서 도시에서 살아가는 것이 어쩔 수 없는 일임을 강변하는 것, 그것이 이 시기의 귀향 소설이다. 이런 이유로 공간의 위계화는 그들에게 필연적이었는지 모른다. 그들은 무엇을 해보기 위해 도시로 간 것이라기보다는 고향에서 아무것도 할 수 없어서 도시로 간 것이다. 그들은 절실하게 도시에서 살아남기를 배

---

19) 예외적으로 전상국의 소설에서 귀향은 구원의 의미를 가진다. 그의 소설에서 전쟁의 상처는 귀향이나 결혼으로 인해 치유된다. 이에 대해서는 조동숙, 「구원으로서의 귀향과 부권회복의 의미」(『한국문학논총』 21, 1997)와 양선민, 「전상국 소설에 나타난 '통혼'과 '귀향'의 의미」(『인문과학연구』 15, 2011.6) 참조.

20) 박찬효, 앞의 글, 28면.

위야 하는 세대였다. 그들이 쓴 소설은 자신이 떠나온 고향을 잊기 위한 의식이라는 의미도 갖고 있었다. 서울이라는 곳에서의 신산한 삶과 고향이라는 곳이 주는 불편한 기억은 모두 개인의 현재를 불안하게 만들었다. 그러나 이 두 가지 불안이 가져오는 갈등이 한 쪽의 삶을 선택해야 하는 당위를 이기지는 못하였다.

이동하의 『우울한 귀향』은 이러한 소설들의 특성을 잘 보여주면서도 서울과 지방의 위계화, 성공한 도시인의 귀향이라는 구도에서 어느 정도 벗어나 있다. 귀향이 단순히 자신의 과거를 돌아보고 상처를 덧내거나 치유하는 데 그치지 않고 성장과 사색의 계기로 작용하고 있는 소설이다. 고향을 잊으려는 노력이 부질없다는 점, 서울에서의 삶이라고 나을 것이 없다는 점 그리고 결과적으로 고향과 서울의 경험이 합쳐 '현재'의 개인에게는 성장이라는 보편적인 문제가 될 수 있다는 점을 이 소설은 잘 말해주고 있다.

3. 고향의 상처, 어두운 공간의 공포

『우울한 귀향』은 대학 졸업을 앞둔 서술자가 서울에서의 혼란스러운 삶을 잠시 접어두고 고향 마을에 내려와 소설을 쓰며 생각을 정리하는 과정을 다룬 소설이다. 그의 서울에서의 삶이란 차가운 하숙집과 은하라는 여자 친구 그리고 학운이라는 친구와 나누는 막연하고 현학적인 대화, 절망적인 일상으로 이루어져 있었다. 고향에 내려온 그는 윤이라는 주인공을 내세운 소설을 쓰면서 자신의 어린 시절 기억을 복원해낸다. 소설을 쓰는 틈틈이 서술자는 고향 마을을 돌아보며 자신이 기억하는 예전의 공간을 확인하고 현재의 삶을 받아들이는 과정을 밟는다.

이상의 정리처럼 이 소설은 세 개의 시간 층으로 구성되어 있다. 소설 속 현재는 서술자가 옛 친구 건호의 집에 와서 소설을 쓰는 시간이다. 그가 회상하는 귀향 전 서울에서 보낸 시간은 가까운 과거에 해당하고, 윤이 등장하는 소설 속 시간은 먼 과거에 해당한다. 이렇게 세 층을 둠으로 해서 이 소설은 고향에 대한 거리 두기를 시도하고 있다. 더불어 현재의 자신을 돌아보는 구조를 갖게 된다. 시간에 따라 소설의 주요 공간 역시 셋으로 나눌 수 있다. 건호의 집과 옛 초등학교 교정이 현재 서술자의 공간이라면, 서울에서의 공간은 대학 강의실과 찻집이다. 윤의 어린 시절 공간은 고향 마을 전체라고 할 수 있다.

서술자에게 기억은 공간과 연관되어 있다. 어린 시절 아픈 기억이 서려 있는 마을 공간은 서술자(윤)에게 특별한 의미로 남아 있으며 때로 '공포'로 다가온다. 고향은 텅 빈 공간, 두려움의 공간으로 이미지화 된다. 현재의 관점에서 보면 이 공간들은 퇴색된 과거를 의미하기도 한다. 이에 비해 서울이라는 공간은 황량함으로 특징지을 수 있다. 그 황량함의 근본적인 이유는 인물이 새로운 공간을 이해하거나 헤쳐나갈 수 없다는 데 있다. 분주하고 생산적인 젊음의 도시가 아니라 역시 빈 공간을 연상하게 하는 도시의 이미지는 서술자의 심리상태를 간접적으로 보여 준다.

우선 서술자가 쓰고 있는 작품 속 소설의 내용을 먼저 살펴보면, 소설 내 소설의 주인공 윤은 공간과 관련하여 세 가지 강렬한 사건을 경험한다. 첫 번째는 윤이 뒤란 구덩이에서 빨갱이로 추정되는 시체를 발견한 사건이다. 저장한 배추 뿌리를 꺼내다가 윤은 뒤란 구덩이에 빠지고 그 캄캄한 공간에서 피 범벅으로 죽어있는 시체를 발견하게 된다. 자신이 발견한 것이 무엇인지 인지할 시간도 없이 윤은 놀라 쓰러지고 이 사건은 가족을 비롯한 동네 사람들에게 큰 충격을 준다. 이 경험은 비록 분명한 의식 안에서는 아니지만 윤에게도 잊히지 않는 강렬한 기억으로 남는다. 그 기억은 구체적 사건의 기억이 아니라 어두운 공간에 대한 막연한 공포의 기억이다.

두 번째는 배꼽마당에서 철이의 형이 멍석말음을 당하는 사건이다. 현재는 사라지고 없는 마을 앞 작은 공터에 모인 많은 사람들 앞에서 윤의 친구 철이의 형이 역시 친구 순임의 아버지에게 멍석말음을 당한다. 윤은 철이와 철이 어머니가 그의 목숨을 살리기 위해 오열하던 장면을 오래 기억한다. 배꼽마당 사건은 텅 빈 마을을 본 경험과 중첩된다. 윤은 사건의 전조를 텅 비어버린 마을에서 느낀다. "골목과 더불어 마을의 집들도 텅텅 비어 있"(117면)던 데서 공포는 시작된다.

멍석말음은 작은 사건에서 비롯되지만 그 뿌리는 꽤 깊은 데 있었다. 어느 날 순임의 복숭아를 철이가 빼앗자 순임 집 머슴은 철이를 벌주기 위해 그를 때렸다. 이에 분노한 철이 형은 머슴에게 폭력을 가한 데 그치지 않고 순임네 복숭아나무를 못 쓰게 만들고 말았다. 동네 구장이자 소방대장인 순임의 아버지는 철이 형을 용서하지 않고 멍석말음을 하게 된 것이다. 두 집의 인연은 철이 아버지가 순임이 집에 오래전 머슴살이를 하던 때까지 거슬러 올라간다.

아이들은 그것을 보았고, 그래서 기급을 했고, 다시는 영 잊어버리지 않았다. 그해 겨울에 일어났던 또 하나의 사건과 함께 그 배꼽마당의 일은, 아이들의 뇌리 속에 깊숙한 날인을 남겨 그 아이들이 큰 후에도 영영 지워지지 않았다. 윤도 마찬가지였다. 아니, 어쩌면 다른 어느 아이들보다도 윤의 조그만 뇌리 속에 찍힌 인상이 가장 깊고 뚜렷했는지도 모른다. 그때에 받은 그 몸서리치는 인상은 언제나 그의 가슴 속에 창백한 얼굴을 하고 남아 있어서, 때때로 의식 표면으로 기어

나와 매사를 끈질기게 간섭하고 마침내는 모든 것을 깡그리 망쳐 버리고 마는 것이었다.(139면)

배꼽마당에서 철의 형이 구타당하는 모습은 윤에게는 내내 잊히지 않을 강렬한 기억으로 남는다. 몸서리치는 인상은 윤에게 깊숙한 날인을 남겨 때때로 의식 표면을 올라와 매사를 끈질기게 간섭한다고 한다. 심지어 그는 그 사건이 자신의 모든 것을 망쳐 버린다고까지 표현한다. 이를 벗어나는 일은 윤(그리고 어른이 된 서술자)에게 매우 중요하지만, 기억이 강렬한 만큼 그것은 쉬운 일이 아니다. 서술자는 이와 정면으로 만나기 위해 고향을 찾았고 소설을 쓰게 된다.

세 번째는 철이의 형이 토굴 속에 오랫동안 숨어 있다 경찰에 잡혀간 사건이다. 순임이 아버지가 산속에서 처참한 주검으로 발견된 후 철이 형은 방앗간 구석에 토굴을 파고 숨어 지냈다. 그런 형을 처음에는 철이 어머니가 돌보아 주다가 이후에는 철이 형의 목숨을 연명하게 해 준다. 십년을 그렇게 숨어 살던 철이 형은 경찰에 끌려가고 철은 윤에게 토굴을 보여주며 형의 증오와 자신의 견디기 어려웠던 삶에 대해 말한다. 토굴과 관련하여 철이 가족과 관계된 사연은 앞이 두 경험과 함께 윤에게 공간의 공포를 심어준다.

사건이 주는 공포의 크기 외에 윤을 더 혼란에 빠뜨린 것은 그러한 사건을 감내해야 했던 친구들의 삶이다. 위의 사건들은 어린이가 이해하기에는 쉽지 않은 일들이었다. 그런데 같은 나이임에도 철이는 "반평생을 종살이했던 상전한테서 몇 뙈기의 붙임을 얻어낸 아부지가 잘못했고, 그걸 도로 뺏어간 순임이 아부지가 잘못했고, 그기 억울하다고 앙심을 품었던 우리 성이 잘못했을 뿐"(188면)이라는 생각을 하고 있다. 철은 자신이 처한 현실이 누군가에게 책임을 물을 수는 없는 일이라는 것까지 알고 있으며 스스로 그 문제의 종지부를 찍으려 한다. 친구인 철이가 두려운 사건을 감내하며 심지어 이해하고 있었다는 사실은 윤에게 다른 의미의 충격을 준 것이다. 윤은 가장의 죽음 후 무너져가는 순임의 가족을 보면서도 비슷한 감정을 느낀다.

가상의 인물을 내세워 소설을 쓰고 있는 서술자는 사건이 야기한 물리적인 고통에 힘겨워하던 윤의 모습이 아니라 그러한 고통에 제대로 된 반응조차 하지 못하는 둔감하고 위축된 윤의 모습을 강조하고 있다. 윤을 통해 본 그의 유년 기억은 누구/무엇과 공감하기 어려운 점액질의 심성을 지니고 있다고 할 수 있다.[21] 황량한 풍경 아래에서 막연한 무력감에 시달리던 서울에서의 생활과 윤의 경험이 무관하지 않다는 점도 짐작해 볼 수 있다. 주변의 고통에 제대로 반응하지 못했다는 기억은 현재까지 서술자를 옥죄고 있다.

이 밖에도 이 소설에서 어린 시절의 공간은 아름다운 추억을 담고 있는 경우가 적다. 죽음이나 이와 관련된 이미지로 가득할 뿐이다. 윤이 순임의 집에 들어섰을 때의 느낌도 그러하다. 그는 순임의 집 대문을 들어 설 때면 "언제나 까닭모를 무서움을 느끼곤 했다." 그곳은 언제나 텅 비어 있었기 때문이다. 사람하나 볼 수 없을 정도로 항시 조용하고 또 청결한 그 공간은 아이들을 받아들이지 않았다. 무엇보다 그 집은 어두웠다. "어쩌다 사람이 서 있을 때면 얼굴은 보이지 않고 흰 옷자락만 어슴푸레하게 떠보"(89면)이는 공간이었다.

공간에 대한 이상의 이미지는 소설 속에서 다음과 같이 설명된다.

> 유아들은 어둡다고 해서 울지는 않는다. 그러나 좀 더 자라면 어둠의 공포를 느끼게 된다. 즉, 빛과 공간을 인식하게 된 데서 오는 두려

---

21) 손유경, 앞의 글, 345면.

움이다. 낯익은 모든 것들이 짙은 어둠 속에 묻혀 버릴 때 아이는 견딜 수 없는 불안을 느끼게 되는 것이다. 모르긴 해도 이것은 추락이나 고음에 대한 공포만큼이나 순수한 것이며 죽음의 공포만큼이나 강렬한 것이기도 하다. 왜냐하면 그것은 낯익은 하나의 공간이 바로 눈앞에서 홀랑 꺼져버리는 데서 오는 공포이기 때문이다. 어둠의 공포, 그것은 바로 공간의 공포이다.(45-46면)

서술자는 어둠의 공포는 공간의 공포와 같다고 말한다. 낯익은 공간이 눈앞에서 꺼져 버리는 것에 대한 공포라고도 한다. 이는 구체적인 무엇이 나타날까 걱정해 생기는 공포와는 다르다. 구체적인 대상이 없는 공포로 명확하지 않은 것, 예상할 수 없는 것에 대한 공포라고 해도 좋겠다. 과거의 익숙한 것이 모두 사라져버릴 수 있다는 공포, 미래에 무엇이 나타날지 알 수 없는 데서 오는 공포이다. 이러한 공간의 공포 체험은 성장 과정에서 자주 나타나는 현상이기도 한데, 이 둘을 극복해야 온전한 성장이 이루어질 수 있다.

일반적으로 어린 시절의 공간은 익숙한 곳이다. 윤은 그것이 모두 사라져버리는 경험을 한 것이다. 배꼽마당 사건은 그 결정적 계기가 된다. 순임이-나-철이라는 친구 관계는 매우 익숙한 것이다. 그러나 그것이 순임이 아버지-철이 형의 관계로 옮겨갈 때는 익숙하지 않은 새로운 관계가 열리게 된다. 나아가 순임이네와 철이네로 확대한다면 순임과 철이와 나의 관계도 역시 익숙한 그것이 아니었던 셈이다. 어릴 적 순진했던 낙원의 공간이 깨어지고 옮겨가야 할 어른의 세계에는 아직 이르지 못한 곳, 윤의 위치가 바로 거기에 있는 것이다.

이처럼 윤이 등장하는 소설 내 소설은 공간에 대한 공포라는 말로 깨져버린 낙원에 대해 이야기한다. 그러나 그 공포는 어찌 보면 피할 수 없는 것이다. 이를 극복하는 과정을 통해 아이는 빛과 어둠을 구분하는 법, 현실을 받아들이는 법을 배워야 하기 때문이다. 그렇다면 새로운 공간에 대한 공포는 어른이 되는 것에 대한 공포라고 할 수 있다. 어린 시절에 닥친 이러한 공포는 청소년기를 지난다고 모두 해소되지는 않는다. 어른이 되는 의식은 졸업과 제대라는 더 성장한 뒤의 의식을 통해 극복될 수밖에 없다. 나아가 성장은 속악한 세계를 깨닫는 데 그치는 것이 아니라 생활을 느낄 때 진정으로 찾아온다. 애초에 고향에 내려와 소설을 쓰겠다고 생각한 서술자의 의도도 이 모든 것을 실감하는 데 있었다.

> 저 어린 날의 기억을 몽땅 쓸어서 원고지 위에다 재구성해 놓고 나면 나는 아마도 한 발치쯤 뒤로 물러서서 그것을 잘 들여다볼 수가 있을 거라고, 어느 정도의 여유를 가지고서 말이다, 하고 나는 또 중얼거렸다. 어쩌면 그 세계에서 떨어져 나올 수도 있으리라.(20면)

서술자는 과거의 기억이 현재 자신의 발목을 잡고 있다고 생각하고, 그것을 떨쳐버릴 때 현재의 삶이 새로운 국면을 맞을 수 있을 것이라 기대한다. 고향이라는 공간이 구원이거나 아름다운 추억의 장소가 아니라는 점, 고향이 퇴락하고 말았다는 점은 엄연한 사실이다. 그러나 고향에 대한 기억을 되살린다고 해서 현재의 삶이 저절로 달라지지는 않는다. 아니 오히려 현재의 삶이 달라지면 과거의 기억이 새로워질 수 있다는 생각이 더 설득력 있다. 그런 의미에서 서술자가 가진 위의 기대는 무너질 수밖에 없다.

엄밀히 말해 기억을 쓸어 모은다는 발상 역시 현실적이지 못하다. 기억을 객관화하기 위한 작업이 그의 소설 쓰기인 셈인데 객관화되는 기억이란 실제로 존재하지 않는다. 자기를 찾기 위해서는 일반적으로 과거의 사건이 중요하지만 그에게는 현재와 과거의 관계가 갖는 의미를 추적하는 일이 더 중요하다. 기억이란 인간이 가진 것 중 가장 신뢰할 수 없는 것에 속한다. 그때마다의 감정과 동기는 기억과 망각의 파수꾼이다. 그러한 것들은 어떤 기억들이 현 시점에서 접근 가능한지, 그리고 어떤 기억들이 불러올 수 없는 것이지를 결정한다.[22]

소설 속 글쓰기가 갖는 의미가 여기에 있다. 성장소설에서, 여기서는 윤의 어린 시절을 다룬 소설, 성장은 순수했던 아이가 그렇지 않은 어른이 되어가는 과정에서 발생하기보다 무의식에 가라앉아 있던 유년의 기억-이미지가 자신을 뒤흔드는 바로 그 순간에 발생할 수 있기 때문이다.[23] 각성은 어른이 된 '나'를 한순간에 일깨우는 유년의 어떤 기억-이미지를 붙드는 순간, 혹은 꿈에서 깨어나는 순간, 그리고 자신의 삶을 글로 쓰기 시작한 순간에 발생한다. 글쓰기는 기억이 과거와 현재 간에 협상을 벌이는 과정이며, 이것을 통해 우리는 우리 자신의 개인적 집단적 자아를 규정하게 된다.[24] 따라서 서술자의 고향 찾기는 소설 쓰기와 같은 지위에 있으며 과거와의 협상을 통한 현재의 성장을 추구하는 과정의 일환이다.

4. 황량한 도시, 새로운 공간과 시간

앞 장에서 살폈듯이 서술자가 고향을 찾았던 이유는 고향에 대한 애정을 확인하기 위해서라거나 그곳에서의 새로운 삶을 도모하기 위해서가 아니었다. 고향에 대한 기억을 정리하고 그것에서 벗어나기 위한 노

---

22) 알라이다 아스만, 변학수 · 채연숙 역, 『기억의 공간』, 그린비, 2011, 84면.
23) 손유경, 앞의 글, 346면.
24) 제프리 K. 올릭, 최호근 역, 『국가와 기억』, 민주화운동기념사업회, 2006, 31면.

력의 일환이었다. 그의 귀향은 서울에서의 삶과 관련되어 있었다. 그를 괴롭힌 '텅 빈 하오'의 공포가 그를 고향으로 이끌었던 것이다. 고향에 돌아온 그는 소설 쓰기에 진력하지만 한편으로 "은아를 생각하고, 학운이를 생각하고, 또 서울을 생각하"며 시간을 보냈다. 천 여리를 남행하여 왔지만 고향 역시 황량하기는 서울과 마찬가지란 '어처구니' 없는 생각도 했다.

그의 서울 생활이 쉽지 않았다는 사실은 귀향 전의 시간을 통해 알 수 있다. 이 시간 서술자를 지배한 것은 막막한 미래에 대한 두려움이었다. 무엇을 하며 어떻게 살아가야 할지의 문제였던 셈이다. 이런 관점에서 볼 때 서술자가 고향에 내려와 소설을 쓰는 이유는 자신의 과거를 통해 현재의 마음을 단단하게 하고 싶기 때문이었다. 그는 과거의 기억을 정리함으로서 거기서 자유로워지고 서울에서의 삶에 집중할 수 있으리라는 기대를 가지고 있었다. 이때 도시와 농촌은 공간적으로 나뉘지만 실제 시간을 상징하기도 한다. 그에게 있어 고향은 과거였고 도시는 현재였다.

이 소설은 자기 성장의 문제를 고향의 경험 안에 가두려 하지 않는다. 우리는 과거를 떨치겠다는 생각 자체가 유치한 발상이며 그런 시도가 오히려 떨칠만한 과거에 대한 환상을 만들어내는 것은 아닌지 의심할 수 있다. 서술자 역시 자신이 생각하는 과거가 너무 거창한 것이 아니었는가 하는 의문을 갖는다. 현실의 문제를 피하거나 유예하기 위해 과거를 동원했다는 사실을 인정하기도 한다. 이런 저런 핑계로 고향에 왔지만 실제로 서술자가 부딪쳐야 할 현실은 서울에 있었다. 서술자는 이러한 상황을 잘 알고 있으며 결국 그곳으로 돌아갈 수밖에 없다는 사실을 처음부터 알고 있었다. 비록 고향의 황량함이나 도시의 황량함이 크게 다르지 않다고 하더라도 고향을 버리는 일이 곧 성장으로 나가는

길이라고 생각한다.25)

서술자에게 서울에서의 삶이 어떠했는지는 다음 문장으로 확인할 수
있다.

> 나는 아득한 현기를 느꼈다. 창밖으로 시선을 돌렸다. 하오의 기울
> 어진 햇살이 뿌옇게 스며들고 있었다. 그리고 그 너머 도회의 우중충
> 한 건물들과 회색빛 하늘이 내 피로한 시야를 잔뜩 가로막고 있었다.
> 무엇 때문인가, 무엇 때문에 우리는 저토록 실없는 얘기들을 주절대
> 며, 정말 입에서 신물이 나도록 주절대며 이 하오를 보내고 있는가.
> 일어서야지, 일어서서 어디로든지 휘적휘적 가야지. 그러나 딱히 가야
> 할 곳도, 또 그럴 만한 흥미도 없음을 누구보다도 나 자신이 먼저 잘
> 알고 있었다.(34-35면)

위 예문은 대학 강의실 안에서 바라본 도시의 풍경에서 느끼는 황량
함과 어디도 가야 할 곳이 없다는 데서 오는 절망을 표현하고 있다. 막
막함은 서사로 다가오는 것이 아니라 영상처럼 하나의 이미지가 되어
기억에 새겨진다. 어딘가로 가야 한다는 사실을 알지만 가야 할 곳이 없
을 때, 귓전에 떠도는 많은 말들이 그만큼의 의미를 갖고 있지 않음을
깨달을 때 청춘이 느끼는 절망은 온전히 머뭇거림으로 이어진다. 아니
이 모든 것이 머뭇거림에서 비롯된다. 강의실의 안과 밖은 어른의 세계
를 경계 짓는다. 풍경 안의 인물들은 어린이의 세계를 잃어버렸으나 어
른의 세계로 진입하지 못한 이들이다. 어둠과 빛을 구분하는 것에서 공
간에 대한 공포가 생긴 것과 마찬가지로 강의실 안과 밖을 인식하는 데

---

25) 어린 시절의 경험을 절대화하는 소설 즉, 고향에서의 경험을 '어려웠던 지난 시
    절'로 그리며 현재와의 거리를 강조하는 소설은 고향의 경험에 갇힌 소설이라 할
    수 있다. 반대로 고향에 돌아가지 못하는 현재의 처지를 강조하는 소설도 고향에
    매어 있기는 마찬가지이다. 이에 대해서는 졸고, 「소년들의 도시-전쟁과 빈곤의
    정치학」(『비평문학』 37, 2010.3) 참조.

서 새로운 공포가 발생한다. 서울의 입장에서 고향행은 분명한 도피이다. 그 도피가 온전한 성과를 거두기는 애초에 불가능하다. 문제가 존재하는 곳에서 해결 방법을 찾아야 하기 때문이다.

서술자는 자신의 귀향이 가진 의미를 처음부터 알고 있었다. 애초에 그는 고향이 자신과 상관이 없다는 점을 확인하기 위해 귀향을 결심했다고 볼 수 있다. 소설 시작부터 그는 "나는 시방 귀향했지만 가지고 온 것은 아무 것도 없다. 그리고 저 고향 마을의 많은 골목과 학교와 또 저 등 뒤의 역사까지도 나와는 아무런 관련이 없"(16면)다고 말한다. 이 소설의 제목이 『우울한 귀향』인 이유도 서술자의 이런 생각과 무관하지 않다. 결국 소설을 써놓고서 새삼 확인하는 것 역시 애초의 이런 생각이다. 고향이 그와 깊이 관련 있는 것이 사실이지만 그 관련이 과장되었거나 자신에게 핑계거리가 되어왔다는 것을 확인한다.

고향의 기억이 그러했듯이 도시 역시 공간 이미지로 묘사되고 있다. 서울에서도 서술자는 공간에 대한 공포를 느끼곤 한다. 어린 시절 어둡고 무서웠던 공간에 대한 공포가 현재도 황량하게 펼쳐진 미래에 대한 공포로 이어지고 있다. 그에게 어른이 된다는 것은 곧 공간에 대한 공포를 잊는 것이다. 아니 극복하는 것이다. 결국 그가 고향을 다시 찾은 이유는 공간에 대한 공포를 다시 새기고 그를 통해 (도시에서의) 새로운 공간에 대한 공포를 잊기 위해서라 할 수 있다.

> 젊다는 것은 그 무한한 가능성 하나 때문에 함부로 허수히 할 수는 없다. 맹랑한 요설이나 늘어놓고, 끝없는 불만으로 투덜대고, 난잡한 교제를 하고, 담배나 빽빽 태우고, 무절제하게 술이나 처마시는 일 따위로 말짱 낭비해 버릴 수는 결코 없는 것이다. 나의 젊음은 이미 찌든 것이지만, 그래도 가장 적은, 그러나 내가 진실로 애정을 느낄 수 있는 그런 것을 하나쯤은 가질 수도 있는 것이다. 그것이 무엇인가를

알아내야만 할 것이었다. 이 우울한 귀향에 말이다.(201면)

 이 소설이 어린이의 성장을 다룬 이니시에이션 소설을 넘어서는 이유를 위에서 확인할 수 있다. 『우울한 귀향』은 주인공이 자신의 성장을 의식적으로 기도한다는 점, 단순히 아이의 세계를 벗어나는 것이 아니라 성숙한 어른의 세계를 향한 길로 접어들려 한다는 점에서 여타 소년 성장소설들과 구분된다. 우리는 김승옥의 「건」이나 김원일의 「굶주린 혼」, 윤흥길의 소설에서 전쟁 체험을 통해 성장하는 어린이의 모습을 많이 보아 왔다.[26] 그러나 이 소설은 단순히 어린이가 속악한 세상을 알아가는 과정을 보여주는 데 그치지 않고 성인이 되어 사회로 나아가는 과정을 보여준다. 그리고 그 과정에 어린 시절 고향을 떠날 때의 기억을 부정하는 장면을 두어 퇴행의 가능성을 차단하고 있다. 돌아가야 할 곳이 없다는 생각은 황량한 벌판으로 떠날 수밖에 없는 현재를 새삼 수용할 수밖에 없도록 만든다. 어린 시절의 공포가 다시 반복되고 있지만 서술자는 이제 공간의 탈출이라는 것으로 그 공포에서 벗어날 수 없다. 그는 떠날 고향도 벗어날 고향도 없기 때문에, '공간의 공포'를 순하게 받아들여야 하는 자신의 상황을 냉정하게 인정하게 된다.

 저 어린 날의 기억은 내 의식 속에서 낡고 찌들고 해서 마침내 원래의 빛깔과 그 분위기를 잃어버렸던 모양이었다. 거기다 현실이 무겁게 개입을 하고 있었다. 그것을 쓰는 동안도 나는 역시 생활을 하고 있었던 것이다. 그래서 끊임없이 현실을 보아야만 했고, 느껴야만 했

---

26) 성장이라는 소설 구조 자체에 주목하여 성장을 다룬 대표적인 연구서들을 소개하면 다음과 같다. 김병희, 『한국현대소설의 구조와 의미망』(한국학술정보, 2007) ; 나병철, 『가족로망스와 성장소설』(문예출판사, 2007) ; 최현주, 『한국현대성장소설의 세계』(박이정, 2002) ; 이보영, 『성장소설이란 무엇인가』(청예원, 1999) ; 신희교, 『현대성장소설』(신아출판사, 1998).

고, 생각해야만 했던 것이다. 그런 식으로 현실이 과거 속으로 깊숙이 투영해서 이미 낡고 있는 기억들을 끊임없이 간섭했고, 창백한 인상들을 더더욱 변모시켜 버린 것이었다. 따라서 내가 귀향 한 달여의 작업 끝에 얻어낸 거울은 현실을 잘 비춰주는 것이 아니라, 더 한층 흐리게 만들 뿐이었다.(318면)

자신의 기억에서 벗어나는 계기는 생활을 깨닫는 데서 온다. 서술자는 과거의 기억이 갖는 한계를 말하고, 과거에 묻혀 현재를 침식당하는 것을 거부한다. 그는 이제 과거가 현실을 분명히 해주기보다 오히려 흐리게 만든다는 것도 알게 되었다. 과거는 현실을 적당히 합리화시켜 논리를 부여하고 마침내 변모시킨다고 말한다. 현재의 절망을 확인하기 위해, 혹은 원인을 찾아 극복하기 위해, 고향으로 왔지만 현실의 문제는 과거에 있는 것이 아니었음을 깨닫는다. 그는 과거를 현실에 이어지게 만드는 것 역시 현실이라는 점을 확인하는 것이다.

생활 문제는 문학하는 것에 대한 자의식과 이어진다. 서술자에게 글쓰기는 두 가지 의미를 가지고 있다. 앞 장에서 살핀 소설 속 글쓰기는 자신의 과거를 정리하는 작업이었다. 윤에 대한 이야기가 서술자 이야기였고, 어느 정도 작가의 경험과도 이어지는 부분이 있다는 것은 소설이 진행되면서 자연스럽게 밝혀진다. 그것을 해결하는 길이 결국 글쓰기였다. 그런데 글쓰기는 서술자에게 미래의 생업이기도 하다. 글쓰기는 현학적으로 장식되지 않은 생활의 문제이기도 한 셈이다.[27]

생활의 문제는 결말 부분에서 졸업 후 친구들의 장래를 자세히 묘사하면서 구체적으로 드러난다. 등단한 친구들은 그들대로 그렇지 못한

---

27) 고향에서 만난 초등학교 여교사는 서술자에게 유용한 조언자이다. 그녀는 서술자가 보여주는 조금의 사치마저 조소한다. 은아와 관계된 서울 생활에 대한 조소로 생활이란 것이 관념으로 이루어지지 않는 것임을 일깨워준다.

이들은 또 역시 그들대로 미래에 대한 고민을 안고 있다. 군대에 가야 하는 친구가 있고 결혼을 하거나 편입을 준비하는 친구가 있다. 그들의 미래는 흐릿할 뿐이다. 그 안에서 서술자는 등단을 했고 글을 쓰고 살 아가기로 결심한 편에 속한다. 우리는 여기서 다시 1960년대 대학을 다닌 지방 출신 작가 지망생의 전형적인 모습을 볼 수 있다. 서울을 어떻게든 사수하려던 그들의 무의식이 일찍 소설이라는 형식으로 드러나고 있음을 확인하게 된다.28)

결말로 가면서 소설에서 과거의 경험이 차지하는 비중은 점차 줄어든다. 상대적으로 현재의 삶이 강조된다. 서술자는 오늘은 이해하기 위해 지난날을 뒤져보는 일을 '헛수작'이라 부르기도 한다. 결국 고향을 떠남으로 해서 귀향의 목적은 완성된다.

> 두번 다시 돌아오지 않을 것이었다. 내가 혼돈한 형성기를 보냈던 고장, 마을의 구석구석과 이 귀둥골까지를 샅샅이 뒤져 보고, 그것이 이제 나와는 아무 관련도 없다는 것을 알게 된 것이다. 바로 그 때문이었던 것이다. 이런 골짜기와 저 아래의 마을 따위는 이 땅의 어느 곳에나 흔하게 있을 것이었다. 당장 내일이라도 차창을 통해 얼마든지 보게 될 것이었다.(302~303면)

하지만 서술자에게 고향을 버린다는 의미가 자신의 경험을 지우거나 부정하는 데 있지는 않다. 위에서 그는 좁은 자아 안에서 벗어나는 일,

---

28) 김건우는 앞의 글에서 이청준의 소설이 가지는 특이성 가운데 하나는, '문학하는 행위(예술행위)'에 대한 자의식이 드러난다는 데 있다. 여기에는, 자본주의 문화의 주류와 분리되었다는 감각('낙오자' 감각)이 어떻게 '문화주의'로 귀결되는 통로가 되는지를 엿보게 하는 면이 있다고 한다. 그 저변에는 1950년대 후반 이후 급격히 증가한 대학생 인구를 사회가 수용할 수 없어 대량의 대학생 실업이 발생한 사실과 지방 출신 콤플렉스를 꼽고 있다.(170~171면)

자기 경험을 절대화하지 않는 일이 중요함을 강조한다. 자기가 성장한 고향의 풍광이 특수한 것이 아니라 어느 곳에서나 흔히 볼 수 있는 풍광인 것처럼 자신의 경험 역시 어린이의 세계를 극복하는 과정에서 닥친 하나의 사건이었음을 인식하는 것이다. 이는 동시대 작가들의 작품과 비교할 때 매우 진전된 인식이라 할 수 있다. 고향에서의 경험을 절대화하는 방식에서 이 소설은 어느 정도 벗어나 있다고 할 수 있다.

두 번 다시 돌아오지 않겠다는 결심은 단순히 공간적 의미에 한정되지 않는다. 과거에 의해 현재의 삶이 영향 받도록 두지 않겠다는 적극적 의미로 해석할 수 있다. 과거를 통해 현재를 설명하려는 일종의 '엄살'에서 벗어나겠다는 의지로 보아도 좋다. 나만의 특별함을 강조하는 것이 젊음의 특권, 방황의 원인이라면 자신이 특별하지 않다는 사실을 깨닫는 것은 성장의 중요한 조건이 된다. 과거의 기억에서 벗어나 새로운 공간의 두려움을 기꺼이 맞이하는 데서 서술자의 성장은 완성된다. 비록 현재도 희망이 보이지 않는 황량한 공간일 뿐이기는 하지만.

5. 도시와 귀향, 시대의 공통 기억

『우울한 귀향』은 고향의 기억에서 벗어나 새로운 성장을 도모하려는 서술자-주인공의 방황 기록이다. 고향의 기억에서 벗어나기와 함께 젊은 날의 허무와 공허에서 벗어나기가 더해져 이중의 서사로 구성되어 있다. 이 소설에서 성장은 단순히 고향으로 돌아오는 것으로 이루어지는 것이 아니라 도시에서 살아남기 위한 적극적인 자세가 마련될 때 이루어진다. 1960-70년대 많은 소설에서 귀향이 단순한 도피이거나 금의환향 욕망의 발현이었던 것과는 분명히 구분되는 특징이다.

공간의 이미지를 통해 주제를 표현한 점 역시 이 소설에서 주목할 점이다. 어린 시절의 공간 공포는 현재의 황량한 강의실에서 겪었던 감정과 이어진다. 새로운 세계에 대한 두려움이라는 점에서 그렇고 서술자가 빛과 어둠을 구분해야 하는 순간에 이르렀다는 점에서도 그렇다. 삶의 한 과정으로서 당연히 겪어야 하고 극복해야만 하는 두려움이라는 점에서도 공통점을 찾을 수 있다. 단지 어린 시절에는 그것이 죽음과 이념 갈등이라는 매우 무거운 주제였다는 점이 다를 뿐이다.

작품 내 소설의 주인공 윤과 현재의 서술자인 나가 동일인이라면 석철희와 학운은 그들에게 가장 큰 영향을 준 인물들이다. 둘은 윤이나 나와 크게 다르지만 삶의 의미에 대해 고민하게 만드는 인물들이다. 서술자와 다른 곳에서 다른 종류의 삶을 살았던 사람이기도 하다. 철이 가족의 몰락과 학운의 죽음을 통해 서술자는 어른의 세계로 한 발 다가서게 된다.

이 소설의 서술자는 귀향이 우울하다고 말한다. 귀향이 우울한 이유는 세 가지이다. "고향을 떠나기까지의 온갖 기억이 그리 즐겁지 않았다는 점", "제야를 전후한 그러니까 졸업을 전후한 나의 내면풍경이 우울했다는 점", "무엇보다 고향을 떠나기 위해 돌아왔다는 사실"이 그것이다. 이 세 가지 감정은 혼재되어 있어서 분리하기 어렵다. 굳이 이 소설이 아니더라도 이 세 가지 태도는 동시대 작가들의 작품에서 종종 발견할 수 있다. 이것이 이 작품을 귀향을 다룬 이 시기 소설의 원형이라고 보아 손색이 없는 이유이다.

『우울한 귀향』은 도시에서 살아남기를 다룬 여러 작품들과 연관되어 있다. 이는 1960년 전후 대학 생활을 했던 작가들에게서 넓게 나타나는 작품 경향이라는 점에서 세대론적인 구분을 가능하게 한다. 이향과 귀향 그리고 이향을 반복하는 이들 작가들 작품의 주제는 이전이나 이후 작가들의 작품에서 찾아보기 어려운 독특한 면이 있다. 그것들은 이제 작가의 경험을 넘어 세대의 공동 기억이 되었다고 할 수 있고,『우울한 귀향』은 이러한 시대 경험을 매우 일찍 그리고 종합적으로 보여준 작품으로 충분한 의의를 갖는다.

자기 위안과 합리화, 도시유민들의 삶

− 이문구의 『장한몽』 연구

1. 이문구와 『장한몽』

이문구의 소설은 크게 도시를 배경으로 한 소설과 농촌을 배경으로 한 소설로 나뉜다. 그의 초기작들이 서울에 올라와 공사장 인부로 떠돌던 자신의 경험을 바탕으로 쓴 소설들이었다면 70년대 이후 발표된 그의 작품들은 어린 시절과 낙향 이후의 농촌 체험을 바탕으로 하고 있다.1) 『관촌

---

1) 임경순은 "이문구 초기 소설은 소재나 소설 공간의 측면에서 봤을 때 도시 하층민을 그린 작품과 농어촌의 풍경을 그린 작품으로 분류할 수 있"다고 평가한다(「내면화된 폭력과 서사의 균열」, 『상허학보』 25집, 2009.2, 311면). 또 오창은은 "그는 산업화 시기 농촌 공동체의 전통적 기풍을 맛깔스런 문체로 형상화 해낸 작가이다. [……] 그러나 상대적으로 그의 초기 작품은 도시 공간을 배경으로 하위계층의 삶을 집요하게 형상화 했다"(「1960년대 하위 주체의 저항적 성격에 관한 연구」, 『상허학보』 12집, 2004.2, 68면)고 말한다. 구자황은 『장한몽』의 '귀향의지'에 주목하여 "각박한 도시세태에 대한 혐오와 이와 대비되는 농촌과 농민의 형상화 쪽으로 변모하게 만든다는 점에서 도시 체험과 세태를 다룬 초기 소설과 맥락을 같이"한다고 지적한다(구자황, 『이문구 소설 연구』, 성균관대학교박사학위논문, 2002, 63면). 이 글은 이러한 기존 논의를 바탕으로 하여 인물들의 특성을 예각화하여 분석하려 한다.

수필』이나『우리 동네』연작이 뒤의 경향을 대표한다면『장한몽』은 앞의 경향을 대표한다.『장한몽』이후 이문구는 도시 변두리 빈민들의 삶을 다루던 작품을 더 이상 발표하지 않고 스스로 '잘 알고 있는' 세계라고 말한 농촌 배경 소설을 쓰기 시작한다. 작가의 작품 세계 전체를 놓고 볼 때『장한몽』은 도시 변두리를 배경으로 한 소설의 종합편이며『관촌 수필』이후의 소설 세계로 넘어가는 경계2)에 있는 작품이라 할 수 있다.

중심 서사를 따라가면『장한몽』은 주인공 김상배의 성장을 다룬 '성장 소설' 혹은 '교양 소설'이 된다. 제목이 암시하듯 한 인물이 과거 개인사로 인해 빠져든 긴 꿈에서 깨어 보통사람으로 다시 태어나는 과정을 보여주기 때문이다. 한국 전쟁 전후 이념의 대립이 낳은 불행한 개인사는 그에게 쉽게 치료하기 어려운 상처가 되었으며, 완전한 치료는 새로운 세대에게나 기대할 수 있는 것으로 암시된다. 묘지, 그리고 이장(移葬)의 이미지는 그의 과거와 현재를 비유한다고 할 수 있다.

그러나 기왕의 연구에서 지적된 대로 이러한 중심 서사만을 따라 갔을 때『장한몽』에 대한 온전한 평가는 이루어지기 어렵다. 자칫 "서사의 구조와 전개라는 측면에서 뚜렷한 대립과 갈등의 축이 없고 그나마 수시로 중단되는 부족한 소설"3)로 평가되기 쉽다. 실제로『장한몽』을 읽다 보면 중심 서사와 무관해 보이는 여타 인물들의 삽화가 서사의 편안한 흐름을 방해하는 경우가 많다. 이로 인해 독자들은 삽화들 사이의 연관을 찾기 위해 많은 노력을 기울여야 한다.4)

---

2) 이후 밝히겠지만 이런 가설은『장한몽』이 도시를 배경으로 하면서도 인물들의 과거와 심리적 지향이 농촌을 향해 있는 것을 통해 확인된다.

3) 구자황, 「이문구 소설의 구술적 서사 전통 연구」,『상허학보』8집, 2002.2, 333면.

4)『장한몽』은 연재본과 단행본 사이에 차이가 있다. 뼈대는 크게 다르지 않지만 세부에는 첨삭이 가해졌다. 여기서는 작가의 손질한 최종본이라는 의미에서 랜덤하우스 중앙 판 이문구 전집을 텍스트로 한다.『장한몽』의 판본과 <창작과비평> 연

따라서 다른 이문구 소설과 마찬가지로 이 소설에서는 중심 서사와 함께 등장인물들 각각의 내력과 자잘한 삽화가 갖는 의미를 읽어야 한다. 『장한몽』은 비록 닷새라는 짧은 기간 동안에 벌어지는 일을 다루고 있지만 등장인물들의 과거와 현재를 입체적으로 보여줌으로서 한국 전쟁 전후의 현대사는 물론 도시로 흘러들어온 유민들의 현재 그리고 그것을 통해 짐작할 수 있는 미래까지 이야기하기 때문이다.

이 글은 『장한몽』을 통해 드러나는 도시 빈민의 자기 인식 또는 삶의 방식을 살펴본다. 이 소설에 등장하는 인물들의 행위들은 심지어 악행조차도 생존을 위한 방편이라는 점, 그들도 이런 자신들의 행위에 대해 자의식을 가지고 있다는 점에 특별히 주목하려 한다. 또 그러한 자의식이 실제 행동에는 결정적인 영향을 주지 못한다는 사실도 중요하게 다룰 것이다. 작가는 이를 통해 흔히 선입관에 의해 오해되거나 값싼 동정으로 가려지기 쉬운 도시 빈민들을 내면을 가진 입체적인 인물로 그려냈다는 것이 이 글의 관점이다.

2. 도시의 성격과 빈민의 생존 방식

우리 근대사에서 도시는 성공과 출세의 공간임과 동시에 가난과 타락의 공간이었다. 농촌의 해체와 분단이 만들어낸 유민과 탈향민들은 생존을 위해 도시를 찾아왔다. 그들은 도시 변두리에 자리 잡고 하루하루의 삶을 걱정하며 도시의 기층민을 형성해갔다. 안정된 직장은 물론

재와 관련된 내용은 오창은이 「1960년대 도시 문화와 폐허이미지」(『한민족문화연구』 29집, 2009)에서 자세히 다루고 있다.

편히 쉴 집도 온전히 갖추지 못했지만 그래도 계급 상승의 기회를 꿈꾸며 현재의 고통을 견디어 냈다. 도시가 확장되면서 이들은 점차 도시 밖으로 밀려나게 되고 그 과정에서 벌어지는 갈등은 중요한 사회문제가 되었다. 특히 1960년대에서 1970년대에 이르는 기간은 도시와 도시에서 밀려난 빈민들의 갈등이 최고조에 달한 시기였다고 할 수 있다.[5]

『장한몽』에는 도시 변두리 공동묘지 이장 작업에 참여하고 있는 도시 유민들이 등장한다. 그들은 여러 가지 이유로 고향을 떠나 서울로 올라왔고, 도시 생활에 대한 구체적인 계획을 가지고 있지 못하다. 흙에 뿌리 내리고 사는 삶이 가진 풍요와 안정을 알고 있지만 삽자루를 들고 남의 무덤이나 파야 하는 현실을 받아들이지 않을 수 없는 사람들이다. 그들은 과거의 삶에 대한 회환과 아쉬움을 가지고 있지만 유민으로 도시적 삶에 적응했으며, 다시 과거로 돌아갈 수 없다는 사실을 알고 있다. 미래에 대한 설계나 투자는 엄두도 내지 못한다. 무엇보다 그들은 자신과 가족들을 챙기기에도 가진 것이 너무나 부족하다. 이들은 공동체에 대한 인식이 부족하며 반대로 자신의 이익에 대해서는 민감하다. 이들은 도덕보다는 생존을, 타인보다는 자신을 위하며 살아간다. 추상적인 원리나 관습을 따르기보다는 작은 생활의 원리에 끌려 생각하고 행동하는 인물들이다.[6]

이들의 삶이 갖는 중요한 특징 중 하나는 모든 것이 예상 가능하지 않다는 것이다. 그들은 하루하루의 생활 외에 다른 무엇을 생각할 여유

---

5) 근대화 과정의 인구 이동에 대해서는 조은, 『도시 빈민의 삶과 공간』(서울대학교 출판부, 1997) 참조.

6) 구자황은 "넓게 보아 『장한몽』의 공사장 안에 모인 갖가지 '한(恨)의 이야기'는 가난과 전쟁, 그리고 부정적 근대의 그늘이 만든 도시 변두리 계층의 삶과 비애로 요약된다"(구자황, 『이문구 소설연구』, 59면)고 말한다. 이를 넘어 그들의 생존방식과 특징을 살펴보는 것이 중요하다는 것이 이 글의 관점이다.

가 없다. 인간관계 역시 불투명하다. 서로가 서로를 잘 모르기 때문에 오해나 갈등이 빈번히 발생하고 선악의 구분이 어려운 사건들도 흔히 벌어진다. 이러한 불명확성은 전통적인 농촌의 삶과는 분명히 대비되는 도시적 삶의 특징이다.7) 전통적 농촌에서처럼 한 곳에서 수십 년 이상 함께 살아온 사람들은 이웃 사람들의 성격이나 가정의 속사정까지 모르는 것이 없다. 계절이 순환하는 것처럼 하는 일들도 비슷하고 반복적이어서 예상 가능한 범위 안에서 일상이 흘러간다. 당위와 관습이 지배하는 사회인만큼 옳고 그른 것에 대한 판단과 그것에 대한 동의도 비교적 쉽게 이루어진다.

이 소설에 등장하는 인물들은 중심인물 상배를 제외하고도 "십장 마길식이와 심부름하는 아이 고장윤이를 합쳐 모두 열 명"(上:28)8)이나 된다. 이들은 모두 일 때문에 만난 사이이다. 상배와 인부들이 처음 만난 것은 물론이고 한 마을에 살던 마길식, 이상윤, 구본칠, 홍호영, 모가 형제, 유가 삼형제, 왕순평 등도 서로에 대해 거의 관심 없이 살아오던 사람들이다.

이런 인물들 사이의 만남은 적대감으로 시작한다.

이래저래 마가란 자는 부려먹을 일이나 부려 먹고 곧 버려야 할,

---

7) 이러한 도시와 농촌의 특징은 윌리엄스가 구분한 알려진 공동체(Knowable Community) 와 알려지지 않은 공동체(Unknowable Community)의 대비로 설명할 수 있다. 공동체의 특성을 강조하여 투명함(Transparent)과 불투명함(Opaque)으로 설명할 수도 있다. 익숙하고 예상 가능한 사회 그리고 그러한 인간들의 관계가 앞의 특징이라면, 낯설고 예상하기 어려운 사회 그리고 그러한 인간들의 관계가 뒤의 특징이다. 물론 이러한 도시의 특징은 오래된 도시 중심보다는 도시화와 산업화로 새롭게 형성된 변두리 도시에 어울린다(The country and the city, Oxford university press, 1973).

8) 이문구, 『장한몽』, 랜덤하우스 중앙, 2004. 이후 작품 인용은 본문에 권수와 페이지만 밝힌다.

몰랐을 때보다 알고 난 뒤가 더 불행스러울, 그런 흔한 인간중의 하나
가 아니겠느냐 싶었다.[……] 그는 구본칠이라는 이름 석 자만 알 뿐,
어디서 무엇을 해먹다 예까지 굴러들었는지 관심도 못해본 사람이었
다. 관심이 없는 사람이라면 그만큼 멀리 보아왔다는 뜻이었다. 구본
칠이도 평소 말이 없는 사람이었다. 누구라도 가까이 하기 쉽잖게 조
잡한 얼굴에 뱁새눈을 하고 있었다.(上:31)

상배는 학교 재단으로부터 도급을 받아 이장 공사를 시행하고 있는
'개인사업자'이다. 예문은 마길식, 구본칠 두 사람에 대한 인상이 상배
를 통해 제시되고 있는 부분이다. "몰랐을 때보다 알고 난 뒤가 더 불
행"스럽다든지 "조잡한 얼굴에 뱁새눈을 하고" 있다는 첫인상은 독자에
게 선입견을 심어주기에 충분하다. 마길식은 공사장에서 십장을 맡은
사람으로 상배에게 물심양면으로 도움을 준다. 물론 그러한 도움은 상
배를 위해서가 아니다. 상배는 마길식이 자신의 편이라는 점은 알지만
특별히 고마운 마음을 갖지는 않는다. 마길식 역시 자신이 상배를 돕는
것이 상배를 위해서라고 말하지는 않는다. 구본칠은 소설이 마무리될
때까지 자신의 고민에만 빠져 주변에 대한 적극적인 관심을 보이지 않
는다. 상배는 한 눈에 이런 인물들이 특성을 알아차렸다고 할 수 있다.
서로에 대해 낯설어하거나 경계하는 마음은 상배에 한정되지 않는다.
인부 중 하나인 이상필은 마길식에 대해 불편한 마음을 가지고 있고 마
길식 역시 이상필의 행동을 못마땅해 한다. 박원달 영감과 유차득은 일하
는 내내 사이가 좋지 않다. 왕순평은 초순을 좋아한다고 말하지만 둘의
관계는 한 뼘도 가까워지지 못한다. 그들은 고향이 각기 다르고 이력 역
시 다양하다. 현재 잠시 한 곳에 모여 있을 뿐 미래가 어찌 될 지도 모르
는 사람들이다. 부정적인 첫인상을 가지고 있고 서로에 대한 감정도 좋지
않지만 이들은 서로를 배제하거나 무시할 수도 없는 입장이다. 이들은

'돈'을 벌기 위해 이장 공사에 참여하였기 때문에 일을 잘 마무리해야 한다. 그러면서도 이들은 서로를 속일지언정 도움을 주지는 않는다. 각자가 원자처럼 분리되어 있고, 서로 예의를 지키거나 배려하는 일도 없다.

그들은 공동의 이익을 위해 하나가 될 만한 준비가 되어 있지 않다. 이는 노동 운동이나 사회 인식 수준을 문제 삼기 전의 문제이다. 그들의 인간관계가 투명성과 신뢰 아래 구축된 것이 아니기에 지지부진한 마무리는 어찌 보면 당연하다. 이들은 집단의 성취를 생각할 여유가 없이 단지 자신의 이익만을 생각한다. 그것도 대단히 무언가를 챙겨야 하겠다는 욕심에서가 아니다. 그것은 얻을 것이 많지 않음을 안 뒤에 오는 자포자기의 심정에서 비롯된다. 자신들이 제대로 싸워보지도 못하고 쫓겨나게 될 것을 예상하지만 다른 방법이 없음을 알고 있다.

소설 전체에서 가장 큰 사건은 상배를 향한 일종의 쟁의이다. 공사가 끝나면 집을 잃고 쫓겨나게 될 것이며 일거리도 머지않아 떨어지게 될 것을 알기 때문에 이들은 이장 공사에서 최대한 이득을 얻고자 한다. 그러나 상필이 주도하는 쟁의는 큰 성과 없이 인부들 사이의 격렬한 싸움으로 끝나고 만다. 마길식과 홍호영이 부상을 당하고, 이장 공사는 상배의 의도대로 마무리된다.

이들의 자기 합리화 내지 일종의 패배의식은 다음과 같이 표현되기도 한다.

> 그것은 가난에 쪼들리다 못해 지친 비명이라 해도 좋았고, 한 사회의 구성원임에도 불구하고 그 자격의 일체를 포기해버린 좌절감의 담석瞻石이라 해도 불만스럽지 않았다. 어쨌든 그것은 그가 이 근년에 든 이래 계속되어 속편케 살아올 수 있던 훌륭한 구실이기에 소중한 것이기도 했다. 소화는 언제나 충분히 잘 되었고 누우면 곧 코를 골 수 있도록 시간이 넘치고 남아돌아가 좋았다.(上:260)

위 예문을 통해 자포자기가 일종의 삶의 양식이 되어 버린 슬픈 현실을 확인할 수 있다. 작가는(홍호영에게는) 사회에 대한 불만이나 미래에 대한 기대를 키우지 않고 처한 현실을 그대로 받아들이는 것이 오히려 소화를 촉진하고 숙면으로 이끄는 '처방'이 되어버렸다고 한다. 위 글을 역설로 읽을 수도 있겠지만 일면 단순한 역설을 넘어서는 냉엄한 현실이 느껴지는 것도 사실이다. 사방이 막혀버린 상황에서 무엇을 할 수 있을지 그 길이 보이지 않을 때 오히려 마음이 편안해 진다고 해서 이상할 일은 아니다.

작품의 후반부에서는 앞서 말한 인물들의 특징을 한 장면으로 축약해 보여준다. 광주 명주리 공동묘지에서 작업을 시작하기 전에 상배와 인부들은 술자리를 마련한다. 이때 인물들은 함께 술을 마시고 있지만 자신들의 현재 관심에만 빠져 있다. 왕순평은 초순이가 온다는 것을 알고 그녀에게 선물을 주고 사랑을 고백하리라 다짐하고 있다. 이상필은 유사시에 자기편을 들어줄 만한 사람들에게 잔을 돌리며 안주도 양보하며 먹기에 힘쓴다. 박영감은 오랜만에 마신 술로 옛날에 잃어버린 동심이 자못 되살아나고 그 덕택에 흥에 취해 있다. 구본칠은 자신의 오랜 고민을 토로하고는 홀가분한 마음으로 술을 마신다. 유한득은 가급적이면 어떤 분위기에도 말려들지 않으리라고 다짐하고 있다. 초순은 술이라면 질색이지만 안주는 열심히 먹어두고 있다. 인물들은 모두 한 자리에 모여 있지만 한편으로 자기를 챙기고 내일을 걱정하느라 남을 생각하고 고려할 여유가 없다. 절망과 자포자기는 이미 생활이 되어 버렸음에도 불구하고 그들은 그것들에서 벗어나 있는 잠깐의 순간을 누리고 있으며 그 순간만은 진심으로 편안함을 느끼고 있다.

3. 위안과 자기기만의 논리

앞 장에서 보았듯 이 소설은 흔히 말하는 사회에 대한 구조적인 분석을 시도하고 있지는 않다. 노동자들을 계급적으로 이해하고 긍정적인 면을 애써 강조하고 있는 소설도 아니다.[9] 빈민들의 삶을 있는 그대로 보여주는데 주력한다. 이러한 인물들의 특징이 단순히 타고난 성품 때문이 아니라 그들이 살아온 삶이 남긴 유산이라는 점도 개연성 있게 묘파해 보여준다. 그렇다고 개인의 심성은 고운데 세상이 그들을 타락하게 만들었다는 식의 도식을 보여주지도 않는다.

무엇보다 작가는 인물들에게 자기기만의 논리가 생존의 방식으로 주어져 있다는 점을 강조한다. 이것이 이문구가 『장한몽』의 인물들에서 구현해 낸 가장 뛰어난 성취라고 할 수 있다. 개성이 비교적 잘 드러난다고 할 수 있는 김상배, 구본칠, 이상필을 중심으로 이를 살펴보자. 구본칠의 경험은 상배와 겹치면서 한국전쟁의 상처 치유라는 큰 문제로 이어진다. 이상필은 이장에 참여한 빈민 노동자들의 의식 수준을 대표한다고 할 수 있다. 작가는 이들을 통해 소설에서 일관되게 중요한 의미를 갖고 있는 두 가지 제재, 한국전쟁으로 인한 상처와 도시 변두리 빈민의 생활을 다루고 있다.

김상배와 구본칠의 만남은 다툼으로 시작한다. 구씨는 자신의 가족 이야기를 상배에게 들려주며 자신의 처지에 대한 동의를 구한다. 그의 아버지 구명서는 일제 때부터 경찰이었다. 높은 마당 부락의 황승노는 좀도둑으로 늘 구명서의 표적이 되었다. 전쟁이 나고 시대가 바뀌자 황

---

9) 이런 사족이 필요한 이유는 기왕에 사용되는 '노동소설'의 정의를 의식해서이다. 『장한몽』을 기존의 노동소설 관점으로 평가하는 것은 적당하지 않다고 생각한다.

승노는 인민군 편에 서서 경찰 가족을 탄압한다. 구명서에게 복수하겠다고 벼르던 황은 구명서와 그의 아내를 결국 죽이고 만다. 세상이 다시 바뀌자 이웃 마을에 살고 있던 구본칠은 황승노를 만나 살해하고 산속에 거꾸로 처박아 버린다. 구는 이 사건 이후 고향을 떠나게 된 것인데, 자신의 이러한 결단을 상배가 이해해 주길 바란다. 그러나 김상배는 황승노를 살해한 것에 대해 '좀도둑'을 죽인 것에 불과하다고 주장해 자기 가족을 희생자로 만들어 미화하려던 구본칠의 의도를 좌절시킨다. 오히려 황승노를 불쌍한 희생자로 볼 수도 있다며 구본칠을 자극한다.

상배는 구본칠과 전혀 다른 어린 시절의 경험을 가지고 있다. 그의 아버지는 전쟁의 혼란 틈에 만세를 잘못 불러 국방군의 총에 사망하였고, 그의 형 상부는 인민군 시절 내무서에 다니며 그들의 일을 도왔다. 다시 세상이 바뀌어 체포된 상부는 취조실 바닥에서 죽음을 맞이하게 된다. 상배는 부역자 가족이라는 멍에 때문에 온전한 생활을 할 수 없었다. 성장한 상배는 자신과 자신의 가족을 알고 있는 고향을 떠나게 된다.[10] 물론 상배는 이런 사실을 누구에게도 말하지 않는다.

자신의 입장에 동의하지 않는 상배에 대한 구본칠의 태도는 매우 적대적이다.

> "아니 그럼 짐 선생은 내가 뭣을 잘못이라두 했다는 겐가유?"
> 구는 핏발선 눈에 언성까지 높였다. 그 바람에 상배는 눈앞이 아찔했다. 어처구니없게도, 이번엔 자기가 구덩이 속에 거꾸로 묻히는 게 아닌가 하는 허황한 생각이 불현듯 뇌리를 치던 것이다. 그러나 그렇다고 멀쑥해져 맥살없이 입다물기도 싱거웠다.

---

10) 상부 이야기는 『관촌수필』에서도 중요한 에피소드로 다루어진다. 「녹수청산」의 대복이 이야기는 상부의 이야기와 흡사하다. 상배의 경험이 작가 이문구의 경험과 닿아 있다는 것은 잘 알려져 있다.

"다 지난 얘기요. 구씨도 잘한 것 없고."

"뭐시라구유, 그럼 짐 선생은 황가가 잘헌 짓이란 말인가유?"

그건 그렇지 않다고 하려는데 구가 삽자루를 잡고 벌떡 일어서며 살기 어린 눈으로 노려보기 시작했다.(上:55)

반대 입장에 있는 상배의 피해 의식 역시 작지 않다. 황의 입장과는 다르지만 형과 어머니가 악질 형사에게 고문을 당해 고초를 겪었기 때문에 구본칠에게 쉽게 동의하기는 어렵다. 일제시대부터 형사를 했던 구명서에 대해 아들인 본칠은 선비 같았다고 말하지만 상배 입장에서는 황승노의 분노를 단순히 그의 인간적 결함으로 볼 수는 없다. 그러나 나서서 황승노 쪽을 변호하지는 못한다. 어디까지나 현실에서 정당성을 갖는 쪽은 구명서 형사 쪽이라는 것을 알기 때문이다. 심지어 "이번엔 자기가 구덩이 속에 거꾸로 묻히는 게 아닌가 하는 허황한 생각"까지 하게 된다.

그런데 중요한 점은 구본칠의 태도가 도전적일 수밖에 없었던 데는 이념이나 복수와는 다른 차원의 이유가 존재한다는 것이다. 그는 고향을 등지는 설움을 알고 있었지만 어쩔 수 없이 타관으로 나서야 했다. 왜냐하면 자신이 죄인인지 황승노가 죄인인지를 판단할 수 없었기 때문이다. 그는 "잘 모를 적에 도망쳐온 겝니다."라고 고백한다. 자기 행위에 대해 충분히 자각하고 있거나 의심하고 있었음을 알 수 있다. 그러나 그는 끝까지 자신이 잘못했다고 말할 수 없다. "내가 죄인이란 게 확실해 보슈, 하룬들 배"(下:192)길 수 있었겠느냐고 상배에게 반문한다. 그는 살아가기 위해 자기 행위에 대한 정당화를 시도하지 않을 수 없던 것이다.

이러한 아픔은 단지 구본칠에만 해당되는 문제가 아니다. 여러 이유로 원치 않는 삶을 살 수밖에 없었던 인물들은 모두 자신을 속이며 견딜 수밖에 없었다. 다시 상배로 돌아가면, 그는 입장은 다르지만 마을에서 손가락질 당하고 학교에서 아무리 잘해도 칭찬을 받지 못하는 어린 시절을 보냈다. 그러한 상배가 만약 자신의 형이 저지른 일을 일방적인 가해로 생각했다면 어떻게 살아 갈 수 있었을까? 상배가 황에게 연민을 느끼는 이유가 여기에 있다. 작품 결말에서 상배가 최미실의 과거에 대해 느끼는 공감 역시 여기서 크게 벗어나지 않는다. 손이 귀한 집의 큰딸로 태어난 최미실은 자신의 뒤에 태어난 남동생들을 '잡아먹은' 누이가 되어 부모에게 죽은 자식 취급을 받으며 성장했다. 이들은 모두 과거의 기억으로 현재를 온전히 살아갈 수 없는 사람들이다. 위안이나 자기기만이 필요한 사람들이기도 하다.

이상필 역시 자기 행위를 정당화 하기는 마찬가지이다. 그는 상배가 시청에서 나온 공무원이 아니라는 것을 눈치로 알아내고, 마길식의 태도에 불만이 생기자 복수의 심정으로 그에게 폭력을 가하기도 한다. 쟁의를 통해 경제적 이득과 심리적 위안까지 함께 얻으려 한다. 그렇다고 이상필이 일반적 의미의 건강한 인물이라고 보기는 어렵다.11) 그는 아들의 간질을 치료하기 위해 해골 물을 구하러 이장 공사장을 찾아 온 여인에게 가짜 해골 물을 만들어 팔아넘긴다. 아내를 동원해서 가짜 약장사나 해볼까 생각하기도 한다.

그 약은 활명수 병에 담긴 채 상필의 호주머니 안에 들어 있었는데, 관 속의 것을 담은 것이 아니라 부엌에서 장만해온 것이었다. 물

---

11) 작가는 그의 이력을 통해 일종의 암시를 준다. "그가 동회 임시직원으로 일하던 무렵, 그는 자기 담당의 통반 사람들을 통장집이나 반장집에 모아놓고, 사랑방 좌담회나 안방 간담회니 하는 명칭을 붙여 모사해본 실질적인 경험을 갖고 있던 것이다."(上:247면)

론 위조했다고 생각하지는 않았다. 기왕에 있던 것을 모조할 때나 위
조일 뿐 없는 것을 만든 것은 어디까지나 제조이었다.(上:237)

　인부들은 죽은 자들을 옮기는 현장에서조차 돈을 벌기 위한 방법을
생각한다. 위 예문에서 이상필은 환자에게 가짜 약을 팔면서 스스로는
"사기를 친다 해도 불순물을 먹일 수는 없"(上:238)다고 무척 양심적인
척 한다. 위조와 제조를 구분하려는 생각도 궤변에 지나지 않는다. 이는
해골 물을 '제조'하는 자신에 대한 기만이라고 할 수 있다. 이상필 만이
아니다. 왕순평은 묘에서 나온 시체의 머리카락을 잘라 모아둔다.12) 그
는 좋아하는 여인에게 선물을 하기 위해 돈이 필요하다. 홍호영은 해골
에서 금니를 뽑아 주머니에 넣는다. 그는 죽은 사람은 아무것도 모르고,
금니는 자신이 아니어도 누군가는 가져갈 물건이었다고 믿는다. 박영감
은 이후에 국수장사라도 할 생각으로 묘 안에서 나오는 그릇을 착실히
모은다. 깨끗이 씻으면 아무도 그릇의 출처를 알 수 없으리라 생각한다.
　이들은 모두 자신들의 행위를 정당화하기 위한 논리를 가지고 있다.
그것이 옳고 그른 것은 중요하지 않다. 타인에게 자신의 정당성을 내세
우기 위한 것이 아니라 최소한 자신만이라도 설득하기 위한 논리이기
때문이다. 이런 자기 합리화는 과거의 불우한 경험과 현재의 곤궁에서
스스로를 추스르는 데 도움을 준다. 서술자 역시 인물들의 처지를 설명
하면서 그들의 입장을 이해하는 듯한 목소리를 낸다. 대표적으로 박영감
의 경우 "실패한 사람, 파락호로 전락한 자에게 남는 건 원시적인 동물
근성"뿐이며 "그에게는 사기횡령 배임 공갈 협박 운운하는, 파렴치한으
로 변신하는 길밖에 목숨을 구제할 방도가 없었다."(上:309)고 말한다.

---

12) 시체의 머리카락을 자르는 모티브는 아쿠다카와의 소설 「라쇼몽」을 떠오르게 한
다. 물론 이 장면이 「라쇼몽」의 그것만큼 비극적이지는 않다.

상배 편을 드는 것으로 동료들의 의심을 받는 마길식 역시 자기 태도에 대한 변명을 갖고 있다. 그는 자신이 "이웃 간인 인부들이나 노사 간인 상배, 나아가서 한성학원 측 그 어느 쪽에도 함부로 가볍게 치우치지 못하며 그 어느 쪽에서도 필요한 존재라는 것"을 새삼 되새기며 "그만한 대우를 누린 자기로선 응분의 수완을 보인 것으로 믿어 내심 흥"겨워 하기도 한다. 또한 "그러한 처신은 몇 번을 생각해도 몇 번이고 모두 옳았다."(下:63)고 스스로를 위로한다. 이런 그의 생각 역시 옳고 그름을 떠나 자기 합리화 혹은 위안으로 이해할 수 있다.

생존은 밥을 먹고 사는 것만의 문제가 아니다. 사람들은 자신이 살아가야 할 정당성을 나름대로 갖추고 있어야 한다. 그런데 그것을 누군가 빼앗아 가려 한다면 스스로 자기를 지키는 논리를 만들어야 한다. 거기에 실패하면 현재의 곤란을 견디는 일은 매우 힘겨워진다. 때로는 경제 상태나 도덕적 타락조차 이차적인 문제가 될 수 있다. 구본칠과 상배에게서 그러한 위기 혹은 좌절을 볼 수 있었다. 그들은 다른 사람에게 인정받는 것은 차치하고 자기 합리화조차 힘겨워 하는 인물들이다. 이런 존재의 고민이 순수하게 그들만의 책임이 아닌 것은 두 말할 필요도 없다. 이들 뿐 아니라 다른 인물들에게도 자기 합리화의 논리는 필요하다. 자신에게조차 정당함을 설득하지 못한다면 남들에게 정당성을 내세우며 나서는 일은 더 어렵기 때문이다.[13] 그러나 개인심리학에서 말하듯 실제 어려움에 처한 사람은 보다 강해지기 위해 좀 더 충실한 사람이

---

13) 오창은은 "이들은 도시적 이기심을 여과 없이 드러내는 인물군이다. 도시 하위 계층으로서 근대 도시의 폭력성을 부정적으로 학습한 인격체의 면모를 보인다. 이들에게는 세계의 부정성을 성찰하는 내면성을 발견하기가 힘들다"(「1960년대 도시문화와 폐허 이미지」, 281면)고 말한다. 노동 소설을 보는 관점에서 『장한몽』은 부족한 소설일 될 지도 모른다. 그러나 이는 작품의 중심을 벗어난 평가라 생각한다.

되려고 노력하기보다는 자기 자신의 눈에 더 한층 강하게 보일 수 있게 끔 한다. 따라서 자신을 기만하려는 이러한 그의 노력은 부분적인 성공 밖에 거둘 수가 없다.[14]

소설 속 인물들의 성격을 단순히 현실적인가 아닌가로 평가할 수는 없다. 그러나 이율배반에 자기기만까지 섞인 이들의 성격에서 당시 하층민들이 처한 삶의 조건 한 가닥을 짐작하는 일은 어렵지 않다. 물론 과거의 상처가 현재를 만들어냈음에 틀림이 없지만 그 상처가 현재의 모든 것을 정당화해 주지 못한다는 것도 사실이다. 사회적 접근은 접근대로 가능하더라도 현재의 인간관계는 또 현재의 관계 안에서 판단되어야 하기 때문이다. 이것이 진정한 인간에 대한 이해라고 할 수 있다.

작가는 이런 인물들에 대해 섣부른 판단을 내리지 않는다. 앞장에서 본 관계의 불투명성과 자기 합리화의 근거를 모두 보여준다. 이는 노동자들에 대한 상배의 태도에서도 나타난다. "차디찬 체온에 새삼 환멸이 느껴졌다"(下, 90)고 하다가 바로 그들의 "생활권 안이라면 그보다 더 닳아지고 무지막지한 말이 나올 수 있고, 그네들 나름으론 그게 당연한지도 모른다."(下, 91)라고 이해한다. 자신의 삶을 정당화하기 위해 기만과 합리화를 마다하지 않는 것이 이들의 삶의 방식이며 진실이라는 것을 상배도 이해하는 것이다. 소설에서나 현실에서나 이 양면적인 특징을 굳이 숨기지 않고 드러내는 것이 진실에 더 가깝다고 볼 수 있다.

---

14) A. 아들러, 김문성 역, 『심리학이란 무엇인가?』, 스타북스, 2011, 99면.

4. 이장과 이주의 상동성

상배를 포함한 이 소설의 인물들은 "시중의 공동묘지를 시외로 옮기는 일"을 한다. 신천동 산5번지는 해방 이전에는 고양군에 속해 있었으나 공동묘지가 서울로 편입되면서 폐쇄령이 내려진 곳이다. 이에 시에서 신설해 놓은 광주군 공동묘지로 묘들을 옮기는 사업이 벌어진다. 그런데 이 공동묘지의 운명은 변두리 도시민의 현실과 많이 닮아 있다. "선교사의 산에는 옛날 너와집이나 귀틀집만도 못한 판잣집이 이십여 채나 들어와 있"(上:11)는데, 이 집들 역시 '이장'되어야 할 운명에 처하게 된다. 전쟁 중에 무질서하게 생겨난 무덤은 초라하고 관심 밖에 놓여 있다는 점에서 무허가 판잣집에서 살아가는 사람들과 비슷하다. 공동묘지의 무덤들은 반듯한 비석하나 가지고 있지 않은 것이 대부분이다. 대규모 이장이 비교적 큰 마찰 없이 이루어질 수 있는 이유도 묘의 주인이나 후손들이 '이름없는' 사람들이기 때문이다. 잘 정비된 공동묘지로 이장하는 것처럼 선전하지만 결국 관이 밖으로 드러날 정도로 험한 오급지(五級地)에 간신히 옮겨가는 것이 이장의 실제이다. 앞서 말했듯이 이장 공사가 마무리되면 인부들의 판잣집도 헐리게 된다. 연희동으로 짐작되는 공동묘지 터는 현재 서울시의 부심을 형성하는 중요한 지역이 되어 있다.15)

기존이 평가처럼 묘지와 이장에서 재생의 이미지를 발견할 수도 있다.16) 그러나 그 묘지가 부활의 이미지를 가지고 있다는 점에는 신화적

---

15) 『장한몽』의 배경은 '신천동 산5번지'로 설정되어 있는데, 그 위치는 지금 현재 연희초등학교 뒤편의 외국인학교와 외국인 주택 근처라고 한다(오창은, 같은 글, 277면).

16) 방민호는 「죽음의 현장에서 삶을 기록하는 역설의 의미」(『장한몽』해설, 랜덤하우스 중앙, 2004)에서 "공동묘지라는 죽음의 공간은 역설적으로 삶에 관해 가르쳐준

으로만 동의할 수 있을 뿐이다. 상배가 과거의 상처를 무덤에 묻고 새로운 '보통사람'으로 다시 태어난다고 말하기에는 근거가 미약해 보인다. 주제를 드러내기 위한 갑작스런 서사의 변화도 낯설게 느껴진다. 무덤 속에서 잃어버린 자신을 찾고자 했던 최미실 역시 결국 자신을 찾는데 실패하고 만다. 따라서 묘지나 이장의 이미지를 긍정적 의미로 읽기보다는 그것이 드러내는 부정성을 그대로 읽어내는 방법이 작품의 의의를 분명하게 해 줄 수 있다.

도시라는 공간이 가진 부정성과 일시적인 인간관계가 갖는 이중성은 간혹 農村의 그것과 대비되곤 한다. 농촌은 잃어버린 현재가 남아 있는 안락하고 평화로운 공간으로 자주 이야기된다. 이는 현실이 어려울수록 과거에 대한 그리움이 커지는 일반적인 심리 과정의 일종이다. 황금시대(golden age)를 이상화하는 이유는 현재의 안정에 대한 희구가 깊기 때문이다.[17]

가족사의 비극 때문에 어쩔 수 없이 고향을 떠났지만 상배에게도 이런 마음이 남아 있다.

> 그는 자기뿐 아니라 모든 사람들의 고향은 농촌일 거라는 생각도 했다. 사회적인 높고 낮음이나 가진 것의 많고 적음 따위와 관계없이, 모든 사람이 마음 놓고 쉴 수 있는 곳이 고향이라면 그들의 고향은 역시 농촌일 것 같기만 했다.(下:110)

> 하늘과 이 대지가 아무런 대가도 요구하지 않고 무상으로 제공한 것을 충분히 이용하지 못하며, 못할 뿐만 아니라 대자연이 준 것을 받

다."고 말한다.

17) "An idealism, based on a temporary situation and on a deep desire for stability, served to cover and to evade the actual and bitter contradictions of the time."(Raymond Williams, *The country and the city*, Oxford university press, 1973, p.45.)

아 이용하기에 앞서 사람과 사람끼리 사람을 이용해먹고자 하는 생리
가 한스럽고 안타깝던 것이다.(下:111)

 이장할 새 공동묘지로 가는 길에 상배가 문득 떠올린 생각이다. 농촌
과 도시를 대비하여 사고하고 있음을 알 수 있다. 일반적으로 상상 속
의 고향은 마음 놓고 쉴 수 있는 곳이다. 그리고 그곳에는 흙이 주는 포
근함과 안도감이 있다. 이에 비해 두 번째 예문에서 설명하는 도시는
흙이 아닌 인간을 대상으로 삶을 영위하는 곳이다. 대자연이 준 것을
이용하는 농촌과 달리 도시에서는 사람이 사람을 이용한다. 그런 곳에
서 따뜻한 인간성을 찾기는 쉽지 않다. 농촌에 대한 이러한 동경은 다른
인물에게서도 나타난다. 이상필은 "삽질에 힘을 모으며, 이 한량없는 황
토가 죄 곡식이 된다면 세상살이에 무슨 어려움이 있으랴 하는 꿈같은
상상에 젖어보기도"(上:148) 한다. 그의 머릿속에는 도시 하층민의 현재 형
편과 대비되는 풍요로운 농촌이 그려지고 있다. 비록 지금은 도시에서 살
지만 그들의 뿌리가 농촌이었음을 알 수 있다.
 그러나 『장한몽』이 농촌에 대한 막연한 동경을 드러내고 있는 소설
은 아니다. 소설에서는 그러한 농촌에서 떠나 왔고 다시 그곳으로 갈
수 없는 현재의 형편이 더 중요한 문제이다. 공사장에서 일하는 노동자
들은 예전의 농촌을 그리워하지만 냉정히 말해 현재의 농촌에서 버림
받은 사람들이다.[18]
 농촌과의 관계를 은연중 드리우고 있는 점은 이 소설이 좋은 소설이

---

18) 황종연은 "도시화·산업화 시대의 황량하고 누추한 삶의 배후에 농어촌 고향의
   상실이 자리 잡고 있다는 생각은 초기 단편에서도 잘 나타난다. 『이 풍진 세상』과
   『해벽』에 실려 있는 초기 단편의 많은 주인공들은 고향을 버리고 서울로 올라와
   서울의 밑바닥을 떠돌고 있는 부랑아들"이라 지적한다(황종연, 「도시화·산업화
   시대의 방외인」, 『작가세계』, 1992.12, 59면).

되는 이유 중 하나이다. 인물들을 이해하는 데도 현재의 도시와 대비되는 농촌의 공간은 중요한 의미를 갖는다. 작가가 인물 하나하나의 과거를 상세히 서술하는 이유는 그들이 고향을 등진 이유가 성공이나 욕망의 충족을 위해서가 아니라 탈향과 이주이기 때문이다. 상배와 구본칠의 경우 한국전쟁과 관련된 불행한 가족사는 여전히 그들의 현재를 지배하고 있다. 홍호영의 가난한 어린 시절과 권력의 힘에 눌렸던 박원달의 젊은 시절은 그들이 공동묘지 마을에 이르게 된 결정적인 이유이다. 그리고 근대화 도시 변두리 빈민의 형편을 묘지와 이장이라는 이미지를 통해 여실히 그려낸다. 죽은 이들의 형편과 살아 있는 이들의 형편이 크게 다르지 않다는 암시는 도시의 부정성을 적절히 지적한 것이라 할 수 있다.

도시가 갖는 부정성은 단순히 지역의 문제만은 아니다. 공동체가 파괴되어 버린 농촌에서도 관계의 불투명성은 분명히 드러난다. 이는 『장한몽』 이후 이문구 소설의 주제이기도 하다. 상배의 고향 이야기처럼 들리는 『관촌수필』은 농촌의 이러한 변화를 잘 보여준다.[19] 고향인 관촌을 다시 찾은 서술자는 한두 가지 흔적으로 탈향 이전 과거의 기억을 되살린다. 기억 속에 등장하는 인물인 할아버지, 어머니, 아버지 등은 물론 옹점이를 비롯한 동네 사람들은 어린 서술자의 시선으로도 모두 이해할 수 있는 사람들이었다. 한국전쟁과 같은 특별한 사건이 아니면 그들의 삶은 늘 예상 가능하며 어린이가 보기에도 알만한, 그래서 익숙한 일상들이었다. 그러나 이러한 이야기들은 모두 과거의 것이 되고 말았다. 현재의 관촌마을은 예전의 그곳이 아니다.[20]

---

19) 『장한몽』은 1971년에 연재되고 1972년에 단행본으로 간행된다. 단편 「관촌수필」 1, 2, 3은 1972년에 발표된다. 연대로 보아 『장한몽』과 『관촌수필』이 비슷한 시기에 창작되었다고 보는 데는 무리가 없다.

실향민. 나는 어느덧 실향민이 돼버리고 말았다는 느낌을 덜어 버릴 수가 없었다. 고향이랬자 무덤(墓)들밖에 남겨 둔 게 없던 터라 어차피 무심하게 여겨 온 셈이긴 했지만, 막상 퇴락해 버린 고향 풍경을 대하니, 나 자신이 그토록 처연하고 헙헙하며 외로울 수가 없던 것이다.[21]

『관촌수필』 연작 중 현재를 다루는 부분은 이렇듯 처연한 느낌이 지배한다. 물론 그 결정적인 계기는 전쟁이라 할 수 있지만 근대화라는 일반적인 흐름이 미친 영향도 적지 않다. 서술자의 기억이 아닌 현재로 올수록 그러한 경향은 더 짙어진다. 농촌 공동체의 해체는 멈추기 어려운 현실이었다. 서술자는 "내 살과 뼈가 여문 마을이었건만, 옛 모습을 제대로 지키고 있는 것이라곤 아무것도 없"(관촌수필:12)다는 느낌을 자주 이야기한다. 변해버린 고향도 고향이지만, 『장한몽』의 인물들처럼, 그마저 잃어버린 사람에게는 고향에 대한 추억조차 사치스럽게 느껴진다.[22]

5. 유민의 삶과 도시의 부정성

『장한몽』은 서울 변두리 공동묘지 이장 공사장에서 벌어지는 닷새간의 사건을 배경으로 한다. 무엇보다 『장한몽』의 가치는 도시 빈민의 생활과 생존방식을 적실히 드러냈다는 데 있다. 비록 중심 서사는 전쟁의

---

20) 『관촌수필』의 귀향에 대해서는 강찬모의 「'떠남'과 '돌아옴'을 통한 고향의 재인식 과정」(『한국문학이론과비평』, 2008.3) 참조.
21) 이문구, 『관촌수필』, 『한국소설문학대계』 55, 두산동아, 1995, 14면.
22) 이문구가 근대화 이후의 농촌보다는 그 이전의 자족적이고 윤리적인 공동체와 인정(人情)의 세계를 다루는 것은 90년대 낙향 후 창작한 작품들에서이다. 그의 후기 소설에 대해서는 이도연, 「이문구 소설의 근대성 인식」(『한국문학이론과비평』 49집, 2010.12) 참조.

상처로부터 자신을 구해내는 상배의 성숙 과정이라고 하지만, 그보다는 주변 인물들에 대한 입체적 묘사가 작품의 가치를 높여준다. 장편소설에 요구하는 일관된 서사구조가 부족하다는 평가는 결함이 아니라 이 소설의 개성으로 이해하는 것이 마땅하다.

인물들을 통해 이 소설은 도시의 부정성을 보여준다. 이들이 서로에 대한 무관심과 적대감으로 일관할 수밖에 없는 이유를 인물들의 과거 경험과 현재의 처지를 통해 잘 보여준다. 공동묘지 이장 공사장은 이러한 주제를 드러내기에 적절했다고 할 수 있다. 그렇다고 작가가 인물들을 동정하거나 그들의 행위 모두에 정당성을 부여하는 것은 아니다. 이 소설의 장점은 그들이 가진 이율배반성이나 자기기만을 드러냄으로서 현실에 다가가려 할 뿐 감상으로 빠지지 않는다는 데 있다.

『장한몽』은 흔히 말하는 노동소설이나 도시 소설 등의 이름으로 적극적으로 평가하기는 어렵다. 당시 사회에 대한 구조적인 분석이나 인물들의 각성을 다루고 있지 않기 때문이다. 인간관계에 대한 믿음을 전면에 내세우고 있다고 보기도 어렵다. 그러나 이 소설이 1960년대 도시 빈민의 삶을 어느 작품보다 사실적으로 묘사하고 있다는 데는 이견이 있기 어렵다. 또, 역사의식이나 사회의식이 부족한 작품이라고 평가하기도 어렵다. 이 소설은 인물 하나하나에 집중하여 그들의 경험을 작은 전기(傳記)처럼 보여주고 이를 통해 그들이 살아온, 그리고 살아갈 날들에 대해 짐작하게 해준다. 넓은 의미에서 『장한몽』은 도시에서 살아남기를 다루고 있는, 빈곤과 탈향 그리고 유민으로 이어지는 우리 도시의 어두운 현실을 잘 보여주는 소설이다.

전쟁과 유민, 속악한 세상 속으로
─이호철의 『소시민』 연구

1. 실향민과 도시 유민

이 글에서 우리는 이호철의 장편 소설 『소시민』[1]을 한국 현대 장편 소설의 중요한 흐름을 형성하고 있는 도시 유민 소설의 하나로 보고 그 성격과 의미를 분석하고자 한다. 도시 유민 소설은 도시로 이주하지만 그곳에 안정적으로 정착하지 못하고 떠돌이가 된 군상(群像)들의 삶을 제 재나 주제로 다루는 소설을 이르는 말이다. 여기서 유민이라는 용어는 도시로 유입된 인구를 실향민으로 일괄 규정하는 기존의 시각과 다른 관점을 부각하기 위해 사용한다. 실향민이라는 용어가 고향을 상실한 사람들이라는 의미가 강한데 비해, 유민이라는 용어는 도시에서의 삶을 선택한 이들이 어떻게든 그곳에 정착하려 노력한다는 점에 강조점을 둔

---

1) 『소시민』은 1964년 7월부터 1965년 8월까지 『세대』지에 연재되었다. 빠진 달이 있 어 소설이 연재된 횟수는 총 12번이다. 본 논문에서는 잡지 연재본을 분석 텍스트 로 삼는다.

다. 또 이들의 의지가 겪게 되는 좌절과 방황이 중심 제재인 작품들을 아우르기 위한 용어이기도 하다. 당연히 모든 유민이 실향민은 아니며 모든 실향민을 유민으로 볼 수도 없다. 유민에게는 잃어버린 고향 보다는 '도시에서 살아남기'가 중요하다. 유민 소설에서는 개인들의 지난 이력 못지않게 '현재의 형편'이 중요한 관심사가 된다.[2]

근대화는 곧 도시화이다. 근대의 상징으로서 도시가 가진 이미지는 비교적 긍정적이다. 근대 도시는 생산과 소비의 중심이며 다양한 편의시설과 치안 시설을 갖춘 안락한 생활공간이다. 위생적인 화장실과 언제나 사용할 수 있는 상하수도, 다양한 종류의 상점과 편리한 도로망은 도시 밖의 삶이 가진 불편함과 대조된다. 먼지가 나지 않는 포장도로와 냉난방이 완비된 건물에서 느끼는 편안함 역시 도시가 제공해 주는 혜택이 아닐 수 없다. 유리로 천정을 덮은 아케이드에서 대규모 지하 쇼핑몰에 이르기까지 인간의 소비 욕망을 실현할 수 있는 최적의 공간도 도시이다. 밤낮없이 움직이는 도시는 많은 사람들에게 선망의 대상이자 기회의 공간이다.

그러나 도시에 대한 이러한 긍정적 이미지는 그곳에 성공적으로 정착한 사람들에게나 어울리는 것이다. 도시인들의 편안함을 받치고 있는 것은 도시 안에 정착하지 못하고 떠도는 또 다른 도시인들이다. 성공적으로 정착하지 못한 많은 사람들에게 도시는 벌거벗은 상태의 투쟁을 강요한다. 이들에게 도시는 편안함과 안락함이 아니라 비위생과 가난 그리고 과밀 인구와 알 수 없는 미래를 의미할 뿐이다. 그 안에서 살아남을 때만이 도시의 안락과 편안을 누릴 수 있게 된다. 따라서 여러 장

---

[2] 따라서 유민은 도시를 구성하는 중요한 계층이다. 그들의 삶에 대한 관심이 우리 소설사의 중요한 흐름을 차지하고 있다는 것이 이 글의 기본적인 생각이다.

점에도 불구하고 도시는 살아남기 위한 노력이 경주되는 냉혹한 생존
투쟁의 공간이기도 하다. 이러한 도시의 양면성은 도시화가 본격적으로
진행되던 시기에 분명하게 나타난다.

우리의 경우 '근대화'가 진행되던 시기가 여기에 해당한다. 근대화
과정에서 도시를 떠도는 사람들은 대부분 오래된 삶의 터전에서 밀려
난 이들이다. 이들이 고향을 떠나온 사정은 여러 가지이다. 월남과 같은
역사적 사건 때문이거나 가난과 같은 시대적 환경 때문일 수도 있고,
출세 욕망이나 범죄와 같은 개인적 사정에서 비롯된 것일 수도 있다.[3]
유민을 다룬 소설들은 고향 상실의 이유를 중요하게 다루기는 하지만
그보다는 그들이 도시에서 어떻게 살아갈 것인가, 실제 어떻게 살아가
고 있는가에 초점을 맞춘다.

발생을 따지자면, 많은 근대 장편 소설이 넓은 의미의 유민을 주인공
으로 한다. 소설의 배경이 되는 도시에서 살아가는 인물들은 한 사람
한 사람이 한 권의 역사를 가지고 있다. 그들의 삶에서 도시의 편안함
은 희망이지만 현실은 아니다. 소설의 인물들은 하루하루의 삶에 집중
하고 그곳에서 어떻게 살아남을까에 관심을 갖는다. 이는 생각이나 고
민의 차원이 아니라 생활의 문제와 직접적으로 연결된다. 이들의 생활
은 대부분 감각과 직관에 의해 이루어지고 때로 이들은 생활의 향상을
위해 음모와 술수까지 기꺼이 동원한다. 도시의 편안함을 차지하기 위
해서는 유민이 아닌 당당한 시민으로 살아남아야 한다는 절박한 과제

---

3) 사회학적으로 보면 도시화의 원인은 첫째, 농촌으로부터 도시로의 인구 이동, 둘
째, 농촌 지역의 도시 지역으로의 재분류, 셋째, 농촌 인구보다 높은 도시 인구의
자연 증가율에서 찾을 수 있다. 해방 이후 한국도시화는 이들 세 가지 원인 가운데
첫 번째 요인이 지배적이었다(한상진, 「도시화와 도시 문제의 전개」, 『한국 현대사
와 사회 변동』, 문학과지성사, 1997, 55면). 이러한 방식의 도시화는 어쩔 수 없이
많은 도시 유민을 만들어 낸다.

가 그들 앞에 놓여 있다.

한국 현대 소설을 일별해 보면 새롭게 맞이한 도시적 삶에 대해 특별한 관심을 보인 작품이 적지 않음을 알 수 있다. 1960년대 이후를 대표하는 작가인 김승옥, 이청준, 박태순의 여러 소설들은 지식인 혹은 변두리 주민들의 서울 지키기를 다루고 있다.[4] 월남 경험을 가진 동시대 작가들에게 도시에서의 안정된 정착은 더욱 절실한 문제였다. 실제로 이호철, 최인훈, 박완서의 많은 작품들은 월남한 인물의 정착 과정을 다루고 있다.[5] 어린 시절 고향에서 전쟁을 겪고 어쩔 수 없이 도시 생활을 하게 된 작가들에게도 도시는 특별한 의미를 갖는다. 그들에게도 역시 도시는 자신들의 힘으로 생명을 부지해야 하는 곳이었다. 이동하, 김원일 등의 작가를 예로 들 수 있다.

이 글은 위와 같은 관점을 바탕으로 1960년대 중반 발표된 이호철의 장편소설 『소시민』을 다루려 한다. 『소시민』은 전쟁으로 인해 달라진 현실을 배경으로 유민들의 다양한 삶을 다루고 있다. 소설의 인물들은 여러 가지 이유 때문에 고향을 떠나 대도시 부산에서 살아가게 된 이들이다. 그곳에서 그들은 새로운 도시 현실에서 자신의 미래를 어떻게든 개척해 나가야 한다는 당위와 만나게 된다. 이런 인물들이 시류에 따라

---

4) 김승옥의 「생명연습」이나 박태순의 「서울의 방」, 이청준의 「퇴원」을 이러한 관점에서 읽는 일은 그리 어렵지 않다. 이 소설들의 인물들은 서울에서 자신의 자리를 마련하기 어렵다는 것을 알면서도 자기 자리 찾기에 집착하고 있다. 이 소설의 인물들은 당시 작가들의 심리를 어느 정도 담아내고 있다. 정규웅은 이에 대해 다음과 같이 회고한다. "60년대 문인들의 과제는 '살아남기' 아니면 '버티기'였다. 문단에서도, 서울에서도 그들은 살아남아야 했고 버텨야 했다. 대부분 지방출신이었던 그들에게 있어서 '문학'과 '서울'은 등식이었고 거의 똑같은 의미였다. 문학을 버리면 서울을 떠나야 했고, 서울을 떠나면 문학을 버려야 했던 것이다."(정규웅, 「서울, 1965년, 젊은 작가들의 서울 붙들기」, 『글동네에서 생긴 일』, 문학세계사, 1999, 188면.)
5) 최인훈의 여러 작품, 이호철의 초기 단편 「나상」, 「부군」과 「판문점」 등을 예로 들 수 있다.

각각 소시민으로 변해가는 과정이 소설의 중심 서사를 이룬다.6)

2. 한국 전쟁, 현재 삶의 기원

『소시민』은 한국 전쟁 중의 부산을 배경으로 하고 있지만 전쟁이 직접적으로 묘사되는 작품은 아니다. 전쟁은 사망 통지서나 징집영장 또는 소문의 형식으로 전해질 뿐이다. 이렇게 전쟁의 긴박감이 해소되면서 부산은 생활과 생존의 드라마가 펼쳐지는 일상성의 무대가 된다.7) 그렇다고 전쟁이 중요하지 않은 것은 아닌데, 전쟁은 사회 변동의 결정적인 원인을 제공해 준다. 한 연구자의 지적대로 이 소설은 근대화 속에서 사회 전반에 만연되는 자본주의적 파토스와 소시민 의식의 연원을 한국 전쟁으로 거슬러 올라가 천착하고, 그것을 통해서 궁극적으로 한국 사회의 성격을 문제 삼는다.8) 따라서 이 소설의 제재는 전후에서 현재로까지 이어지는 사회의 변동과 그를 대변한다고 할 수 있는 '소시민'의 형성이라고 할 수 있다.9)

---

6) 『소시민』을 포함한 이런 종류의 소설을 세태 소설이라고 부르는 경우가 있다. 소설의 주제가 한 인물이나 사건에 집중되기보다 다양한 사람들이 살아가는 (온)세계의 모습 자체에 있다는 점에서는 그리 어긋나는 평가라고 볼 수 없다. 그러나 이것이 변화 유동하는 인물들의 형편과 세상의 틀을 밝혀주는 데 기여하고 있다면 세태의 의미를 부정적으로 볼 필요는 없다. 세태 소설이라는 말에는 보이는 부분 외에 깊이 있는 성찰이 부족한 소설이라는 평가가 포함되어 있다고 할 수 있지만, 저평가 할 것이 아니라 장편 소설 양식의 중요한 특징으로 이해해야 한다.

7) 류경동, 「세태의 재현과 불온한 유령들의 소환」, 『반공주의와 한국문학의 근대적 동학2』, 한울, 2009, 273면.

8) 강진호, 「전후사회의 재편과 근대화의 명암」, 『현대소설과 근대성의 아포리아』, 소명, 2004, 172면.

9) 구재진은 「한국적 근대의 비동일성에 대한 소설적 성찰-이호철의 『소시민』론」(『이

시대에 대한 작가의 인식은 서술자인 박이 느끼는 시대적 감각과 여타 등장인물들의 행태를 통해서 확인할 수 있다. 서술자는 "이 무렵의 부산 거리는 어디서 무엇을 해 먹던 사람이건 이곳으로만 밀려들면 어느새 소시민으로 타락해져 있기가 마련이었"[10]다는 말로 소설을 시작한다. 첫 부분의 암시에서 비롯된 우울한 분위기는 소설 전체를 통해 일관되게 유지된다. 서술자는 소시민이 '타락'의 다른 이름이고 부산이라는 도시가 그 타락을 만들어내는 공간이라는 생각을 작품 여러 곳에서 반복한다. 작품의 배경이 되는 완월동 제면소는 이러한 타락을 확인할 수 있는 작은 부산이고, 소시민들의 다양한 생존 방식을 보여주는 축약된 한국 사회이다.

물론 이 소설에서 인물들의 '타락'(소시민으로의)은 개인의 기질이나 성격 문제를 넘어선다. 개인의 기질이나 성격이 '타락'에 영향을 미치기는 하지만 그것이 시대의 어쩔 수 없는 변화가 가져온 피하기 어려운 결과였다는 점이 더 강조된다. 이런 시대적 변화는 한두 가지 큰 사건을 통해서가 아니라 구체적이고 소소한 일들을 통해 드러난다. 서술자의 시선에 의해 포착된 이러한 변화와 변해가는 인물들의 모습은 때로 감상적 분위기로 전달되기도 한다.

또, 이 소설은 전쟁으로 변해가는 사람들의 '인심'을 중요하게 다룬다. 물적 기반의 변화와 함께 정신적 지형의 변화를 함께 다루고 있는 셈이다. 『소시민』은 인물들 사이의 관계를 유지해주던 전통적인 가치가 흔들리면서 그 자리에 물질의 가치를 우선하는 '경제 제일주의'가 자리

호철 소설연구』, 새미, 2001)에서 "『소시민』은 정치적 경제적 '근대화' 과정을 통해서 나타나는 근대화의 경험 내용과 그 속에서 이루어지는 주체의 변화를 보여줌으로써 6·25에 대한 새로운 의미 부여를 시도하고 있다."(170면)고 평가한다.
10) 이호철, 『소시민』, 『세대』, 1964.7, 319면(이후 작품 인용은 날짜와 면수로 표시한다).

잡게 된다고 말한다. 인간과 인간의 관계가 인격 혹은 개성으로 이어지는 것이 아니라 '이해'를 통해 새롭게 규정되기 시작하는 것이다. 이 소설에서 인심의 변화는 새로운 가치의 도래를 보여주는 전조가 된다.

역사적으로 이 소설에서 다루는 한국 전쟁기는 '근대화'의 전조를 넘어 현재의 우리 모습이 형성된 결정적인 시기라고 할 수 있다. 그 이유는 다음의 세 가지 정도로 정리할 수 있는데 모두『소시민』에서 중요한 제재가 된다. 첫째, 한국 전쟁 기간은 인구 이동이 심했던 시기이다. 인구 이동의 주원인은 해외에 거주하던 이들의 귀향과 이념적 선택에 의한 월남과 월북이다. 이러한 인구의 변화는 한국 전쟁이 끝날 때까지 이어지는데, 이동 인구의 대부분은 도시에 자리 잡게 된다. 곧 인구의 이동은 도시 인구의 증가와 구성의 변동으로 이어졌다고 할 수 있다. 지속적으로 진행되던 농촌 인구의 도시 집중도 진행된다. 둘째, 이 시기는 이념을 공공연하게 말할 수 있었던 마지막 시기이다. 해방 이후 몇 년 동안은 이념을 선택하고 이념에 대해 발언할 수 있는 여유가 주어져 있었다.[11] 단정이 수립된 후 노골적인 이념 대립은 많이 줄어들었지만 한국 전쟁이 발발하기 전까지는 지하 운동 세력이나 빨치산이 여전히 남아 있었다. 그러나 휴전 이후 이념에 대한 골은 더욱 깊어져 어느 쪽에서건 선호하지 않는 이념은 철저히 죄악시하는 상황에 이르고 만다. 셋째, 정치 장의 변화가 심하게 일어나는 시기이다. 이 시기가 보여주는 가슴 아픈 역사 중 하나는 정치 세력들이 전쟁의 해결을 위해 노력을 쏟아 붓기보다는 자신들의 이익을 강화하는 데 더 많은 노력을 기울였

---

11) 남쪽의 경우에 한정한다면 이념에 대한 노골적인 탄압은 여순사건 이후 본격화 된다고 할 수 있다. 이에 대해서는 서중석, 「이승만과 여순사건」(『역사비평』, 2009년 봄호, 2009.2)과 김득중, 「여순사건과 이승만정권의 반공이데올로기 공세」(『역사연구』 제14호, 2004.12) 참조.

다는 데 있다. 당시 정치 세력들은 대의를 위하거나 전쟁의 승리를 위해 일하기보다는 전쟁 이후의 권력 재편을 위해 더 많은 일들을 꾸몄다. 파동이니 조작이니 하는 이름의 사건들이 모두 이와 관련된다.[12]

『소시민』에서 현재 삶, 특히 도시적 삶의 기원을 한국 전쟁으로 잡은 데는 전쟁에 대한 위와 같은 인식이 바탕에 깔려 있다. 작가의 실제 체험 역시 전쟁을 보는 관점에 중요하게 작용한 것으로 보인다. 작가는 인민군에 소년병으로 징집되어 참전하였고, 남쪽의 포로가 되었다 풀려나 가족도 없는 부산에서 몇 년을 보내게 된다. 소설의 서술자인 박에게 그런 것처럼 작가에게도 한국 전쟁과 부산은 현재의 삶이 시작된 장소였다고 할 수 있다. 월남인들에게 전쟁은 고향으로 다시 돌아갈 수 없음을 의미했다. 그들은 어떤 식으로든 새로운 곳에서 터전을 잡고 살아갈 수밖에 없는 처지에 놓이게 된다. 도시 유민으로 확대하면 이러한 사정은 월남민이 아니어도 크게 다르지 않았다.

이처럼 '도시'는 소설의 배경 이상의 의미를 가지고 있다. 도시에서 살아가기는 농촌에서 살아가기와 많은 면에서 다를 수밖에 없다. 도시에서 '새롭게' 적응하고 살아가기 위해 노력하는 사람들이 만들어 낸 자신의 모습이 이 소설에서 말하는 소시민이다. 일찍이 정명환은 『소시민』에 등장하는 인물들의 특징을 다음 두 가지로 지적한 바 있다. 첫째는 "인간은 결코 상징적이거나 혹은 형이상학적인 의미에서가 아니라 엄격히 사회적인 의미에서 소속을 잃고 있다는 것"이고, 둘째는 인물들이 "결코 <자의적으로> 소속을 잃은 인물들이 아니라는 점"[13]이라고 했다. 준비도 소속도 없이 구체적 상황으로 밀려난 인물들이 소시민이고 그런 소

12) 서중석, 『이승만과 제1공화국』, 역사비평사, 2007의 제3장 「개헌 또 개헌, 영구집권을 향하여」 참조.
13) 정명환, 「실향민의 문학」, 『창작과 비평』, 1967 여름, 237면.

시민의 모습을 그려낸 작품이 『소시민』인 셈이다.

3. 소시민, 몰락의 파토스

소시민에 대한 소설 『소시민』의 정의는 그것의 일반적인 정의와 꼭 일치하지는 않는다. 이 소설에서 소시민은 몰락의 파토스를 포함하고 있다. 신흥 계급으로서의 시민과 연관 짓기보다는 이전의 가치를 상실한 사람들, 또는 속물화된 세계 속으로 투항하는 사람들을 소시민이라는 이름으로 아우르고 있다. 반면에 속물화된 세계에 적응하지 못하고 물질적·정신적 쇠락을 보여주는 사람들도 역시 소시민이라는 이름 안에 포섭된다. 따라서 이 소설에서 말하는 소시민은 부정적인 어조를 띠고 있으며 몰락의 이미지를 포함하고 있다.

물론 소시민을 몰락의 이미지로만 보는 이 소설의 관점에 문제가 없는 것은 아니다. 몰락한 시민은 상승하는 시민을 전제로 하는 것인데, 우리에게 상승하는 시민 계급의 상이 존재하는가는 의문이기 때문이다. 계몽 가능성과 합리적 이성의 승리를 구가할만한 전통을 가지고 있지 않은 상태에서 소시민으로 전락이 갖는 의미는 제한적이 될 수밖에 없다. 서양 문학으로 말하자면 시민사회의 당당한 승리를 통해 얻은 파우스트의 자부심이나 세계 어느 곳에서도 제국의 기상을 잃지 않는 로빈스 크루소의 정신을 우리는 갖고 있지 못하다. 그런 의미에서 토마스 만이 소설들에서 볼 수 있는 시민 계급의 몰락이 주는 비애감과 유사한 정서를 한국 소설에서 발견하기는 어렵다.

그러나 소시민으로의 몰락이라는 관점은 우리 현대사의 지속과 변화를 설명하는 중요한 관점을 제공하기도 한다. 비록 그 기간이 오래되지는 않았지만 현대사에서 시민의 전통을 세우고자 했던 시도가 전혀 없었다고 보기는 어렵다. 그러한 시도는 한국전쟁과 산업화 기간 동안 내내 이어진다. 제1공화국의 정치적 후진성에서 4·19의 실패와 군사 정권의 탄생으로 이어지는 긴 시간동안 온전한 시민 정신은 늘 '과제'나 '목표'로 존재하고 있었다. 단지 충분한 성과를 거두지 못했을 뿐이다. 따라서 우리에게는 시민적 전통을 세우려는 노력과 소시민으로의 전락이 다른 경험이 아니다. 성취의 의지가 곧 좌절의 경험으로 이어지고 그것이 몰락의 이미지로 남게 되었다고 볼 수 있다.

『소시민』은 이런 시도의 좌절을 통해 이르게 된 한국 사회 소시민의 모순된 가치를 적절히 드러내고 있는 소설이다. 객관적 현실은 변화를 강요하는데 그 변화를 따르는 인물은 건강한 시민 정신을 유지하기 어려워지고, 반대로 변화를 거부하는 인물은 시대에 뒤처져 경제적·사회적 어려움에 처하게 된다. 이러한 상황은 선택을 어렵게 만들거나 의미 없게 만드는데, 그럼에도 불구하고 사람들은 무언가를 선택하지 않을 수는 없다. 소설 속 인물이 처한 이러한 딜레마는 비애감을 만들어내기에 충분하다.

이러한 상황이 극적인 긴장을 통해 전달되기보다는 서술자의 눈을 통해 전달된다는 데서 『소시민』의 비애감은 배가된다. 독자는 문제가 발생하고 그것이 해결되는 과정이 아니라 문제를 무기력하게 관찰하는 서술자의 감상을 통해 내용을 이해하게 된다.

이 소설에서 새로운 시대에 적응하는 인물들은 하나 같이 윤리의 타락을 겪는다. 때로 윤리의 타락은 뛰어난 현실 적응력의 다른 이름처럼 보이기도 한다. 인물들은 변화를 기회로 활용해야 한다는 감각과 과거로 돌아가서는 안 된다는 판단으로 자신의 삶을 바꾸어간다. 새로운 사회가 제공하는 조건 안에서 스스로 달라져야 한다는 당위와 기존 삶의 관습과 윤리로는 쉽게 세상에 적응할 수 없다는 두 가지 사실이 윤리적 타락을 '기꺼이' 받아들이게 만드는 것이다. 그들도 새로운 시대의 윤리 혹은 논리가 과거의 그것에 비해 긍정적이라는 확신을 가지고 있지는 않다. 개인의 욕망을 부추기는 도시의 '분위기'도 이들의 변화에 적지 않은 영향을 미친다. 여기서 다시 '부산'이라는 지역이 중요해지는데, 부산은 전쟁 중에도 경제 활동이 가장 활발히 이루어지던 곳이고, 정치가 집중되어 있던 곳이다.

이런 변화를 보여주는 인물들로는 김씨와 천안 색시 그리고 매리와 매리 어머니를 들 수 있다. 김씨는 이전에 모종의 운동에 관여했던 인물이다. 독자는 공장에서 함께 일하는 정씨 그리고 언국이라는 청년을 통해 그의 과거를 짐작할 수 있다. 서술자는 김씨의 표정과 말투에서 "그 어느 과거의 짙은 관록, 조직노동자다운 투쟁 관록 같은 것을"[14] 느낀다. 김씨의 변화는 처음에 경제적 이익을 얻기 위한 다양한 활동으로 나타나지만 이후 친 정부적 우익 정치 활동에 앞장서는 데까지 나아간다. 정치적인 욕심 때문인지 경제적인 이익을 얻기 위해서인지 확인할 수는 없지만, 과거의 생각을 버리고 현실적 욕망을 충실히 따른다.

김씨가 자신의 판단에 의해 능동적으로 현실에 적응해 가는 인물이라고 보면 천안 색시는 빠져나갈 수 없는 생활의 압력에 적응해 가는 인물이다. 남편 없이 부산에서 부엌일을 보다 몸을 버리고 새롭게 닥친 현실에 순응하면서 살아가는 인물이다. 그녀는 김씨와 함께 살림을 차리기도 하지만 곧 헤어져 접대부 생활을 하게 된다. 이런 변화 속에서 나름대로 자기 이익을 챙기는 법을 배워가기도 한다. 무엇보다도 천안 색시는 소

---

14) 1964.8, 364면.

박한 시골 농부의 아내에서 도시의 욕망에 적응하는 인물로 변화한다는 점에서 인상적이다. 그녀는 과거의 윤리를 지키고 살아갈 만큼 건강한 여인이었지만, 비정한 도시에서 살아가기 위해 어쩔 수 없이 세상에 적응하는 방법을 찾아야 했다. 이런 과정을 겪으면서 그녀가 윤리 문제에 무감각해지는 것은 어찌 보면 당연해 보인다.

매리 어머니는 남편을 떠나 딸과 함께 부산으로 올라와 포목점을 하면서 부를 쌓은 여인이다. 포목점을 하는 매리 어머니는 불법으로 군의 물건을 받아 돈을 번다. 그녀는 죽은 남편 강씨 영감과는 다른 길을 걷기로 하고 일찍이 헤어졌다. 아직 고등학생에 불과한 그녀의 딸은 성적으로 자유분방하며 '건강한' 삶에 대한 의지를 갖고 있지 않다. 잠시 서술자인 박씨와 사귀기도 하지만 새로운 욕망을 찾아 도시를 떠도는 여인이 되고 만다.[15]

이들을 몰락이나 타락으로 보는 관점은 다분히 서술자 박씨의 시선을 따른 것이다. 다른 관점에서 보면 앞서 살핀 변화가 타락이 아닌 현실 적응으로 보일 수도 있다. 이런 생각은 현실 적응에 실패한 인물들의 모습을 보면 그럴듯해 보이기도 한다. 시대의 변화에 적응하지 못하는 인물들에게서 일종의 쇠락을 느낄 수 있기 때문이다. 독자들은 새로운 것에 적응하는 타락과 대비되는 인물들에게서 전통적인 가치가 갖는 건강성보다는 현실 부적응이나 시대착오를 보게 된다.

국수집에서 일하는 정씨와 강영감은 지난 삶의 분위기가 강하게 남아 있는 인물이다. 정씨는 서술자인 박씨보다 늦게 공장에 들어온 서른

---

15) 한국전쟁이 가족 관계에 끼친 영향은 여성의 경제적 책임이 확대되었다는 점에서도 검토할 수 있다(정성호, 「한국전쟁과 인구사회학적 변화」, 『한국전쟁과 사회구조의 변화』, 백산서당, 1999, 50면). 천안 색시와 매리 어머니, 그리고 공장의 주인 아내가 그렇다.

도 넘는 가장으로 공부한 사람 분위기를 풍긴다. 평소에 제집 일처럼 공장 일을 돌보지만, 서술자에 의하면 그가 "술판에서 벌이는 얘기는 꽤 얻어들을만한 구석이 있"고, 그는 "왕년의 남로당 사정에 꽤 많이 밝"16)은 인물이다. 김씨가 현실에 적응하기 위해 부정적 현실을 기꺼이 받아들이는 데 비해 정씨는 자신의 양심이나 윤리를 어떻게든 지키기 위해 노력한다. 정씨는 자신을 버리지 않는 범위 내에서 현실에 적응하며 살려고 하지만 그런 방법을 쉽게 찾지는 못한다. 그는 끝내 부산에 적응하지 못하고 고향인 삼천포로 돌아가 죽음을 맞게 된다. 서술자는 이후에 그의 아들을 만나 정씨가 우물에 빠져 죽었다는 사실을 알게 된다. 그의 죽음은 소시민이 되지 못하고 과거에 매어 있던 사람들의 마지막을 보는듯한 느낌을 준다.

작품 초반에 등장하다 자살로 생을 마무리하는 강영감의 삶에서도 과거의 몰락을 읽을 수 있다. 평소에 말이 없던 강영감은 어느 날 가게 뒷방에서 목을 매고 자살한다. 늘 존재감이 없었던 강영감의 죽음은 그의 가족들이 찾아오면서 화제 거리가 된다. 부산에서 비교적 윤택하게 사는 듯한 강영감의 아내와 딸은 장례에 필요한 돈만을 남겨두고 떠난다. 강영감의 죽음에는 "고함을 지르고 시원하게 통곡쯤 하며 들어오는 사람은 아무도 없었"17)던 셈이다. 이때 아내와 딸을 통해 강영감의 과거가 밝혀지는데, 그는 동경대학교 상대를 졸업한 당시 수재로 해방기 때 보도연맹(保聯)에 들었다고 한다. 그때부터 강영감은 바보가 되었고, 자살을 시도했으나 실패하여 '죽지도 못하는 병신'이라는 경멸 섞인 말까지 들었다고 한다. 강영감의 이력과 죽음은 해방 전후 이념에 관계했

---

16) 1964.7, 330면.
17) 같은 글, 352면.

던 한 세대의 퇴장을 암시한다.

이처럼 정씨나 강영감의 죽음은 이념의 탈각이 이루어지는 시대적 분위기를 상징적으로 보여준다. 이념이 사라지는 당시의 실정은 다른 의미의 이념을 전면에 등장시킨다. 천박한 자본주의의 경제 제일주의가 그것이다. 한 연구자의 지적처럼 이 소설은 풍속이 커지고 이념이 왜소화되는 현상을 보여준다 할 수 있다. 작가는 서술자를 통하여 풍속의 비대화 현상을 시시콜콜하게 그려내는 한편 이러한 풍속에 의한 이념의 죽음이라는 문제를 안타깝게 바라본다. 따라서 풍속과 이념의 대결은 풍속의 일방적인 승리로 귀착되고 만다.[18] 풍속은 윤리적 타락에 대해 무기력한 현실을 포함한다.

주인 남자의 형네 집 풍경은 이전 삶의 긍정적인 모습이 드러나는 유일한 장면이다. 이 집안은 전쟁 이전의 가족 모습을 그대로 간직하고 있다. 제면소 사장인 작은 아들 집에서 살던 늙은 어머니는 부산의 변화하는 분위기를 그대로 안고 있는 제면소보다 지게를 지며 근근이 생을 이어가고 있는 큰 아들의 집에서 편안함을 느낀다. 큰 아들의 가족들은 가장인 아버지를 존중하는 마음을 여전히 간직하고 살아간다. 부산이라는 대도시에 살지만 그들은 고향에서 유지하고 살던 공동체적 삶의 일면을 보존하고 있는 것이다.

그러나 이들의 삶이 희망적이거나 미래 지향적이라는 느낌을 주지는 않는다. 그들이 유지하고 있는 긍정적 가치는 어차피 변해가는 세태 속에서 사라져갈 운명이기 때문이다. 이들의 집에 초대를 받아 저녁을 먹고 돌아오는 박씨는 복잡한 감상에 젖는다.

---

18) 구모룡, 「비대한 풍속, 왜소한 이념-소시민론」, 『이호철 소설의 일반론 및 작품론』, 새미, 2001, 408면.

잠시간이었지만 이 집에 들렀던 것은 매우 인상적이었다. 부산거리 전체가 한 방향으로 물씬물씬 젖어 가고 잠겨가는 속에서 이런 집만은 강철 판자를 둘러쓴 듯이 그 자신의 애초의 특질을 계속 고집하고 있는 듯하였다. 그러나 그 속에는 참을 수 없이 서글픈 것이 잠겨 있는 것도 사실이었다.[19)]

　'애초의 특질'은 도시에서 변질되지 않은 지난 시절의 가치를 의미할 터, 그러한 가치가 초라해 보이는 데에서 느끼는 감정을 서술자는 '서글픔'이라고 표현한다. 이는 변화하는 것에 대한 불만과 변하지 않는 것에 대한 애처로움이 섞여 있는 느낌이다.

　결국 박은 속된 삶을 살아갈 수밖에 없는 것이, 충분히 부정적임에도 불구하고, 현실이라는 사실을 인정한다. 작품 후반 친구의 결혼식에 참석한 박은 "이제 이 모든 사람들은 음산한 정렬과 모든 것에 임하는 심각성이라는 것을 불식하고, 상투적으로 살기를 작정하고 그렇게 한정된 자기의 평생을 한정된 것으로 하루하루 그렇게 지나기로 작정"했다는 느낌을 강하게 받는다. 따라서 "이젠 어떤 수단으로건 돈을 벌어야 할"[20)] 것을 자연스럽게 받아들이려 한다. 소시민이 될 수밖에 없는 현실과 미래에 대한 우울한 인정이라 할 수 있다. 사실 박은 스스로를 타락시키는 일을 피하지 않는다. 매리의 퇴폐적인 모습을 보고 그와 사귀고 싶다는 생각은 한다든지 주인집 여인과 내연의 관계를 유지하는 일이 모두 자신을 시대의 타락에 맞추어가려는 시도이다.

---

19) 1965.8, 415면.
20) 같은 글, 418면.

4. 거울, 비애감의 원천

『소시민』에 등장하는 인물들의 삶 속에서 현재의 우리 모습을 발견하는 것은 그리 어려운 일이 아니며, 그 모습들은 우리의 과거와 현재를 돌아보게 만든다. 앞서 살핀 비애감은 이러한 돌아보기에서 온다고 할 수 있다. 그러나 많은 사람들이 현재의 뿌리를 확인하는 일을 그리 달가워하지 않는다. '문제'가 많다는 것을 인식하면서도 어쩔 수 없이 거기에 적응하며 살 수밖에 없는 것이 현실이기 때문에, 그것이 어디에서 기원되었고 그 기원의 과정이 어떠했는가를 살피는 일은 그리 유쾌한 작업이 아닐 것이다. 현재의 삶에 만족하는 사람들에게도 과거를 들추어내는 일은 그리 유쾌하지 않다. 현재보다 못한 과거는 잊어버리고 싶은 기억일 수 있기 때문이다.

그런 이유로 『소시민』은 독자들을 불편하게 만든다. 일반적으로 안도감은 대상과 관객의 거리에서 발생한다. 비극의 인물이 장엄하게 죽어가는 데서 느끼는 감정의 정화는 불편함과는 거리가 멀다. 반대로 현재와 다루는 대상과의 거리가 좁으면 좁을수록 안도감보다는 불편함이 커진다. 이 소설에서 느끼는 독자의 불편함은 기본적으로 소설 속 현실과 현재의 거리가 가깝다는 데서 비롯된다. 작품 속 현실이 피할 수 없는 것이고 지금까지 이어지고 있는 것이라면 과거와 현재의 구분마저 불분명해진다.

소설 속에서 어쩔 수 없는 현실은 여러 가지 형태로 나타나지만 무엇보다 윤리적 타락으로 부각된다. 앞서 살펴본 강영감의 딸 매리의 윤리적 타락이나 매리 어머니의 무감각, 김씨와 천안 색시의 변화, 강영감과 정씨의 죽음은 모두 개인의 차원을 넘어 사회 윤리의 변화를 떠올리게 한다. 이러한 윤리의 변화에 무기력한 현실은 윤리적 허무의식을 낳는다. 이때 윤리적 허무의식은 곧바로 정권과 결탁하여 독재 권력의 하수인으로 전락하는 정신적 기제로 작용하기도 한다.[21] 또, 정치에 이르는 길에는 경제적 이익이라는 큰 목표가 놓여있다.

> 조실부모하고 어린 적부터 일찍이 타관살이에 나선 여러 가지 특징을 지니고 있는 김씨는 우선 매사에 자기 독자의 세계라는 것을 그 나름으로 완강하게 갖고 있었고 험한 생활 속에서 쩔어 든 육중한 실속이 있었다. 이런 김씨에 휘어들고 있는 천안 색시에 나는 어느 정도의 공감과 처량함을 반반으로 가지고 있었고 이즈음의 천안 색시 속에서 한 시대가 무너지고 있는 모습을 보는 기분이었다.[22]

위 글에서 서술자 박은 가장 순박한 것에서 가장 현실적인 것으로의 변화를 읽는다. 그러나 이러한 변화가 어쩔 수 없음도 잘 알고 있다. 경제 제일주의로의 변화 역시 당연한 것으로 받아들이고 있다. 김씨의 경우는 시대의 변화를 가장 민감하게 읽고 있는 사람이다. 국수집 점원으로는 아무것도 이룰 것이 없다는 사실을 알고 있기에 자신 나름의 사업을 구상한다. 천안 색시 역시 처음에는 현실에 적응하기 못했지만 비어홀과 댄스홀을 다니면서 경제적인 문제의 중요성을 깨닫게 된다.

이 소설은 경제 문제가 정치 문제와 연결되어 있고 우리의 정치가 결국은 경제적 이익을 추구하는 떠돌이 유민들의 이익과 부합되어 발전하게 되었다는 점을 보여주기도 한다. 소설에 표현된 바를 정리하면, 옛날 부자들의 의회 세력과 대결하기 위해 새로운 부자인 이승만 세력은 유민들을 정치 도구로 이용하고, 유민들은 그 기회를 통해 도시에서 살아남기를 완성하려 한다. 앞서 말한 대로 윤리적 허무의식은 살아남기

---

21) 강진호, 앞의 글, 182면.
22) 1964.8, 365면.

위한 어떠한 노력도 정당한 것으로 만들어준다.

윤리적 허무의식과 관련하여 이념의 문제를 빼놓을 수 없다. 이 소설은 이념이 사라진 자리에 경제가 정치의 동인으로 자리하게 되는 과정을 보여준다. 앞서 말했듯이 한국전쟁 기간은 이념에 대해 말할 수 있었던 마지막 시기였다. 남과 북이 3년에 걸친 전쟁을 치루면서 이념은 선택할 수 있는 것이 아니라 단지 수용해야 하는 것으로 변하게 된다. 이 소설에서 다루고 있는 시기는 우리 현대사에서 이념이 곧 현실 정치로 연결될 수 있었던 몇 년의 시간이 마무리되는 지점이다.

천안 색시와 살림을 차리고 집을 떠나는 김씨는 정치를 하겠다는 포부를 밝힌다. 그러나 그는 본격적인 대중 정치인이라기보다 '정치 모리배'에 가까운 이승만 관련 청년단의 체육부장이 된다. "원래 들은 풍월이지만 극좌모험주의는 극우파시스트와 종이 한 장 차이라고 합디다요."[23]라고 하며 자신의 선택에 대한 변명도 마다하지 않는다. 이는 다분히 정씨를 의식하고 하는 말로 자기 합리화의 시도이기도 하다. 김씨의 경우 겉으로는 이념 문제로 고민하는 것처럼 보이지만 실제로 경제적 이익을 위한 정치 유착을 시도하고 있다고 볼 수 있다.

매리 어머니를 통해서도 당시 사회의 경제와 정치의 유착을 짐작해 볼 수 있다. 박은 매리 어머니의 포목점에서 군 트럭에서 군복을 내리는 장면을 본다. 귀한 옷감을 군에서 불법으로 공급받는 것인데, 주변의 헌병은 현장을 보고도 모른척한다. 그녀가 강영감과 헤어져 딸 하나를 데리고 부산에서 성공할 수 있었던 이유도 당시의 혼란한 정치적 상황을 부의 축적 기회로 이용했기 때문임을 알 수 있다. 시장에서 국화빵 장사를 하던 박의 월남한 고향 친구 역시 시대 분위기를 빨리 읽고 변

---

23) 1964.11, 372면.

신을 시도하는 인물이다. 그는 남쪽에 정착하기 위해 서둘러 결혼을 하며 정치 집회에 적극적으로 참여한다. 그는 이런 자신의 행위를 숨기지도 부끄러워하지도 않는다. 중요한 것은 자신의 경제적 기반을 다지는 일이며 그것을 창출하고 유지하기 위한 행동은 어떤 식으로든 정당화된다.

서술자 박은 한 시대가 무너진다는 말을 자주 반복한다. 박이 느끼는 시대의 분위기는 인물들의 행위를 통해 증명된다. 그러나 독자들은 실제 인물들의 행동을 통해서보다는 서술자가 느낀 감정의 변화에서 정서적 자극을 크게 받는다. 이는 『소시민』이 가진 특징이라 할 수 있는데, 장편소설이며 많은 인물이 등장함에도 불구하고 그들의 행동이 서술자 박의 감정을 통해 걸러져 표현되기 때문에 발생하는 현상이다. 또, 이들의 행동이 서술자의 사고와 감정에 끊임없이 영향을 미치고 있기 때문이기도 하다. 이념에 노출되었던 한 월남 청년이 만나게 되는 자본주의화 되는 도시의 생태는 자연스럽게 비애감 짙은 감상을 이끌어낸다고 할 수 있다.

복잡해 보이는 박의 애정관계도 시대에 대한 이러한 감상을 전달하는 역할을 한다. 박은 주인집 아내와의 묘한 관계를 유지하면서 매리와 애인으로 지낸다. 그러한 자신의 삶이 타락이라는 것을 잘 알고 있지만 자신을 둘러싼 그런 환경을 극복하려는 강한 의지를 보이지도 못한다. 그는 이 여인들의 삶에 일말의 애정을 느끼지 못하면서도 종잡을 수 없는 자신의 삶에 대한 보상으로 애정의 '타락'을 시도하는 것이다. 이런 박의 태도는 '간절한' 애정을 주저하게 만든다. 박은 정씨의 동생 정옥에게 모성애에 가까운 애정을 느끼지만 결국 그녀에게 아무것도 해 주지 못한다. 따라서 그녀의 죽음은 박에게 가장 큰 슬픔과 절망을 안겨준다. 소설에 여러 죽음이 등장하지만 정옥의 죽음이 가장 비극적으로 느껴지는 이유도 서술자 박의 감정이 그때 가장 고조되기 때문이다.

이렇게 해서 탄생한 소시민의 세계는 시간을 건너 십 수 년 뒤의 현실로 이어진다. 서술자 박은 십오 년이 흐른 뒤에 제면소를 다시 찾는다. 제면소는 흔적도 없고 복덕방에서 안경 쓴, 함께 공장의 기술자로 일하던, 신씨가 예전 주인네와 한 집안 식구처럼 지내고 있다. 천안 색시도 만나는데 그녀는 부자가 되어 나이 어린 남자와 살고 있다. 배다른 아이가 넷이라고 하고 고향에는 한 번도 찾아가지 못했다고 말한다. 그녀는 동대문 시장에 점포를 하나 가지고 있고 냉면집을 경영한다. 이들을 만나본 박씨는 시대의 흐름은 어쩔 수 없는 것이고 "결국 죽은 사람은 그렇게 죽어 갔지만 산 사람은 산 사람대로의 논리로 조곰도 어긋남이 없는 필연적인 코스를 겪고" 있으며, "모두 고여 있는 바닥에서의 고여 있는 땀을 흘리고 있"[24]음을 새삼 깨닫는다.

『소시민』에서 확인해 본 대로라면 도시에서 살아남기는 이념도 종교도 아닌 경제적 삶으로의 투항이다. 정치나 윤리는 경제적 문제에 비하면 부차적인 것이 되고 만다. 고향으로 상징되는 전통적인 삶은 사라지고 있으며, 따라서 한 번 발을 들인 도시의 변화 안에 어떻게든 적응해야 하는 것이 인물들에게 주어진 과제이다. 인물들의 이러한 삶은 피하기 어려운 것이지만 결코 바람직한 것은 아니다. 독자들은 그러한 삶이 시작되는 시간과 장소를 바라보는 서술자의 눈을 통해 복잡한 감정을 전달 받는다. 그것이 현재의 우리에게까지 이어져 있고 아무도 쉽게 거기서 벗어날 수 없다는 사실은 독자를 비애감에 젖게 만든다.

---

24) 1965.8, 424면.

5. 『소시민』의 소설사적 의의

이상 살펴본 것처럼 이호철의 『소시민』은 현재 우리 삶의 기원을 찾는 소설이라고 할 수 있다. 이 소설의 제목으로 사용된 '소시민'은 경제적 이익에 민감하고 속물근성까지 가지고 있는 '타락한' 도시인을 포함한다. 이 소설에서 다루고 있는 시공간인 한국 전쟁기의 부산은 소시민의 탄생이라는 시대의 변화를 가장 잘 느낄 수 있는 곳이었다.

『소시민』은 비애감이 넘치는 소설이다. 비애감이란 어쩔 수 없음에서 온다고 할 수 있는데, 이 소설에서 어쩔 수 없음의 원인은 비극에서처럼 운명이나 성격적 결함이 아니다. 원인의 많은 부분이 개인에게 있음은 사실이지만 그 개인 역시 사회라는 더 큰 힘에 의해 부식되는 전체 과정 안에 놓여 있다. 이 비애감은 서술자인 월남 청년 박의 개인적인 시각을 통해 전달되기 때문에 더욱 강한 인상을 준다.

작품의 인물들은 새로운 시대에 적응하는 부류와 과거를 유지하다 몰락의 길을 걷는 부류로 나눌 수 있다. 김씨와 같은 인물이 잇속을 찾아 과거와 단절하고 속악한 현실을 최대한 이용하는 경우라면 정씨나 강씨는 과거의 이념과 윤리에서 벗어나지 못해 몰락하는 쪽이다. 이들의 몰락 원인은 새로운 도시에서 살아남기에 실패한 데 있다. '잘' 살아남은 사람들 역시 몰락의 파토스를 가지고 있는데 그들은 살아남기 위해 '윤리적'인 타락을 겪어야 했다. 이는 도시에서 살아남기의 역설이라 부를 수 있다.

윤리적 타락은 이념적 타락을 포함한다. 여기서 이념은 굳이 '어떤' 이념을 말한다기보다는 지향해야 할 가치를 의미한다. 이념과 반대되는 개념으로 사용되는 말은 현실적 가치 그리고 그를 대표하는 돈이다. 돈을 향한 욕망은 소시민의 욕망을 대표한다. 돈은 물질적으로 뿐 아니라 정신적으로도 우리에게 막대한 영향을 미친다. 이러한 변화 역시 전체가 '시장'이 되어버린 부산을 통해 표현되고 있다.

『소시민』에서 다룬 소시민들의 모습은 이후 장편 소설에서 자주 볼 수 있다. 소시민은 속물이 등장하는 소설은 말할 것도 없고 그러한 사람들의 행태를 규정하는 큰 원리로서 '도시에서 살아남기'가 관류하는 많은 소설들에 등장한다. 물론 이런 소설이 『소시민』의 직접적인 영향을 받았다고 볼 수는 없다. 『소시민』에서 다룬 인물들이 현대사를 통해 계속 생산되고 중요한 시대적 의미를 가지게 된 것이 원인이다. 『소시민』은 소시민의 탄생이나 그들의 욕망, 그리고 윤리적 타락이 개인의 인성에 한정되는 문제만은 아니라는 것을 보여준다. 경제적 문제가 정치, 윤리 영역에까지 막대한 영향을 줄 수 있다는 사실도 보여준다. 따라서 이 소설은 시대의 현실을 그려내는 장편 소설의 사실주의적 전통에 닿아 있는 의미 있는 작품이라고 할 수 있다.

제 **2** 부

전쟁 전후의 문학 풍경

학생 잡지 『학원』의 성격과 의의

1. 연구의 필요성

『학원』은 우리 문학사와 문화사에서 매우 중요한 자리를 차지하고 있는 잡지이다. 변변한 볼거리 없이 학교를 다녔던 전후 청소년[1]들에게 『학원』은 지식과 교양을 제공해주던 잡지로, 문학의 꿈을 키워주던 잡지로 기억된다. 특히 현재 '원로' 문인들에게는 향수를 자극하는 잡지이면서 동시에 문학의 틀을 제공해 준 원 장면 속의 잡지이기도 하다.[2]

---

1) 『학원』에서 직접 청소년이라는 말을 사용하지는 않는다. 중·고등학생이나 소년, 소녀, 학생이라는 말이 주로 쓰인다. 식민지 시대 많이 사용되던 '청년'이라는 용어도 찾아보기 어렵다. 여기서는 현재 주로 사용하는 청소년이라는 말을 사용하기로 한다.

2) 이런 단편적인 언급들은 『학원』을 실체는 확인할 수 없지만 많은 사람들이 알고 있는 듯 느끼는 '소문' 속의 잡지로 만드는 데 일조하였다. 대표적으로 황석영은 "내가 '삼국지'를 처음 알게 된 것은 초등학교 때인 한국전쟁 시기의 피난지 대구에서였다. 당시에 『학원』이란 청소년 잡지가 나오고 있었는데 거기에 김용환의 「코주부 삼국지」가 연재되고 있었다."(나관중 지음, 황석영 역, 『삼국지』 1, 창작과비평사, 2003, 5면)고, 진덕규는 "우리들을 가르쳐 주신 선생님들에게는 죄스러운 이야

『학원』은 동시대 어떤 잡지와도 비교될 수 없는 큰 영향력을 가지고 있었다. 1950년대 후반 『사상계』가 동시대 지식인들에게 가진 영향력 정도가 『학원』의 그것과 비견될 수 있다. 창간 후 3-4년 동안 잡지는 거침없이 성장하였다. 잡지의 뛰어난 기획력, 전쟁의 여파로 따로 읽을 거리라 없었다는 점, 해방 후 한글세대의 급성장이 『학원』의 성장 동인이었다고 볼 수 있다.[3] '학원 세대', '학원 문단', '학원 장학생'이라는 말은 전후 청소년 문화의 상징이 되었다.

당시 『학원』의 성공과 영향력은 발간 부수를 통해서도 확인할 수 있다. 전쟁이 끝난 다음 해인 1954년 3월호 『학원』은 5만 5천 부가 발간되었다. 다음 달 4월호는 6만 부, 6월호는 6만 5천 부, 7월호는 7만 부를 찍었다고 한다. 잡지가 매달 5천 부씩 발행 부수를 늘이는 일은 지금도 상상하기 어려운 일이다. 이어 8월호에는 8만 부를 찍었다고 하는데, 이후에도 10만 부에 조금 못 미치는 발간 부수를 꾸준히 유지했다고 한다. 이는 동시대 일간 신문의 발행 부수에 뒤지지 않는 수치였다.[4]

이처럼 시대적 의미가 뚜렷함에도 불구하고 지금까지 『학원』에 대한 연구는 활발히 진행되지 않았다. 서지 사항에 대한 정리는 물론 문화사·문학사적 측면에서 잡지의 의미와 가치를 살핀 논문을 찾아보기 어렵다. 잡지의 성격이나 특징에 대한 정리도 회고나 단편적 인상 수준에 머물고 있다.[5]

기지만, 우리는 학교에서 배운 것보다도 『학원』에서 배운 것이 더 많다."(학원 김익달 전기 간행위원회, 『학원세대와 김익달』, 학원사, 1990)고 회고한다.
3) 이중한 외, 『우리 출판 100년』, 현암사, 2001, 253면.
4) 당시에 유력지였던 『동아일보』의 발행부수는 5만에서 6만 부 전후였다고 한다(최덕교, 『한국잡지백년 3』, 현암사, 2004, 525면). 다른 신문의 형편도 크게 다르지 않았으리라 짐작할 수 있다.
5) 눈에 띠는 논문으로 「『학원』의 심사평에 나타난 학생문학관 연구」(황혜진, 『국어

이 글에서는 지금까지 그 실체가 제대로 알려지지 않았던 『학원』을 소개하고 그 전반적인 성격을 탐구하려 한다. 『학원』의 편집 체계와 잡지가 성공할 수 있었던 원인을 우선 살피고, 『학원』의 문예 잡지로서의 성격과 교양 잡지로서의 성격을 차례로 알아본다.

2. 초기 『학원』과 대중적 성공의 원인

『학원』은 전쟁 중이던 1952년 11월 피난지 대구에서 <대양출판사> 사장 김익달에 의해 창간되어 1979년 9월까지 발간된 학생 종합지이다. 창간 당시 주간은 장만영(시인)이었으며 편집은 김성재가 맡았다. 기간 중 여러 번의 휴간이 있었으며 <대양출판사>는 <학원사>로 이름을 바꾸어 현재까지 유지되고 있다.[6] 『학원』으로 이름을 얻은 <학원사>는 이어 여성지 『여원』(1955)과 학생지 『향학』(1956) 등 다수의 잡지를 발간한다.

같은 이름으로 발간되지만 『학원』은 시기와 성격에 따라 세 시기로 나눌 수 있다. 첫 시기는 1952년 11월 창간에서 시작해 1961년 9월호까지에 이르는 기간이다. 두 번째 시기는 1962년 3월호에서 1969년 2월호까지 간행된 기간이다. 세 번째 시기는 1969년 3월호부터 1979년까지 발간된 기간으로 이때 발행인은 박재서이다.[7] 각각의 시기에 『학원』이

교육연구』 17집, 2006)를 들 수 있으나 이 역시 잡지의 성격이나 그 영향에 집중한 논문이라기보다는 청소년 문학교육의 관점에서 '학원'을 선택해 쓴 글이라 할 수 있다.

6) 서지사항에 대해서는 최덕교 앞의 책(523면)을 참조할 수 있다. 하지만 이 책은 『학원』의 휴간과 관련된 정확한 정보를 제공하지는 않는다.

7) 학원의 발간 시기를 셋으로 구분하면 거의 10년 단위로 나누어진다. 첫 번째와 두

갖는 의미는 다르겠지만 여기서는 첫 번째 시기만을 다루려 한다. 전후 몇 년간『학원』의 위치는 대중의 관심이나 영향력 면에서 이후의 그것과 크게 달랐기 때문이다.[8] 이 시기『학원』은 여러 잡지 중 하나가 아니라 청소년들의 여러 요구를 수용하고 해결해준 '유일한' 잡지였다.

1952년에서 1961년에 이르는 시기에도『학원』이 일관된 성격을 유지하고 있었던 것은 아니다. 초기의『학원』이 비교적 일관된 편집 체제를 유지하고 있었던 데 비해, 1950년대 후반의『학원』은 여러 방향으로 성격의 변화를 모색한다. 출판사 내부 사정이나 시대 환경에 따라 변화는 급격하게 이루어진다. 이에 따라 휴간과 복간이 반복되기도 한다. 두 번에 걸쳐 긴 휴간이 있었는데, 우선 1957년 12월호를 낸 후 4개월을 쉬고 1958년 5월 속간호를 내놓는다. 정치적 변화가 심했던 1960년 5월에서 1961년 2월까지는 아홉 달 동안 휴간하기도 한다.

창간 당시『학원』은 '중학생 종합지'를 표방하여 '중학생'과 '교양', '취미'를 내세웠다. 창간호에는 '세계명작'[9]과 한국문학 작품(동화를 포

번째 시기는 주로 잡지가 추구하는 교양의 성격 변화로 나눈 것이다. 학생의 일상이 중요한 비중을 차지하게 된다는 점도 중요한 변화이다. 이에 대해서는 1960년대『학원』을 다룰 글에서 자세히 살펴려 한다. 세 번째 시기는 폐간 후 새로운 발행인이 잡지를 재창간한 이후인데, 잡지의 영향력은 현저히 감소한 뒤이다.

8) 앞서 살핀 출판 부수로 보아도 1954년 전후가『학원』의 전성기였음을 알 수 있다. 1950년대 중반 이후 <학원사>는 다른 잡지들을 간행하고『백과사전』편찬에 전력을 기울인다. 대중지『여원』과 다른 성격의 학생 잡지인『향학』을 창간하기도 한다.『학원』의 영향력이 줄어든 사정에 대해서는 다음 평을 참고할 만하다. "이 잡지는 우리 사회가 전쟁의 상흔으로부터 벗어날수록 그 힘을 잃어 갔다. 수많은 성인 잡지가 생겨나면서『학원』을 빛내던 스타 만화가들이 떠나갔다. 점점 잡지 이외의 읽을거리도 많이 생겨나『학원』은 성인들은커녕 학생 독자들을 붙들고 있기도 힘겹게 됐다."(이중한 외, 앞의 책, 255면.)

9)『학원』은 잘 알려진 외국 문학 작품을 '세계명작'으로 소개했다. '세계명작'이라는 용어에는 서구문학에 대한 선호와 순수문학 지향이 녹아있다고 할 수 있다. 세계문학이 갖는 의미에 대해서는 졸고, 「해방 후 순수문단과 세계문학」(『현대문학사

함)이 실렸고, 영한 대역(對譯) 시와 명사들의 회고도 자리를 차지하고 있다. 인기 높던 만화 「코주부 삼국지」는 1950년대 내내 연재된다. 시사 해설과 '오늘의 인물'이 실린 것과 '학습취미 강좌'라는 이름으로 교과별 지식이 실린 것도 주목할 만하다. 책의 머리에는 세계 명화나 계절에 어울리는 사진이, 때에 따라 권두시가 실리기도 했다.10) 『학원』의 이러한 구성은 1959년까지 큰 변화 없이 유지된다. 물론 처음 100여 쪽으로 시작한 잡지의 부피가 300여 쪽까지 늘면서 내용 또한 풍부해진다. 연재물과 만화의 편수가 눈에 띠게 증가하고 "학생 문예"의 비중이 높아진다.

그러나 중학생 잡지라는 이름은 초기의 독자들이 고등학교로 진학하면서 유명무실해진다. 그들이 지속적으로 잡지의 독자와 투고자로 남기 때문이다. 사실 잡지의 독자층은 편집자가 선택하기도 하지만, 편집자 측 의도와 무관하게 자연스럽게 형성되기도 한다. 잡지의 입장에서는 새로운 독자를 확보하는 일이 중요하기 때문에 굳이 독자층을 한정해야 할 필요가 없다. 백과사전적 지식이나 교양을 전달하는 것이 초기 『학원』의 두드러진 성격이었다면 그것에 변화를 주지 않고도 독자층을 확대하는 일

와 민족이라는 이념』, 소명, 2009) 참조.

10) 편집부에서 전하는 소식이나 창간사 등을 제외한 창간호 목차를 보면 다음과 같다. "시 「성좌」(박목월), 「길을 걷자」(조병화), 「가을이 흐른다」(김용호), 「고무신」(이원수), 영시대역 시 「The Wind」(로젯티 지음, 마은영 옮김), 수필 「가을 하늘」(마해송), 「일기초」(최인욱), 「푸른 하늘」(박영준), 동화 「신문 파는 박사」(김요섭), 연재소설 「홍길동」(정비석), 연재 세계명작 「노틀담의 꼽추」(위고 원작/김광주 옮김), 연재만화 「코주부 삼국지」(김용환), 「나의 중학시절」(김팔봉), 「내가 음악가가 되기까지」(김동진), 「단편만화」(김성환), 「해외만화 I don't like too」, 시사해설 「중소회담」(박호윤), 오늘의 인물 「나이브 장군」, 「아이젠하워 원수」, 학습취미강좌 「사회생활 : 자연환경과 인생」(노도양), 「과학 : 단풍의 과학」(박민규), 「영어 : 미녀와 야수」(여석기), 「수학 : 일곱 다리 건너기」(엄상섭), 학교방문 「서울 피난 대구연합중학교 편」, 「부산서여자중학교편」, 편지 「어머님께 드리는 글월」(길필정), 콩트 「백합꽃」(신명수)".

은 충분히 가능했다. 문예의 경우도 마찬가지였다.

독자문예란을 보면 이런 변화가 초기부터 나타남을 알 수 있다. 1953년 3월호 독자문예란에는 산문 우수작으로 마산 동 중학교 3-D의 이제하가 쓴 「비오는 날」이 실린다. 같은 해 6월호에는 입선작으로 같은 이의 「부산으로 가는 아이」가 실리는데 그때 필자의 소속은 마산 고등학교 1학년으로 되어 있다. 이후에도 이제하를 비롯한 고등학생들이 독자문예란에 꾸준히 입선되어 초기『학원』의 스타가 된다. 1954년 새로 만들어지는 "학교 소개"나 "교가 소개" 난의 기사도 주로 고등학교를 대상으로 하고 있다. 새해나 창간 기념에 맞추어 축사나 훈화를 싣는 명사들 중에도 고등학교 교장 선생님의 비중이 높다. 1950년대 후반에 가면 "학생 문예"는 중학생 난과 고등학생 난으로 분리된다. 이러한 이유로『학원』은, 내세우지는 않지만, 자연스럽게 '중고생 교양지'로 자리잡게 된다.

『학원』이 왜 굳이 중학생 잡지(중고생이 아닌)를 표방했는지 그 이유는 확실치 않다. 다만 당시 형편에서 넓은 구매층을 확보하기에는 중학생 이하를 독자층으로 삼는 것이 유리했으리라는 점은 분명하다. 어린이 잡지로『새벗』,『소년세계』가 이미 간행되고 있었다는 사실도 고려되었을 가능성이 있다. 또, 청소년에 대한 개념이 명확하지 않았고 중고등학교의 분리가 익숙하지 않았던 형편도 중학생 잡지를 내세우게 되는 중요한 이유였다. 중학교 고학년에 해당하던 고등학생을 어떤 세대에 귀속시켜야 할지도 분명하지 않았을 것이다.[11] 여하튼 실제 잡지에

---

11) 중고등학교의 분리를 골자로 하는 학제 개편안은 해방 이후 군정에서 실시되지만 6-3-3-4제의 기간학제가 실시된 것은 1951년 3월 교육법 개정 이후이다. 이에 대해서는 윤종혁의『한국과 일본의 학제 변천 과정 비교 연구』(한국학술정보, 2008) 4장 참조.

실리는 글의 성격이나 독자 투고, 독자 편지 등을 종합해 볼 때『학원』의 독자층은 초등학교 고학년에서 고등학생에 이르기까지 넓게 분포해 있었다고 볼 수 있다.

1959년 11월『학원』은 이전의 '종합지' 또는 '교양지'에서 '순수문예지'로의 변화를 시도한다. 이러한 결정에는 경제적인 문제가 중요하게 작용했을 것으로 보인다. <학원사>는 1958년까지 두 가지 사업을 벌인다. 하나는 백과사전의 간행이고 하나는 태평로 사옥의 건립이다. 이 둘은 <학원사>의 성공을 말해주는 성취임과 동시에 재정적 부담을 더해주는 모험이었다.12) 이 시기에 이르면 교양 출판이 어느 정도 자리를 잡아가면서 학생 종합지의 위치가 크게 흔들린다. 성인 잡지들이 생기면서 필자들이 흩어졌고, 잡지 이외의 읽을거리도 늘어났기 때문이다. 초기에는 어린이나 성인들까지 독자로 끌어들였던『학원』이 중고생 독자들까지 다른 매체에 빼앗기는 어려운 형편에 놓이게 된 것이다.13) 특히『학원』은 발간 초부터 상업 광고에 의지하지 않는 편집을 고수하고 있었고 그만큼 발간 부수에 민감했다.14) 백과사전의 완성으로『학원』은 이전의 백과사전적 지식과 교양을 전하는 역할과 다른 그 무엇을 추구

---

12) 이 시기의 변화는 김시철의 회고를 참조할 수 있다. 그에 따르면 <학원사>는『대백과사전』을 계획하고 <동아출판사>와 경쟁을 하는데 <학원사>가 고지를 선점하여 대 히트를 쳤다고 한다. 그러나 재정적인 부담이 가중되어 출판사가 어려움에 처했다는 소문도 돌았다고 한다. 막대한 제작비는 자체능력의 한계를 넘어 사채라는 비상수단이 동원되어야 했고, 재정압박으로 인한 고충은 한때 출판업을 중단하느냐 마느냐 하는 사운하고도 관계가 있었다는 것이다(김시철,『격랑과 낭만』, 청하, 1999, 48~50면).

13) 이중한 외, 앞의 글, 255면.

14) 상업 광고 문제는 학생 잡지가 갖는 구조적 한계와 함께 고려해야 한다. 현재도 그렇지만 문예지나 학생지는 광고주 선호도나 광고 내용의 폭에서 대중지와 경쟁하기 어렵다.『학원』의 광고는 대부분이 자사의 서적 안내였다.

할 필요를 느꼈을 것이다. 문예지로의 변신은 중학생 잡지에서 벗어남을 의미하기도 했다. 중학생 잡지가 '교양'을 강조하고 있었다면 '문예'는 자연스럽게 고등학생 이상을 독자로 겨냥하게 된다.

문예지로의 전환에 대해 "백만 구락부"에는 다음과 같은 변이 실렸다.

> 중·고등학생들의 학습·교양을 돕는 서적은 그래도 비교적 양서 (良書)들이 많이 쏟아져 나오는데 문예 방면을 지망하는 학생들을 길러줄 문예지가 없어서, 자라나는 새싹이 좋지 못한 대중잡지의 영향을 받아 "백만 구락부"에 투고되는 작품의 소재에서도, 그런 요소를 흔히 찾아볼 수 있는 것은 이 나라의 소년들을 위하여 통탄할 일이었읍니다. 학원은 통권 81호부터 용단을 내려 문예방면에 진출할 학생들에게 그 다리를 놓아 줄 뿐 아니라 백만 학생들을 깨끗하게 길러주기에 있는 힘을 다할 것입니다.[15]

"백만 구락부"는 "독자문예", "독자 구락부", "학원 문단", "학원 구락부", "우리네 동산" 등의 이름으로 지속되던 학생 문예란의 다른 이름이다. 무엇보다 "문예방면에 진출할 학생들에게 그 다리를 놓아"준다는 목표가 눈에 띤다. 이미 성인 문단에 여러 명의 문인을 배출한 자신감이 표현된 것으로 볼 수 있고, 잡지의 정체성을 강조하려는 의도로 볼 수도 있다. 또, '깨끗하게' 길러준다는 데서는 문예지를 대중 잡지와 구별되는 '순수'로 이끌어 가려는 의지를 발견할 수 있다. 학생을 대상으로 한 잡지라는 성격을 포기하지는 않으면서 당시 성가를 올리던 대중잡지를 경쟁의 대상으로 생각하고 있는 것이다.[16]

---

15) "백만 구락부", 『학원』, 1959.11, 229면.
16) 1950년대 중반을 넘으면서 많은 대중지가 발간된다. 대중지는 대상이 성인일 뿐 『학원』과 같은 종합지를 지향하였다. 유력 대중지였던 『아리랑』, 『여원』, 『신태양』 등은 문예에 일정한 지면을 할애하고 있었다. 당시 대중문화에 대해서는 『아프레걸

『학원』이 문예지로 바뀐 11월호 독자의 편지에는 문예지로 바뀐 것에 대한 다양한 반응이 실려 있다. 재미있는 사실은 중학생과 고등학생의 반응이 다르다는 점이다. 문예지로의 전환이 중학생 잡지에서 고등학생 잡지로의 변화라는 사실을 독자들도 느끼고 있었던 듯하다. 이전 『학원』에 실린 교양의 내용은 중학생 수준에 맞는 것이었다. 고등학생이라면 충분히 알만한 내용이거나 지나치게 잡다한 내용을 담고 있었다고 할 수 있다.

> "이때까지 중학생 중심이었던 학원이 우리 고등학생! 그중에도 문학도들의 벗이 되었다는 건 우리 모두가 기뻐하는 바입니다. (광주제일고등 3 유금호)"
> "과거 학생종합지로서의 『학원』은 어디까지나 중학생 잡지임에 틀림 없었읍니다. 허나, 오늘 문예지로 새 걸음을 걷는 이 마당에서는 질적으로 더욱 향상시켜 고등학생들도 볼 수 있게, 아니 고등학생을 위한 잡지가 되어야겠읍니다. (부산해동고등학교 오중수)"
> "우리나라에 하나밖에 없는 『학원』이 순문예지로 된다는 소식은 학생들에게 대한 하나의 벼락이 아닐 수 없읍니다. 캄캄한 밤에 등대만을 향하여 가던 배가 갑자기 등대불을 잃은 것 같은 암담한 기분입니다. (서울균명중학 2 장환국)"[17]

문예지로의 전환은 오랜 기간 지상에 예고되지 않고 '갑작스럽게' 이루어진다. 위에서처럼 독자의 반응이 감정적인 이유가 여기에 있다. 전호에 "이제 11월호부터는 위에 적은 바와 같이 제자(題字)를 한글로 바꾸고 내용을 순문예지로 일대 혁신코자 하오니 독자 여러분의 끊임없는 애독을 바라마지 않습니다."[18]라는 간단한 광고만이 실린다. 문예지로

사상계를 읽다』(권보드래 외, 동국대학교출판부, 2009) 참조.
17) "메아리", 『학원』, 1959.11, 158면.

변화하면서『학원』에는 기성 문인들의 글이 많이 실리게 된다. 이전의 '교양' 부분을 기성 문인들의 '문학'이 채운 셈이다. 조연현의「황순원론」과 같이 이념과 순수 등등을 노골적으로 거론하는 '학생'에 어울리지 않는 글까지 실린다. 수필에 이헌구, 이봉구의 글이, 소설에 김동리, 시에 조지훈, 박두진, 서정주 등의 작품이 실리는 등 학생 글을 제외하면 일반 문예지와 큰 차이를 느끼기 어렵게 된다.

그러나 '순수 문예지'『학원』은 오래 유지되지 못한다. 4·19와 5·16을 전후한 시기의『학원』은 시대와 변화를 함께 한다. 4월 혁명과 함께『학원』은 휴간하게 되고, <학원사>는 잡지를 휴간하는 대신『새나라 신문』을 내놓게 된다. 이 신문은 중고생 보다는 어린이를 대상으로 하고 있는데, '국민학생'과 중학생을 주요 독자로 했다. 그러나『새나라 신문』역시 일 년을 넘기지 못하고 종간되고 만다. 신문의 종간과 함께『학원』이 복간되는데, 이때가 1961년 3월이다. 복간된『학원』은 처음의 성격을 다시 살려 중고생 종합지를 표방한다.『학원』과『새나라 신문』은 성격이 다르지만 나름대로 연속성도 가지고 있었다. 학생을 독자로 한다는 점이 그것인데,『새나라 신문』은 독자문예 투고를 지속적으로 유지하고[19] 학생 대상 작품을 연재하기도 했다.[20]

---

18) "권두광고",『학원』, 1959.10.
19) 갑작스러운 복간으로 독자 투고 작품이 부족하게 되자『학원』은『새나라 신문』에 투고되었던 작품을 싣기도 한다. 이때 복간된 잡지(1961.3-4)에는 '국민학생'의 작품이 실리는데, "아래의 네 작품은『새나라 신문』이 나올 때에 윤석중 선생님이 꼽아 주신 것입니다. 이번에 많은 작품이 채 들어오지 못한 관계로 이 작품들을 싣기로 하였읍니다."라는 "편집실"의 말이 함께 실렸다.(1961.3)
20) 대표적으로 연재 순정 소설「민들레의 노래」(이원수 저, 우경희 그림)를 들 수 있는데, 이 소설은『학원』에 옮겨 연재되지만 작가 연보에는『새나라 신문』에 연재된 것으로 되어 있다. 다음은『학원』1961년 3월, 독자 신문 '메아리'에 실린 글이다. "불과 백여 호를 내놓고 끊어진『새나라 신문』의 애독자의 한 사람으로 쓸쓸

이상으로 초기『학원』의 성격을 정리해 보았다. 이제『학원』이 그토록 큰 성공을 거둘 수 있었던 원인에 대해 알아보자. 가장 중요한 요인은 아마도 전시에 창간되었다는 점일 것이다. '폐허'로 표현되는 전시에 학생 잡지의 창간은 그것만으로도 화제가 되었음에 틀림이 없다.

그러나『학원』이 타 잡지에 비해 큰 호응을 얻었던 이유가 단순히 당시에 볼만한 잡지가 없었기 때문만은 아니다.『학원』이 창간된 시기를 전후해서도 적지 않은 잡지가 발간되고 있었다. 종합 잡지로『신천지』,『자유세계』,『수도평론』,『문화세계』 등이 있었고, 대중 잡지로『희망』,『신태양』이, 부인 잡지로는『여성계』,『현대여성』이 학생잡지로서『수험생』,『스튜덴츠 다이제스트』가, 어린이 잡지로서『새벗』,『소년세계』,『어린이 다이제스트』,『모범생활』이 나오고 있었다. 그 밖의 학술 잡지 몇 가지와『리더스 다이제스트』 한국어판도 출간되고 있었다.[21] 특히『소년세계』는『학원』보다 앞선 1952년 7월 1일에 창간된 문예중심의 소년소녀 잡지였다. 이원수가 편집주간으로 있던 이 잡지는 1955년 11월에 종간된다.[22] 발간 시기가『학원』의 성공에 중요한 요인으로 작용했다고 볼 수 있지만 그것만으로는 성공의 이유를 전부 설명할 수는 없다.

위를 제외하고도『학원』이 성공할 수 있었던 이유로는 다음 몇 가지를 들 수 있다.

첫째, 주 소비층을 청소년으로 했다는 점이다. 해방 이후 발간된 대중 잡지는 대개 종합지와 문예지였다.『신천지』가 대표적인 종합지였다

한 마음을 어찌할 수가 없습니다. 험한 길을 미리 짐작치 못한 것은 아니시겠지만 그래도 아쉽기만 하군요. 신문철에 꼬여진 신문만 가끔 뒤적뒤적하고 있습니다. 연재물은 월간으로 나오는 잡지에 싣기로 하였다니 불행 중 다행으로 생각하겠습니다. 정말 못내 아쉽기만 한 마음입니다."(서울 P학생, 358면)
21) 홍웅선,「학생과 잡지」,『학원』, 1959.11, 96면.
22) 최덕교, 앞의 책, 510면.

면『문예』는 순문예지를 표방한 잡지였다. 그 밖에도 단명한 여러 잡지가 있었지만 대상을 청소년으로 분명히 한 잡지는 많지 않았다.『학원』은『새벗』이나『소년세계』와도 차별성을 갖고 있었다. 청소년이 지적 욕망이 큰 집단이라고 보면 그들이 잡지의 중요 소비자로 변화할 가능성은 상존하고 있었고『학원』은 그 잠재 독자층을 수용했다고 할 수 있다.

둘째, 대중적인 편집을 선택했다는 점이다.『학원』은 청소년의 교양을 표방한 잡지였지만 매우 다양하고 자유로운 편집을 보였다. 교훈이 될 만한 글들은 물론 문학과 예술을 집중적으로 다루었다. 특히 만화는 잡지의 대중적 인기를 높이는 데 크게 기여했다.[23] 소설과 시의 경우도 번안과 창작 등 다양한 양식의 작품이 실렸다. 매호 학생들의 글을 실어 독자들의 관심을 유도한 점도 잡지의 성공에 크게 기여했다.

셋째, 다양한 행사를 기획했다는 점이다.『학원』은 독자 투고와 '학원 문학상'으로 유명했다. 학생들이 직접 참여할 수 있는 기회를 마련함으로써 청소년들과 친근감을 높이는 데 성공했다고 할 수 있다. '학원 문학상'과 함께 '학원 미술상'도 큰 반향을 일으켰다. 잡지와 함께 '학생용 세계백과 사전'이나 '학생 애창곡집'을 별책 부록으로 증정한다든지, 불규칙적이지만 현상 모집을 하는 등 작은 행사도 지속적으로 기획하였다.

넷째, 권위 있는 인사들을 행사에 많이 참여시켰다는 점이다.『학원』은 잡지의 행사에 심사위원, 운영위원으로 많은 문인, 미술가들을 참여시켰다.[24] 또 학생이 투고한 글에 대해서 문인들이 친절하게 비평을 달

---

23)『학원』1956년 7월호에는 연재만화만 일곱 편이 실린다. 제목과 작가를 소개하면 『東方의 英雄』(풍운만화/김용환),『한국인의 타잔』(모험만화/정한기),『빅토리·조절구』(명랑만화/김성환),『핀少年의 冒險』(서부만화/백인수),『오한전』(우정만화/심홍택),『매졸이와 허뚱이』(시대만화/김경언),『三鬪士』(현대만화/신동헌)이다.

아주는 지면을 마련하였다. 이는 잡지가 대중성과 함께 권위를 인정받을 수 있도록 해 주었다. 『학원』의 행사에는 사회 저명인사도 많이 참여하였다. 한 예로 학원이 주최한 <전국중고등학생미술전람회>가 1954년 7월 12일-18일 사이 덕수궁 미술관(회랑)에서 열렸는데, 그 개막 테이프는 이기붕 국회의장이 끊었다. 행사는 문교부, 공보처, 자유아시아협회, 서울신문사에서 후원하였다.[25]

이상의 이유로 『학원』은 큰 성공을 거두었고, 전후 몇 년간 청소년 문화를 이끌어 나갔다. 이때 『학원』이 만들어낸 청소년 문화는 크게 문학과 교양으로 나누어 살펴볼 수 있다. 잡지에서 문예가 차지하는 비중이 높았다는 점과 잡지가 추구하는 바가 청소년들의 교양 함양이었다는 점에서 그렇다.

3. 『학원』의 문학과 학생 문단

『학원』은 청소년들에게 문학에 대한 최초의 상을 만들어주는 역할을 한 잡지였다. 문학을 접하기 어려운 전쟁기간 또는 전후에 학생들에게 다양한 문학을 접하고 창작을 실험할 수 있는 무대를 제공해 주었기 때

---

24) 심사위원으로 참여한 문인에 대한 정리는 다음을 참조할 수 있다. "1961년 9월호로 일차 폐간될 때까지 8년 9개월(통권 105호) 동안 심사 위원을 맡은 문인들만도 조지훈 선생을 비롯하여 장만영, 김용호, 노천명, 박목월, 박두진, 박남수, 양명문, 조병화, 김규동(이상 시), 정비석, 최정희, 김동리, 안수길, 최인욱(이상 산문) 선생 등 열 다섯 분이나 되었다. 이들은 정기적으로 분담하여 전국에서 응모한 중·고등학생들의 시와 산문을 뽑아 자상한 평과 함께 소개했다."(김종원, 「'학원'과 학생 문인들」, 『문단유사』, 월간문학 출판부, 2002, 230면.)
25) "학원미술상 발표", 『학원』, 1954.9.

문이다. 『학원』의 문학은 크게 둘로 나눌 수 있다. 하나는 매월 잡지에 실리게 되는 기성의 문학 작품이고 다른 하나는 독자 투고를 통해 실리는 학생작품과 그것에 대한 평이다. 문학이라는 이름으로 소개되는 작품이 무엇인지, 특히 좋은 문학으로 소개되는 '청소년' 문학이 무엇인지는 독자들에게 직간접적으로 영향을 미치게 된다. 독자들은 『학원』에 소개되는 작품을 통해 즐거움을 얻고, 같은 또래의 작품을 읽으면서 자신의 문학을 만들어갔다. 또, 『학원』의 문학은 청소년들에게 응모와 심사 그리고 비평이라는 '문학 제도'를 처음 접하는 기회를 제공해 주기도 했다.

잡지에 실린 기성의 작품은 연재물과 단편물로 나눌 수 있다. 또 외국 작품과 한국 작품으로, 시와 소설로 나누는 것도 가능하다. 동화와 소년소녀물로 나눌 수도 있다. 실제 『학원』에서 문학의 구분은 매우 세분화 되어 있어서 작품의 성격에 따라 구체적인 이름이 붙곤 하였다. 소설의 경우에만 한정해도 명랑소설, 소년소설, 소녀소설, 감격소설, 순정소설, 희망소설 등 분류가 매우 세분화되어 있었다.[26] 광고나 목차 배치로 볼 때 편집자 측에서는 단편물보다 연재물에 더 큰 비중을 두고 있었음을 알 수 있다. 연재물이 잡지의 판매와 직접 관련된다는 점을 생각하면 이는 자연스런 일이다. 연재물은 단행본으로 발간되어 인기를 끌기도 했는데, 『코주부삼국지』, 『홍길동전』, 『얄개전』이 대표적인 작품이다.

문학과 관련하여 『학원』이 안정된 체제를 잡는 것은 1953년 7월 자칭 '약진호'부터이다. 문예지로 전환하기 전까지 '약진호'의 편집 체제는 그대로 유지된다. 목차로 보면 "찬란! 7대 연재"가 눈에 띤다. 「홍길동전」,

---

26) 이는 1950년대 잡지에서 일반적으로 나타나는 구분이기도 하다. 이러한 명명은 소설의 성격을 분명히 알려주는 효과는 있지만 스스로 '본격소설'이 아니라는 사실을 승인하는 듯한 인상도 준다.

「코주부삼국지」, 「노오트르담의 꼽추」 등 기존 연재물에 새로운 연재를 더했다. '약진호'의 연재를 정리하면 명랑만화 「꺽구리군・장다리군」(김성환 그림), 풍운만화 「코주부 삼국지」(김용한 그림), 세계명작 「동・키호오테」(이원수 옮김), 세계명작 「'노오돌담'의 꼽추」(김광주 옮김), 희망소설 「일곱 별 소년」(최인욱), 애국소설 「월계관」(춘해), 역사소설 「홍길동전」(정비석)이다.[27] 우선 만화가 두 종인 점이 눈에 띤다. 역사만화와 명랑만화이다. 중학생 독자를 생각한 편집인 듯하다. 「홍길동전」은 우리 고전이고 「동・키호오테」는 서양 고전의 번역이다. 「검은별」은 추리소설로 번안물인데 작가 소개에는 원작자가 생략되기도 한다. 「일곱별 소년」과 「월계관」은 현실 문제를 다룬 소설이다. 소년이 주인공이고 그들이 현실을 어떻게 개척해 가는가를 그리고 있다.

연재물에 한정할 경우, 『학원』에는 번역물과 창작물이 비슷한 비중으로 실렸다. 번역물은 유럽과 미국의 작품에 편중되어 있다. 그런데 여기서 대부분의 창작물이 소년소녀물인데 비해 대부분의 번역물이 성인물이라는 점은 중요한 의미를 갖는다. 어른이 되어서까지 독자들의 기억에 남아 있는 작품은 아무래도 번역물(세계문학) 쪽이 될 가능성이 크기 때문이다. 이 작품들은 청소년들이 어른이 되어서도 접하게 될 문학이므로 시간을 넘어 지속적으로 영향을 미치게 된다. 자연스럽게 세계문학은 문학으로뿐 아니라 '교양'으로서의 의미도 갖게 된다.

'약진호'에는 연재물과 함께 단편 소설, 동화, 사화 등의 다양한 작품이 실려 있다. 제목을 보이면 소녀소설 「영옥의 눈물」(강신재), 소년소설 「금동아 금동아」(조흔파), 동화 「내 말은 살아 있다」(김요섭), 사화 「이상

---

27) '약진호'에는 목차와 함께 실린 8월호 광고도 눈에 띤다. 『학원』은 통상 발행일 전달 15일 전후 발간되었는데, 이때부터는 출간 전에 다음 호 잡지의 목차까지 확정되어 있었다.

한 꿈」(정하), 고전 「숙향전」(이주홍), 꼬마얘기 「박칙과 남달」이다. 이후 에도『학원』에는 많은 단편물이 실리는데 단편물에는 동화나 사화, 고전의 비율이 높은 편이다. 그러나 잡지 안에서의 비중은 연재물에 비해 높지 않은 편이다. "메아리" 등의 이름으로 마련된 독자의 편지 난에도 연재물에 대한 반응은 많지만 단편물에 대한 반응은 찾아보기 어렵다.

『학원』은 기성 문인의 작품 외에 독자 투고를 지속적으로 실어 큰 호응을 얻었다. 첫 호에 광고가 나간 후부터 전국 중고생들의 투고가 이어지고, 심사위원은 이를 선별하여 주로 권말에 마련된 "독자문예" 난에 실었다. 우수와 입선으로 나누어 입상작을 발표했는데 초기에는 우수작에게 『학원』 6개월 증정, 입선자에게는 『학원』 2개월 증정의 상이 주어졌다(기간은 곧 일 년과 육 개월로 늘어난다). 상도 상이지만 많은 투고 작품 중 선택되었다는 자부심이 입상자들에게는 더 큰 선물이었을 것이다. 이후 『학원』에 대한 회고가 주로 "독자문예"에 집중되어 있다는 점은 이에 대한 당시 독자들의 관심이 얼마나 컸는가를 짐작케 한다.

"독자문예"는 시와 산문으로 나누어 입선자의 작품을 실어주는 형식을 유지했다. 시와 산문의 선자는 단순히 좋은 작품을 고르는 데 그치지 않고, 학생들에게 문학을 가르치는 교사의 역할까지 겸하였다. 작품의 좋고 나쁜 점을 지적해 주는 것은 물론 좋지 않은 부분을 고쳐주거나 이전의 투고작과 새로운 투고작을 비교해 주기도 했다. 성인 잡지나 문예지의 독자 투고와는 성격을 달리했던 셈이다. 이때 선자와 투고자의 관계는 자연스럽게 교사와 학생의 관계가 된다.

선자의 이러한 역할은 창간 후 몇 년간 특히 두드러졌는데, 예를 들어 1954년 7월호에서 시선자(詩選者) 장만영은 "아래 발표된 것을 보고 본인은 알겠지만 얼마나 내가 손질을 해야 됐는지를 곧 알 것이다. 이 후는 오랜 시일을 두고 작품을 만져 주길 바란다."[28]고 선자의 말을 썼다. 전해의 시선자였던 조지훈의 아래 평도 비슷한 내용을 담고 있다.

「고향길」은 지난번 「가을길」에 비해서 조금도 진전이 없을 뿐 아니라 짜임새나 생각이 도리어 손색이 있다. 시가 처음부터 이렇게 규모가 작아서야 되겠는가. 형편없이 어수선한 것만 보던 눈에 작으나마 산뜻한 맛에서 한번 더 뽑았다. '가리까'를 '간다'로 고친 것과 중간에서 줄을 지운 까닭을 생각하라.[29]

역시 작품을 '수정'한 사실을 숨기지 않는다. 뽑힌 학생의 기분이 적잖이 상할 수도 있는 평이다. 선자들은 학생들의 설익은 작품이라도 그대로 소개한다는 생각보다는 학생들이 좋은 문학작품을 쓸 수 있도록 '지도'한다는 생각을 더 많이 가지고 있었던 듯하다. 뒤에 살펴보겠지만 이는 단순히 선자의 태도에 국한된 문제가 아니라 잡지가 가진 성격과도 연관된다.

형식에 있어 "독자문예"는 추천제를 취하고 있다. 추천제는 작품에 대한 평가이면서 동시에 투고자(피추천자)에 대한 평가라는 특징을 가지고 있다. 잘 된 한 편의 작품을 고르는 것이 아니라 여러 편의 작품을 보고 작가나 시인으로서의 가능성을 인준해 주는 방식이다. 『학원』은 문예지가 아니므로 공식적으로 추천이라는 말을 사용하지는 않았지만 선자의 태도는 추천자의 그것에 가까웠다.

한 마디 붙어 둘 것은 이때까지 우수작을 한 번도 뽑지 않은 이유에 대해서다. 시란 한두 편 가지고는 확실히 믿을 수 없는 것이기 때문에 나는 세 편 이상 입선된 사람 중에서 그 세 편보다 좀더 나아진 작품에 우수작을 붙일 작정이다. 먼저 세 편을—그 다음에 우수작으로

---

28) 장만영, "선자의 말", 『학원』, 1954.7, 254면.
29) 조지훈, "선자의 말", 『학원』, 1954.1, 110면.

뛰어오르든지 영 그만 잠잠해 지든지 이것은 제군의 시에 대한 노력
에 달린 것이다.30)

말하자면 3회 추천을 염두에 두고 있다는 의미이다. 추천은 식민지 시
기 대표 잡지 『문장』의 등단 방식이기도 하다. 처음으로 시선(詩選)을 맡
았던 조지훈도 『문장』에 '추천'된 시인이다. 이후에 시선을 맡게 되는 장
만영, 박목월, 박두진, 박남수도 시를 뽑는 태도에 있어서는 위 선자와
크게 다르지 않았다. 문인 추천 제도는 해방 후 '순문예지'(『문예』와 『현대
문학』)들이 택한 등단 방식이기도 하다. 추천은 잡지 중심으로 끈끈한 선
후배 관계를 만들 수 있다는 장점이 있으나, 경우에 따라 작품의 질 외
의 다른 요인이 추천에 작용할 가능성도 큰 제도이다.31)

『학원』은 "독자문예"의 성공에 힘입어 "학원 문학상"을 제정하기에
이른다. 1954년 첫 행사가 치러진 이래 "학원 문학상"은 6회까지 이어
진다.32) 1회 시 부문 우수작에는 문총위원장 상이 수여되었는데, 안동고
등 3년 김동기의 「旗」와 마산고등 1년 이제하의 「청솔 그늘에 앉아」33)
가 1석과 2석으로 수상한다. 심사위원은 서정주, 장만영, 김용호, 조지
훈, 조병화가 맡았다. 2,000통 이상에서 80편을 추려놓고 40편을 뽑고
그리고 나서 10편을 뽑았다고 하니 문학상의 열기가 대단했다고 할 수

---

30) 조지훈, "선자의 말", 『학원』, 1953.3, 104면.
31) 『학원』과 직접적 관계는 없지만 몇몇 잡지에서는 공식적으로 투고되지 않은 원고
   를 추천하는 경우도 있었다. 『현대문학』 1955년 4월호에 추천기를 쓴 김동리는
   "내가 개인적으로 접촉하고 있는 신인의 작품이라도 적당한 것이 있으면 한 편
   넘기라고 한다."는 말을 듣고 신인을 추천한다고 적었다. 다른 잡지의 사정도 크
   게 다르지는 않았을 것이다.
32) 회수는 이 글에서 다루고 있는 기간에 한정한 것이다. 1963년 1월호에는 제 7회
   "학원 문학상" 당선자가 발표되고 이후에도 문학상은 이어진다.
33) 굳이 학원의 영향력이라고 볼 수는 없지만 이제하의 이 시는 몇 년 후 중학교 교
   과서에 실리는 '영광'을 안게 된다(김종원, 앞의 글, 231면).

있다. 산문 우수상은 문교부 장관 상으로 수여되었는데, 우수작 1석은 서울사대부속고등 1년 정종진의 「선생님」이 차지했고 2석은 광주서중학교 3년 박경석의 「모밀꽃 필 때」가 차지했다. 산문의 경우 편집부 초선 500여 편이 심사위원에게 전해졌고 거기서 일차로 70편을 고른 후 재차 뽑힌 12편이 최종 심사위원에게 전달되어 심사위원 다섯이 합동으로 심사를 했다고 한다.34) 응모 작품 수에 드러난 학생들의 뜨거운 관심은『학원』의 인기와 영향력을 증명하기에 부족함이 없다. "학원 문학상"의 권위는 수상에 따른 상의 이름에서도 드러난다. 1956년 3회는 시 우수상에 국회의장상, 문총상이, 산문 우수상에 문교부장관상과 공보실장상이 수여되었다. 1959년 5회 "학원 문학상"은 중등부와 고등부를 나누어 시상했다.

이처럼『학원』은 기성 문단의 두 가지 통과 방식인 추천과 문학상 수상을 함께 시행하였다. 그런데 실상 제도는 이원적인 것처럼 보이지만 입선자들은 겹치는 경우가 많았다. 앞서 언급한 이제하의 경우는 "학원 문학상" 우수상을 받지만 그 이전에 이미 "학원문단"의 스타로 대접받고 있었다.

"학원 문학상"과 "독자문예"는 학생 문단에 그치지 않고 이후 성인 문단으로 이어진다.『학원』출신으로 문단에 진입한 이들은 자신들의 모임을 만들기도 한다. 이들이 유사한 문학적 경향을 보이거나 특별한 단체를 결성한 것은 아니지만 공통 기억을 공유한 그룹으로 발전한 것에는 틀림이 없다.35) 초기 멤버이자 나이도 비슷한 이제하, 유경환, 김종원, 마종기,

---

34) 장만영 · 최인욱, "심사평",『학원』, 1954.1.
35)『학원』출신 문인을 정리하면 대략 다음과 같다. 황동규(시인), 이제하(시인, 소설가), 허유(시인), 마종기(시인), 김춘복(소설가), 김병익(문학평론가), 정공채(시인), 김준오(문학평론가), 김병총(소설가), 문충성(시인), 김종원(시인, 영화평론가), 정

서영수 등은 자주 모여 '학원파'의 존재를 과시하기도 했다.

　그래서 명동 '갈채'에선 우리 몇몇을 '학원파' 혹은 '학원졸업생'이
란 이름을 부쳐 부르기도 한다지요. 이 우리들의 문학과 함께 두터워
진 우정의 모체는 곧 『학원』이었던 것입니다. [……] 『학원』 문을 거
친 소위 학원 파들도 대부분이 문단형식인 추천을 받고 현문단에 발
을 딛고 있으며 저도 이 추천형식으로 『현대문학』지 세 번째의 추천
작품 발표를 겪고 있읍니다.[36]

　이처럼 "학원 문단" 출신들은 추천이라는 익숙한 형식을 통해 기성 문
단에 한 자리를 차지하게 된다. 서영수의 이 글은 학원 출신 작가 시인
들의 문단 데뷔 방식을 그대로 보여준다. 편집후기에서도 비슷한 말이
반복된다. "명동 갈채 다방에는 '학원파'라는 새로운 동인 클럽이 생성되
었다고 전갈이 왔다. 『학원』 문단에서 배출된 동문이 속속 문단에 데뷰
한다니 실로 믿음직하기 비길데 없다."고 한 뒤, 독자들도 든든한 선배의

규남(시인), 유경환(시인), 박양석(시인), 송영상(시인, 수필가), 갈천문(연합통신),
김동기(고려대 교수), 송명호(아동문학가), 전종진(방송인), 정용화(수필가), 오광수
(미술평론가), 최원식(시인), 구석봉(시인,극작가), 김한규(아동문학가), 서영수(시인),
김원중(시인), 김재원(시인), 김곤걸(시인), 김종찬(시인), 유봉영(시인), 장윤우(시
인), 김평기(시인), 박종찬(시인), 변종식(시인), 김종한(아동문학가), 신일수(철학박
사), 반헌수(변호사), 박경용(시인) 이상은 1957년까지 학원 문단에 이름을 올린 이
들이었고, 1957년 1월부터 휴간하게 되는 1961년 9월까지 보이는 이름을 보면 다
음과 같다. 이수익(시인), 이청준(소설가), 오탁번(시인, 소설가), 김화영(시인, 불문
학자), 이성부(시인), 정진규(시인), 이승훈(시인), 이탄(시인), 전상국(소설가), 양성
우(시인), 최인호(소설가), 마종하(시인), 송상옥(소설가), 양문길(소설가), 민용태(시
인), 백인빈(소설가), 김만옥(소설가), 홍문신(경제학 박사), 이재령(시인), 이봉신(시
인), 김원호(시인), 이양근(시인), 윤청광(방송작가), 오용수(시인), 김원일(소설가),
권오운(시인), 공석하(시인), 정광숙(소설가), 박의상(시인), 이세방(시인), 원동근(시
조시인), 주광일(시인), 박용삼(시인, 소설가), 양윤식(시나리오 작가), 한석근(수필
가), 윤수천(아동문학가) (이상 최덕교, 앞의 책, 518면 참조.)
36) 서영수, "<학원파>란 이름", 『학원』, 1959.11, 33면.

뒤를 이으라고 권한다. "편집실에서도 여러분과 선배문인들과의 연락임무를 다 하겠으니 부디 동문끼리 합심해서 이 나라 문단에 신선한 바람을 불게 해"달라는 당부도 잊지 않는다.[37]

위에서 언급되고 있는 '갈채 다방' 역시 문단의 풍경 한 장면을 보여준다. 다방 중심으로 문인들의 모임이 이루어지던 전후 풍경 속에서 '갈채'는『현대문학』문인들의 사교장이었다.[38]『학원』의 심사위원으로 조지훈, 박목월, 박두진, 김동리 등이 오랫동안 활약했고, "중고생 문예잡지"로 바뀐『학원』에 유독『현대문학』관련 문인들의 이름이 자주 눈에 띤다는 사실이 '학원파'가 '갈채'에 드나들게 된 사정과 무관하지 않아 보인다. 새롭게 문단에 나서는 경로로서 상호간에 작용이 있었다고 생각할 수 있다. 물론 "학원 문단" 출신 문인 개개인의 취향이 다르고 이후의 활동 역시 다양한 방향에서 이루어졌다는 점, 당시『현대문학』이 신인을 양산하는 매체였다는 점도 사실이다.[39] 그렇다고 해도 일부 '학원파'가 '현대문학파'의 재생산에 기여했다는 추론은 충분한 개연성을 가진다.

---

37) "편집후기",『학원』, 1959.11.
38) '갈채' 다방에는『현대문학』을 중심으로 한 <한국문협> 중심멤버들이 주로 모여들었다. 김시철의 기억에 의하면 김동리, 곽종원, 조연현, 서정주, 황순원, 박목월, 조지훈, 유치환, 황금찬, 이범선, 김종길, 서기원, 이수복, 이형기, 박재삼, 유종호, 고은, 윤병로, 김우종 등의 문인들이 주로 이 다방에 출입했다고 한다(김시철, 앞의 글, 26-27면 참조).
39)『현대문학』편집 후기에 따르면 전신인『문예』를 포함하여『현대문학』이 1년 반만에 추천한 신인이 50명 가까이 된다고 한다(조연현,「편집후기」, 1956.5). 실제 1950년대 중반의 경우 월간지 한 호에 5명 전후가 추천되는 경우도 적지 않았다. 가히 양산이라고 할 수 있다.

4. 잡지의 지향과 '교양'

  종합지로서의『학원』은 교양과 취미를 강조했다. 그러나 무엇이 교양
이고 무엇이 교양이 아닌지를 편집자가 구분해 주기는 어렵다. 구분이
있다고 해도 그것의 의미는 제한적이 될 수밖에 없다. 중요한 것은 잡
지에 실린 교양의 구체적인 내용이다. 무엇이 교양으로 실렸고 잡지가
그것에 대해 얼마만큼의 비중을 두었는가, 또 독자들에게 어느 정도의
영향을 주었는가를 살펴야 한다.

  청소년 잡지였던『학원』의 내용은 독자들에게 교양 자체로 받아들여
질 수 있었다. 이는 전후 지식인들에게『사상계』나『세대』의 내용이 교
양이었던 것과 같다. 사실 잡지의 가장 큰 영향력은 동시대의 교양을
'창조'하는 데 있다. 다양한 정보와 지식을 소개하면서 담론을 만들어
내고 그것을 문화로 자리 잡게 하는 능력이 잡지의 위상을 결정한다.『학
원』의 경우 지식인 잡지는 아니었지만 미래의 지식인인 "학원 세대"들
에게 교양의 틀을 만들어주는 유력한 매체였다.

 『학원』의 교양에는 음악과 미술과 같은 예술이 포함된다.『학원』에는
많은 사진과 그림이 실렸는데 사진은 주로 시의에 적당한 것이 선택되
었다. 이에 비해 그림 소개는 세계 명작 회화나 조각에 설명을 덧붙이
는 형식을 취하였다. 문학상과 함께 대규모 미술전을 연 것도 교양으로
서 미술에 대한『학원』의 관심을 보여준다.[40] 콩쿨대회를 열거나 고등
학교 교가를 싣는 등 음악에 대한 관심도 지속적으로 보여준다. 창간호
에 「내가 음악가가 되기까지」(김동진)가 실린 것을 비롯해 음악과 관련
된 기사도 꾸준히 이어진다.[41]

---

40) 제 1회 "학원 미술상" 발표는『학원』1954년 9월호에 실린다.

넓은 의미에서 본다면 문학 역시 교양의 범위 안에 든다. 교양의 측면에서 문학의 '기능'은 크게 둘로 나눌 수 있을 터인데, 하나는 정서와 인성의 발달에 기여한다는 점이고 다른 하나는 사상과 역사를 쉽게 받아들일 수 있게 한다는 점이다. 청소년 잡지라는 점 때문에 『학원』의 문학은 두 가지 기능을, 성인 잡지에 비해, 충실히 수행할 수밖에 없었다. 첫 번째 기능과 관련하여서는 감상적인 창작소설과 "독자문예"가 우선 떠오르고, 두 번째 기능과 관련하여서는 세계문학과 역사소설이 떠오른다. 여기서는 연재소설의 경우만을 간단히 살펴본다.[42]

앞서 살핀 바대로 『학원』은 창간호부터 연재물을 싣는다. 첫 호의 연재물은 「홍길동전」, 「노오들담의 꼽추」, 「만화 삼국지」 세 편이다. 세 편 연재는 1953년 6월까지 이어지다. 그런데 연재물 중 창작소설이 없다는 점은 특이하다.[43] 독자의 흥미를 끌기 위해 동시대의 새로운 이야기가 아닌 '익숙한' 지난 이야기를 선택했다고 볼 수 있다. 여기서 익숙하다는 말에는 '교양'이라는 의미가 함축되어 있다. 기성에게 익숙한 이야기는 청소년들 입장에게는 알아두어야 할 '중요한' 이야기가 된다.

1953년 7월호부터는 연재물의 수가 크게 늘어난다. 창작물로 소년소녀소설이 연재되고 서양 소설과 고전 소설도 추가된다. 이후 연재된 세

---

41) 1954년에 실린 음악 관련 기사만을 모아 보이면 다음과 같다. 「학생과 음악」(윤용하, 1월), 「음악의 영웅 아이구나」(3월), 「음악 영이의 결심」(숙명여대 교수 김순애, 4월), 「도미 음악순례, 어린 외교가들 꼬마 합창단」(단장 안병원, 9월), 「음악 순례, 민요의 나라 이태리」(김광재, 9월).

42) 학원사는 『학원명작선집』(1953), 『세계명작문고』(1956), 『세계위인문고』(1956) 등 문학 전집을 꾸준히 발간한다. 전후 문학 전집 역시 문학의 정전과 교양을 세우는 데 중요한 역할을 하게 된다(이봉범, 「1950년대 문화검열과 매체 그리고 문학」, 한국현대문학회 발표문, 2009.10.31, 68면).

43) 1954년 6월호부터 연재된 명랑소설 「얄개傳」(조흔파)은 가장 크게 성공한 창작소설이다.

계명작은 「동·키호오테」(첫 연재 53.7), 「어디로 가나」(54.1), 「엉클·톰스·캐빈」(55.5), 「다리긴 아저씨」(61.3)이다. 소설은 아니지만 「희랍신화」(54.1)가 연재되기도 한다. 연재물 외에도 '명작'은 다양한 형식으로 『학원』에 실린다. 번역이 아닌 작품 소개 형식44)을 띠거나 원작을 각색하여45) 싣는 경우도 볼 수 있다.

연재소설의 다수를 차지하는 것은 역사소설과 고전이다. 기간 중 연재된 작품을 나열하면 「少年 수호지」(첫 연재 54.4), 「王子三兄弟」(55.3), 「손오공」(55.4), 「俠盜 임꺽정」(56.6), 「武士好童」(56.6), 「의적 일지매」(61.3)이다. 이들 역시 이야기의 흥미를 제공해주는 소설들이다. 그런데 놓치지 말아야 할 사실은 이렇듯 현재는 익숙한 고전이 당시에는 새로운 이야기일 수 있었다는 점이다. 해방 후 10년 정도밖에 지나지 않았고 일본어가 우리 말보다 편한 국민이 적지 않던 시절, 비로소 고전이 새롭게 발견되고 보급되기 시작한 시기에 이들 작품은 자연스럽게 '교양'의 한 자리를 차지하게 된다.

『학원』에서 교양은 지식이나 교육과도 무관하지 않았다. 잡지의 관계자들은 학생들의 지적 능력을 높여 국가에 필요한 인재로 키우는 데 목적이 있다는 데 암묵적으로 동의하고 있었다. 『학원』의 여러 시상 행사 중 "학원 장학생" 선발이 가장 이른 시기에 이루어지는 것도 이 때문이다.46) 교양은 학교 교육과도 연관되어 있다. 잡지는 학교 교육의 연장으로 보충 혹은 심화의 내용들을 담아내고 있다. 대표적인 예로 1954년 4

---

44) '세계 명작 소개' 「구오레」(53.4)나 「신곡」(53.3)의 예를 들 수 있다.
45) 만화는 '세계 명작 만화' 「보물섬」(54.1), 「로빈후웅의 모험」(54.8)을 영화는 '명작 소년 소녀 영화 소개' 「톰 소오야의 모험」(54.2)을 예로 들 수 있다.
46) 장학생 선발 시험 문제도 실렸는데, 국어, 과학, 사회, 영어, 음악, 미술 등 다양한 영역의 문제가 출제되었다(『학원』, 1953.4, 110면).

월호를 살펴보자. 이 호의 특집은 "새봄 미술전, 봄맞이 만화 콩쿨 대회"이다. 순회 좌담회로 「새 학기의 설계는 이렇게」라는 글이 실렸는데 내용은 각 학교장들이 학생들에게 당부하는 말들이다. 「윤봉길 의사」(김홍주)와 「찬란타 신라 문화—천년 왕국 경주편」(조능식)은 역사에 해당하고, 「자연 꽃과 벌레들」(백갑용), 「라디움과 큐리이 부처」(양학구)는 과학에 해당한다. 「제네바 회의란 무엇?」(시사 평론가 정우준)은 세계정세에 대한 설명이다. 실화 미담 「눈물은 아름다운 힘」(김장수)도 함께 실렸다. 학교 교장의 좌담회를 제외하더라도 학교 교과와 관련된 글이 많이 실렸음을 알 수 있다. 이러한 편집은 문예지로 전환되기까지 유지된다.[47]

교양의 내용으로 볼 때 『학원』은 서구적 지식을 중요한 '교양'으로 받아들이고 있었다. 소설은 물론 인물 소개나 예술 소개에서 미국과 서유럽이 차지하는 비중이 절대적이었다. 물론 이를 단순히 잡지의 지향 문제로 볼 수만은 없다. 전쟁 중 시작된 잡지라는 점에서, 다양한 자료를 구하기 어렵다는 점에서 미국이나 서구 지향은 어쩔 수 없는 선택이었다고 볼 수 있다. 당시는 종이를 구하는 일조차 쉽지 않았던 시절이었다. 반공주의와 함께 친미가 정책적으로 조장되고 있었던 사회적 분위기도 무시할 수 없다. 그렇더라도 잡지에서 선택한 교양이 젊은 학생들에게 지대한 영향을 미쳤으리라는 사실은 변하지 않는다.

지식의 서구 지향성은 온전한 한 편의 글에서 뿐 아니라 편집의 작은 부분에서도 발견된다. 『학원』은 작품의 중간 중간 빈 곳에 메모나 팁 형

---

47) 한 두 호의 목차로 교양의 내용을 파악하기는 쉽지 않다. 『학원』에서 교양으로 제시한 내용들이 무엇이었는지는 매우 흥미로운 주제이다. 이에 대해서는 『학원』 외의 다른 잡지들을 살펴보아야 더 풍부한 논의가 가능해질 것이라 생각한다. 동시대 잡지들의 고전 소개나 외국 문학 소개 등을 살피는 작업, 지식의 수입 선을 살피는 작업 등이 함께 이루어져야 할 것이다.

식의 짧은 글을 많이 실었다. 내용은 대부분 단편적인 지식으로 채워졌다. 1953년 1월호를 예로 들면 「홍길동전」 연재에 '스티븐슨의 수첩'(13)이 실렸고, 18면에는 후란쓰 슈벨트에 대한 소개가 있다. 지식이나 교양 차원의 소개이다. 「국사에 나타난 계사년」이라는 글의 끝 남는 공간에 '안토니오의 기지(機智)'라는 로마 명장의 일화가 실렸다. 30면의 학생 시 옆에는 상식으로 '아름다운 네온사인'이 실렸고, 37면 최정희의 소설에는 '평화를 위하여 노력한 스피노오샤'라는 소개 글이 있다. 「즐거운 정월」이라는 글 뒤에는 '겨울의 취미 스케-트'라는 글이 실렸다. 또, 고흐 소개 글 뒤에는 시사 약어가 실렸다. 영어권에서 사용하는 약어들을 소개한 글이다. "NYT New York Times-뉴우욕 통신사"와 같은 형식이다.

이처럼 조금은 산만해 보이는 지식들이 당시 『학원』 독자들에서는 매우 큰 의미를 갖고 있었다. 앞서 밝힌 대로 『학원』은 중학생 잡지를 내세웠지만 학생만의 잡지가 아니라 동세대 청소년들의 잡지였다. 학교에서 배우는 것 말고 다른 지식을 접할 기회가 적었고, 학교도 가기 어려운 청소년들이 많았다는 점에서 『학원』의 교양은 단편적 지식까지 포함할 수밖에 없었다. 학교에 다닐 수 없는 청소년들이 학원을 통해 '공부'를 했고, 그들은 『학원』에 대해 '선생님'이라는 표현을 쓰기도 했다.[48]

이상으로 잡지에 실린 글들을 통해 『학원』이 강조하는 교양의 내용

---

48) "메아리 하우스"는 독자 편지난인데 학교에 다니지 못하는 청소년들이 『학원』에 의지하고 있다는 감사와 부탁의 글이 자주 눈에 띈다. 다음은 『학원』, 1953년 6월호에 실린 내용이다. "저는 학창이 한없이 그립기는 하나, 학교에 못 가는 것을 비관하지는 않으며, 꾸준히 독학의 길을 걷고 있습니다."(경주군 감포읍 어업 조합 임종원), "대한 통신중학교 교외생으로 강의록으로 공부하고 있습니다. 저는 『학원』을 통하여 많은 공부를 하였습니다. 앞으로 많은 지도가 있기를 바랍니다."(경기도 용인군 구성면 중리 3의 3 홍성안), "새로운 길을 걸으려는 이때 『학원』이 저의 길 동무가 되어 주어 든든합니다. 앞으로 『학원』에 의지하겠습니다."(충남 홍성군 장곡면 천혜리 30 이홍준)

에 대해 알아보았는데, 이제 교양과 취미를 강조하는 편집자의 글을 살펴보자.

교양과 취미의 강조는 단순한 오락물과 스스로를 구별하려는 의지의 표현이기도 하다. 전후 몇 년 간 잡지에서는 대중성과 관계된 글을 찾아보기 어렵다. 그러나 1950년대 중반을 넘어서면서 『학원』은 대중잡지와 경쟁 관계에 놓이게 되고, 이때부터 대중문화와 구분되는 '고급' 교양을 강조하기 시작한다. 학생들이 대중문화에 물드는 현실에 대해 안타까워하는 편집 후기나 '교양'을 기대하는 독자 편지를 어렵지 않게 볼 수 있다.

1959년 10월 "학원 프레스"에는 '학생과 교양'이라는 제목의 사설이 실렸다.

> 제 아무리 좋은 집안에 태어나서 훌륭한 학교에 다닌다 하더라도 학생들이 몸가짐과 언동을 삼가지 못하며 양서(良書)를 벗삼지 않고 저속한 영화나 야비한 소설을 읽으며 깡패적인 행위를 영웅인양 으시댄다면 어찌 교양 있는 학생이라고 할 수 있겠는가. 교양이란 몸에 지니는 것이기는 하나, 장식품은 아니다. 장식품과 같이 몸에 붙인 지식과 행동은 결코 교양이 아니다.[49]

위 글을 교양에 대한 잡지의 정리된 입장이라 보기는 어렵겠지만 이글을 통해 『학원』이 추구하던 교양의 대략을 짐작해 볼 수는 있다. 전체세 문단 중 둘째 문단인데 저속한 영화나 야비한 소설을 읽지 말아야 한다는 지적이 눈에 띤다. '유행하고 있음'이 분명한 대중적이고 천박한 문화에 물들지 말라는 충고로 이해할 수 있다. 몸가짐과 언동의 품위를 강조하고, 교양을 체화하지 못한 지식과 행동은 교양이 아니라고도 한다.

---

49) "학원프레스", 『학원』, 1959.10.

무엇보다 교양이 개인의 인품과 관계됨을 강조한다.

그런데『학원』의 교양을 생각할 때 놓치지 말아야 할 것은 교양의 내용 못지않게 교양을 전하는 잡지의 태도이다. 몇 호만 보아도 이 잡지가 다분히 계몽적이고 교육적인 태도로 교양을 강조하고 있음을 알 수 있다. 발행인 김익달은 창간의 취지와 잡지의 사명에 대해 다름과 같이 밝히고 있다.

> 시대의 요구에 응하여 본사는 이제 중학생 종합잡지『학원』을 창간한다.『학원』은 글자 그대로 배움의 뜰이 되어야 할 줄 안다. 우리의 장래가 모든 학생들의 두 어깨에 달려 있다는 것은 누구나 다 아는 바이다. 그러나 불행히도 그들을 위한 이렇다 할 잡지 하나가 없는 것이 오늘의 기막힌 실정이다.[50]

> 물론 이『학원』은 여러분의 교양 취미를 향상시키는 데 있다고 하겠지마는, 이제는 그것보다도 더욱 큰 것은 헝클어진 민족정기를 바로잡고 어지러운 국가 사회를 정화해 나가는데 있다고 봅니다.
> 사랑하는 백만 독자여! 한마디 더 외치고 싶습니다. 이『학원』은 겨레의 호흡을 호흡 삼고 나라의 고생을 고생 삼아 민족 만년의 대계 위에 무궁한 나이테를 헤이며 나아갈 것입니다.[51]

위 글의 필자는 창간사에서 '배움의 뜰'이라는 말을 사용한다. '장래'를 이끌어 갈 학생을 위해 무언가 해야 한다는 강한 책임감을 드러내기도 한다. 여유를 동반하는 교양과 취미가 아니라 실제 생활의 구체적인 부분에 밀접히 연관되어 있는 '배움'이 강조된다. 두 번째 예문에서는『학원』이 교양 취미로 시작했지만 거기에 머물 수는 없다고 말한다. 교양

---

50) 김익달, "창간사",『학원』, 1952.11.
51) 김익달, "기념의 말, 민족 만년의 대계 위에!",『학원』, 1955.11.

(교육)을 통한 실천을 염두에 두고 있는 셈이다. '민족정기'의 거론은 거창하다는 생각이 들기도 하지만 잡지를 간행하는 목적을 이해할 수 있게 해 준다.

종종 『학원』의 편집자나 기고자는 학생을 상대하는 '교사'의 자리에 서곤 한다. 계몽적인 태도로 많은 학생들에게 깨우침을 주려 한다.[52] 학교에서 배우는 것 말고 지식과 교양을 접할 기회가 없었고, 학교도 가기 어려운 사람들이 많았던 당시 현실에서 『학원』이 '교육'을 지향한 점은 어쩌면 피하기 어려운 선택이었는지도 모른다. 여하튼 『학원』은 실제로 청소년 모두를 상대하는 '교육' 잡지의 구실을 하고 있었고, 잡지사 측에서도 이를 자임하고 나섰다는 사실은 분명하다.[53]

5. 맺음말

『학원』을 본격적인 문학 잡지였다고 말하기는 어렵다. 스스로 표방한 바와 같이 중고등학생 종합지로 보는 것이 타당하다. 하지만 『학원』이

---

52) 문교부 장관 이선근은 "축사 학도의 거울 되라!"에서 "흔히 잡지라는 것은 흥미로 읽는 것이요, 즐기기 위하여 읽는 것이라고 생각하는 사람이 많은 듯하지만, 잡지의 본래의 사명은 그러한데 있는 것이 아니라 독자를 계몽시키고, 독자에게 정신의 양식을 주고자 하는 데에 있는 것입니다. 따라서 잡지를 읽는다는 것도 하나의 학습이라는 것을 잊어서는 아니 될 줄 압니다"(위의 책, 38면)라고 한다. 이 글이 『학원』의 입장을 대변하지는 않지만 당시의 사회적 분위기를 짐작하는 데는 도움을 준다.

53) 1954년 5월호의 기사 「방문기, 푸른 제복의 소년들」은 인천 소년 형무소 방문기이다. 이 글은 "태양을 등지고 자유를 잃은 채 그날의 잘못을 회개 수양하는 그들을 보라."는 부제를 큰 글자로 뽑았다. 이런 형식의 글이 실린 데는 다분히 선도적·계몽적 의도가 깔려있다고 볼 수 있다.

이후 문학에 미친 영향에 대해 가볍게 볼 수는 없다. 문학에 대한 상이 최초로 정립되는 시기는 청소년기이다. 청소년들은 다양한 제도를 통해 문학을 접하게 된다. 일반적으로 학교 교육 즉 교과서나 시험이 미치는 영향이 가장 크다고 할 수 있는데, 『학원』은 당시 교과서에 못지않은 영향력을 가지고 있던 잡지였다. 또, 실제로 많은 문인들이 『학원』을 거쳤다는 점도 간과할 수 없다.

문학과의 연관 못지않게 교양 잡지로서 『학원』을 살펴보는 일도 중요하다. 이는 잡지의 편집 방향을 살펴보는 데서 출발한다. 위에서는 그 교양의 내용을 살펴보고, 편집자들이 다분히 계몽적 성격을 띠고 있다는 점을 지적하였다. 당시 기성세대가 공유하고 있던 교양에 대한 생각이 잡지를 통해 실현되었고 학생들에게 전해졌다는 사실은 분명하다. 잠정적으로 그 교양이 서구의 역사나 지식을 향해 있었다는 점도 이야기 했다.

이 글은 『학원』에 대한 미시적인 부분을 모두 살펴보겠다는 욕심을 부리지 않았다. 잡지의 성격이나 편집 방향, 그리고 중요한 성격 몇 가지를 지적하는 것으로 의미를 제한하고자 했다. 앞으로 『학원』은 청소년 문화 연구의 하나로서 중요한 의미를 가질 수 있으며, 1960-70년대 문학의 형성이라는 측면에서도 연구 가치가 있는 잡지이다. 전후 교양의 형성이라는 큰 주제의 한 부분을 차지할 수도 있다. 비슷한 시기에 발간된 다른 잡지들과의 관계를 살피는 일도 의미 있는 작업이 될 것이다. 모두 차후의 과제로 남겨둔다.

『학원』의 인물 이야기와 전후 청소년 교양

1. 연구의 방향

『학원』은 한국 전쟁기인 1952년 창간되어 1979년 종간 된 청소년 잡지이다. 정세에 따른 성격의 변화가 없지 않았지만 『학원』은 청소년 교양-종합-잡지로서의 성격을 유지하며 독자들에게 큰 사랑을 받았다. 청소년(중학생)을 주 독자층으로 했다는 점, 전시라는 어려운 환경에서 창간되었다는 점, 30년 가까이 지령을 유지했다는 점에서 의의를 인정받는 잡지이다.[1)]

이 잡지의 전성기는 1950년대 중반이었다. 이 시기 『학원』은 여러 잡지 중 하나가 아니라 청소년들의 여러 요구를 수용하고 해결해준 '유일한' 잡지였다. 미디어가 다양하게 발달하지 못한 상태에서 『학원』은 청소년들 사이에서 독점적인 지위를 누릴 수 있었다. 잡지의 성공은 간행 주

---

1) 『학원』의 최초 발행인은 김익달이었으며 발행처는 대구, 발행사는 <대양출판사>였다. 잡지 『학원』의 전반적 성격에 대해서는 졸고, 「학생 잡지 『학원』의 성격과 의의」(『상허학보』, 2010.2)와 장수경의 『"학원"의 문학사적 위상 연구』(고려대학교 박사논문, 2010)를 참조할 수 있다.

체인 <학원사>의 성공으로 이어졌다. 1950년대 중반 <학원사>는 다른 성격의 학생 잡지인 『향학』과 대중지 『여원』을 창간했으며 백과사전, 위인전, 문학전집 등 단행본 사업도 활발히 진행하였다.[2]

『학원』은 스스로 내세운 바와 같이 '종합지'로서의 성격을 띠고 있었는데, 그중 가장 주력한 부분이 교양과 문학이었다. 정규 학교에서 배우는 내용을 과목별로 정리해 주거나 새로운 지식을 전달해주어 잡지가 교사 역할까지 담당했다. 과학이나 수학, 일반 상식 분야 등이 큰 비중으로 다루어졌다. 또, 『학원』은 취미를 강조했는데 주로 예술 분야에 치우쳐 있었다. 음악과 미술은 특별히 고급스러운 취미로 소개되었다. '학원 미술상'은 '학원 문학상', '학원 학술상'과 더불어 대규모 연례행사로 치러졌다.

많은 이들에게 『학원』은 "학원 문단"으로 기억된다. 그만큼 잡지에서 문학이 차지하는 비중이 컸다는 의미로 해석할 수 있다.[3] 1960년대 이후 문단에서 활동한 많은 문인들이 학창 시절을 "학원 문단"에서 보냈다는 사실은 '학원 문학'의 이름을 높이는 데 크게 기여하였다. 세계 문학의 소개 역시 활발하게 이루어졌다. 『학원』은 많은 연재물을 실었는데 가장 많은 분량을 차지한 것이 세계 문학 번역이었다. 원전을 확인할 수 없고 청소년용으로 편집되어 원전과는 거리가 있는 작품도 많았지만, 세계 문

---

2) 『학원』의 영향력이 줄어든 이유는 전후 사회가 안정되면서 다양한 잡지들이 속속 창간되었기 때문이다. 성인 잡지가 창간되면서 『학원』의 유명 만화가들이 떠나갔고 잡지 이외에 다양한 읽을거리도 많이 생겨났다. 이에 『학원』은 성인은 물론 학생들을 붙들고 있기에도 벅차게 되었다고 한다(이중한 외, 『우리 출판 100년』, 현암사, 2001, 255면). 그밖에 출판사가 잡지 외에 백과사전 등 단행본 사업에 주력한 것도 중요한 원인이다.
3) 다양한 이름으로 마련된 "학원 문단"은 독자들이 참여할 수 있도록 기획된 지면이었다. 독자들이 적극적으로 참여할 수 있는 공간을 만들었다는 점이 학원을 '문학'으로 기억하게 만든 결정적 이유라 할 수 있다.

학은 당시 청소년들에게 구체적 문학의 상을 제공해 주었다.

세계 문학 다음으로 많이 실린 기사는 인물 이야기였다. 인물 이야기는 『학원』이 지속적인 관심을 보여준 분야로 잡지가 지향한 문학과 교양 양쪽에 걸쳐 있는 양식이었다. 인물 이야기는 전기 혹은 영웅 이야기의 변용이라 할 터인데, 거기에는 역사적 사실에 창자적 요소가 가미되는 것이 보통이다. 서사의 궁극적으로 지향하는 바는 흥미보다는 메시지 전달이다. 작가의 의도가 강하면 강할수록 역사적 사실보다는 현재의 평가 혹은 사실의 왜곡이 적극적으로 이루어지는 것이 보통이다.[4] 전후 『학원』은 인물 이야기의 이러한 특성을 잘 보여주고 또 잘 활용하였다.

이 글에서는 『학원』에 실린 인물 이야기를 정리하고 그것이 갖는 의미에 대해 살펴보려 한다. "학원 문단"이 전후 청소년의 문학관을 형성하는 데 기여했다면 『학원』의 인물 이야기는 그들의 인생관 또는 현실관을 형성하는 데 큰 영향을 미쳤으리라는 것이 이 글의 관점이다.[5]

---

4) 최근에는 위인전이라는 용어 대신 인물 이야기라는 용어를 사용하는 경향이 늘고 있다. 위인전이란 용어는 일종의 선입견을 가지고 있는데 책 속의 주인공을 일방적으로 위대하게 그린다는 점, 현재와 동떨어진 인물들을 다룬다는 점이 그것이다. 이를 극복하기 위한 용어가 인물 이야기이다(이지수, 「인물 이야기의 최근 경향과 생각해볼 점들」, 『창비어린이』, 2007.3). 『학원』에 실린 인물 이야기는 위대하고 뛰어난 업적의 위인만이 아니라 현재 사회에서 중요한 위치를 차지하고 있는 인물, 청소년들이 본받을 만한 인물들도 많이 다루었다. 이런 이유로 이 글에서는 위인전이 아닌 인물 이야기라는 용어를 사용한다.

5) 대상 시기는 잡지의 전성기였다고 할 1950년대에 한정한다. 앞서 말한 대로 1950년대는 정치적 변화에 의해 뒤의 시기와 구분되고, 잡지의 성격 변화 역시 1960년을 전후하여 일어난다. 또, 『학원』의 전 시기를 한 논문에서 다루는 것은 물리적으로 어려운 일이다.

2. 『학원』의 인물 이야기

『학원』에 실린 인물 이야기는 기본적으로 여타 인물 이야기의 보편적인 문법을 따르고 있다. 본받을 만한 사람들의 이야기를 일화 중심으로 제시하고 그를 통해 독자들에게 교훈을 전해주는 패턴이다. 그러나 이런 패턴을 따르면서도 시대의 필요를 충족시키기 위한 노력이 더해졌다. 어떤 인물이 선택되고 그들이 어느 정도의 비중으로 다루어졌는지, 이야기의 지향이 어디인지를 통해 이를 확인해 볼 수 있다.

이번 장에서는 1950년대 『학원』에 실린 인물 이야기의 전반적인 성격을 검토한다.

이 시기 『학원』에는 한 호당 평균 3-4편의 인물 이야기가 실렸다. 사정에 따라 한 편의 인물 이야기가 실린 경우가 있고 많으면 6-7편의 기사가 실리기도 하였다. 일 년 이상 연재된 기사가 있는가 하면 인물의 죽음 등으로 인해 특별히 기획된 기사도 있었다. 인물 이야기는 죽은 사람을 다루는 것이 일반적인데, 『학원』은 살아서 영향을 미치고 있는 사람들의 이야기를 많이 실었다. 같은 인물의 이야기가 중복되어 실리는 경우도 몇 차례 있었는데, 이는 흔치 않은 일로 특별히 주목할 만하다.

『학원』 소재 인물 이야기의 형식은 매우 다양하다. 우선 한 인물의 삶 전체를 조망하는 형식과 인물의 대표적인 업적 하나를 부각하는 형식을 구분할 수 있다. 신문기사처럼 사실을 비교적 감정 없이 기술하는 이야기와 필자의 감정이 여과 없이 개입하는 이야기가 혼재되어 있다. '위인전'이나 '전기'라는 타이틀을 달고 있는 글이 있는가 하면 '실명소설'이라 하여 허구적 요소가 개입되어 있음을 분명히 밝힌 글도 있다. 필자의 이름을 밝힌 기사가 있지만 그렇지 않은 기사가 다수를 차지한다. 기사의 양은 여섯 페이지가 보통이지만 한 페이지짜리 짧은 기사도 있다. 실명 소설이라는 이름으로 연재된 기사의 분량은 모두 합하면 수십 페이지에 이르기도 한다.[6]

1950년대 『학원』에 실린 인물 이야기를 분류해 보면 다음과 같다(숫자는 기사 수이다).

위인 (78)		국내	11	오세창, 이시영, 이순신, 유관순, 이승만, 안중근, 민영환, 손병희, 김유신, 이준, 김옥균
	국외 (67)	예술가	22	블레이크, 반 고흐, 헨델, 리스트, 단테, 베토벤, 괴테, 타골, 미켈란젤로, 바흐, 헤밍웨이, 고야, 마티스, 토스카니니 등
		정치가	19	링컨, 카불, 간디, 손문, 나폴레옹, 제퍼슨, 시저, 처칠, 아이젠하워, 이든, 장개석, 프랑스, 막사이사이, 드골, 케말 파샤 등
		과학자	9	아인슈타인, 노벨, 퀴리, 구텐베르크, 칼 로저스, 브라운, 페르미 등
		학자	7	파스칼, 토인비, 듀이, 케인즈, 러셀 등
		탐험가	6	콜럼버스, 난센, 쿡스, 피어리, 아문센, 린드버그
		사업가	4	헨리포드, 슈바이처, 퓰리처, 록펠러
명사 (80)	국외 (58)	국내	22	임영신, 조동식, 강일매, 전창근, 김형익 등
		오늘의인물	42	달라스, 처칠, 네루 등
		이달의위인	13	안데르센, 나이팅게일, 듀마 등
		시사예술가	3	모리아크, 월트 디즈니, 마이켈 돗드
사화 (10)		국내	6	김매월당, 사명당, 연개소문 등
		국외	4	한신, 맹자의 어머니 등
역사전기 (5)		국내	2	김좌진, 손기정
		국외	3	프랭크린, 태무진, 재시 오웬스

위 표는 1953년 1월에서 1959년 10월까지 발간된 잡지를 대상으로

---

6) 실명소설로 연재된 기사는 프랭크린를 다룬 『자유의 태양 프랑크린 이야기』와 징기스칸을 다룬 『동방의 영웅 태무진 이야기』, 손기정을 다룬 『마라톤 왕 손기정』이다.

인물 이야기로 분류할 수 있는 기사들 총 173편을 제재와 성격에 따라 구분한 것이다. 이 기간 발간된 총 80호의 『학원』 중 6권을 제외한 74권을 대상으로 하였다. 우선 인물 이야기를 위인과 명사로 분류하고 형식이 다른 사화와 역사 전기를 구분하였다. 위인[7]은 '역사상의 위대한 인물'이라는 전통적 개념에 어울리는 인물들이고 명사는 현재 활동하고 있는 '저명한' 사람들이다. 사화는 인물 이야기이지만 역사에 가깝고 역사 전기는 소설에 가까운 인물 이야기이다. 각각의 항목을 다시 국내와 국외로 분류하였다.

위인에서 국내 인물 중에는 식민지 독립 운동과 관련된 이들이 많다. 오세창, 유관순, 손병희, 안중근, 이준이 그들이며 민영환, 김옥균도 유사한 맥락에서 '위인'으로 평가할 수 있다. 조선 시대와 그 이전 인물로는 이순신이 두 번 김유신이 한 번 실렸다. 특이한 것은 유일한 생존 인물로 현직 대통령 이승만이 실렸다는 점이다. 그를 평생을 국가를 위해 바친 인물이라 평하고 그의 어린 시절 일화들을 기록하고 있다.[8] 살아 있는 국내 인물들이 모두, 따로 마련된 명사 기사에서, 위인이 아닌 명사로 취급된 것과 비교하면 특별한 대우라 할 수 있다.

국외 인물로는 예술가와 정치인이 다수를 차지한다. 취미를 무엇보다 강조한 잡지의 지향으로 볼 때 예술가를 많이 다룬 점은 충분히 납득할 만하다.[9] 교양과 취미로서 예술이 차지하고 있는 비중을 짐작할 수 있는 수치이다. 화가, 음악가, 문인들의 수가 비슷하다. 위인전의 단골손

---

7) 위인은 "Great Men"의 번역이다. 개화기 외국어의 번역은 여러 가지 기준에 의해 복잡하게 이루어졌지만 이 어휘의 경우 다른 어휘를 고려하거나 망설이지 않고 바로 '偉人'으로 번역되었다고 한다(김성연, 『식민지 시기 번역 위인전기 연구』, 연세대학교 대학원, 2010, 29면).

8) 『학원』, 1954.5.

9) 졸고, 앞의 글 참조.

님인 정치가들의 비율 역시 높은 편이다. 이들은 시저나 링컨처럼 지난 세기 이전의 인물인 경우와 처칠, 드골, 아데나워, 간디, 손문, 막사이사이, 케말 파샤 등 20세기 전반기에 활약한 인물들로 나눌 수 있다. 현대사 인물의 비율이 상대적으로 높다. 토인비나 듀이 등의 학자들이 다루어지고 있으나 그들의 비율은 높은 편이 아니다.

숫자는 많지 않지만 과학자와 탐험가를 다룬 글들은 중요한 의미를 갖는다. 근대 이후 우리가 과학을 서구의 '힘'을 대표하는 것으로 받아들인 사실은 잘 알려져 있다. 과학을 근대 문명을 이끈 힘으로 여겼기 때문에 과학에 대한 관심은 식민지 시대 이후 끊이지 않았다. 이 시기 잡지에는 노벨, 아인슈타인, 브라운, 페르미 등의 기사가 실렸으며, 아인슈타인은 두 번에 걸쳐 다루어졌다. 잡지에 실린 탐험가들은 모두 서구인들로 신대륙 또는 극지방을 발견한 사람들이다. 목표를 이루기 위한 이들의 고난이 서사의 중심을 이룬다. 학자나 사업가들에 대한 글은 상대적으로 적으며 그나마 미국과 영국에 집중되어 있다.

'명사'로 분류된 기사는 학교 교장이나 실업가, 정치가 등 성공한 인물들의 과거 이야기를 주로 다루었다. 잡지 편집자가 인물을 소개하거나 인물이 자신의 과거를 회상하는 형식을 띠고 있는데, '나의 중학 시절'이나 '나는 왜 ×××가 되었나'라는 고정 코너를 마련하고 사회 각계 인사의 글을 연재하였다. 이야기의 내용과 형식은 천편일률적이라 할 만한데, 훌륭한 인물들은 어린 시절 꿈을 가지고 성실히 노력해서 어려움을 극복하고 현재에 이르렀다는 식이다. '독학으로 가시밭길을 헤쳤다'(윤복길 법관)나 '나막신을 신었으나 꿈은 컸다'(교육자 조동식)와 같은 제목에서부터 글의 성격은 분명히 드러난다.[10] 성격이 이질적인 글은 인촌 김성수

10) 이상 『학원』, 1957.6.

의 국민장에 붙여 그의 삶에 대해 다루고 있는 기사 정도이다.[11]

단일 연재로 가장 많은 수를 차지하는 것은 '오늘의 인물'이다. '오늘의 인물'은 매달 시사적으로 의미 있는 인물을 두 명씩 골라 간단한 이력을 소개하는 기사이다. 기사의 주인공들은 대부분은 정치인들이다. 국제 정치에 영향을 미칠 수 있는 강대국의 대통령, 수상, 외교 담당자들이 많으며 한국을 방문한 인물들에 대한 소개도 자주 볼 수 있다. 최근 동정으로 시작하지만 사건보다는 인물을 부각하여 그들의 성장 과정이나 업적을 주로 다룬다. 처칠, 네루, 티토, 아데나워, 프랑코 같은 일국의 지도자를 다루는 한편 베트남 군 참모총장 느윈 벤 휘, 미국 공화당의 반공주의자 노오랜다 등 국제 정치 무대에서 활약하는 인물을 다루기도 한다.

사화와 역사 전기는 인물 이야기를 역사나 소설 형식으로 풀어낸 기사이다. 사화는 제목 그대로 인물보다는 역사적 사건에 중점을 둔 기사로 특이하거나 교훈적인 에피소드를 다루고 있다. 기사 수는 많지만 위인의 어머니를 다룬 특집 기사가 다섯 건을 차지하고 있어 실제 기사가 실린 잡지 수는 여섯에 불과하다. 연재 전기 소설은 다른 기사들과 달리 연재 형식을 띠고 있다는 점이 특기할 만하다. '자유의 태양 프랑크린 이야기'와 '동방의 영웅 태무진 이야기'는 10회 이상 연재되었으며 분량이 많았던 만큼 내용 역시 다른 글에 비해 풍부한 편이다.

지금까지 『학원』에 실린 인물 이야기를 게재 수를 중심으로 분류해 보았는데 기사들의 구체적인 내용과 차이를 알아보기 위해 한 호에 실린 여러 편의 인물 이야기를 함께 살펴보자. 비교적 많은 인물 이야기가 실린 1955년 2월호를 대상으로 한다. 「충신 민영환」, 「흐란시스코 고

---

11) 권오철, 「겨레의 큰 별, 고 인촌 선생」, 『학원』, 1955.4.

야」, 「임어당」, 「교단생활 50년」, 「존 레니이」, 「건국의 풍운아」, 「북극에 올린 깃발」 등 일곱 편이나 실려 있다. 위 표에 따라 분류하면 국내역사 인물 이야기 한 편, 국외 역사 인물 이야기 세 편, 국내 명사 이야기 한 편, 국외 명사 이야기 한 편, 역사 전기 한 편이다.

기사 「충신 민영환」은 유홍렬 글로 작은 제목에 의해 민영환의 인물편과 민영환의 항일 투쟁과 그 최후 편으로 나뉘어 있다. 민태호의 양자로 들어간 사실 등 젊은 시절의 이력이 비교적 상세히 정리되어 있다. 그가 갑오년 전후 급변하는 정세에 어떻게 대응했는지도 자세히 다루고 있다. 뒷부분은 노일 전쟁 전후 민영환에 대해 다루고 있다. "민영환은 조선 말기에 있어서 나라 일을 그르친 여러 민씨 일족 중에서 홀로 나라 일을 바로 잡기 위해서 가진 애를 쓰던 충신이며 애국자이었다."[12]는 것이 최종적인 평가이다. 전형적인 애국자 인물 이야기라 할 수 있다.

다음은 「기술가 이야기, 런던교의 건설자 존 레니의 공로」라는 기사이다. 존 레니는 1781년 런던교가 파괴되었을 때 이를 다시 세운 기술자이다. 그는 늦은 나이에 일을 시작하여 다리 건설을 마치지 못하고 숨진다. 그의 아들 레니이는 동생 조지와 함께 아버지의 일을 이어받아 런던교를 완성한다. "레니이는 그 모든 사업의 설계에 있어서 자기의 신념을 변동치 않았다.……이렇게 한번 성공시키고야 말겠다는 신념……그것이야 말로 레니이의 귀중한 정신적 재산인 동시에 아름다운 미덕"[13]이었다고 한다. 분명한 교훈으로 마무리하는 인물 이야기의 전형적 형식을 보여준다.

---

12) 『학원』, 1955.2, 61면.
13) 위의 책, 107면.

김자환이 쓴 「세계를 움직이는 사람들, 임어당」은 두 쪽짜리 짧은 글이다. 자유중국의 남양대학에서 활약하고 있는 임어당 박사는 동양의 철학인으로 전 세계에 알려진 유일한 인물이라 한다. 그의 저서 『생활의 발견』은 공자와 맹자의 문헌과 함께 영원히 남을 것이라는 서평을 받은 책이라고 한다. '세계를 움직이는 사람'은 주로 서양 정치가들을 다루었는데 임어당은 학자이면서 동양인이라는 점에서 눈에 띄는 인물이다.

연재 전기 소설인 「자유의 태양」은 벤자민 프랭클린 전기인데 일화 중심으로 연재를 이어간 글이다. 박영준이 쓰고 정룡이 삽화를 그렸다. 기사는 정치가로서의 프랭클린이 아닌 인간으로서의 프랭클린에 주목하고 있다. 짧은 기사로 「교단생활 50년, 동덕여자대학장 조동식」이라는 글이 실렸다. 기사는 '나의 어린 시절을 말하자면…'으로 시작한다. 다른 호에 많이 실린 '나의 중학시절'과 내용과 형식에서 비슷한 느낌을 주는 글이다. 다른 기사들보다 교훈이 분명하게 드러나는 편인데 참고 견디면 언제나 열매는 맺는 법이라는 이야기로 글이 마무리되고 있다.

피어리 탐험대의 빙해 원정기 「북극에 올린 깃발」은 권인달 글 한홍택 그림으로 실렸다. 그의 도전이 여러 번의 실패를 극복하고 이루어낸 성공이라는 점을 특히 강조하고 있다. 「의지의 예술가, 후란시스코 고야」는 이경성의 글로 여섯 면짜리 기사이다. 그는 어릴 적부터 탁월한 재주가 있었지만 "밤과 낮을 가리지 않고 그림만 그렸다. 하루 종일을 그렸어도 실증이 나지를 않았다."[14]고 한다. 고야는 "예술가의 사명이란 이러한 지위에 있는 것이 아니고, 진실한 미의 세계를 발견하는 데 있다"[15]고 말했다 한다. 그의 예술적 업적보다 어떻게 고난이나 어려움

14) 위의 책, 223면.
15) 위의 책, 225면.

을 극복하고 탁월한 성취를 이룰 수 있었는지에 초점을 맞춘 글이다.

이상 두 가지 방법으로『학원』에 실린 인물 이야기의 내용을 살펴보았다. 잡지라는 매체가 갖는 특성이 인물 이야기의 형식에도 영향을 미쳤음을 쉽게 알 수 있었다. 길이에 제약이 있었음은 물론이고 현재의 독자 관심에서 완전히 벗어난 인물을 다루기도 어려웠을 것이다. 재미 있는 이야기로서 위인의 삶을 다루기에는 종합지의 성격이 갖는 한계가 있었고, 월간지에 고리타분한 옛 이야기를 싣는 데도 부담이 있었을 것이다. 기사의 길이나 형식이 다양한 이유도 이런 사정에서 기인했다고 할 수 있다.

모출판사인 <학원사>는 잡지와 별도로 위인 전집을 간행하였다. <학원사>의 위인 문고는 한국 전쟁 후 출판된 대표적인 위인전 출판이라할 수 있다.『학원』에 실린 자사 광고를 통해 전집 출판 상황을 알 수 있는데 1958년 나온 책으로 "나폴레온, 헤렌케라, 플타크영웅전, 콜롬버스, 마젤란, 에디슨, 나이틸겔, 괴테, 소팡, 링컨, 큐리부인, 안델센, 따윈, 리빙스톤, 그리스도, 프랭클린, 아문젠, 슈바이쳐, 고호, 이순신"이 있고 이어 나올 책으로 "렌트겐, 세종대왕, 김유신, 시톤, 파블, 소크라테스, 쟌타크, 깐디, 베토벤, 쉑스피어, 미케란젤로, 처칠, 루테르, 톨스토이, 페스다롯치, 워싱톤, 아인슈타인, 아이젠하워, 징기스칸, 라이트형제, 손문, 바하, 석가, 공자, 슈벨트, 록펠라, 디젤, 뉴톤, 노벨, 레셋프스"가 예고되어있다.[16] 식민지 시기 위인전과 비교하면 인물의 폭이 매우 넓어졌음을 알 수 있다.[17] 개화기와 비교할 때 민족적 영웅 혹은 민족적 위인에 대

---

16)『학원』, 1958.5, 속간호 목차 참고.
17) 위인전 출판은 개화기 이후 지속적으로 이루어졌다. 식민지 시기 유명한 위인전 출판으로는 <한성도서>와 <개벽사>의 출판을 들 수 있다. 1920년대『개벽』은 조선위인에 대한 앙케이트를 실시한다. 그 결과 솔거, 최치원, 최충, 문익점, 서화

한 개발은 이루어지지 않았으며 최근 인물이 다수 추가되었다.

3. 영웅과 위인 그리고 개인

주지하는 바와 같이 역사 이래 위인들에 대한 지식은 동시대의 교양으로 인정받았고 그들의 삶은 다음 세대를 위한 모범으로 대접 받았다. 경전에서 평전까지 인물 이야기는 인기 있고 권장되는 양식이었다. 한국 근대사에서 위인전이 하나의 독자적인 양식으로 새롭게 부각된 시가는 개화기였다. 민족의 위기를 돌파하기 위해 시대는 영웅을 찾았고, 인물 이야기는 이러한 필요에 의해 성행하게 되었다.[18] 이 시기 위인은 '지선의 노력자'였고 '위업이란 것은 노력의 집성'[19]으로 정의되었다. 위인에 대한 이런 정의와 관점은 칼라일이 그의 『영웅숭배론』에서 영웅을 '성실'을 통해 성취를 이룬 인물이라 한 것에 기원을 두고 있다.[20]

담, 이황, 이이, 이순신, 최제우, 유길준 열 명이 선정되었다. 잡지사 측에서 김옥균과 전봉준을 선택해 모두 12인의 위인을 뽑은 후 이를 『조선지위인』이라는 이름으로 출간하였다. 『조선지위인』의 출간 직후 세계를 바꾼 10대 사상가를 다룬 책을 기획했는데, 앙케이트 결과 "톨스토이, 입센, 카아펜터, 럿설, 엘렌케이, 짜아윈, 타고-아, 루소-, 말크수, 모리스"가 선정되었다. 학자나 사상가 그리고 문인이 차지하는 비중이 매우 높다는 점을 알 수 있다(졸고, 『잡지의 서적 광고를 통해 본 근대』, 『현대문학사와 민족이라는 이념』, 소명, 2009).

18) 단재 같은 경우도 시대를 구원할 '인물'의 필요성을 강하게 주장하였다. 이는 역사를 소수의 영웅이나 인물이 이끌어갈 수 있다는 생각이 보편적으로 퍼져 있었음을 의미한다. 서구에서와 같은 국민적 영웅 없이는 나라를 구할 수 없다는 점에, 신채호 등의 독립지사뿐만 아니라 정치적으로 반대편에 섰던 사람들도 전적으로 동의했다(박노자, 「서양의 위인들과 한국의 숭배자들」, 『인물과 사상』, 2003.9, 198면).

19) 최남선, 「소년시언」, 『소년』, 1910.2, 22면.

20) 토마스 칼라일, 『영웅숭배론』, 한길사, 2003.

위인에 대한 이런 오래된 생각은 『학원』의 인물 이야기에도 그대로 적용된다.[21] 그러나 그것이 강조하는 바는 큰 차이를 보인다.

위인에 대한 개화기의 사고와 『학원』의 생각은 다음 두 글을 통해 비교해 볼 수 있다.

> 칼라일의 말에 歷史는 偉人의 記錄이라호 것쯧히 一國의 文明은 其國의 偉人의 事業의 集積이외다. 政治가 發達호랴면 政治的 偉人이 잇서야호고 産業이 發達호랴면 産業的 偉人이 잇서야호고 文學이나 宗敎나 藝術이 發達호랴면 各各 그 方面에 偉人이 잇어야호지오. 그런데 文明이란 이 모든 것의 總和를 니름이닛가 偉人이 업스면 그 나라에 文明이 업슬것이외다.[22]

> 나는 자기의 환경이 남보다 불운하다고 한탄만 하며 공연히 심신을 괴롭히는 일처럼 어리석은 것은 없다고 생각합니다. 그리고 감수성이 풍부하고 단순한 젊은이들에게는 자기의 불우한 곤경을 지나치게 비관하여 역경을 타개하려는 의욕을 버리고 유혹에 빠져 타락의 길에 발을 들여 놓거나 그릇된 생각에의 불의의 행동을 범할 우려성이 다분히 개재하고 있다 하겠습니다. 그러나 우리가 자기의 환경을 원망하기 전에 동서고금으로 성공하고 훌륭한 업적을 남긴 위인들의 어린 시절을 살펴본다면 그들은 반드시 평탄한 길만을 밟아 온 것은 아니었으며 오히려 그 대부분이 파란곡절 가득 찬 가시밭길을 헤쳐 나왔던 것을 알 수 있읍니다.[23]

---

21) '영웅, 호걸'이라 칭하는 이들은 대체로 타인이나 집단을 위해 목숨을 바친 인물로 서술되며 그들은 집단을 위한 희생자로 추모된다. 반면 '위인'은 그 '초상(肖像)을 높이 들어 공경하고 따르는 대상으로' 또한 '성현'은 '그가 남긴 교훈을 통해 수양하게'하는 존재로 언급되고 있으니, '위인과 성현'은 앞의 두 존재 '영웅, 호걸'과는 성격이 달랐다."(김성연, 앞의 글, 30면.)

22) 이광수, 「天才야! 天才야!」, 『學之光』 12호, 1917.4, 8면.

23) 정욱, 「권두의 말」, 『학원』, 1956.6, 37면.

두 글에서 강조하는 점이 확연히 다름을 알 수 있다. 민족의 안위가 염려되는 상황, 민족 국가가 존재하지 않는 상황에서 위인을 찾는 심리와 전후(戰後) 환경에서 위인을 찾는 심리가 같을 수는 없었다. 앞의 글이 역사, 민족, 문명 등의 거창한 단어들로 채워진 반면 두 번째 글에서는 환경, 곤경, 성공 등의 단어들이 눈에 띈다. 각 방면에서 위인의 필요성을 역설한 위 글에 비해 아래 글은 많은 위인들이 불우한 환경을 긍정적으로 극복하고 성공을 이룰 수 있었다는 개인적 성취의 길에 대해 조언한다. 청소년에게 주는 글인 만큼 환경을 탓해 불량한 곳에 빠져서는 안 된다는 충고도 잊지 않는다. 위인과 국가를 연결시키는 내용과 개인의 성취를 강조하는 두 글의 차이는 개화기 위인전과 전후 인물 이야기의 차이이기도 하다.

이런 차이를 바탕으로『학원』인물 이야기의 주목할 만한 특징을 열거해 보면 다음과 같다. 첫 번째는 인물에 대한 가치 평가가 적극적이지 않다는 점이다. 특히 시사적인 인물을 다루는 경우 그가 차지하고 있는 중요성이 이야기의 중심이고, 그가 한 일 혹은 하는 일이 어떤 의미를 갖는지에 대한 언급은 많지 않다. 개인의 성취와 그를 위한 노력이 강조되고 그 밖의 요소들에 대해서는 큰 비중을 두지 않는다. 두 번째 특징은 집단의 성취보다는 개인의 성취를 주로 다룬다는 점이다. 개화기에 국외의 위인들이 관심을 받았던 이유는 개화기 인사들이 민족의 위기를 구해내기 위한 해법을 서구 위인들에서 찾았기 때문이다. 그러나 개화기 인물 이야기가 '건국' 혹은 '구국'과 관련된 인물을 많이 다루었던 것과 비교하여『학원』에 실린 인물 이야기는 상대적으로 개인적인 성취를 강조하는 경향이 강했다. 세 번째로 여성 인물이 거의 없고 서구 인물이 많이 다루어진다는 점을 들 수 있다. 예술가가 가장 많은 숫자를 차지한다는 점, 우리 역사 속 인물이 적고 근대 이전의 인물이 적다는 점도 마찬가지이다. 마지막으로 현재 활동하는 성공한 인물들을 많이 다루었다는 점도 특징으로 지적할 수 있다.

다시 말해 『학원』 인물 이야기의 특징은 집단의 문제보다 개인의 성취에 관심을 두었다는 점, 정치계 인물뿐 아니라 과학 예술 등 다양한 분야의 인물에 관심을 두었다는 점, 과거의 인물보다 현재의 인물에 관심을 두었다는 점이다. 잡지가 의식적으로 내세운 "헝클어진 민족정기를 바로 잡고 어지러운 국가 사회를 정화"[24]하려는 목표와 실제 인물 이야기 사이의 관계는 그리 긴밀한 편이 아니었던 셈이다.

물론 이런 특징을 본격적인 개인주의나 탈정치화의 지향으로 성급히 해석할 수는 없다. 개인의 강조는 오히려 영웅주의의 변형된 형태일 가능성이 크기 때문이다. 집단의 문제가 아닌 개인 중심의 서사를 다룬다는 점에서는 『학원』의 인물 이야기를 개인주의의 한 형태로 볼 수 있지만 모든 일의 공과가 개인에게 돌아간다는 점에서는 영웅주의로 볼 소지도 없지 않다. 『학원』의 인물 이야기에는 인물들이 인류를 위해 중요한 일을 해냈다는 평가를 자주 볼 수 있는데, 이때 인류는 영웅과 대조되어 수혜자의 자리에 놓이게 된다. 집단의 문제가 되어야 마땅한 일조차 개인의 업적으로 돌리는 기사도 많았다.

그럼에도 불구하고 인물 이야기가 민족 이야기가 아니라 개인 이야기의 성격을 갖는다는 점은 중요한 의미를 갖는다. 타인을 위한 희생이나 공공을 위한 봉사는 중심 서사로 등장하기 않는다. 그들이 행한 인류를 위한 봉사는 목적이라기보다 결과에 가깝다. 가장 중요한 것은 개인의 성공이며 청소년 독자들이 위인에게 본받아 따라야 할 것 역시 고난을 이기고 (개인적) 성공을 이루어내는 것이다.[25]

---

24) 김익달, 「기념의 말-민족 만년의 대계 위에!」, 『학원』, 1955.11, 창간 3주년 기념.

정치적 인물을 다룬 경우에도 개인의 문제에 초점이 맞추어지곤 한다. 영국의 정치가 처칠의 사망에 즈음하여 『학원』에는 그의 정치 역정을 돌아보는 기사가 실렸다. 필자는 무엇보다 전쟁 후 그가 반공주의로 '철의 장막'이라는 말을 만들어냈으며 냉전이 시작되는데 큰 역할을 하였다고 한다. 세계 대전시의 활약에 대해서도 이야기한다. 그럼에도 불구하고 그에 대한 마지막 평가는 개인적인 인품에 모아진다. "이렇게 처어칠은 일생을 통하여 남다른 용맹성과 굳은 의지력과 꾸준한 인내력을 가지고 시종 일관하여 생활하여 왔으나 마치 바위틈에 핀 꽃처럼 그는 때때로 쾌활하고도 재미있고 뜻이 깊은 농담을 해서 주위에 있는 사람들을 웃기며 놀라게"26) 했다고 마무리한다. 무엇보다 인물이 가진 성격 나아가 본 받을만한 장점이 부각된다.

역사적 의미를 논의하기 어려운 순수한 개인적 성취를 이룬 인물들이 다수 소개된다는 점도 주목을 요한다. 『학원』은 창간 초부터 위인이라 보기 어려운 명사 혹은 성공한 인물을 많이 다루고 있다. 이러한 변화는 전쟁을 통해 강화되었으리라 짐작할 수 있다. 당시 현재의 위기는 민족의 위기가 아니라 전쟁 그리고 이어진 분단이 만들어 놓은 반쪽 체제의 위기였다. 거기에 어울리는 위인으로 현재의 국외 정치인들이 거론된 것 역시 이상할 것이 없다. 식민지 이전 위인 이야기와의 여러 공통점에도 불구하고 민족 이야기가 줄고 현실 이야기가 많은 양을 차지하게 되는 이유가 여기에 있다. 독일이나 이태리 통일의 영웅이 누리던

---

25) 개인의 성공을 다룬 소설이 전후 성장소설의 중요한 특징이었다는 점은 이러한 성공 사례의 유입과 겹친다. 서로의 직접적 영향관계를 생각하지 않더라도 성공을 절대시하던 당시의 시대적 분위기는 공유하고 있었다고 할 수 있다. 이에 대해서는 졸고, 「소년들의 도시」(『우리어문』, 2010) 참조.

26) 김지환, 「20세기의 거성」, 『학원』, 1955.6, 135면.

인기는 사라지고 록펠러나 디젤과 같은 동시대인이 그 자리를 차지하게 된다.[27] 전후의 시대 요구는 전쟁 대상이었던 민속의 강조가 아니라 현재의 조건에서 어떻게 잘 살아가느냐에 모아져 있었던 것이다.

인물 이야기의 주인공이 영웅에서 개인이 되었고 민족 이야기에서 성공 이야기가 되었다고 해도 변하지 않는 것은 이야기의 구조이다. 인물 이야기의 서사는 전통적인 민담의 구조와 크게 다르지 않다. 어린 시절 고난을 겪거나 어려움을 겪지만 굴하지 않고 지혜와 노력으로 그것을 이겨냈다는 이야기이다.[28] 말하자면 노력하다 보면 기회는 언젠가 찾아오고, 살아서 영예를 누리지 못하면 죽어서도 이름을 얻게 된다는 것이다. 사실 이런 이야기는 구조적으로 과정보다 결과를 중시하는 획일적인 이야기가 되기 쉽다.[29] 『학원』의 인물 이야기는 실패하거나 좌절한 인물을 결코 중요하게 다루지 않는다.

영웅과 위인을 중시하는 풍토는 시대를 넘어 오랫동안 지속되어 왔다. 위인들은 독자들에게 바람직한 삶의 모델이 된다. 위인의 삶을 모델

---

27) 본 논문 2장 뒷부분 도서목록 참조.
28) 몇 문장을 옮겨 보면 다음과 같다. "모든 문명의 이기나 과학의 진리가 결코 적지 않은 인간의 노력에 의하여 이루어진 것과 마찬가지로 나이론의 발명도 가로오자스라는 사람의 피나는 노력에 의해서 발명되었다는 것을 우리는 알아 두어야만 하겠읍니다."(『학원』, 1955.4, 228면), "한신은 어려서부터 그처럼 슬픈 환경 속에 자라난 소년이지만, 역시 범상치 않은 행동도 한두 가지가 아니었다."(『학원』, 1955.5, 199면), "포오드는 자동차 왕인 동시에 또한 우리들의 마음으로부터 본 받을 수 있는 훌륭한 인간이었다고 할 수 있는 것이다."(『학원』, 1958.7, 82면), "고생을 고생이라 생각하지 않고 피나는 노력을 거듭하여 마침내는 초인간적 비약을 보게 한 롯드."(『학원』, 1958.9, 78면.)
29) 이런 점 때문에 위인에 대한 거부 반응이 널리 퍼져 있다. 다음은 대표적인 예이다. "주인공은 늘 가난했고 성장 과정은 가시밭길이었으며 그리고 믿어지지 않을 만큼 위대했다. 게다가 '배워라 본받아라'는 끝없는 교훈의 강요와 설교조 서술, 어린이 눈에도 너무 뻔한 과장 등이 눈에 거슬렸다."(김동광, 「이상한 나라의 위인전」, 『창비어린이』, 2006.3, 182면.)

로 삼는다는 것은 다른 말로 하면 독자들은 그들의 삶이 하나의 욕망이 되도록 훈련된다는 의미이다. 독자들은 그들처럼 사는 것이 도덕적으로 옳거나 마땅한 방향이어서 따라야할 좋은 길이라고 생각한다. 나아가 위인으로 기억될 만큼 '성공'했다는 것에 최고의 가치를 두게 된다. 그렇다면 인물 이야기는 욕망의 내용을 결정하기도 하지만 욕망의 구조를 생산해내기도 하는 것이다.[30] 이는 교육적 차원에서는 사회에 동화되는 인물을 재생산하는 것이기도 하다. 인물 이야기는 젊은이들의 욕망을 사회적으로 '바람직한' 방향으로 이끌어주기 때문이다.

한 인간이 영웅이나 위인이 될 수 있는 이유는 그 인간의 삶 전체가 실제로 위대한 면모로 구성되어 있기 때문이 아니다. 그것은 그 인간에게서 발견되는 특정한 면모를 제삼자가 맥락지어 주어 그의 삶 전체를 영웅적 면모로 채워 넣으면서 재현하기 때문이다. 즉 위인은 위인으로 그 자리에 존재한다고 해서 위인이 되는 것이 아니라 타자들에 의해 끊임없이 위인으로 이야기되면서 더욱 위인이 될 수 있다.[31] 이런 의미에서 『학원』에서 다루고 있는 성공한 인물들의 이야기는 성공을 열망하는 당시 사람들의 요구를 담고 있다고 할 수 있다. 그 성공의 종류는 이제 민족을 구원하거나 나라를 발전시키는 것이 아니라 개인적 성취를 이루는 것이었다. 『학원』의 인물 이야기는 이러한 시대 분위기에 맞추어 개인으로서 자신을 세우는 일, 각자의 방면에서 성공한 사람이 되는 일을 중요한 가치로 내세웠던 것이다.

---

30) 여기서 잘 알려진 욕망의 삼각형을 떠올리는 것은 매우 자연스럽다. 위인들은 욕망의 매개자가 되고 그들은 욕망의 삼각형을 완성해 준다.

31) 이상록, 「이순신 민족의 수호신 만들기와 박정희 체제의 대중 규율화」, 『대중 독재의 영웅 만들기』, 휴머니스트, 2005, 309면.

4. 인물 이야기의 지향과 한계

넓게 보아 교양은 한 집단이 공유하는 기초적인 지식이나 문화라고 할 수 있다. 한 사회의 교육은 교양이라 불리는 집단의 문화를 개인의 차원에서 수용하도록 기획된다. 이런 관점에서 인물 이야기는 사회 구성원들에게 사고방식과 행동 양식의 사회적 전형을 보여주는 적당한 서사라 할 수 있다. 어떤 인물 이야기를 선택하고 그들의 어떤 부분을 부각시키느냐는 그래서 매우 중요하다. 혁명 영웅을 위인으로 '교육'하는 집단은 혁명의 정신을 아래로 강요하고 싶은 욕망을 가진 것이고, 건설 영웅을 위인으로 교육하는 집단은 개발이념을 강요하고 싶은 욕망을 가진 것이다. 『학원』의 인물 이야기 역시 의식·무의식적으로 자신의 욕망을 드러낼 수밖에 없었다.

애초부터 『학원』은 교육이나 계몽의 의도를 내세우며 출발하였다. 교양의 내용은 이러한 잡지의 의도에 따라 시대적 필요를 충족시키는 방향으로 채워졌다. 발행인 김익달은 창간의 취지와 잡지의 사명에 대해 다름과 같이 밝혔다.

> 『학원』은 글자 그대로 배움의 뜰이 되어야 할 줄 안다. 우리의 장래가 모든 학생들의 두 어깨에 달려 있다는 것은 누구나 다 아는 바이다. 그러나 불행히도 그들을 위한 이렇다 할 잡지 하나가 없는 것이 오늘의 기막힌 실정이다.[32]

> 끝으로 여러분! 바라건데 항상 서로 돕고 서로 사랑하는 마음을 잊지 말기를, 그리하여 누구나 다 머지않은 그날에는 이 나라 이 겨레의 기둥이 되고 들보가 되어 나라를 구하고 겨레를 살리는 일에 많은

---

32) 김익달, "창간사", 『학원』, 1952.11.

이받이 있기를 비러 마지 않습니다.33)

　짧은 예문이지만 잡지가 다분히 계몽적이고 교육적인 의도에서 발간
되고 있음을 알 수 있다. 필자는 창간사에서 '배움의 뜰'이라는 말을 사
용한다. '장래'를 이끌어 갈 학생을 위해 무언가 해야 한다는 강한 책임
감을 드러내기도 한다. 여유를 동반하는 학습과 취미가 아니라 실제 생
활의 구체적인 부분에 밀접히 연관되어 있는 '배움'이 강조된다. 두 번
째 예문에서는 청소년 독자들에게 당부하는 말을 전하고 있다. 서로 돕
고 사랑하며, 겨레를 살리는 일에 이바지해야 한다는 내용이다. '겨레의
기둥'의 거론은 거창하다는 생각이 들기도 하지만 잡지를 간행하는 목
적을 이해할 수 있게 해 준다.

　이런 잡지의 계몽적 의도를 드러내기에 인물 이야기는 매우 적당한
양식이었다. 집단적 의미가 상대적으로 감소하기는 했지만, 위인은 삶
이 곧 교훈이 될 수 있는 사람들이다. 사실에 기초한 것이든 사후에 '정
리'된 것이든 이야기 속 위인들은 어떤 의미로든 모범이 될 수 있는 행
적을 보여준다. 그들은 훌륭한 집안에서 태어나거나 양질의 교육을 받
았다는 점 보다는 행위의 결과로 평가된다. 시대가 요구하는 미덕을
'충분히' 가지고 있는 인물들이 위인으로 선택된다. 이런 면에서 근대
인물 이야기는 "규범적 가치를 현현하고 있는 입전 인물의 행적"34)을
중시하던 전 양식의 전통을 그대로 이어받고 있다. 독자들이 역사에 대
해 관심을 가지는 출발점은 특정 인물에 대한 호기심 또는 숭배에서 비
롯하는 측면이 강하다. 그런 인물을 선정하여 심도 있게 다룬다면 높은
교육 효과를 기대할 수 있다.35)

---

33) 김익달, "기념사", 『학원』, 1953.11, 14면.
34) 김찬기, 「근대 계몽기 '역사 위인전' 연구」, 『국제어문』 30집, 2004.4, 224면.

당시 『학원』의 인물 이야기는 독자들에게 인기 있는 기사였던 것으로 보인다. 『학원』은 독자들이 잡지에 실렸으면 하고 바라는 기사가 무엇인지 묻기도 하는데 이에 대해 독자들은 위인전을 꼽는다. "독자 여러분이 무엇보다 요청하는 기사가 위인전이었읍니다. 하늘을 찌를 의욕과 희망에 찬 젊은 제군들에게는 있어서 마땅한 요청이며, 편집실에서도 반갑기 그지없는 요청이었읍니다."36)라는 기사가 인물 이야기를 새롭게 시작하는 글에 프롤로그로 함께 실렸다.

교양의 내용으로 볼 때 『학원』은 서구적 지식을 중요한 '교양'으로 받아들이고 있었음을 알 수 있다. 인물 소개나 예술 소개에서 '서양'이 차지하는 비중이 절대적이었다. 물론 이것만으로 잡지의 시각이 편협하다도 속단할 수는 없다. 전쟁 중 시작된 잡지라는 점에서, 다양한 자료를 구하기 어려웠다는 점에서, 미국이나 서구 지향은 어쩔 수 없는 선택이었다고 볼 수 있다. 당시는 종이를 구하는 일조차 쉽지 않았던 시절이었다. 반공주의와 함께 친미가 정책적으로 조장되고 있었던 사회적 분위기도 무시할 수 없었다.

또, 서구 인물들을 많이 다룬다고 해서 그것이 곧 서구 추수나 추종이라고 말할 수는 없다. 식민지 이전의 인물 이야기가 그러했듯이 당시 필자들도 서구를 통해 우리를 말하려는 의도를 가지고 있었기 때문이다. "20세기 초 한국의 여러 지식인들은 이와 같이 '서구에 대해' 말하고자 했던 것이 아니라 '서구를 통해' 말하고자 했다. '말하고자 하는 바'가 있을 때, '서양' 혹은 '영웅'의 역사는 즉각 도구화 되었다. 이는 당시의 서구 수용을 이해하는 중요한 틀이라 할 수 있다."37)는 지적은

---

35) 중학교 국사(교사용 지도서, 2010), 30면(권기중, 「초·중·고 국사교과서에 기재된 인물에 대한 분석」, 『역사와 담론』, 2010.8, 567면에서 재인용).
36) 『학원』, 1956.11, 130면.

타당하고 그러한 방식은 『학원』에까지 그대로 이어진다고 할 수 있다.

그렇더라도 잡지에서 선택한 서구적 교양이 결과적으로 청소년들에게 영향을 미쳤으리라는 사실은 변하지 않는다. 단순한 판단은 국내 기사 33대 국외 기사 125라는 수치(위인과 명사 기준)를 비교해 보는 일로도 충분하다. 서구적 교양을 자주 접하면서 그것에 친근해지고 그들의 삶의 방식이 은연중 내면화되면 편집자의 의도와 무관하게 인물 이야기는 독자들에게 영향을 미치게 된다.

앞장에서 보았듯 『학원』이 인물 이야기를 "지배계급이 요구하는 순응하는 국민상을 만들기 위한 기획, 능동적인 국민상에 대한 염원으로 청소년을 이상적인 국가의 주체"[38]로 세우는 기획으로 여긴 것은 분명하지만, 그것이 실제로 각각의 기사에서 효과적으로 관철되고 있다고 보기는 어렵다. 국가와 민족을 위해 큰 인물이 되라는 당부는 곳곳에서 드러나지만 실제 기사들은 개인적 성공담이라는 이야기 틀을 벗어나지 않는다. 국내 인물이든 국외 인물이든 이러한 틀을 갖추고 있다는 점에서는 큰 차이가 없다. 오히려 인류에 대한 기여라는 면에서는 국외의 인물들에 더 높은 가치를 두는 듯도 하다. 이는 민족정기를 세우는 일과 무관한 구성이다.

다루고 있는 대상과 무관하게 『학원』의 인물 이야기는 하나같이 인물의 성실성을 강조한다. 개인에게 있어 성실성은 무엇보다 중요한 미덕이지만 자칫 성실성의 과도한 강조는 '가치' 문제를 소홀히 할 수 있다. 더 구체적으로 성실성의 뒤에 가려진 의도나 목적의 문제 즉 윤리의 문제를 덮어두게 된다. 성실의 강조 뒤에는 성공의 신화가 뒤따르게 된다는

---

37) 손성준, 「도구로서의 제국 영웅」, 『현대문학의연구』 47, 2012, 51면.
38) 장수경, 「1950년대 『학원』에 나타난 현실인식과 계몽의 이중성」, 『한민족문화연구』 31, 2009.11, 451면.

점도 인물 이야기의 문제로 지적할 수 있다. 많은 이야기가 경제적인 어려움을 극복하고 정치적·사회적 성공을 거두었다는 서사를 가지고 있다. 이때 겉으로 내세우는 성공은 정치적·사회적인 것이지만 이면에는 경제적 성공이 전제되어 있다고 볼 수 있다.[39)]

경제적 성공이 의미를 갖게 될 때 앞서 말한 인물의 서구 지향성은 당연한 것으로 받아들일 수 있다. 가난이 구체적인 극복의 대상이 될 경우 우리보다 잘 사는 나라를 모범으로 삼게 되는 것은 자연스럽다. 미국과 유럽에 대한 지향성이 교양이나 학문이라는 측면에서 생기기도 하지만 더욱 중요한 요소는 경제적으로 앞선 나라에 대한 동경일 수 있다. 개화기에는 민족을 구하기 위해 서구의 영웅·위인들이 번역되었지만 전후 『학원』에서는 개인과 국가의 성공을 위해 서구의 성공이 번역되었던 것이다.

성실성이라는 초시간적 윤리가 중요한 가치가 되면서 인물 평가에서 역사가 탈각되는 문제를 낳기도 한다. 위인들의 배경이 되는 시간성이 무시된 채 추상화되는 것이다.[40)] 성실성이 소중한 가치라 하더라도 개인이 처한 역사적 위치에 따라 '어떤' 성실성을 발휘하는 것이 좋은지가 결정된다. 도덕적 판단에서는 성실했느냐 아니냐가 아니라 어떤 의도에서 무슨 결과를 얻었느냐가 더 중요할 수 있다. 결과로서의 성공보다는 어떻게 성공했느냐가 더 중요한 것과 비슷하다. "탈서구주의적, 탈헤게모니적 세계관을 한국 사회에 전파하려면 위인전기 문화에 반드시 수정이 필요하다."[41)]는 지적처럼 우리의 배경과 그들의 배경이 같지 않

---

39) 도덕은 흔히 경제적 대차대조표로 은유된다. 성실의 미덕 역시 부(성공)라는 결과와 불성실은 가난(실패)이라는 결과와 은유된다. 이에 대해서는 조지 레이코프, 『도덕, 정치를 말하다』(김영사, 2010) 참조.

40) 박노자, 「서양의 위인들과 한국의 숭배자들」, 『인물과 사상』, 2003.9, 202면.

다는 인식을 가져야 한다.

개인의 성공에 초점을 맞추어 도덕적인 판단이 뒤로 숨어버린 대표적인 예를 원자탄 관련 기사에서 찾을 수 있다. 『학원』에는 원자탄이나 원자력과 관련하여 여러 인물들이 소개된다. 2차 세계 대전이 끝나고 긴 시간이 지나지 않았고 한국 전쟁 당시 미군이 원자탄을 사용할 것이라는 소문이 넓게 퍼져 있었던 점을 생각하면 원자탄이나 원자력에 대한 『학원』의 관심은 특별하다고 할 수 없다. 주목할 점은 원자탄의 발명이 대규모 살상을 가져왔고 앞으로도 그럴 가능성이 크다는 점에 대한 언급이 어느 기사에도 없다는 사실이다. 원자탄은 정치 군사적 힘의 상징으로 수용될 뿐 그것이 비도덕적이고 잔인한 무기라는 인식은 찾아보기 어렵다.

기간 내 전체 소개 과학자 아홉 명 중 여섯 명이 원자탄 혹은 원자 기술과 관련된다는 점 역시 주목할 만하다. 빼니 박사는 원자 폭탄을 만들 계획을 지도한 과학자로 과학 기술의 힘으로 세계의 주인공이 되겠다는 영국 사람들의 존경을 받는다고 한다.[42] 오펜하이머 박사는 원자탄을 만든 사람인데 4월 말에 미국 원자력 위원회 고문의 자리에서 물러났다.[43] 스트로우는 미국 원자력 위원회 위원장으로 빨리 수소탄을 갖도록 독려했다고 한다.[44] 이들은 모두 뛰어난 능력을 가지고 있고 성실함을 통해 큰 성취를 이룬 인물들로 소개된다. 「미국의 인공위성을 성공시킨 브라운 박사」는 로켓 전문가 폰 브라운 박사의 생애와 사상에 대해 다룬 글이다. 전기 기사로 「원자로의 은인-엔리고 페르미」 이야기

---

41) 위의 글, 204면.
42) 「오늘의 인물, 빼니 박사」, 『학원』, 1953.4.
43) 「오늘의 인물」, 『학원』, 1954.8.
44) 「오늘의 인물」, 『학원』, 1955.4.

가 실렸다.[45] 「원자과학의 아버지 아인슈타인 박사」는 일반적인 위인전 형식으로 그의 이력을 간단히 적어나갔다.[46]

스페인의 독재자 프랑코에 대한 기사도 인상적이다. 프랑코는 세계 정치 무대에서 이단자로 불리며 미국 등 나토의 말을 안 듣고 이베리아 반도를 지키고 있다고 한다. 그는 히틀러와 무솔리니의 도움을 받아 반란군을 진압하고 독재 정권을 세웠다. "그러나 그의 개인적인 성격은 성실하고 근엄하여 스페인을 위해 온전히 몸과 정신을 바치고 있다."[47]고 하여 논점을 흐리고 만다. 프랑코에 대한 평가와 다른 영웅(링컨, 나폴레옹 등)에 대한 평가가 얼마나 다른 지 의심스럽다. 성실하고 자신의 일을 위해 노력했다면 그의 정치적 의도 등은 이차적인 문제가 될 수 있는 것이다.

이러한 서구지향성과 가치에 대한 유보를 『학원』 인물 이야기만의 특징으로 볼 수는 없다. 전후 환경을 고려해 볼 때 서구지향성은 어쩔 수 없는 것이었다고 생각하는 것이 타당하다. 가치에 대한 판단 유보 역시 힘의 논리나 성공의 논리와 떼어 생각하기 어렵다. 특히 정치적인 사안의 경우 현실 판단 자체가 어려웠을 터이고 기술의 폭도 제한되어 있었으리라 짐작한다. 그럼에도 불구하고 중요한 것은 이것이 현재 우리가 인물과 역사를 보는 눈에 어떤 영향을 미쳤느냐이다. 그것이 전후 경쟁과 성공이라는 이데올로기를 형성하는 데 기여했으리라는 데는 의문을 달기 어렵다.

---

45) "위인전"이란 기사로 각각 『학원』, 1958.4와 1958.5.
46) 박익수, 「원자과학의 아버지 아인슈타인 박사」, 『학원』, 1955.6, 62면.
47) 「오늘의 인물」, 『학원』, 1953.6, 54면.

5. 인물 이야기의 의미

지금까지 잡지 『학원』의 인물 이야기가 갖는 의미를 교양이라는 측면에서 살펴보았다. 전후 청소년들에게 『학원』이 미친 영향이 컸다는 점은 잘 알려져 있다. 특별히 인물 이야기는 해방 이후 성장한 이들에게 긍정적 인물의 형상을 만들어주었다는 점, 그 자체로 교양이었고 교훈이며 지식이었다는 점에서 중요한 의미를 갖는다.

위인 이야기는 이미 낡은 양식으로 취급되곤 한다. 그러나 욕망의 투사라는 점에서 위인 이야기는 아직도 살아있다. 위인 이야기는 욕망을 투사하는 수단이거나 욕망을 생산하는 수단이다. 각 시대마다 강조되는 위인은 다를 수 있지만 그 역할은 같다. 성공한 기업인에 대한 자본주의의 열광은 과거 위인에 대한 열광과 크게 다르지 않다.

『학원』은 인물 이야기를 통해 독자들에게 교훈을 주려 하였다. 민족의 문제를 강조하면서도 실제로는 서구 지향을 드러내는 모순을 노출하기도 하였다. 성실성의 강조를 통한 인물의 탈역사화는 인물 이야기가 가진 중요한 문제점이다. 이를 통해 인물 이야기는 가치에 대한 유보와 성공을 우선시하는 서사를 재생산하는 데 기여했다고 볼 수 있다. 모든 서사가 이념을 담고 있지만 인물 이야기는 다른 어떤 서사보다 그것을 분명히 드러내는 양식이다. 인물 이야기에 지속적인 관심을 가져야 하는 이유가 여기에 있다.

해방기 황순원 소설 재론

─ 작가의 현실 인식과 개작을 중심으로

1. 서론

해방기는 어느 시대보다도 작가에게 미치는 시대의 압력이 컸던 시기였다. 잃어버린 국가를 찾았다는 기쁨과 새로운 국가를 건설해야 한다는 의욕은 작가들에게 시대에 적극적으로 참여할 것을 요구하였다. 이는 작가들의 작품 경향에도 영향을 미쳤는데, 현실은 이태준이나 박태원과 같은 순수-모더니즘 계열의 작가들까지 시대 문제에 민감히 반응하도록 만들었다. 작가들의 정치 참여도 매우 활발히 이루어져서 좌우를 막론하고 많은 문학 단체가 만들어졌고, 문학이라는 이름을 내건 이념논쟁도 자주 벌어졌다.

황순원에게 있어서도 해방기는 특별한 의미를 갖는다. 이 시기 그의 소설에는, 그의 다른 소설들과 이질적으로 보일 정도로, 사회 역사적 현실에 대한 구체적 관심이 두드러지게 나타난다. 즉, 당대의 여러 사회문제를 작품의 소재로 취하고 있으며, 현실의 세부묘사에 충실한 사실주의적 소설 문법을 택하고 있다. 이는 정체성 탐색이라는 주제를 다룬 모더니즘 경향의 해방 이전 소설과는 다른 것이며, 시공간을 떠난 순수의 세계 혹은 인간성에 주목한 이후의 소설과도 구분되는 점이다.[1]

물론 개인의 전 작품과 비교해 이질적이라는 이유 때문에 그의 해방기 소설이 의미 있는 것은 아니다. 황순원의 해방기 소설은 동시대 작가들의 소설과 비교해도 충분히 논의될 만한 가치가 있다. 해방 후 남한 사회의 시급한 문제들에 빠르게 반응한, 한쪽 이념에 치우치지 않은 균형 잡힌 시각을 보여주는 작품들이기 때문이다. 이 시기 그의 소설은 가장 민감한 시대적 문제를 건드리고 있다. 그러면서도 그의 문학이 보여주는 일관된 주제인 양심의 문제, 인간성이나 생명의 문제에도 여전히 관심을 보이고 있다.

그러나 현재 시중에 유통되고 있는 황순원 전집을 통해서는 해방기 황순원 소설의 진면목을 확인하기 어렵다. 개작을 통해 최초 발표작에 적지 않은 변화가 있었기 때문이다. 소설의 중심 내용이 완전히 바뀌지는 않았지만 현실에 대한 묘사나 태도에서 달라진 부분이 적지 않다. 구체적인 역사적 사건의 언급이 줄고 서술자나 인물이 사건에 개입하는 정도도 줄어들었다.

이 글에서는 이런 개작이 잘된 것인지 잘못된 것인지를 따지지는 않을 것이다. 개작은 작가의 선택일 뿐 아니라 시대의 요구일 수 있기 때문이다. 단지 여기서는 개작 이전의 작품을 이후 작품과 비교해 봄으로서 황순원의 해방기 소설이 갖는 의미를 다시 생각해 보려 한다. 또, 이미 오랜 과거가 되어버린 해방기 분위기를 이해하는 데 황순원의 작품

---

1) 황순원 소설의 전반적인 성격과 변모 양상에 대해서는 임진영의 『황순원 소설의 변모 양상 연구』(연세대대학원, 1999)를 참조할 수 있다.

이 많은 시사점을 제공해 주리라 생각한다.

2. 황순원 소설과 해방기 현실

한 작가에 대한 평가가 한두 가지 관점으로 정리될 수는 없겠지만,
대체로 황순원 소설에 대한 접근은 '서정성' 또는 '전통적 이야기'라는
관점에서 이루어져 왔다. 특히 황순원의 단편은 보통 작가들의 소설에
서 보이는 <시민 사회에 바탕을 둔 이야기>라기보다는, 대체로 전래의
풍속과 윤리가 지속되고 있는 <근대화 이전의 농경사회에 바탕을 둔
이야기>에 가깝다는 평가가 주를 이루었다.[2] 이런 관점에서 황순원은
"한국 현대문학에 있어 온갖 시대사의 격랑을 헤치고 순수문학을 지켜
온 거목"[3]이라는 평가를 받아 왔다. 그의 작품 세계는 "30여 년에 걸쳐
지속적으로 변화하고 승급하면서도 순수문학과 미학주의를 지향하는
그 전열을 흩트리지 아니한"[4] 것으로 평가된다.
그러나 과연 수십 년간 이어진 황순원의 작품 활동을 이렇게 단순하
게 정리할 수 있는지는 의문이다. 황순원을 순수문학으로 묶어두려는
후대의 의도가 작품의 실제와 상관없이 그의 문학을 신화화 한 것일 수
도 있다. 장편 『카인의 후예』나 『나무들 비탈에 서다』만 보아도 순수의
관점에서 평가할 근거는 적어 보인다.[5] 단편의 경우도 마찬가지이다.

---

2) 서준섭, 「이야기와 소설」, 『작가세계』 7, 1995, 18면.
3) 김종회, 「문학의 순수성과 완결성, 또는 문학적 삶의 큰 모범」, 같은 책, 87면.
4) 같은 글, 99면.
5) 『카인의 후예』는 토지개혁 문제를 『나무들 비탈에 서다』는 전쟁으로 피해 입은 사
람들을 다룬 소설이다. 작가의 입장과 무관하게 동시대의 가장 민감한 문제를 다
루었다는 점에서 '순수'라는 수식을 붙이기에는 어색한 소설이다.

특히 해방 직후 단편은 해방 후 조국 현실, 타락한 인간들에 대한 관찰이 비교적 현실적이어서 시적이라기보다는 산문적 성격이 강하다. 한 학자는 황순원의 문학이 '넉넉한 시'인 것은 인정하지만 『목넘이 마을의 개』[6] 시기에 대해서는 다른 평가가 필요하다고 지적한 바 있다.[7] 『목넘이 마을의 개』는 당대 사회현실을 직접적이고 구체적으로 반영한 작품들로 구성되어 있다는 점에서 순수와 서정의 세계로 평가되는 그의 다른 작품집과는 차이를 보여주고 있다는 평가도 있다.[8]

황순원은 월남한 작가 중 드물게 <문학가동맹>에 참여했던 특별한 이력을 가지고 있다.[9] 그의 해방기 소설 중 「아버지」와 「황소」는 문학가동맹 기관지인 잡지 『문학』에 실렸다. 이 밖에 「꿀벌」이나 「암콤」이 실린 잡지 『신조선』과 『백제』도 좌익 인사들이 필진으로 참여하고 있던 잡지였다. 이 시기 황순원 소설의 관심은 10월 항쟁, 적산과 토지 처리 문제에 집중되어 있었다. 잘 알려진 바와 같이 1946년 철도 봉기와 10월 대구 항쟁은 해방기 작가들에게 큰 자극을 준 사건이었다. 당시에는 예외적으로 두 사건에 대한 문학적 반응은 사건이 벌어지고 얼마 지나지 않아 바로 나왔다. 여순 사건과 제주도 4·3 항쟁이 문학적 형상화에서 오랫동안 소외되어 있었던 것과 비교하면 특별한 일이었다고 할 수 있다. 특히, <문학가동맹>은 10월 항쟁 특집호를 마련하는 등 상

---

6) 『목넘이 마을의 개』는 1948년 육문사에서 출간된다. 황순원의 다른 소설집과 다르게 강형구의 발문이 붙어 있다. 이 책을 인용할 때는 본문에 출판사명과 면수만 적는다.
7) 송하춘, 「문을 열고자 두드리는 사람에게 왜 노크하냐고 묻는 어리석음에 대하여」, 『작가세계』 7, 1995, 59면.
8) 정수현, 「현실인식의 확대와 이야기의 역할」, 『한국문예비평연구』, 319면.
9) 8·15 이전 고향인 평남대동군 빙장리에 있던 황순원은 1945년 9월 평양으로 돌아와 그곳에서 10월 「술 이야기」를 쓰고 다음 해 5월 월남한다(원응서, 「그의 인간과 단편집 기러기」, 『황순원 전집 3』, 삼중당, 1973년, 376면).

황에 적극적으로 대응하였다.

10월 항쟁은 해방기가 안고 있던 근본적인 모순이 대구 지방을 중심으로 한 영남에서 터져 나온 사건이었다. 항쟁의 직접적인 원인은 쌀 배급 비리에 대한 민중들의 불만이었다. 그러나 더 근본적인 원인은 미군정에 대한 실망이었다. 일제가 물러나고 완전한 독립을 원했던 민중들에게 미군정은 해방군이 아니라 이름만 다른 점령군이었다. 특히 식민지 시대 민중들을 괴롭히던 추곡 공출의 재계와 이전에도 경험해보지 못했던 춘곡 공출은 미군정이 일제와 전혀 다르지 않다는 인상을 사람들에게 심어 주었다. 거기에 공출과 관련된 비리와 극심한 빈곤은 군정 정책에 대한 반기를 들게 만들었다. 비록 지방 좌익 세력이 가담하기는 했지만 10월 항쟁 자체는 계획적으로 발생했다고 하기 보다는 우발적으로 발생한 측면이 강했다.10)

토지 문제를 포함해서 일본인 자산의 처리 문제는 해방 이후 해결해야 할 중요한 과제 중 하나였다. 일본이 남기고 간 자본의 분배 문제는 새로운 시대의 경제 체제를 어떻게 구성할 것인가의 문제와 직결되는 것이었다. 해방 후 정리해야 할 일본인 자산은 작게는 개인 가옥부터 크게는 공장 시설까지 다양하였다. 산업 시설을 어떻게 처리하느냐의 문제는 남북 모두에게 중요했다. 노동자들이 접수하는 방법과 국가에서 접수하는 방법 그리고 새로운 자본가에게 불하하는 방법이 가능했다. 원칙이 정해지기 전 혼란이 있었던 점은 남이나 북이나 크게 다르지 않았다. 이와 함께 초미의 관심 대상이 되었던 것은 토지 개혁 문제였다. 토지 개혁에 대해서는 남북 모두 그 필요성을 인식하고 있었으나 어떤 방법으

---

10) 이에 대해서는 정해구의 『10월 인민항쟁연구』(열음사, 1988)와 김무용의 「1946년 9월총파업과 10월항쟁의 상호 융합, 운동의 급진화」(『대구사학』 제85집, 대구사학회, 2006) 참조.

로 언제 실행할 것인가에 대한 생각은 달랐다.

작품집 『목넘이 마을의 개』에는 모두 7편의 단편이 묶여 있다. 이들 중 표제작 「목넘이 마을의 개」의 시대적 배경은 해방 이전이고 나머지 작품들의 시대적 배경은 모두 해방 직후이다. 다른 여섯 편은 「술 이야기」, 「두꺼비」, 「집」, 「황소들」, 「담배 한 대 피울 동안」, 「아버지」이다. 황순원은 소설 끝에 작품 창작 연도를 기록해 두는데, 작품집에 실린 순서와 창작 연도는 일치한다. 「술 이야기」 끝에는 1945년 10월이, 「목넘이 마을의 개」에는 1947년 3월이 기재되어 있다.

3. 10월 항쟁을 보는 시각

황순원의 소설 중 10월 항쟁을 소재로 한 작품은 「아버지」[11]와 「황소들」[12]이다. 「아버지」는 소략한 감은 있지만, 10월 항쟁이 갖는 역사적 의의를 식민지 시대의 독립 운동과 연관시키고 있다는 점에서 주목할 만하다. 「황소들」은 10월 항쟁의 빌미가 되었던 군정의 곡물 수매 문제를 작품의 배경과 제재로 다루고 있다.

「아버지」는 『문학』에 실렸는데, <문학가동맹>이 특집호를 꾸미기 위해 공모한 원고들 중 한 편이었다. 편집 후기에 "極히 촉박한 原稿 마감에도 不拘하고 詩가 ○十餘篇 小說이 十六篇이 들어왔다." "小說은 直

---

11) 이 작품은 <조선문학가동맹>이 발행한 『문학』 인민항쟁 특집호(1947년 2월)에 실렸다. 이후 인용은 『문학』2로 표시하고 본문에 면수만 적는다. <문학과지성사> 판 전집 인용은 <문지>로 표시하고 면수를 적는다.

12) 이 작품은 『문학』 1947년 7월, 미소공위 특집호에 실렸다. 이후 『문학』7로 표시하고 본문에 면수만 적는다. <문학과지성사> 판 전집 인용은 <문지>로 표시하고 면수를 적는다.

接 人民抗爭에서 取材한 것으로 좋은 影響力을 갖은 作品이 아니라고 생각되는 作品은 辭讓하기로 하였다. 同盟員 여러분의 넓은 諒解가 있기 바란다."[13]라는 말이 붙어 있다. 「아버지」의 창작 시기는 1947년 2월이고, 실제 게재된 시점도 1947년 2월이다. 날짜로만 보아도 이 소설이 시대의 필요에 따라 급히 창작되어 바로 게재된 작품이라는 짐작이 가능하다.[14]

「아버지」는 출판된 면수로 5면 분량밖에 되지 않는 짧은 소설이다.[15] 서술자가 아버지에 대한 이야기를 독자에게 들려주는 듯한 형식으로 쓴 글이다. 전반부는 아버지에게 들은 3·1 운동 이야기가 대부분을 차지하고 있다. 오래전 아버지의 감옥살이에 대한 이야기인데, 교도소에서 만난 사람들에 대한 이야기도 포함된다. 소설 후반부는 그때 알고 지내던 대구 사람을 우연히 길에서 만난 사연이다.[16]

> 마침 길옆에 조그맣나 식당이 하나있어 그리루 들어가서 이런저런 회포이야기같은 것을 했다, 그러다가 무슨말끝엔가 그이의 아들이 이번 대구사건으루 붙들려서 서울에왔다는 말까지 나왔어. 그래 생각하기를 이이가 자기 아들 붙들려온것 때문에 이렇게 따라올라왔구나 했더니, 그렇지가 않아, 알구보니 그이 자신이 이번 항쟁에 참가 했었어, 그러니까 결국 피신해 와 있는 셈이다, 그리구 이런말두 하두만, <u>우리의 삼월투쟁이 그때 왜놈의 무단정치에 견디다못해 일어선것처럼, 요새 다시 그때와는 또 다른 어떤 무단적인 것이 우리들을 자꾸만 억눌</u>

---

13) 『문학』2, 편집후기, 35면.
14) 「아버지」는 『문학』2의 27면에 창작 시기가 적혀 있다.
15) <문지> 판은 123면에서 129면까지 7면 분량이다.
16) 황순원 문학에서 부성성은 "그의 문학이 근본적으로 초월지향적이기보다는 현세지향적이며, 자아와 세계, 혹은 욕망과 현실 사이의 극단적인 대립보다는 화해의 모색에 그 바탕을 두고 있음"을 보여주는 증거로 평가된다(박혜경, 「현세적 가치의 긍정과 미학적 결벽성의 세계」, 『작가세계』 7, 1995, 72면).

러 견디지못해 일어선것이 이번 항쟁이라구, 그러면서 요새 아들을 들여보내구 자기두 그렇게 피해다니는 몸이 되니까 정말 삼일 당시의 일이 생각나 못견디겠대, 그러니 또 자연 그때 감옥에서, 가치 지내던 우리 넷의 일두 새삼스레 머리에 떠오르구, 그날만해두 삼일 당시의 거리에서 나를 어기자 나 우리들의 일이 떠오르대 봐서 나라는걸 곧 알수 있었대, 그이두 귀밑에 흰 털이 퍼그나 뵈더라, 그런데 그 시커멓게 탄 주름살잡힌 얼굴이 얼마나 아름답게 우러러 뵈던지, 그리구 말하는거라든지 생각하는게 얼마나 젊었는지, 나까지 막 다시 젊어졌다. (『문학』2, 26-27면. 밑줄 필자. 이하 밑줄은 필자의 강조임.)

위 예문의 내용을 정리하면 이렇다. 서술자의 아버지는 길거리에서 자신을 알은 체 하는 사람을 만난다. 아버지는 처음에는 그를 알아보지 못했지만 이내 그가 3·1운동과 관련하여 함께 감옥살이를 한 대구 사람임을 알아본다. 둘은 가까운 가게에 들러 지난 이야기를 나누게 된다. 그는 자신의 아들이 지난 대구 사건에 연루되어 현재 교도소에 가 있다고 말한다. 아버지는 이야기 중에 남자 역시 이 일에 연루되어 쫓기는 처지가 되었고, 경찰을 피해 서울로 피신 와 있다는 사실을 알게 된다. 대구 남자와의 만남은 아버지로 하여금 과거 3·1 운동을 떠올리게 한다.

위 글에는 대구 사건에 대한 아버지의 생각도 담겨 있다. 그가 보기에 대구 사건은 3·1운동과 비슷한 의미를 가진 운동이다. 3·1운동이 일본의 무단정치를 견디지 못하고 일어선 의거였다면, 대구 사건은 "또 다른 어떤 무단적인 것이 우리들을 자꾸만 억눌러 견디지 못해 일어난" 의거였다는 것이다. 이런 생각 때문인지 아버지는 초라해 보이던 대구 노인도 새로운 눈으로 보게 된다. 시커멓게 주름살 잡힌 그의 얼굴이 아름답게 보이고, 여전히 젊게 생각하고 행동하는 그를 보는 것만으로도 젊어진다는 느낌이 들었다고 말한다.

그런데 이런 아버지의 생각은 실제 『문학』을 발간한 <조선문학가동

맹>의 생각이기도 하다. 잡지가 인민항쟁특집 증간호를 기획한 의도도 두 운동을 연관 지으려는 생각 때문이었다. 임화가 권두 글에서 강조한 내용을 보면, "三十六年間의 反帝國主義鬪爭과 民主獨立을 爲한 抗爭가운데서 訓練되고 自覺한 朝鮮人民은 偉大한 昨年十月에 그원수들을 向하여 最大한 回答을 與한 것"이며, "二十八年前 三月一日의 朝鮮人民이 그원수들에게 던져준 回答보다도 더 明快한 回答을, 그들의 先輩가 奴隷生活十年만에 表示한 意思를, 奴隷化의 危險이 迫頭한지 不過一年만에 明快하게 表示한 것"17)이라며 높이 평가한다. 이런 임화의 생각이 그만의 독특한 관점이라 생각하기는 어렵다. 박헌영 역시 '10월 인민 항쟁'을 미군정당국과 친일파 등 반동파에 대한 '인민들의 영웅적 항쟁'이라 정의한 바 있다.18)

그러나 1960년대 이후 발간된 『황순원 전집』에는 이 부분이 삭제되거나 달라져 있다.

> 그러구보니까 털모자 속에 드러난 주름잡힌 시커먼 얼굴에 녯모습이 완연하드군. …… 마츰 길 옆에 조그마한 음식덤이 하나 있어서 그리루 들어가 이런데런 회포 니애길 했다. 그르다가 무슨 말끝엔가 그이가 이번 서울 올라온 건 신탁통티 문데 때문이란 거야. 시굴서는 어뜨케 종잡을 수가 없다구 하드군. 신탁통틸 찬성해야 할디 반대해야 할디 말이야. 그걸 분명히 알아가지구 내레가서 자기 사는 고당에서 운동을 닐으키겠다는 거야. 결국 어느 모루든 왜놈식의 무단정티가 이 땅에 다시 활개를 테서는 안된다는 거디. 그래 자꾸만 삼일운동 때 일이 생각나 못겐디겠드라나.(<문지>, 128면)

평안도 사투리가 최초 발표 때보다도 강화되어 있는 점이 눈에 띤

---

17) 임화, 「인민항쟁과 문학운동」, 『문학』, 1947.2, 4면.
18) 정해구, 앞의 글, 14면.

다.[19] 무엇보다 개정되면서 대구 노인이 서울에 올라온 이유 자체가 바뀐다. 그는 자기 고장에서 운동을 해야 하는데 신탁통치를 찬성해야 할지 반대해야 할지 종잡을 수가 없다고 말한다. 신탁통치 문제가 1946년에서 1947년으로 넘어가는 시기 정국을 시끄럽게 한 화제였던 것은 사실이다. 그런데 10월 항쟁이 신탁통치 찬반 문제로 바뀌면서 이 시기에 대한 소설의 관점도 달라진다. 군정의 정책이 아닌 신탁통치 안을 '왜놈식의 무단정치'와 연결시키게 되기 때문이다. 최초 발표 당시 "그때와는 또 다른 어떤 무단적인 것이 우리들을 자꾸만 억"누르고 있다고 했을 때 권력의 주체는 미군정이었다. 그러나 신탁통치로 관점이 바뀔 경우 "다른 어떤 무단적인 것"은 신탁통치 자체이거나 그를 찬성하는 세력이 된다. 3·1운동과의 연결도 마찬가지이다. 주권을 찾기 위한 노력이라는 점에서 10월 항쟁과 신탁통치 반대는 모두 3·1운동을 이은 운동으로 평가할 수 있다. 그러나 반대하는 대상은 확연히 달라진다.

작품의 주제 역시 달라진다. 이 소설은 '대구 사건' 즉 10월 인민항쟁과 3·1운동의 역사적 연관성을 부각시키고, 그 속에서 아버지를 통해 '늙을수록 아름다운 남자'라는 역사적 긍정성을 띤 부성상을 형상화하기 위해 씌어진 것이다.[20] 『문학』2의 「아버지」는 3·1운동을 중심 이야기로 끌어들이는 것 같지만 실제로는 10월 항쟁을 강조하는 이야기이다. 10월 항쟁을 다룬 양은 적지만 3·1운동이 그것의 의미를 뒷받침하는 구성이기 때문이다. 그러나 신탁통치 문제가 부각되면 이 소설의 주제는 제목 그대로 아버지에 대한 이야기가 된다. 대구 노인의 작품 내

---

19) 1973년 〈삼중당〉에서 7권으로 출간된 『황순원 전집』4에 실린 「아버지」의 이 부분은 모두 표준어로 표기되어 있다. 옛모습, 이야기, 어떻게 등의 단어가 사용된다. 내용은 〈문지〉 판과 크게 다르지 않다.
20) 임진영, 앞의 글, 70면.

비중도 현저히 작아진다. 노인은 운동에 참여하여 수배자가 된 능동적인 인물에서, 돌아가는 정세를 알아보기 위해 서울로 올라온 평범한 시골 사람이 된다.

같은 해 발표된 「황소들」은 10월 항쟁의 직접적인 원인이 된 '미곡' 문제를 다루고 있다. 10월 항쟁의 핵심 문제는 미군정에 의한 공출이었는데, 항쟁은 공출 자체의 부당함과 그것이 공평하게 이루어지지 않는 것에 대한 민중들의 불만이 집단적으로 표출된 것이었다. 비록 집단적 저항은 대구와 경북이라는 제한된 지역에 한정해서 일어났지만 사건을 일으킨 불씨는 전국에 고르게 퍼져 있었다. 이 소설은 이런 10월 인민 항쟁의 경과 즉 공출과정의 폭력성, 경찰의 횡포, 농민들의 자연발생적 봉기, 마을과 마을 사이의 연합, 경찰서와 지주집에 대한 방화 등이 잘 형상화되어 있는 작품이다.[21]

이 소설은 하룻밤 동안에 일어난 사건을 다루고 있다. 소설이 초점화자이자 사건의 관찰자인 바우는 저녁 들어 불안한 마음을 거둘 수가 없다. 마을 어른들이 여느 때와 다르게 행동한다는 것을 느꼈기 때문이다. 바우는 동네 사람들을 따라 가기로 결심한다. 해가 지면서 마을 사람들은 약속이나 한 듯이 모여 충주 김대통 영감네 마을까지 이른다. 그런데 마을 초입 산에 이르러 바우는 그곳에 자신들만 있는 것이 아니라 다른 동네 사람들도 모여 있음을 알게 된다. 그들은 모두 약속된 시간을 기다려 충주로 몰려간다. 마을에 들어선 어른들은 경찰서나 지주집에 불을 지르는데, 바우는 김대통 영감집 창고에서 곡식을 빼내어 어디론가 사라지는 장정들을 보게 된다.

---

21) 서재원, 「해방 직후 황순원 단편 소설 고찰」, 『한국어문교육』 4, 1990, 100면.

⊙ 이제 길은 외골 충주로 충주로 잇다렸을 뿐. 이때 바우의 눈 앞에는 엇그제 어디선가 수탄 농사꾼이 붙들려갔다는 생각과함께 한무리의 총부리가 떠올랐다. 가슴이 떨린다. 그러자 어둠속을 통해 쏜살같이 내려치는 한개의 총부리가 있었다. 그것은 지난밀보리 공출때 공출 시키러 나왔던 사나이의 총부리였다. // 범같은 사나이는 이역 본보이기라도 보이랴는듯이 마침 경작면적이 틀려 공출미납이 된 춘보를 동리사람들 앞에 끌어내더니 내따 총부리로 어깨죽지를 내려첫다. 그러나 춘보는 첫매에는 움쩍안었다. (『문학』7, 29면)

　　⊙ 이제 길은 외곬 충주로 잇닿았을 뿐, 이때 바우의 눈앞에는 그 무서운 총대가 떠올랐다. 뒤이어 그것이 어둠속을 통해 쏜살같이 내리쳐졌다. 춘보의 어깻죽지 위로. 밀보리 공출이 미납된 탓이었다. 그러나 춘보는 첫 매에는 움쩍 안했다. (<문지>, 96면)

　　위 예문은 바우가 느끼는 공포를 통해 사건이 어떻게 진행될 것인지를 암시하고 있다. 마을 사람들을 따라 나선 바우는 그들이 충주로 향하고 있다고 생각한다. 충주는 지주가 살고 있는 곳이다. 이어서 무서운 총부리를 떠올린다. 바우는 어리지만 지주에게 대항하는 일이 가진 위험성을 알고 있는 것이다. "어디선가 수탄 농사꾼이 붙들려갔다"는 소식은 공출과 관련된 시위를 연상하게 한다. 바우가 떠올리는 총부리는 공출 때 나왔던 사나이의 총부리다. 억울하게 공출미납이 되어 구타를 당한 춘보도 떠올린다.

　　개정판에는 ⊙에 밑줄 그은 문장이 빠져 있다. 공출과 관련되어 경작면적이 틀렸다는 부분도 빠진다. 동네 사람들 앞에서 본보기로 매를 가한다는 설명도 빠져 있다. 10월 항쟁이나 당시의 공출이 가진 문제를 직접 떠올릴 수 있는 부분이 삭제된 셈이다. 그 결과 ⊙은 구체적인 역사적 사건이 아닌 일반적인 농민들의 소작쟁의를 떠올리는 글이 되고 만다. 섬세하게 읽을 경우 개정된 소설에서도 역사적인 배경을 읽을 수는 있지만, 지주와 소작인의 대립이라는 일반적인 문제가 더 크게 부각된다. '범같은 사나이'의 구체적인 행위도 개정판에서는 볼 수 없다.

앞서 살펴본 「아버지」에 비해 「황소들」은 형식적으로 완결된 느낌을 주는 소설이다. 그 이유는 마을 사람들의 행위를 바우라는 인물의 시점으로 묘사하고 있기 때문이다. 사건은 농민들의 충주 습격이지만 아버지를 걱정하며 사건의 추이를 따라가는 주인공의 심리도 섬세하게 묘사되어 있다. 바우의 심리만으로 보면 이 소설은 성장소설의 요소도 가지고 있다. 어른들을 따라가면서 바우가 느끼는 공포와 자부심은 성장을 위한 자극으로 볼 수 있기 때문이다. 사건의 전모를 잘 알기 어려운 어린이를 주인공으로 한 것도 소설의 긴장을 높여준다.

많은 황순원 소설이 그렇듯이, 이 소설에도 설화가 등장한다. 위험에 처한 어린이를 구하기 위해 황소가 호랑이에 맞선다는 내용의 설화이다. 말하자면 범보다 센 황소 이야기인 셈이다. 소설 속 현실에도 '범'과 '황소'가 있다. ㉠에는 '범같은 사나이'는 공출을 담당하는 관리나 군인으로 짐작된다. 그런 호랑이를 이길 수 있을 것 같은 '황소같은' 마을 사람들도 등장한다. 분노한 사람들의 눈에서 바우는 황소를 읽는다.

다음은 농민들의 분노가 가진 성격을 잘 보여주는 대목이다.

㉠ 이래 저래 다같이 죽을 우리여. 이대루 나가단 필경은 죽은 목숨여. 우리가 무어 공출을 않겠다는것은 아니여. 정말이지 앞으로의 공출은 다른 사람 아닌 우리조선사람끼리 먹을게 아니여? 너나 없이 누가 공출을 않겠다 하여? 그저 정도가 있는게여. 우리들 양식꺼리마저 긁어가면 쓰느냐 말여. 그 광속에다 낟알섬을 가득히들 들이쌓구두 몰래 일본이나 다른데루 팔아먹는 사람은 내비려두구 말여. 그러지말구 먼저 그런 광문을 열어 공출을 시켜야 하는거여. 그렇게 하는편이 얼마나 공출이 잘 될지 모르는 거여. 그래 그렇게 할맘은 않구 그 보기만 해도 무섭구 싫은 총부리를 가지구 웨 하필 불쌍한 우리들만 못

살게 구는지 알수없는 일이여. 부르짖음은 모두 동리사람들이 벌써부
터 동리에서 하던 말들이다.(『문학』7, 30면)
　　ⓛ 이대루 가단 아무래두 다 굶어죽을 목숨여. 누가 공출을 안하겠
다는 건 아니여, 공평하게 해달라는 거지. 어떤 사람은 광 속에 쌀가
마니를 가뜩 들이쌓아놓구 몰래 일본이나 다른 데루 팔아먹게 왜 내
버려두느냐 말여. 밤낮 없는 사람들 들볶아댔자 뭐가 나올 거여. 아무
래도 이대루 가다간 다 죽을 목숨여. 이 울부짖음은 모두 동네사람들
이 벌써부터 하던 말들이다.(<문지>, 98면)

　공출은 일세시대에도 있었다. 그러나 『문학』7에 실린 작품에는 이 공
출이 해방기 미군정의 정책이라는 점이 분명히 드러난다. ⓗ에서 보듯
"우리조선사람끼리 먹을" 공출이라고 구체적으로 표현되어 있다. 농민
들은 공출을 해도 정도를 넘어섰다고 생각한다. 더 큰 문제는 그것이
공정하게 이루어지지 않고, 강제로 이루어진다는 데 있다. "총부리를 가
지구" "하필 불쌍한 우리들만 못살게" 구는 데서 농민들의 불만이 생기
는 것이다. 농민들의 바람은 쌓아놓고도 공출을 하지 않는 부자들의
"광문을 열어 공출을 시"키는 데 있다.
　이에 비해 ⓛ에서는 공출이라는 사실은 분명히 드러나지만 그것의 구
체적인 배경은 잘 드러나지 않는다. 가난한 사람들이 겪는 공출의 어려
움 정도로 단락의 의미가 좁혀진다. ⓗ에서 ⓛ으로 바뀌면서 생략된 두
부분은 해방 이후의 공출이 배경임을 보여주는 문장과 쌓아놓은 부자들
의 곡식을 공출해야 한다는 주장이 담긴 문장이다. 물론 몇 문장이 삭제
되고 다른 문장들도 조금씩 달라진 이유를 작가의 현실인식과 직접 연
결시키기에는 무리가 있다. 전반적으로 문장과 표현을 간명하게 하려는
작가의 의도가 느껴지기 때문이다. 그런 변화의 일환으로 구체적인 사건
을 드러낼 수 있는 단어가 생략되었을 수도 있다.

결말 부분은 황소같은 마을 사람들이 들이닥쳐 김대통의 마을이 혼란에 빠지는 장면이다. 바우는 역시 적극적으로 사건에 참여하지 않고 관찰자의 자리에 선다. 다음은 『문학』7에 실려 있으나 <문지>에서는 빠진 문장들이다.

> ㉠ 이 밤중에 김대통영감네는 낟알섬을 어디로옮기는것일까. 모를 일이다. 그저 그것이 옳은 일로 옮겨지지 않고있다는것만은 알수있었지만.(『문학』7, 37면)
> ㉡ 바우는 생각한다. 이렇게 낟알섬을 몰래옮기는건 막아야 하지않나. 바우는 저도 모르게 작대기 쥔 땀밴 손에 힘을준다.(『문학』7, 37면)
> ㉢ 그러는 바우는 이번에도 저도모르게 작대기 쥔 땀밴 손에 힘을 줌과 함께 아직 훈훈한 몸을 한번 부르르 떤다. 그것은 마치 꿈틀거리는것같은 그리고 속에서 꿈틀거려 나오는 힘을 미처 어쩌지 못하는 듯한 그런 떨림이었다.(『문학』7, 38면)

㉠에서 바우는 낟알 섬을 옮기는 장면을 본다. 그리고 그것이 옳지 않다고 생각한다. ㉡에서 바우는 낟알 섬을 옮기는 행위를 막아야 한다고 생각하고, 손에 힘을 준다. ㉢에서 바우는 자신의 몸에서 일어나는 분노의 감정을 느낀다. 연결시켜 보면 위 문장들은 바우가 현실에 대해 분노하고 주체적으로 나서게 되는 과정을 보여준다고 할 수 있다. 그런 떨림 때문에 어른들이 충주로 왔으며 그 떨림은 범에 대항하는 황소의 꿈틀거리는 힘이라고 할 수 있다. 바우가 현실에서도 설화처럼 황소가 범을 이길 수 있다고 믿는다 해도 이상할 것이 없어 보인다.

4. 적산(敵産)처리와 토지문제

10월 항쟁이 해방 후 터진 중요한 사건이었다면 적산 처리와 토지 문제는 해방 후 처리해야 했던 긴급한 과제였다. 1947년 발표된 「술 이야기」[22)]는 적산 처리 문제를 다룬 소설이고, 「꿀벌」[23)]은 해방 후 토지 문제를 다룬 소설이다.

「술 이야기」의 배경은 해방 직후 황해도 지역이다. 이 소설의 창작 연도는 1945년 10월로 되어 있다. 해방 직후 북의 현실을 배경으로 황순원이 월남 이전 쓴 소설인 셈이다. 이 소설은 일본인이 사장으로 있던 양조장의 운영을 둘러싼 인물들의 갈등을 다루고 있다. 주인공 준호는 20년 동안 일본인 아래에서 노동자로 일했다. 그는 삶의 희비를 함께 보낸 공장이 이제는 자신의 관리 하에 올 것이라 기대하고 있다. 이에 비해 젊은 직원 건섭은 새로운 시대에 어울리는 공장 운영 방식을 생각한다.

> ㉠ 사실 건섭이는 요사이 조합에오고가며 내노코 대표자 문제에 관해서는 오늘, 준호보고 말한, 요새 자칫하면 조선사람들이 어느 회사나 공장 책임자로 들어안즈면 곳전의 일본인 사장이나 지배인이 된거처럼 생각하는 축이 많다는 말과, 이말에 이여 그런축은 대개 오랫동안 일본인미테 잇서온 축이란 말이며 그런 축들은 하로바쎄 숙청 하지안

---

22) 「술 이야기」는 『신천지』 1947년 2월와 3-4월 합본에 분재되었다. 이후 전집에 실리면서 제목이 「술」로 바뀌었다. 인용은 본문에 『신천지』2, 『신천지』3, <문지>로 표기한다.

23) 이후 「집」으로 개재되었다. <육문사> 판에는 '집'이라는 제목에 '혹은 꿀벌 이야기'라는 부제가 붙어 있다. 이 글에서는 최초 발표된 소설이 아닌 <육문사>에 실린 소설과 <문학과지성사> 전집 소설을 비교 대상으로 한다. 「아버지」, 「황소들」, 「술 이야기」의 경우 발표 당시의 내용과 <육문사> 수록 소설 사이에 차이가 없었다.

허서는 안된다는말을 준호를 걸어두고 조합에 말해 왓스나, <u>그러치만 그것은 조금도 건섭이 자신이 무엇 준호대신으로 유경양조장대표가 되고자하는 욕심에서 그런것은 아니엇다.</u>(『신천지』3, 131-132면)

ⓛ 지난날 사장이나 된 것처럼 생각하는 축이란 준호 자기를 두고 하는 말이리라. 이제는 이녀석의 마음을 다 알았다. 분명히 이녀석 제가 조합의 힘을 빌어 양조장 대표가 되려는 꿍꿍잇속인 것이다. 이녀석의 싸늘한 눈초리만 봐도 뻔하다. (<문지>, 28면)

㉠이 시대 상황을 상세히 전하고 있다는 인상을 준다면 ⓛ은 주인공 준호의 심리에 집중하고 있다는 인상을 준다. 특히 건섭이라는 인물의 형상화에서 두 글은 큰 차이를 보인다. 건섭은 조선 사람이 공장이나 회사의 대표가 되면 그들은 마치 예전 일본 사람 사장이나 된 것처럼 군다고 비판한다. 전혀 대표가 될 자격이 없는 사람들이 대표가 되려 하는 것도 못마땅해 한다. 그런 사람들은 하루바삐 숙청해야 한다는 것이 건섭의 생각이다. 소설에서는 주인공 준호가 그런 태도를 보이는 사람이다.

건섭의 이런 생각은 <문지>판에서도 동일하게 나타난다. 그러나 건섭을 보는 서술자나 준호의 관점에는 변화가 있다. ㉠에서는 "그러치만 그것은 조금도 건섭이 자신이 무엇 준호대신으로 유경양조장대표가 되고자하는 욕심에서 그런것은 아니엇다."고 서술자가 구체적으로 건섭 편을 들어주고 있는데 비해, ⓛ에서 서술자는 "제가 조합의 힘을 빌어 양조장 대표가 되려는 꿍꿍잇속인 것이다. 이녀석의 싸늘한 눈초리만 봐도 뻔하다."는 준호의 생각을 그대로 전달한다. 이 경우 건섭은 개인의 욕심 때문에 조합을 내세우는 사람이다.

소설의 결말 처리 역시 약간의 차이를 보인다.

㉠ 어인 영문인지 몰라 놀래임과 겁 속에 머뭇거리는 종업원들 속에서 그중 문가까히 안젓든 건섭이가 일어나자, <u>준호의 손들어라 하는 거쉰 부르지즘이 한층 높하 갓고, 건섭이가 준호에게로 가며 손을 들엇는가 하면, 그것은 주먹이엇고,</u> 다음순간 준호는 맥업시 쓸어지고 말엇다. 우 하고 종업원들이 일어서는데 준호의 코와 입에서는 피가 흐르기 시작하였다. 그러자 준호는 으으하고, 나지막하나 속깁흔 신음소리와 함께 식칼 쥔 손을 한번 굴어쥐며 부르르 떨엇다. 건섭이는 조용히 준호의 손에서 식칼을 쌔아서 방한구석에 집어던젓다.

　그러는데 준호가 이번에는 눈물 어린 흐린 눈을 반씀쓰고 고개를 들며 윗몸을 일으킬것처럼보엿스나, 곳 눈을 마자 감으며 맥업시 고개를 쩔구면서 으으 하고 코와 입을 푹 다다미위에 박고 말앗다. <u>준호의 코와 입에서는 그냥 검붉은피가 모주 썩어진 물처럼 흘러 다다미위를 번지어 나갓다.</u>(『신천지』3, 135면)

　㉡ 어인 영문인지 몰라 놀라움과 겁으로 흠칫거리는 종업원들 틈에서 건섭이가 일어나자, 준호의, 손들어라, 하는 거친 부르짖음은 한층 높아지며, 건섭이 쪽으로 다가가려 했으나 그만 허든거리는 다리가 서로 휘감겨 앞으로 고꾸라지고 말았다. 우욱 종업원들이 몰리는데, 어느새 준호의 코와 입에서는 피가 흐르고, 그런 준호는 또 으으 하고 나지막하나 속깊은 신음소리를 지르면서 식칼 든 손을 부르르 떨었다. 건섭이가 조용히 준호의 손에서 식칼을 빼앗아 방 한구석으로 던졌다.

　준호가 이번에는 눈물어린 흐린 눈을 반쯤 뜨고 고개를 들며 윗몸을 일으킬 것처럼 보였으나 곧 눈을 아주 감으면서 으으 하고 코와 입을 푹 다다미에 박고 말았다(<문지>, 35면).

　위 예문은 조합원들이 모여 있는 곳에 칼을 들고 들어선 준호가 쓰러지는 장면이다. ㉠에서는 준호의 행동에 대해 건섭이 주먹을 들어 응징하는 것으로 되어 있다. ㉡에서는 다리에 힘이 없어 준호 스스로 쓰러지는 것으로 되어 있다. 결말 역시 ㉠에서는 피가 흘러 퍼지는 것으로 마무리되는데, ㉡에서는 준호가 쓰러지는 것으로 마무리된다. 앞서 살펴 본 예문과 마찬가지로 건섭이라는 인물의 위치가 두 작품의 차이를 낳는다고 할 수 있다. 준호를 시대착오적인 인물이라고 한다면 건섭은 새로운 시대에 어울리는 사고를 가진 사람이 된다. 준호가 순진하지만 불행한 인물이 된다면 건섭은 주도면밀하고 냉철한 사람이 된다.

최초 발표 때에는 있었으나 전집에서 빠진 내용도 주로 건섭과 관련된 부분이다. 처음에 준호가 양조장 사택에 들었을 때 "사실은 가튼 사무실안의 젊은 서기 건섭이 만은 마음속으로 준호를 추대한 것은 아니지만."(『신천지』2, 145면)이라는 문장이 부가되어 있으나 이후 판에서는 사라진다. 처음부터 준호의 행동에 반대했다는 점이 부각되는 부분이었다. 그리고 서술자가 "근본문제인 압으로의 운영문제를 어쩐 한사람의 손아귀에 너허버릴게 아니라 우리들의 조합의 손으로 움직여 나가는 것이 올흔길이라는 것을 깨우처 주려는데 잇섯다."(『신천지』3, 132면)고 건섭의 의도를 설명하는 부분도 이후에 빠진다.

위 예로만 보아도 「술」은 「술 이야기」에 비해 시대적 성격이 약화되고 개인에 대한 관심이 커진 개작이라고 할 수 있다. 「술 이야기」가 시대착오적 인물에 대한 집단의 응징이라는 구체적 정황을 드러내고 있는 데 비해 「술」에서는 이유야 어떻든 준호가 몰락하는 인물의 모습을 띠고 있어서 집단에 의해 개인이 소외당하는 듯한 인상을 준다. 이러한 변화 역시 황순원에게는 일반적인 개작의 방향이라고 할 수 있다. 이 소설을 준호와 같은 이기적인 삶을 비판하고 자기반성을 요구하는 소설[24]로 읽는다면 둘의 주제에 결정적인 차이는 없다고 볼 수도 있다. 그렇더라도 최초 발표작에서는 해방 직후 황순원이 보여준 현실에 대한 관심이 더욱 구체적으로 나타나는 것이 사실이다. 특히 조합을 앞세우는 건섭의 입장을 부정적으로만 그리고 있지는 않다는 점은 기억할

---

24) 이동길, 「해방기 황순원 소설 연구」, 『어문학』 56, 1995.2, 247면.

만하다.

황순원이 해방기 소설에는 '집'이 자주 등장한다. 앞서 살펴본 「술 이야기」에도 집이 중요한 제재로 등장했다. 「두꺼비」에서도 남쪽에 정착해야 하는 월남민의 어려움을 다루고 있다. 그리고 「집」 역시 그렇다. 이 시기 '집'은 혼란한 시대 속에 안정된 생활을 상징한다고 볼 수 있다.

1947년에 발표된 소설 「집」은 전라도 농촌 마을을 공간적 배경으로 한다. 이 마을에 지난 지주 민창호의 논을 산 전필수라는 서울 사람이 지주로 내려온다. 해방이 되어 동네 사람들에게 몹쓸 꼴을 당하여 쫓겨 간 민창호와 다르게 전필수는 마을 사람들에게 인심을 후하게 쓴다. 동네 어른들에게도 공손하게 대하여 어느 정도 인심도 얻는다. 전필수 집 옆에 사는 막동이 아버지는 노름을 위해 자신의 집 터전을 맡기고 전필수에게 돈을 빌린다. 다행히 전필수는 막동이 아버지의 돈을 받고 기꺼이 터전 값을 돌려준다. 이런 전필수의 너그러운 처사를 본 마을 노인인 송생원은 막동이네 집이 언젠가 전필수에게 넘어갈 것이라 예상한다.

앞서와 마찬가지로 개작된 부분을 중심으로 황순원 소설의 변화를 살펴보자.

> ㉠ 요새 들리는 말처럼 언제 새 돈이 찍히여 나와 지금 돌고 있는 돈이 못쓰게 될는지도 모른다는 말은 그대로 믿지않아도 좋더래도, 요지음 세월에는 아무래도 현금보다는 무엇이고간에 물건을 쥐어두는편이 낫다. 그까짓것 농터를 하나 사고 말까. 농사일이라면 그래도 할아버지 대 까지도 근실한 농부였다. 때가 때이니만큼 공연히 이것저것 분수에 넘치는 짓을 하다가는 돈냥이나 생긴 것 홀딱 물에 타 마시기 십상팔구다. 실수 없는 농터를 하나 사고말자. 그런데 한가지 주의할 것은 농터를 사되 여지껏 소작료나 바라던 구식 지주의 타산으로 농터를 샀다가는 큰 낭패다. 면첨 농터를 사가지고는 자기도 힘자라는 데까지는 자작을 하자. 무어니무어니 해도 조선사람은 땅밖에 파먹을

게 없다니까. 요행 세월이 이데로가서 삼분의 일씩 소작료나 제대로 받게된다면 큰 다행이요. 그렇지못해 북조선처럼 토지혁명이라는게 일어난대도 자작하면 농터는 그냥 자기 소유로 될터이니, 그때는 그때대로 살아나갈수 있을 것이다. (<육문사>, 109면)

ⓛ 서울서 조그만 고물상을 차려놓고 있던 그가 8·15 직후 일본인의 물건을 교묘하게 사고 팔고 하여 큰 돈을 잡자 머리에 떠오른 것이 농토였다. 세월이 이대로 가서 삼칠제로 소작료를 받게 되면 말할것없고, 설혹 나중에 토지개혁이란 걸 한다 해도 이북모양 무상으로 빼앗지는 않으리라. 그러니 이 통에 헐값으로 농토를 사자. (<문지>, 68면)

전필수가 서울에서 돈을 벌어 전라도에 땅을 사게 되는 과정을 서술한 부분이다. 눈에 띄는 변화는 토지 개혁에 대한 소문의 기술이다. ㉠에서 전필수는 북조선처럼 '토지 혁명'이 일어난다고 해도 자작하는 농토는 자기 것이 될 것이라 예상한다. 이 문장의 표현은 ㉡에서 '이북모양 무상으로 빼앗지는 않'을 것을 예상하는 것과 느낌이 매우 다르다. 토지 개혁에 대해서 ㉠은 자작농의 농지를 빼앗지 않는다는 느낌을 주는데 ㉡은 보상 없이 무자비하게 토지를 몰수한다는 느낌을 준다. 전필수의 행동은 같지만 행동을 이끈 현실 파악은 다른 셈이다. 이를 소설 창작과 개작 당시 토지 개혁을 보는 작가의 시각 변화로 읽어도 무리는 없을 것이다. 전필수의 전력을 이야기하는 부분도 다르다. <육문사>판에는 서울에서 이런 저런 방법으로 돈을 벌었는데 마땅히 무엇을 할 것인가를 고민하다가 전라도 땅으로 내려가는 것으로 되어 있다. <문지>판에는 전필수가 가난한 농민의 자식으로서 토지에 대한 욕심이 있다는 정도로 서술된다.

앞서 살펴본 세 작품에 비해 이 작품의 개작은 그 규모가 그리 크지 않다. 전필수라는 인물을 중심으로 볼 경우 변화가 크게 느껴지지만 중심인물을 막동이 가족으로 볼 때 그 변화는 미미한 편이다. 막동이 할

아버지는 자작농에서 소작농으로 전락한 전형적인 농민이다. 막동이 할아버지는 빚을 갚기 위해 논과 밭을 지주에게 팔고 야산을 사 밭으로 바꾸었다. 하지만 공출을 견디지 못하여 그 밭마저 지주에게 다시 팔게 된다. 막동이 할아버지는 그 밭을 판 돈으로 소를 사는데 막동이 아버지는 그 돈을 투전판에 쓸어넣는다. 막동이 할아버지는 식민지 시대를 거쳐 해방에 이른 민중의 형상이라 할 수 있다.

막동이네의 몰락은 허물어지는 '집'으로 상징된다. 시간이 흐르면서 초가집은 기울고 결국 막동이 아버지는 무너진 집에 깔려 죽는다. 집이 무너지면서 지주의 집 담장도 함께 무너지는데 막동이네는 그 담장까지 수리해야 한다. 담장에 붙은 막동이네 집터를 탐내던 전필수는 자연스럽게 그 터가 자신에게 넘어올 것을 예상하게 된다. 막동이 할아버지가 살아온 세월의 연속으로 해방기는 아무것도 해결해 주지 못하고 오히려 몰락을 가중시킬 뿐이다.

이 소설의 부제인 '꿀벌 이야기' 역시 막동이 가족의 신세를 상징적으로 표현해 준다. 꿀벌은 여왕벌이나 수벌과 달리 노동하는 벌이다. 열심히 꿀을 모아들이는 것으로 평생을 소비한다. 따라서 꿀벌은 열심히 일하는 농사꾼에 비유될 수 있다. 전필수와 같은 지주는 노동은 하지 않지만 꿀벌들의 노동력을 이용해서 살아간다. 농민들은 일제시대 지주 민창호의 땅을 부치고 살았듯이 이제 전필수의 논을 부치며 꿀벌처럼 살 수밖에 없다. 무너진 집에 꿀벌이 나는 마지막 장면은 시대에 대한 작가의 비관적 인식을 상징적으로 보여준다.

5. 결론

해방기 황순원 소설은 이후와 이전에 그가 창작한 소설들과 다른 모습을 보인다. 그는 당시의 어느 작가 못지않게 현실에 대한 구체적인 관심을 드러내고 있다. 이 시기 황순원 소설의 제재들은 민감한 시대 문제에 닿아 있다. 개작 이전의 황순원 소설을 볼 때 이런 관점은 더욱 유효하다. 하지만 현재 유통되고 있는『목넘이 마을의 개』에 수록되어 있는 소설들은 발표 당시의 소설들과 적지 않은 차이를 보인다. 이 글에서는 최초 발표작과 개정판의 차이를 중심으로 황순원의 해방기 소설을 살펴보았다.

개작을 통해 달라진 부분을 한두 가지로 정리하기는 어렵다. 대략 방향만을 제시하면, 발표 당시 그의 해방기 소설은 구체적인 현실의 문제에 관심을 보였으며 그것들은 시대의 중심 문제이기도 했다. 하지만 이후 개작을 통해 구체적인 역사적 사건을 연상하게 하는 부분이 사라지거나 줄어들었다. 시대의 문제를 민감하게 다루기보다는 인물의 내면을 탐구하는 방향으로 변화가 이루어졌다는 느낌을 준다. 「아버지」와 「황소들」은 1946년 10월 항쟁을 언급하고 있는 소설이다. 아들이 아버지를 관찰하는 시점을 취하고 있다는 점도 공통점이다. 두 작품이 모두『문학』에 실린 것만으로도 당시의 현실에 대한 작가의 큰 관심을 짐작해 볼 수 있다. 작가는 두 소설을 통해 10월 항쟁을 3·1 운동과 연결시키고, 군정의 공출이 갖는 문제점을 날카롭게 비판한다. 「아버지」에서 10월 항쟁이 신탁통치 문제로 바뀌고, 「황소들」에서 군정의 공출 비판이 약화되는 점이 두 판본 사이의 대표적인 차이였다.

「술 이야기」와 「집」은 적산 처리 문제와 해방 후 토지 문제를 제재로 한 소설이다. 두 작품은 비극적으로 결말을 맺는다는 공통점이 있다. 이들은 해방기의 시급한 과제였던 두 문제가 어떻게 전개되고 있는지를 잘 보여준다. 해방기 북을 공간적 배경으로 하는 「술 이야기」는 양조장의 운영을 놓고 벌어지는 갈등이 중심 서사이다. 「집」은 자기 토지를 잃고 집마저 잃은 꿀벌과 같은 농민들의 형편을 사실적으로 그리고 있다. 개작은 지주 전필수를 중심으로 이루어졌는데, 역시 구체적 현실이 희석되는 방향으로 진행되었다.

이기영 소설과 농촌 체험

1. 서론

民村 이기영은 1895년 5월 충청남도 아산군 배방면 회룡리에서 태어나 1984년 8월 평양애국열사능에 묻혔다.[1] 서너 살 때 쯤 가족과 함께 천안군 북일면 중암리로 이사해 어린 시절을 보냈으며, 15세 이후에는 천안시 유량리와 목천군 석곡리에서 생활하였다. 그의 아버지는 무반으로 성공하기 위해 서울을 자주 드나들었으나 결국 관에 오르지 못하고 고향에 돌아와 말년을 보냈다. 이기영은 어린 시절 서당에서 전통 교육을 받았고, 천안의 영진학교를 다니며 신식 교육을 받았다. 3년 정도 천안에서 직장 생활을 했는데, 천안 군청과 호서은행 천안 지점에서 근무

---

[1] 필자는 2008년 여름 이기영의 차손 이성렬씨와 함께 아산·천안 지역에 산재한 이기영의 흔적을 탐사한 적이 있다. 이성렬씨에 의하면 이기영이 태어난 곳은 아산군 양목골이다. 정확한 집의 위치는 확인할 수 없지만 현재 호서대학교 아산 캠퍼스가 보이는 회룡리 삼거리 근처일 것이라 추정된다. 주로 어린 시절을 보냈던 북일면 중암리는 지금의 천안시 안서동이며 유량리는 지금의 천안시 유량동이다. 2008년 당시 유량리에는 이기영의 고모 후손들이 예전 집에서 살고 있었다. 이기영에 관한 이야기는 남아 있었지만 그의 고향 시절을 증언할 이들은 찾을 수 없었다.

한 것으로 알려져 있다. 1922년 동경으로 떠나기 전까지 이기영 삶의 터전은 온전히 아산·천안이었다고 할 수 있다. 그의 호 민촌은 당시 중암리 지역이 양반의 마을이 아닌 민촌(民村)이었던 데서 유래했다고 하고, 다른 필명 성거산인(聖居山人)의 한자는 지금 성거읍(聖居邑)의 그것과 같다.2)

이기영은 한국 리얼리즘 문학을 대표하는 작가로 평가된다. 이러한 평가는 그가 작품 활동을 하던 시절부터 현재까지 꾸준히 이어져 오고 있다.3) 월북 작가들의 해금과 더불어 그들에 대한 연구의 붐이 일던 1980년대 후반에서 1990년대 초반 이기영은 이태준, 한설야, 김남천 등과 함께 가장 큰 관심을 받은 소설가였다. 「서화」,『고향』 등의 작품이 리얼리즘 창작 방법론과의 연관 아래에서 언급되었는데, 두 작품은 도식화를 극복하고 사실주의를 성취했다거나 전형적인 인물을 창조했다는 평가를 받았다.

이후 북한 문학에 대한 관심이 고조되면서 이기영이 북에서 창작한 작품에 대한 관심이 높아졌다. 해방 후의 대표작이라 할 수 있는『땅』과 『두만강』이 대표적으로 주목받은 작품들이었다. 두 작품은 그 내용보다 그것을 둘러싼 소문으로 유명했는데,『땅』은 해방 이후 최초로 창작된 장편이자 토지 개혁을 다룬 작품으로 알려졌다.『두만강』은 인민상 수상에, 노벨 문학상 후보에 오른 작품으로 알려지면서 독자들의 호기심을 자극하였다. 그러나 본격적인 연구가 진행되면서 작품이 대한

---

2) 이기영의 생애와 관련하여서는 이성렬의『민촌 이기영 평전』(심지, 2006)과 이상경의『시대와 문학』(풀빛, 1994)을 참조하였다.

3) 임화와 김남천의 「서화」에 대한 평가에서 본격적으로 이기영의 작품에 대한 관심이 시작된다고 볼 수 있다(임화, 「6월 중의 창작-이기영 씨 작 '서화'」(『조선일보』, 1933.7.19) : 김남천, 「임화에의 항의-'서화'에 대한 그의 과중 평가」(『조선일보』, 1933.8.3-4))

다양한 평가가 이루어졌다.[4)]

최근에 주목 받고 있는 이기영의 소설은 40년대 초반에 창작된 '생산소설'들이다. 『대지의 아들』, 『동천홍』, 『처녀지』 등 이전에 주목받지 못한 작품들이 식민지 말기의 상황에 대한 관심이 높아지면서 새롭게 주목받기 시작한 것이다. 이 연구들을 통해 프로 문학의 대표 작가이며 추앙 받는 인민 작가인 이기영이 일제 말기에는 식민지 정책에 부합하는 생산소설을 가장 활발히 창작한 작가였다는 점이 새삼스럽게 부각되고 있다. 이 연구들은 제국, 국민, 식민지, 생산 등의 키워드를 통해 이기영 소설을 읽거나 반대로 이기영 소설을 통해 이 시기의 분위기를 읽어내려 한다.[5)]

이상 간단한 연구 흐름을 통해 확인할 수 있듯이 이기영은 시대에 가장 적극적으로 반응한 작가라 할 수 있다. 그에 못지않게 연구 환경에 따라 다른 방향의 관심을 받는 작가이기도 하다. 작가에 대한 관심이 연구자들의 관심에 기초하는 것은 어찌 보면 당연하다고 하겠지만 이런 현상은 어쩔 수 없이 작가의 일부 작품이 부각될 수밖에 없게 만든다. 이를 통해 이기영에 대한 평가는 고평가와 저평가를 반복하기도 하였다. 또, 이기영의 작품에 대한 기존 논의는 주로 작품 외적 사실과의 관련성 속에서 작품의 의미 혹은 한계를 밝혀내는 데 집중되었다고 할

---

4) 이에 대해서는 정호웅의 「두만강론」(『창작과 비평』, 1989 가을), 김강호의 「이기영의 『두만강』론」(『국어국문학』 27호, 1992), 김동석의 「이기영의 『땅』 연구」(『어문논집』, 2005), 박영식의 「이기영의 장편소설 『땅』에 나타난 계몽 담론 연구」, 『어문학』 90, 2005)를 참고할 수 있다.

5) 이에 대한 최근 연구로는 서재길, 「식민지 개척의학과 제국의학의 극복」(『민족문학사연구』, 2013) ; 와타나베 나오키, 「식민지 조선의 프롤레타리아 농민문학과 만주」(『한국문학연구』, 2007) ; 장성규, 「일제 말기 카프 작가들의 만주 형상화 양상」(『한국현대문학연구』, 2007) ; 정종현, 「1940년대 전반기 이기영 소설의 제국주의적 주체성 연구」(『한국근대문학연구』, 2006)를 들 수 있다.

수 있다.

이 글에서 우리는 이기영 소설에서 그의 농촌 체험이 갖는 의미를 살펴보려 한다. 흔히 그의 대표작으로 언급되는『고향』, 『신개지』, 『땅』, 『두만강』은 각기 다른 역사적 배경 속에서 다른 이념적 지향을 가지고 창작되었지만 실제 작품의 서사 골격은 그의 농촌 체험에 기초하고 있다. 초기 작품에 이미 등장한 서사들이 이후 작품에서는 새로운 현실 상황의 변화를 통해 인상적으로 변주되고 있다. 이를 확인하기 위해 우리는 그의 초기작에서 나타난 농촌 관련 서사가 이후 작품에서 어떻게 반복·변형되어 나타나는지를 살펴볼 것이다.

2. 이기영 소설과 고향

유년 시절에서 청소년 시기에 이르는 경험이 한 작가의 창작 활동에 중대한 영향을 미친다는 점은 어쩌면 새로운 사실이 아닐지 모른다. 그러나 이기영의 경우는 그러한 점을 가만하더라도 특별한 면이 있다. 그의 작품을 관류하는 정신 혹은 인물이나 사건의 설계에서 고향의 체험은 그의 문학적 상상력의 원형을 주조했다고 할 수 있다. 그의 농촌 경험이 갖는 중요성은 이미 여러 곳에서 지적된 바이기는 하다. 그러나 그것을 통해 이기영 작품을 일관되게 보려는 시도는 많지 않았다. 게다가 이러한 일관성이 갖는 의미도 크게 부각되지 않았다. 이 글은 이기영 소설 상상력의 원형을 그의 대표작들에 적용해보는 작업이다.

이기영은 여러 회고에서 자신의 소설에서 농촌 생활의 경험이 갖는 중요성을 언급한 바 있다.

나는 지금도 농촌 소설을 쓸 때는 내가 살던 농촌생활의 과거를 눈 앞에 전개시켜놓고 그 시대로 들어가 본다. 그렇지 않고서는 쓰기가 곤란하다. 물론 이것은 나의 상상력이 부족한 탓인지는 모른다. 그러 나 나는 유년 시대의 결정적 인상이 창작상에 굳세게 반영된다.[6]

그가 젊은 시절을 보낸 시기는 1900-1910년대이다. 이기영은 일본 유 학 전까지 간혹 가출한 경험은 있지만 터전을 옮긴 적은 없었다. 1920 년대 초 방황 끝에 고대하던 일본행을 실행했으나 지진 때문에 고향으 로 돌아온 것이 1924년이었다. 이후의 대부분 시기는 고향을 떠나 도회 에서 생활하게 된다. 따라서 1920년대 초까지의 고향이 그가 기억하는 고향이라 할 수 있다. 서울행 이후『고향』의 집필을 위해 고향에 내려 온 1930년대 초 다시 그는 농촌의 모습을 보게 된다.

이기영이 농촌에서 보냈던 시기는 그의 주요 작품들의 시대적 배경 과 일치한다. 이기영의 이름을 알린 작품「서화」는 1910년대를 대상으 로 하고 있다. 그 이후의 주요 장편소설인『고향』이나『신개지』의 경우 는 그 시대적 배경이 1920년대 중반이나 1930년대 초로 설정 되었지만, 그 공간적 배경인 천안에서 1910년대 전개된 변화들을 핵심으로 삼아 적절히 변용하고 있다. 1910년대 초부터 1930년대 초까지를 다룬『두만 강』의 경우도 그 시기 이기영 자신의 체험을 원천으로 하고 있다.[7]

원래 나의 출생지는 천안이 아니다. 그것은 구온양군 남〇이었는데 내가 서너 살 적에 천안으로 옮기었다 한다. 천안에는 친척이 살고 그 의 토지가 엄리에 있음으로 우리 집은 그 집 땅을 부치기 위해서, 말 하자면 생활의 방편을 구해 간 모양이었다. (……)

6) 이기영,「창작의 이론과 실제」,『문학론』, 풀빛, 1992, 225면.
7) 이상경, 앞의 책, 54면.

상,중,하엄리는 모두 '민촌'이었다. 명색 토반(쟁퉁이)이라고 두어 집 있었으나 그들도 영세한 소작농 생활을 하기 때문에 상민들과 조금도 다를 것이 없었다. 근 백 호 되는 세 동리에 기와집이라고는 볼 수 없고 제 땅 마지기를 가지고 추수해먹는 집이 없었다.[8]

무엇보다 그가 경험한 농촌의 현실은 가난이었다. 그의 '회고'의 내용을 액면 그대로 받아들여서는 안 된다는 주장이 있지만[9] 어린 시절 고향에 대한 기억은 일관성이 있으며 당시 현실에 대한 다른 기록과도 어긋나지 않는다. 그는 중엄리(中嚴里)에 이사하여 살았고 이사 이유는 중엄리 근처에 비교적 잘 사는 친척이 살고 있었기 때문이었다. 어머니가 병으로 죽고 아버지가 낙향한 이후에는 아예 유량리의 친척 집으로 들어가게 되는데, 아버지는 마름 비슷한 일을 하며 마을의 지식인으로 살았다. 이 시기, 그러니까 이기영이 중엄리와 유량리에 살았던 10대 시절은 농촌에서의 삶을 본격적으로 체험할 수 있었던 때라 할 수 있다.

그의 고향은 식민지 농촌의 특성과 함께 시대 변화의 흐름을 읽을 수 있는 곳이기도 하였다. 천안은 농촌이면서도 식민지 근대화를 눈앞에서 목격할 수 있는 곳이었다. 이기영의 많은 소설에서 농민과 그들의 삶이 중심에 놓이지만 그 배면에는 공업화되는 현실 속에서 달라지는 세상의 인심이 중요한 제재로 놓인다. 그에게 고향은 전통적인 윤리와 변화하는 근대의 새로운 윤리가 함께 공존하는 공간이었다. 그의 소설에서 자주 새로운 논리와 과거의 논리가 충돌하는 양상을 볼 수 있는 이유가 이 때문이다.

이기영 소설(특히 장편소설)에서 빠지지 않는 소재이면서 중심 서사를

---

8) 이기영, 「나의 수업시대」, 앞의 책, 33~34면.
9) 이성렬, 앞의 책, 23면.

이루는 것은 인물들의 연애 사건이다. 그 연애는 자유연애의 형식을 띠고 있으며 작가는 그를 통해 봉건적인 결혼 제도를 비판한다. 농민들로 대표되는 등장인물의 삶을 억압하는 가장 중요한 요인은 가난이다. 가난과 관련하여 해결해야 할 시급한 과제는 토지 소유나 소작 제도의 개선이다. 이기영 소설은 가난의 원인이 토지의 소유와 관계되어 있음을 시종 강조한다. 「서화」에서 돌쇠의 놀음, 『고향』에서의 소작쟁의, 『땅』에서 곽바위의 영웅적 행위, 『두만강』에서 만주로의 이주는 모두 '땅' 없음에서 비롯된 가난 때문에 일어난다. 일제 말기 이기영이 유난히 생산 소설을 많이 창작한 이유도 일본의 정책이나 동아시아의 정세를 떠나 땅과 농민의 빈곤 그리고 쌀의 생산이라는 주제에 깊이 빠져있었기 때문이라고 할 수 있다.10)

과거의 전통과 새로운 문화에 대한 작가의 입장은 단순하지 않다. 일방적으로 과거를 거부하고 새로운 것을 긍정하지는 않지만, 새것을 무조건 거부하지도 않는다. 이기영 소설에서 언제나 비판의 대상이 되는 것은 조혼의 풍습이다. 작가는 전통적인 농민 공동체를 유지해 온 풍습에 대해서는 긍정적인 시선을 보내며 전통적인 윤리에서 어긋나는 인물들의 행위에 대해서는 비판적인 시선을 보낸다. 때로는 유교적이며 가부장적인 논리를 긍정하기도 한다. 특히 농민들의 풍속이 갖는 의미는 그의 소설에서 매우 중요하다. 농촌을 소재로 한 소설인 「서화」, 『고향』, 『땅』, 『두만강』은 특정 풍속의 지속과 변화를 보여주고 있는데, 이 작품들에서 풍속은 인물의 내적 성향과 경제적 정치적 효과를 가시화하는 데 기여하고 있다.11) 그의 소설에서 전통 풍속은 현재의 문제를 해결하는 데도 기여

---

10) 이기영의 소설에서 쌀 생산의 문제에 대해서는 윤영옥의 「이기영 농민 소설에 나타난 쌀의 표상과 국가」(『현대문학이론연구』 41, 2010) 참조.
11) 윤영옥, 「이기영 농민소설에 나타난 풍속의 재현과 문화재생산」, 『국어국문학』

한다. 두레나 세시 풍속은 농민들의 공동체 의식을 불러내고 그를 통해 근대의 문제를 해결할 수 있는 가능성을 열어준다.

이상은 이기영 소설에서 변하지 않고 일관되게 등장하는 요소들이라 할 수 있다. 그러나 변화의 측면 역시 간과할 수 없다. 이기영은 초기 소설에 등장하는 인물들과 유사한 인물들의 배치와 모티브를 변주해가며 시대의 핵심 문제를 건드린다. 식민지 시대는 그것이 농촌의 빈곤과 농민의 생활 문제였으며, 고향의 변화 그리고 만주라는 공간의 확대와 생산력 문제였다. 해방 후에는 토지 개혁 문제로 주제가 옮겨갔다가 한국 전쟁 이후에는 북한의 혁명전통이나 유일사상 체제 확립이 주제로 자리 잡는다.

지금까지 이기영 소설 연구에서는 작품의 이념적 측면이 강조되어 왔다. 그러나 관점에 따라서는 그의 소설에서 이념의 껍질은 이차적인 것으로 볼 수 있다. 그의 소설은 가난한 농민들의 형편과 그들의 당면한 문제의 해결이라는 공통점 아래서 이해할 수 있기 때문이다. 이기영 소설은 기본적인 골격은 그대로 유지한 채 당면한 문제가 달라지면 기꺼이 다른 문제 해결 방식을 선택한다. 물론 이는 그의 정치적 성향을 지나치게 단순하게 보는 것일 수도 있다. 그러나 삶은 단순한 개인의 성향을 복잡한 행동으로 이끌기도 한다. 기본적인 태도나 접근 방법은 그대로인 데도 말이다. 특히 그의 소설에서 보이는 세계의 유사성을 생각하면 지금까지 그의 소설을 둘러싼 신화가 과한 것이 아닌가 하는 생각마저 든다.

157, 248면.

3. 이기영 소설의 원형 - 「홍수」와 「서화」

한 작가의 작품이 고르게 높은 평가를 받기는 쉽지 않다. 따라서 문학사적이라 부르는 좌표는 중요한 몇몇 작품들에 의해 정해지기 마련이다. 이런 관점에서 이기영은 철저히 농민소설 작가로 평가된다. 그의 소설은 사회주의 리얼리즘이니 유물변증법적 창작방법이니 하는 도식적인 틀과 무관하게 접근할 필요가 있다. 주로 1933년 창작된 『고향』에 집중하여 유물변증법적 창작방법론이나 사회주의 리얼리즘론의 관점을 이야기하지만 그의 전 작품 세계를 놓고 볼 때, 『고향』은 그의 일관된 소설적 특징이 시대적 현실에 맞게 드러난 것이라 할 수 있다. 『땅』이나 『두만강』 역시 같은 관점에서 볼 수 있다.

『고향』을 창작하기 전부터 이기영은 농촌을 다룬 여러 편의 소설을 창작하였다. 그중 의미 있는 작품으로 「민촌」(「문예운동」, 1926.5), 「홍수」(1930년 8월 조선일보 연재), 「서화」(조선일보, 1933년, 5-7)를 꼽을 수 있다. 특히 「홍수」와 「서화」는 이후 이기영 문학의 원형이 된다는 점에서 중요하다. 인물의 구도나 연애의 구조, 풍속을 비롯한 모티브들이 그의 작품에 반복해서 나타나기 때문이다.

「홍수」는 일본에서 노동운동을 하다 귀향한 주인공 박건성을 중심으로 K강 유역 T촌 주민들이 단결하여 홍수로 인한 재해를 극복하고 소작쟁의를 일으켜 조직화되는 과정을 다룬 소설이다. 박건성은 공장 노동자 출신으로 농촌에 뛰어들어 농민들에게 새로운 의식을 불어넣는 역할을 하는 인물이다. 그는 노름만을 일삼고 살아가던 원식이나 머슴 완득이를 각성시키고 부자 사위를 얻어 덕을 보려던 치삼이를 설득해 그의 딸 음전이를 머슴인 완득이와 결혼시키게 만든다. 이 작품은 이념이 생경한 구호로만 나열되어 있지 않고, 궁핍한 삶 속에서도 공동체

의식을 싹 틔우고 농민 조합을 결성하는 과정이 생생하게 묘사되어 있다고 평가되기도 한다. 그러나 1년이라는 짧은 기간 동안 박건성이라는 한 사람의 힘으로 농민들의 집단의식이 고취되고 그들이 저항 의식까지 갖게 된다는 점은 지나치게 작위적이라는 인상을 준다. 또 박건성이 농민들을 이끌어주는 존재가 필요하다는 이유로 설정된, 지나치게 이상화되고 비현실적인 인물이란 평가도 가능하다.

> 음전이도 완득이를 그리 싫어하는 모양은 아니었다. 그는 부잣집으로 첩으로 가든지 그렇지 않으면 콧물 흘리는 어린 신랑한테로 가느니보다는 차라리 완득이 같은 튼튼한 총각이 낫지나 않을까? 생각되었음이다.[12]

> 그는 재래의 구습을 타파하고 아주 간단한 농민의 결혼식을 새로 만들어서 거행하기로 하였다.
> 어느덧 기다리던 백중날이 돌아왔다.
> 일랑풍청한 좋은 날이었다. 이날 식전부터 T촌 일경은 발끈 뒤집혀서 잔치 차리기에 분주하였다. 백중놀음에 혼인까지 겸하였으니 촌에서 이만큼 큰일을 치르기는 과연 처음이었던 것이다.[13]

농민들의 건강한 결혼관을 드러내는 것이 첫 번째 예문이라면, 전통 풍습과 건강한 결혼이 마을에 불어넣은 활기를 표현한 것이 두 번째 예문이다. 완득이와 음전이의 결혼이 마을의 잔치가 될 만큼 긍정적인 의미를 갖는다면 김첨지 딸 점순의 결혼(?)은 시대의 부정성을 드러내는 기능을 한다. 웃말의 부자 박주사 아들은 이미 첩을 얻어 살고 있는데, 남의 가난을 이용하여 점순이마저 첩으로 맞이하려 하기 때문이다. 이

---

12) 김외곤 편, 「홍수」, 『이기영 작품선』, 글누림, 2011, 179면.
13) 같은 책, 180면.

에 비해 점순이 오빠 점동이는 의지가 강한 젊은 농민으로 어떻게든 현실을 개척하며 살아가려 한다.

그러나 농민은 여전히 가난하다. 그 이유를 분명히 말하지는 못하지만 작가는 농민들 개인에게 책임을 돌리지는 않는다.

> 영감의 마음씨로 보든지 자기 집안 식구들은 누구 하나 악한 짓을 한 것이 없다. 하건만 웬일인지 남과 같이 살아보려고 밤낮으로 애를 써도 언제나 제턱으로 그들은 가난에 허덕허덕하였다.14)

이처럼 아무리 노력해도 가난을 면하기 어려운 현실에서도 농민들은 건강한 인간성을 유지하고 있으며 그와 대비되는 지주들은 타인의 어려움에 아랑곳하지 않고 자신들의 욕심만 채운다. 각성한 인물인 건성은 농민 조합을 구성하고 전통 풍속을 되살려 농민들의 공동체 의식을 강화한다. 수해로 입은 피해로 인해 농민들은 소작료를 감해줄 것을 요구하고 고양된 공동체 의식을 바탕으로 지주에게서 양보를 얻어낸다. 젊은 이들의 건강한 연애 사건은 마을에 활력을 불어넣어 주기도 하지만 여전히 존재하는 지주의 횡포는 현실이 그리 녹록지 않음을 보여준다.

1933년 발표된 「서화」는 정초에 벌어지는 쥐불놀이 장면으로 시작한다. 돌쇠는 쥐불 싸움에 신나게 뛰어들었으나, 쥐불 싸움은 시시하게 끝나고 만다. 먹고사는 일이 힘들어 그것도 해마다 시들해진 것이다. 가난한 농민인 돌쇠는 응삼이를 꾀어내어 노름판을 벌인다. 반쯤 바보인 응삼이는 소 판 돈을 모두 돌쇠에게 잃는다. 돌쇠는 그 돈으로 자기 가족의 양식을 마련한다. 모자란 남편에게 불만을 가진 응삼이의 처 이쁜이는 돌쇠의 남성다움에 이끌린다. 한편 면 서기 김원준은 이쁜이에게 흑

---

14) 같은 책, 146면.

심을 품고 접근한다. 돌쇠는 이쁜이를 몰래 만나 응삼이와 노름한 것에 대해 사과하며, 노름이라도 하지 않으면 먹고 살 수 없음을 실토한다. 면 서기 원준이가 혼자 집을 보는 이쁜이에게 음탕한 관심을 보이며 협박 까지 하지만, 이쁜이는 완강히 저항한다. 결국, 봉변을 당한 원준이가 구 장(區長)을 부추겨 동네 집회를 열도록 한다. 원준이는 그 집회에서 도박 과 가정 풍기를 거론하며 돌쇠를 궁지에 몰아넣는다. 이때 동경 유학생 정광조의 발언에 힘입어 돌쇠는 자기 입장을 밝힐 수 있게 된다. 생계를 위해 불가피하게 노름한 이유와 이쁜이에게 나쁜 마음을 먹은 자가 바 로 원준임을 폭로한다. 돌쇠는 이쁜이와 함께 집으로 오면서 유학생 정 광조의 합리적인 사리 판단에 감격한다.

이 소설의 인물 구도 역시 이기영 소설에서는 익숙하다. 농민의 이중 성을 지니고 있지만 비교적 건강한 인물인 돌쇠와 지식인인 정광조의 존재가 대표적이다. 정광조는 동경 유학을 다녀온 지식인으로 농민의 편에 선다. 그는 조혼 풍습을 비판하고 당사자의 연애 감정을 중시한다 는 점에서도 주목을 요하는 인물이다. 그는 돌쇠가 이웃 여인과 적절하 지 못한 관계로 지내는 것을 옹호한다. "가정이란 대개 결혼을 기초한 것으로 볼 수 있는데 오늘 우리 사회의 결혼 제도라는 것이 어떠합니 까?"라고 조혼의 풍속을 비판한다. 물론 이를 통해 돌쇠의 행위가 정당 화되는 것은 아니다. 그러나 모자란 응삼과 결혼한 이쁜이의 운명에 대 한 동정은 충분히 설득력을 얻는다.

이 작품에서는 농촌의 풍속이 사라진 것에 대한 안타까움이 자주 언 급된다. 작가는 돌쇠의 입을 빌어 쥐불이나 줄다리기와 같은 농민의 오 락이 모두 사라지면서 마을의 생기마저 줄어들었다고 한다. 돌쇠는 "정 월 대보름에 줄다리기를 폐지한 것은 벌써 수삼 년 전부터였다. 윷놀이 도 그전같이 승벽을 띠지 못한다. 그러니 노름밖에 할 것이 없지 않으냐"고 생각한다. 예전에는 "돌쇠의 집에서도 보통 명절이라고 아내와 모친은 수수를 갈아서 전병을 부치고 쌀을 빻아서 떡을 쪘"고 마을에는 들기름 내가 떠올랐다. 그러나 이런 풍속도 쥐불이나 줄다리기와 마찬가지로 어린애들의 형해만 남아 있다고 한다. 어른들은 다만 신세 한탄을 하며 한숨을 쉬고 있을 뿐이다.

이상 두 소설의 인물을 정리하면 다음과 같은 표가 만들어진다.

	① 건강한 농민	② 지식인 지도자	③ 본능을 따르는 여인	④ 부정적 인물
홍수	완득/점돌	박건성	음전	박주사 아들
서화	돌쇠	정광조	이쁜이	김원준

서사를 끌어가는 주요 사건은 위 인물들이 상호 관계를 통해 만들어진다. ①과 ③의 연애관계가 건강한 쪽이라면 ③에 대한 ④의 욕망은 건강하지 못한 것이다. ①과 ④는 갈등 관계에 있고, ②는 ①과 ③에게 우호적이지만 ④에게는 비우호적인 관계이다. 작품은 ①이 포함된 가정을 중심으로 이야기가 전개되며 부수적인 인물들은 ①이나 ③ 유형에 속하는 경우가 많다. 이러한 인물구도와 사건의 구조는 이후 주요 장편에서 반복·변형되어 나타난다.

4. 변화하는 고향 풍경 - 『고향』과 『신개지』

『고향』은 1920년대 원터 마을을 배경으로 한다. 동경 유학생이던 김희준은 학업을 포기하고 돌아와 소작인으로 농사를 짓는 한편으로 농민 봉사, 계몽 활동을 통하여 농민 지도자가 된다. 희준과 대립하게 되는 마름 안승학은 딸 갑숙과 경호의 관계를 알고 놀라게 된다. 경호는 읍내의 상인인 권상필의 아들로 알려졌으나 사실은 구장집 머슴 곽 첨지의 아들이기 때문이다. 희준에게도 좋은 감정을 가지게 된 갑숙은 가출하여 옥희라는 가명으로 공장 직공으로 취직한다. 경호 역시 집을 나와 공장에 취직하게 된다. 어느 해 소작인들은 수재(水災) 때문에 집을 잃고 농사를 망친다. 김희준을 중심으로 뭉친 소작인들은 마름 안승학에게 소작료를 감면해 줄 것을 요구하나, 안승학은 이를 거절한다. 이때 갑숙은 소작인을 괴롭히는 아버지에 반대하여 김희준과 힘을 합친다. 결국 김희준을 비롯한 농민들은 안승학의 양보를 얻어낸다.

이 소설이 보여준 문학적 성과에 대해서는 기왕에도 자주 지적되어 왔다. 다양한 인물의 개성 있는 성격화, 농촌 풍경의 사실적인 묘사, 이를 통한 농촌 현실의 적절한 비판이 이 소설의 장점으로 꼽힌다. 이전의 소설과 달리 작가의 관념적인 언술을 통해서가 아니라 생동감 있는 인물들의 생활을 통해 주제를 드러낸다는 점이 무엇보다 큰 장점으로 지적되곤 하였다. 이러한 평가는 다음과 같은 당대의 평가에서 그리 멀리 떨어져 있지 않다.

그 소제목 '농촌점경'에서 펼쳐지는 원칠이의 집과 안승학의 생활의 대조, '마을 사람들'에서 보여주는 이 마을 사람들의 생활 상태와 그 사람들의 성격, '도라온 아들'에서 본 희준의 내력과 그의 태도, '마름집'에서 본 안승학의 악착한 역사와, '출세담'에서 자기를 자랑하는 비인격적 태도, 그중에도 춘궁에서 우리는 이 마을 사람들이 술지게미를 사려고 싸우며 양주장을 찾아가는 비절(悲絶)한 현황을 너무 똑똑하게 보았다.
따라서 '산보'에서 본 안승학의 본처의 딸 갑숙과 제사공장에 다니는 여직공 인순과의 우정!15)

그렇다면 무엇이 『고향』에서 위와 같은 성취를 가능하게 했는가? 『고향』에는 「홍수」나 「서화」에서 볼 수 있었던 농촌의 현실에 새롭게 변화하는 고향의 현실이 적절히 조화되어 표현되었다고 할 수 있다. 원터마을이라는 공간에 제사공장이라는 공간이 추가되어 두 공간의 현실이한 작품 안에 함께 표현되고 이를 통해 작품은 구조의 복잡성을 확보할수 있게 된 것이다. 이전 단편들이 고향에 대한 과거의 기억만으로 쓰인 데 비해 『고향』에서는 변화된 현실이 새로운 이야기를 만들어 낸다. 잘 알려진 바와 같이 이기영은 『고향』을 집필하기 위해 1930년대 초반고향의 성불사로 내려온다. 서울에 머물며 기억에 의지해 쓸 때와 달리이때는 새롭게 본 고향의 변화가 작품에 추가되었다고 짐작할 수 있다. 『고향』의 주인공 희준 역시 고향에서 발견한 인물이다.

> 그때 고향에는 변상권이라는 나의 친구가 살았습니다. 그는 진보적인
> 지식 청년으로 농촌에서 계몽운동을 하며 농민들에게 계급의식을 선전하
> 고 있었습니다. 그가 바로 『고향』의 주인공 김희준의 원형이었습니다.
> 변상권 동무도 집이 구차했습니다. 나는 그에게 신세를 지며 소설
> 을 쓸 작정으로 그를 찾아갔습니다. 나는 그의 주선으로 그곳에서 5리
> 상거되는 성불사에 기숙을 하면서 『고향』을 쓰기 시작하였습니다. 이
> 성불사란 바로 소설 『고향』에 나오는 일심사입니다.16)

작가와 친구 변상권의 관계가 언제부터 시작되었는지 위 글에서 확인하기는 어렵다. 『고향』의 희준과 유사한 인물이 이전 소설에도 등장하는 것으로 보아 전혀 모르던 관계가 『고향』을 창작할 무렵에 갑자기 시작되

---

15) 민병휘, 「고향론」, 『풍림』, 1937.1.
16) 이기영, 「작가의 학교는 생활이다」, 『문학신문』, 1962.8.21.(이상경, 앞의 책 138면에서 재인용)

었다고 보기는 어렵다. 도움을 받을 만한 친구가 고향에 있었다는 정도의 파악이 적당할 것이다. 그러나 최소한 친구의 모습이 소설 속에서 가장 성공적으로 형상화된 것이 『고향』이라고 평가할 수는 있다.

『고향』의 중심인물들은 「홍수」나 「서화」에서 어느 정도 익숙해진 유형들이다. 인동의 집, 즉 원출의 집은 「홍수」나 「서화」에서 볼 수 있었던 전형적인 농촌의 가난한 가정이다. 원출은 성실한 농민이다. 그의 아들 인동 역시 학교까지 그만두고 집안을 돕는다. 하지만 그들의 삶은 나아지지 않고 날로 어려워지기만 한다. 그러면서도 가족 간의 유대와 애정은 남달리 *끈끈하다*.[17) 주인공 희준은 건강한 지식인의 전형으로 평가된다. 야학을 통해 농민을 깨우치지만 본인 역시 소작인으로 가난한 생활을 한다는 점, 동경 유학을 했다니 마을 사람들은 큰돈이라도 벌어왔으리라 기대하지만 그렇지 못하다는 점 역시 「홍수」의 주인공과 비슷하다.

인물들의 애정 관계는 이전 단편들에 비해 복잡한 편이다. 권상철의 아들 경호와 안승학의 딸 갑숙은 서로 좋아한다. 갑숙과 희준 역시 좋은 감정을 가지고 있다. 막동이, 방개, 인동이는 삼각관계이다. 그러나 방개는 기철이와 결혼을 하고, 인동이는 돈 많은 술장사 딸 전이와 결혼을 한다. 결혼 후에도 인동이는 방개에 대한 미련을 버리지 못한다. 희준의 부부관계는 그리 원만하지 못한데, 희준은 조혼으로 맺어진 아내에게 끝내 애정을 갖지 못한다. 이기영 소설에서 일관되게 유지되는

---

17) 인동이 집안의 가난 원인이 과도한 상례에 있다는 지적은 『땅』에도 그대로 반복해 나온다. 이 역시 작가의 개인적인 경험과 무관하지 않다고 짐작할 수 있다. "원칠이는 십여 년 전만 해도 논 섬지기나 농사를 짓고 큰 소를 먹이기까지 했는데 어느 해 흉년이 든데다가 그 해 겨울에 친상을 당하게 되자 상채를 몇십 원 지기도 했지마는 그 뒤로 웬 일인지 형세가 차차 줄기 시작하더니 어느 틈에 지금과 같이 가난방이로 떨어지고 말았다."(이기영, 『고향』 상, 슬기, 1987, 79면.)

조혼 비판, 자유연애 긍정이 반복해서 나타나고 있다.

갑숙은 이전 소설에서 볼 수 없었던 유형의 인물이다. 그녀는 소설의 부정적 인물인 안승학의 딸이지만 집안이 정해준 결혼을 받아들이지 않고 공장에 취업하여 노동자가 된다. 처음에는 심약한 모습을 보이고 희준과 경호 사이에서 갈등하기도 하지만 각성한 개인으로서의 길을 간다. 인동의 동생 인순 역시 가난한 농촌을 떠나 공장에서 생활하지만 갑숙이처럼 파업이나 소장쟁의에 개입하지는 않는다. 농민들의 소작쟁의를 다루고 있음에도 불구하고 공장 노동자들이 중요하게 등장한다는 점은 소설의 서사에 입체성을 부여한다.

이렇듯 『고향』은 농촌의 전통적 삶 못지않게 변화하는 고향의 모습도 중요하게 다루고 있다. 소설의 초반에 묘사된 고향의 변화는 다음과 같다.

> 오 년 동안에 고향은 놀낼만치 변하였다. 정거장 뒤로는 읍내로 연하여서 큰 시가를 이루었다. 전등과 전화가 가설되었다.
> C사철(私鐵)은 원터 앞들을 가로 뚫고 나갔다. 전선이 거미줄처럼 서로 얼키고 그 좌우로는 기와집이 즐비하게 느러섰다.
> 읍내 앞 큰내에는 굉장하게 제방을 쌓았다. 상리 안골에서 내리질르는 물과 봉화재 골짝이에서 흐르는 물이 정거장을 휘도라서 원터 앞들을 뚫고 흐르다가 읍내 앞 – 정남쪽으로 와서는 한데 합쳐서 큰 내를 이루웠다. 세 갈래가 진 물목은 웅뎅이처럼 넓게 팽겼다.[18]

『고향』 이후 발표된 장편 『신개지』는 농촌 공동체 사회에서 도시로 변해가는 1920년대 천안의 모습에 더 큰 비중을 두고 있는 소설이다.

> 몇 해 전만 해도 시골읍내의 낡은 전통 밑에서 한가히 백일몽을 꿈꾸고 있던 이 지방도 ○○철도가 개통되고 근자에는 읍제가 실시된

---

18) 같은 책, 21면.

뒤로부터 별안간 활기가 띠워져서 근대적 도시의 면목을 일신하기에 주야로 분망하였다. [······]

붉고 희고 검고 푸르고 누런 지붕을 뒤덮고 섰는 집들이 뚝딱거리는 건축장과 하천정리의 제방공사와 또는 거기로 모여드는 노동자 떼 하며 그리고 그들을 생계로 하는 촌갈보 술집들의 난가게가 한데 어울린데다가 하루에 몇 차례씩 발착하는 기적 소리의 뒤를 이어 물화가 집산되는 대로 상공업은 흥왕하고 인구는 불어간다. 따라서 사회적 시설도 템포를 빨리하여 나날이 발전하는 이 지방은 어느 곳이나 신개지에는 공통된 현상으로 볼 수 있는 신흥 기분에 들떠 있다.[19]

위 글은 철도가 놓이면서 달라지는 읍내의 풍경을 실감나게 묘사하고 있다. 『신개지』를 통해 독자들은 변화가 시작되면서 생기는 부조화나 어색함을 느낄 수 있다. 뚝딱거리는 건축장과 제방공사가 벌어지는 도시 모습은 그리 깔끔하다고 보기 어렵다. 사람과 물화가 모여들어 상업이 발전하는 모습은 활기가 넘치기는 하지만 왠지 서툰 조화라는 느낌도 준다. 작가는 이러한 변화가 발전이라는 점을 인정하면서도 그것이 신흥기분으로 어색하게 진행되고 있음도 놓치지 않는다. 농촌의 변화가 식민지화의 진행과 흐름을 같이 한다는 점에서 시대를 보는 균형 감각을 유지하고 있는 셈이다.

『신개지』의 주요 서사도 시대의 이러한 변화를 그대로 담고 있다. 작품에 등장하는 두 집안인 유구성 집안의 몰락과 하감역 집안의 발흥을 대비시킨 것이 대표적이다. 두 집안은 외래 문물이 농촌에까지 본격적으로 밀려오는 시기에 맞추어 그 환경에 적응하는 쪽과 적응하지 못하는 쪽의 운명을 비교하게 만든다. 경제적 부의 이동을 통해 당시의 사회 변화가 전통적 체제의 붕괴와 식민지 근대로의 이행이었다는 점을

---

19) 이기영, 『신개지』, 삼문사, 1938, 49-50면.

상징적으로 보여준다. 마을의 원주민이 아닌 하감역과 그의 아들 하상호는 시대의 변화를 잘 읽고 거기에 적응해 나가는 인물들이다. 이에 비해 오랜 지주이자 양반 가문인 유구성 집안은 변화하는 시대에 적응하지 못하고 몰락의 길을 걷게 되는데, 그 몰락의 직접적인 원인은 개인의 방탕과 허례허식이다. 개인의 방탕에는 도시의 '신흥 기분'이 어느 정도 영향을 미친다.

이 소설은 전통이나 권위와 같은 이전의 가치가 '돈'이라는 새로운 가치로 대체되는 과정을 보여주기도 한다. 성공한 인물인 하상오는 돈이 되는 일과 되지 않는 일을 구분할 줄 안다. 그는 전통적 산업인 농업에 집착하지 않고 정거장 근처에 나와 정미업에 미곡상까지 겸하는 사업수단을 보인다. 읍내의 땅을 헐값으로 사서 건물을 짓고 임대업이나 생산업도 시작한다. 이에 비해 유경준은 부지런하지도 않고 지혜롭지도 못한 한량이다. 그의 가문은 근동에서 가장 유서 깊은 것으로 알려져 있지만 그 명망은 시대의 변화 속에서 서서히 무너져 간다. 새로운 시대에는 새로운 기준이 필요한데, 유경준의 경우 이전의 가치로 살아가다 결국 몰락의 길을 겪게 되는 인물인 셈이다. 농촌에 대한 묘사가 줄어들고 도시 중심의 이야기가 펼쳐지는 것은 장점이기도 하면서 단점이 되기도 한다. 『고향』에서 보이던 생동감이 많이 사라졌기 때문이다.[20]

---

[20] 이기영은 식민지 시대 말기에도 많은 작품을 발표한다. 10여 편의 단편 이외에도 장편소설로 『대지의 아들』, 『봄』, 『동천홍』, 『생활의 윤리』, 『광산촌』, 『처녀지』 등을 발표하였다. 이들 중 『대지의 아들』, 『동천홍』, 『광산촌』, 『처녀지』는 생산소설로 분류된다. 『대지의 아들』은 이기영의 여타 농민 소설과 연관 지어 생각할 여지가 많은 소설이다. 특히 해방 이후의 장편과는 여러 가지 점에서 함께 고찰할 여지가 많다. 이에 대한 논의는 다른 관점이 필요할 것 같아 생략한다. 이 시기 이기영 소설의 서지 사항에 대해서는 이경재의 「이기영 소설에 나타난 만주 로컬리티」(『근대문학연구』, 2012)를 참조할 수 있다.

5. 이념으로서의 현실 - 『땅』과 『두만강』

『땅』과 『두만강』은 월북 이후 이기영이 새로운 시대의 요구에 맞추어 창작한 작품들이다. 이 작품들은 토지개혁의 문제, 식민지 시기 농민들의 삶과 만주지역 무장저항 운동을 중심 소재로 택하고 있다.

『땅』은 곽바위라는 영웅적 인물을 통해 사회주의 발전을 선전하고 새로운 인물상을 제시하는 소설이다. 일제 말기 가난과 일제의 탄압으로 고향을 떠나 떠돌이 생활을 하던 곽바위는 토지 개혁을 통해 땅을 얻고 새로운 삶을 시작하게 된다. 건실한 농군인 곽바위는 자기 땅을 열심히 관리할 뿐 아니라 습지에 논을 풀어 마을이 풍요롭게 되는 데 기여한다. 평생 가난하게 살아온 자신에게 땅을 나누어준 것에 감사하여 자발적으로 세금을 더 내기도 한다. 서울 사는 윤상렬의 첩이었던 박순옥을 만나 가정도 꾸미며 새롭게 열린 세계에 대한 긍정적인 꿈에 부푼다.

이 소설에는 해방 후 북의 변화가 그대로 반영되어 있다. 북은 1946년 3월 토지개혁을 필두로 1946년 6월 노동법령, 7월 남녀평등법, 그리고 8월 중요산업 국유화 법령을 공표함으로써 제도 개혁을 실시하였다. 이러한 제도 개혁이 이뤄진 후 1946년 11월 대의원 선거를 실시하고, 1947년 2월 북조선인민위원회를 결성하였다. 이기영의 장편소설 『땅』은 바로 이 시기를 다루고 있다. 토지개혁이 공포된 이후부터 북조선인민위원회가 결성되는 시기까지 당대 인민 대중이 어떻게 변화하고 성장하는지를 다양한 인물을 등장시켜 그려내고 있다. 제도개혁 이후 당대 인민들의 의식 변화 과정을 형상화하고 있는 것이다.[21]

소설의 주인공 곽바위의 출신은 흥미롭다. 곽바위는 떠돌이 생활을 하

---

21) 박영식, 「이기영의 장편소설 『땅』에 나타난 계몽 담론 연구」, 『어문학』 90, 2005, 521면.

다가 몇 년 전 마을에 들어온 홀아비이다. 남쪽이면 모내기가 한철이겠다는 말을 하는 것으로 보아 남쪽 출신이다. 그는 과거를 회상하면서 동생이 한밭 제사공장으로 팔려가던 기억을 떠올리기도 한다. 곽바위와 함께 마을의 변화를 이끄는 인물은 강균이다. 그는 인민위원회 간부로 농민을 지도하는 역할을 하는데, 머슴인 곽바위와 진순옥의 결혼도 중매한다. 부정적인 인물인 고병상은 과거의 지주이다. 식민지 시대 지주처럼 법과 생활의 주도권을 쥔 자가 아니가 변화하는 시대의 흐름을 멈추고자 하는 반동적 성향이 분명한 사람이다. 변화를 멈추고자 하는 고병상의 음모는 번번이 실패한다. 김희준이 그랬듯이 곽바위는 마을의 단결을 위해 두레를 조직한다. 아직은 사회주의적 생산관계가 확립되지 않는 시기라고 볼 때 두레는 사회주의적 생산 방식의 기초라 할 수도 있다.

이처럼『땅』은 가난한 농민의 한을 과거 이야기로 돌리고 새로운 시대에 대한 신명을 부각하고 있다. 이러한 서사적 특징은 비슷한 시기에 발표된 이태준의「농토」의 그것과 확연히 구별된다. '토지개혁'이라는 유사한 소재를 다루고 있음에도 불구하고 이태준의「농토」는 토지개혁에 이르기까지의 여러 가지 복잡한 사정과 맥락을 작품을 통해 의미화하고자 했기 때문에 전반적으로 논리적이고 해설적인 성격이 강한 반면, 이기영의『땅』은 '한'과 '신명'의 동시적 시선으로부터 작품이 출발하고 전개됨에 따라 그 안에 명랑한 웃음을 유발하는 해학적인 장면들을 풍부하게 담아내고 있다.[22] 부정적으로 보면『땅』은 시대에 대한 냉철한 판단보다는 변화에 대한 흥분이 앞선 작품이라고 볼 수 있다.

한편『두만강』은 총 3부로 구성되어 있다. 1부는 19세기말부터 1910년대를 배경으로 반일 의병투쟁과 애국계몽운동을 보여주고 있다. 반일

---

22) 김동석,「이기영의『땅』연구」,『어문논집』, 2005, 332면.

의병투쟁은 주인공인 빈농 박곰손이 주동이 되어 전개되고 있으며 애국계몽운동은 지식인 이진경의 학교 설립 활동으로 전개된다. 2부는 1910년대를 배경으로 한다. 이 시기에는 아버지 박곰손과 아들 씨동이 함께 활약한다. 이기영은 아들 씨동의 활약을 통해 새로운 세계관에 입각한 민족해방투쟁의 성장을 예고한다. 곰손이 전형적인 농민의 삶을 사는 데 비해 씨동은 농민에서 노동자로 전환한다. 3부는 1920년대부터 1930년대 초를 시간적 배경으로 삼아 노동계급의 영도 아래 이루어지는 민족해방운동과 항일무장투쟁을 보여주고 있다. 공간으로 보면 1부는 충청도 송월동이 배경이며 이후는 함경도와 만주를 배경으로 한다. 내용에서 알 수 있듯이 1부가 식민지 시대 작품과 유사한 면이 많다면 2부 이후는 북의 문학 이념과 깊은 연관을 맺고 있다.

『두만강』에는 다양한 인물이 등장하는 만큼 그들의 성격을 정리해 볼 필요가 있다.[23]

성격	1세대	2세대	3세대
구한말 부패한 양반	한판서	한길주(친일 지주)	한경식, 한창복 (방탕아/개량주의자)
진보적 지식인	이진사(억울한 죽음)	이진경 (빈농의단결/학교설립)	이형준, 이형옥
노동자 · 농민	할아버지(민란주도) 아버지(경복궁 부역)	박곰손(빈농)	박씨동 · 박분이(노동자) -아들 박창일(노동운동)

인물이 성격을 단순화해서 보면 지주와 농민 그리고 진보적 지식인 이라는 익숙한 인물의 구도가 반복되고 있음을 알 수 있다. 특히 2세대

---

23) 이 표는 안미영의 「이기영의 두만강에 나타난 집단주의 체제와 유교의 禮敎性 고찰」 (『국어교육연구』 39, 2006, 276면)의 표를 참고하여 변형한 것이다.

인물들의 성격은『서화』,『고향』,『땅』에서 반복되던 유형들이다.『두만강』의 스토리가 이전의 그것과 가장 크게 달라지는 것은 3세대 이야기에 와서이다. 이 부분을 집필하면서 이기영은 만주 현지를 여러 번 답사하는 등 현장감을 살리기 위해 많은 노력을 했던 것으로 알려져 있다. 앞서 말한 대로 하면『고향』의 새로움이 변화하는 고향의 현실에 있었고『땅』의 새로움이 토지개혁이라는 사건에 있었다면『두만강』의 새로움은 만주에서의 항일 투쟁을 끌어 들인 데 있다고 할 수 있다. 그럼에도 불구하고 1부의 공간이 충청도 송월동으로 설정되어 있고, 인물의 구도가 이전 농민 소설의 그것을 닮아 있다는 점은 이기영 문학이 갖는 중요한 특징을 확인하게 해준다.

물론 인물들에 대한 작가의 형상화가 이전 소설과 같지는 않다. 대표적으로 이진경은 성공한 인물이 아니라 시대적 한계를 가진 인물로 그려진다. 그는 신교육을 위한 사립학교 건립에 헌신적으로 나섰으나 신교육령에 따른 공립보통학교 신설로 인해 그의 노력은 무산되고 만다. 이는 이진경으로 대표되는 애국계몽운동의 한계를 은연중 드러낸 것으로 볼 수 있는 바, 3부에 등장하는 만주 무장투쟁과의 차별화를 염두에 둔 인물 설정이다. 역시 시대의 변화에 따른 최소한의 변동이며 국내 운동이 어려워진 당시의 실제 형편을 반영한 것이기도 하다.

이 소설에서도 이야기를 이끌어가는 중심 서사는 남녀 간의 관계이다. 박곰손이 아내 봉임을 만나게 된 계기와 곰손이 봉임과 냇가에서 고기를 잡는 일, 옥녀봉에 앉아서 백년가약을 하는 일 등은『고향』이나『땅』의 젊은 연인들이 만나는 장면을 떠올리게 한다. 덕성이와 상금, 동이와 덕실 그리고 씨동이와 옥이 등이 맺어지는 방식도 유사하다. 자유연애에 대한 긍정적인 생각이나 남녀 간의 건전한 관계는 여전히 긍정적으로 그려지지만, 이에 대비되는 불륜은 비판적으로 그려진다. 안도령과 황풍

헌 딸, 심상도와 여훈도, 한길주 아들과 성춘의 처 사이의 관계는 건전한 남녀관계로 다루어진다고 보기 어렵다. 풍속의 타락과 개인들의 타락이 가정의 파탄이나 죽음으로 이어지는 것이다.

명절이 중요하게 다루어지는 것도 익숙하다. 고향 송월동은 점차 변화되어 가는데, 변화의 상징으로 농촌 공동체 문화인 쥐불놀이와 두레 같은 전통의 민속이 사라진 점을 지적하는 것은 흥미롭다. 특히 김동원의 죽음 이후 그의 술친구들이 모여 벌이는 묘지놀이는 민속놀이가 희화화되거나 소멸되고 있다는 증거로 제시된다.[24] 만주로의 이주 후에 생애 처음 풍족한 가을을 맞이한 곰손이네 가족은 "열나흗날, 작은 추석이 돌아왔다. 두 집 식구들은 어젯밤을 거의 새다시피 떡방아를 찧었다. 떡 속거리로는 햇콩과 팥을 함지에 그들먹하게 까놓았다"[25]고 기뻐한다. 그들은 만주에 정착해서야 아주 오랜만에 제대로 된 명절을 지내게 된다.

송월동의 변화는 시대의 변화를 압축적으로 보여준다. 송월동 주변 읍내에는 일제에 의해 철도, 우편소, 학교, 공장, 금광, 은행, 예배당이 들어온다. 이들은 신문명의 상징이며 외세에 의해 도입된 새로운 문명이다. 『고향』에서 비추어졌고 『신개지』에서 본격적으로 다루어진 변화를 『두만강』 1부에서도 그대로 반복하고 있다. 물론 이러한 변화에 대한 작가의 시각에는 차이가 있다. 『고향』에서는 승리를 강조하고 『신개지』에서는 변화 자체에 주목했던 데 비해 『두만강』에서는 농민들의 삶이 파괴되고 전통의 가치가 훼손되는 데 초점을 맞추고 있다.

---

24) 김강호, 「이기영의 『두만강』론」, 『국어국문학』 27호, 1992, 173면.
25) 이기영, 『두만강』2, 풀빛, 1989, 172면.

6. 결론

이기영의 장편소설은 고향에서의 경험에 창작 당시의 시대 상황이 더해져 입체성을 확보한다. 농촌을 소재로 한 초기의 단편을 기준으로 보았을 때, 『고향』과 『신개지』는 1930년대 경험한 현실이 거기에 추가된 것이고, 『땅』과 『두만강』은 북의 변화하는 현실이나 이념이 고향의 경험과 혼합되어 장편 소설로 완성된 것이다. 따라서 창작 당시의 시대 환경을 제외할 경우 이기영의 소설들의 구조는 매우 유사하다.

인물의 성격은 선명한 대립 구도를 보인다. 건강한 농민과 지식인 조력자 혹은 지식인 주인공과 건강한 농민이 작품의 주인공으로 등장하고 지주나 관리가 부정적인 인물로 등장한다. 본능에 따르는 건강한 젊은 여성은 남자 주인공과 짝을 이룬다. 소설의 중심 사건은 소작쟁이나 새로운 땅의 개척이다. 그러나 실제 서사를 이끌어가는 데는 연애 사건이 중요한 역할을 한다. 이기영은 소설 속에서 긍정적 전통과 부정적 관습에 대한 생각을 자주 드러낸다. 두레나 농악과 같은 풍습은 농민들의 공동체 의식을 고양시키고 단결력을 높여준다. 정월이나 추석의 풍습 역시 농촌의 풍요와 평화를 상징적으로 보여준다. 이와 달리 조혼이나 축첩 등은 개인을 고통에 빠뜨리는 부정적인 관습으로 비판한다.

어떤 작가든 자신의 경험에서 영향을 받지 않을 수 없다. 이기영은 특별히 자신의 경험을 창작에 많이 활용한 작가이며, 그러한 사실을 자랑스럽게 밝힌 작가이다. 그러면서도 과거만이 아닌 현재의 문제를 작품 안에 담아내려고 했던 작가이다. 그의 소설이 실제 시대의 문제를 얼마나 종합적으로 담아내고 있는지는 깊이 따져보아야 하겠지만, 체험을 통해 체득한 삶의 진실을 꾸준히 작품 안에서 표현한 성실한 작가라는 점에는 이견을 달기 어렵다.

소설과 기억의 정치학

―〈불멸의 역사 총서〉『영생』에 대하여

1. 북한 문학을 보는 관점

다른 역사와 문화를 가진 문학을 이해하기 위해서는 무엇보다도 그 사회를 이해하는 일이 중요하다. 문학이 상상력의 산물이라고는 하지만 생산자와 소비자가 기반하고 있는 다양한 제도나 구조들이 문학에 미치는 영향을 무시할 수 없기 때문이다. 문학의 경우 다르고 낯설다고 해서 결코 열등하거나 조악한 것이 아니며, 익숙하다고 해서 뛰어난 것은 더욱 아니다. 자칫 자기중심적이 되기 쉬운 보편 지향, 고전 지향의 문학관은 '다른' 문학을 이해하는 데 별반 도움이 되지 않는다.

우리가 북한의 문학에 대해 가져야 하는 태도도 낯선 문화나 문학을 접할 때 가져야 하는 태도와 별반 다르지 않다. 남과 북이 오랜 시간 같은 문화 안에서 살아왔다는 점은 틀림없는 사실이지만, 수십 년 동안 다른 체제를 유지하고 살아왔다는 점도 부정할 수 없다. 어쩔 수 없이 다른 문화의 이질성을 인정해야 하고, 그것이 문학에 반영될 수밖에 없다는 점도 받아들여야 한다. 우리가 자본주의 근대화를 지상 목표로 삼았듯 북은 사회주의 사회의 건설을 목표로 했고, 우리가 민주주의의 실현을 희망하듯 북은 자주성의 실현을 희망했다. 우리 문학이 서구 문학의 영향과 인정주의 문학의 전통에서 자유롭지 못하듯, 북의 문학은 사회주의 사실주의나 주체사상에서 자유롭지 못하다. 이처럼 북의 역사가 우리와 다르다는 점을 인정하게 되면 북의 문학을 객관적으로 볼 수 있는 시각이 마련된다.

그러나 실제로 북한 문학을 이해하는 데는 이러한 '바람직한' 태도를 갖기 어려운 것도 사실이다. 특히 <불멸의 역사 총서>[1]로 불리는 '수령 형상 창조 작업'에 대해서는 대부분의 남쪽 독자들이 당혹감을 느끼게 된다. 많은 문학 전공자들조차 <총서>는 문학의 상대성으로 이해할 수 있는 범위를 넘어선다고 생각한다. 북한 문학을 전공하는 연구자들도 <총서>를 볼 때는 1960년대 이전의 사회주의 사실주의 문학이나 1980년대 이후 사회주의 현실 주제를 다룬 문학을 볼 때와는 확연히 다른 태도를 보인다.

이처럼 <총서>가 독자들에게 특별히 강한 거부감을 주는 이유는 대략 세 가지 정도라고 생각한다. 우선 작품의 내용이 역사와 허구를 넘나든다는 점을 들 수 있다. 일반적으로 우리는 소설은 허구이고 역사는 사실의 기록이라고 생각한다. 비록 둘을 완전히 구분하기는 어렵다 하

---

1) <총서>의 특징은 다음의 글을 참고할 만하다. "총서 <불멸의 역사>는 김정일의 직접적인 관여 하에 북한의 거의 대부분 일류 소설가들을 "4 · 15문학창작단"에 망라시켜 진척시킨 수령형상 창조 작업이었다. 그것은 김일성의 일생을 몇 편의 개별적 장편소설이나 전기, 연대기식 작품이 아니라 방대한 규모로 전일성과 체계성을 가진 총서라는 타이틀을 달고 대하소설의 형식으로 집대성하는 것이었다."(김관웅, 「북한 주체 문학 시기 수령 형상문학의 전근대성」, 『비평문학』, 2005, 228면.) 이후 <불멸의 역사 총서>는 간단하게 <총서>로 표기한다.

더라도 허구와 사실에 대한 의식은 둘을 나누는 매우 중요한 기준이 된다고 여긴다. 그러나 <총서>는 소설이라는 이름을 내세우고 있으면서도 역사의 기록이라는 점을 애써 강조한다.2) <총서>는 독자들이 인물이 엮어가는 이야기에 흥미를 느끼기보다는 인물이 행한 역사적 사실에 감동을 받기를 원한다. 순수하게 창작 의도로 판단하면, 내용의 사실 여부와는 무관하게, <총서>는 소설보다는 역사에 가까운 양식이라고 할 수 있다. 그것도 정사보다는 위인전이나 전기에 가까운 편이다.3) <총서>는 우리가 역사소설이라고 부르는 양식과도 다르다. 역사 소설을 읽을 때 우리는 대략의 내용에 대해 동의하기는 하지만 그것을 모두 사실이라고는 믿지 않으며, 흥밋거리로 여길 뿐 신성하게 받아들이지는 않는다.

두 번째로 문학이 창작되고 유통되는 방식에서 우리와 공통점이 적다는 점을 들 수 있다. <총서>는 1970년대 초 김일성의 회갑을 맞이하여 첫 권이 발간되었다. 이름 있는 작가들을 "4 · 15 창작단"이라는 단체에 모아 특별히 집필실을 마련해 주고 자료 조사 등의 편의를 제공해 주면서 김일성의 역사를 쓰게 만든 것이다. 말하자면 <총서>는 개인의 창작이 아니라 정권의 방침에 의해 기획된 정치의 산물이라 할 수 있다.4) 문학이 개인의 자유로운 생각을 표현한다는 관점에서 보면 창작

---

2) 『영생』에 대해 최언경은 "소설은 이 모든 실재한 위대한 력사적 사실들을 더하지도 덜지도 않고 성실하고 진실하게 그리고 있다."고 평가한다. 소설에 대한 이러한 평가는 남한 평론에서 쉽게 찾아보기 어렵다(최언경, 「수령영생기원의 숭엄한 서사시적 화폭─총서 <불멸의 역사> 중 장편소설 『영생』에 대하여」, 『조선문학』, 1998.1, 50면).

3) 북에서는 <총서>에 대해 "력사문헌적성격의 소설"이라는 말을 사용하기도 한다. <총서>의 성격에 잘 어울리는 명칭이라고 할 수 있다(같은 글, 51면).

4) <총서>가 어떻게 유통되는 지 확실히 알 수는 없다. 한 탈북자의 증언에 의하면 총서는 개인이나 가정에 보급되는 것이 아니라 군청이나 관공서에 비치된다고 한다. 그러나 실제로 이 책을 읽는 사람은 많지 않다고 한다. 증언을 어느 정도 참고

의도, 창작 방향이 너무 뻔히 보이는 기획인 셈이다.[5]

세 번째는 수령 형상화(우상화)라는 일관된 내용이 주는 거부감과 그것이 가능한 북의 체제 자체에 대한 불만을 들 수 있다. 게다가 우상화가 오랫동안 정치적으로 대치하고 있던 상대방의 '수령'에 대한 것이라면 더 더욱 부담스럽다. 이어서 수령 형상화를 이끄는 주체가 그의 아들이라는 점도 저항감을 불러일으킨다. 북에 대한 부정적인 인상을 낳은 대표적인 요소가 봉건 시대에나 가능한 세습이 이루어졌다는 데 있는데, <총서>는 그것을 합리화하는 정치적 작업의 하나처럼 보인다. 물론 이러한 판단은 북한 사회 체제에 대한 이해 정도와는 무관하게 이루어진다.

이런 거부감에도 불구하고 <총서>가 갖는 의미 역시 간과할 수 없다. 무엇보다 소설화한 역사라는 점 자체에 주목할 필요가 있다. <총서>는 '사실'로서의 역사가 아니라 '필요'로서의 역사이다. 우리는 이를 통해 북의 역사와 그것을 보는 북의 관점을 읽을 수 있다. 우리 문학을 보는 기준으로 판단하기 어려운 북 소설의 미학에 대해서도 짐작해 볼 수 있다. 주지하다 시피 미학은 아름다움만을 다루는 학문이 아니다. 인간의 감정을 어떻게 동원하고 그것을 어느 방향으로 이끌어 가는지 역시 미학에서는 매우 중요한 주제이다. 다시 말해 <총서>의 뒤를 보는 일은 그들이 다루는 '역사'가 아닌 그것이 창작된 '현재'를 읽는다는 의미를 갖는다.

이런 관점에서 볼 때 <총서>의 한 편인 『영생』은 매우 흥미로운 소

할 수는 있지만 개인의 경험을 통해 전체를 이해하는 데 한계가 있음도 사실이다.
5) <총서>는 많은 작가들이 김일성의 일생 중 일정한 기간을 나누어 소설화하였는데, 그 재미에 있어서는 작가에 따라 큰 편차를 보인다. 천세봉, 최학수와 같은 일급 작가들이 있는가 하면, 가독성이 떨어지는 문장을 쓰는 작가들도 많다.

설이다. 이 소설은 김일성의 죽음을 중심 서사로 다룬다. 따라서 소설적 시간으로 보면 『영생』은 <총서>의 마지막에 해당하며 가장 최근의 북을 다룬 소설이 된다. 뒤에 확인해 보겠지만 이 소설은 지금까지 이어지는 현재의 문제들을 다루고 있다는 점에서도 매우 흥미롭다.6) 본론에서는 『영생』을 통해 <총서>가 가진 소설적·이데올로기적 특징을 살펴볼 것이다.

2. <불멸의 역사 총서>와 『영생』의 위치

<총서>를 통해 우리는 북한 사회가 "근대 안의 반근대"라는 성격을 유지하고 있다는 점을 확인할 수 있다. 전 지구적 자본주의, 자본의 세계화가 거부하기 어려운 추세임에도 불구하고 우리가 상상할 수 있는 한에서 북한은 아직도 자본주의 근대와는 다른 여러 가지 특징을 유지하고 있다. 이는 단지 민주주의와 같은 정치적인 시스템에 국한된 문제가 아니다. 사회를 운용하는 이들이나 사회 구성원들이 가진 정신의 지형이 개인주의, 공화주의, 자유주의의 경험을 거부하고 있으며, 평등의 괄목할만한 발전에도 불구하고 여전히 수직적인 구조를 유지되고 있다는 점에서 그렇다. 이러한 사회를 당연하거나 불가피한 것으로 인정하는 다수의 마음가짐 역시 근대인의 일반적인 정서와는 다르다. 세습 정

---

6) 다음은 『영생』에 대한 북의 공식적인 평가로 볼 수 있다. "소설은 생애의 마지막 순간까지 일신의 모든 것을 다 바치고 순직하신 어버이 수령님의 불멸의 업적과 함께 경애하는 장군님의 숭고한 도덕 의리의 세계를 사실 그대로 생동하고도 진실하게 형상한 것으로 하여 주체문학사에서 특출한자리를 차지하게 되었다."(조선중앙통신사, 『조선중앙년감』, 1998, 233면.)

권이라든지 전일적인 권력의 집중을 또 다른 예로 들 수도 있다. 무엇보다 충과 효의 논리를 공적인 관계로까지 확대하고 있다는 점은 내부 논리야 어떻든 근대 사회에서는 쉽게 찾아보기 어려운 작동 원리라고 할 수 있다. 동양의 근대가 충과 효의 체제를 깨는 일을 무엇보다 중시했다는 점을 생각하면 이는 매우 중요한 특징이다.[7)]

<총서>라는 양식은 그 자체로 반근대적이다. 한 개인의 영웅적인 이야기를 수십 권의 책에 담아낸다는 발상은 왕조 시대에나 가능한 일이다. 살아 있는 사람의 역사를 기록한다는 생각 역시 그렇다. 『용비어천가』를 통해 정권의 정당성을 만들어 내고자 했던 조선 초기의 인식과 그리 멀리 있어 보이지 않는다. 통치자를 영웅으로 기록하는 일을 굳이 사양하지 않았던 이승만, 박정희 시대의 인식과 비교해도 규모나 정도에서 특별한 면이 있다.

시간에 대한 인식 역시 마찬가지이다. <총서>는 한 영웅의 찬란한 이력의 기억이면서 동시에 과거 시간에 대한 추억이다. <총서>의 시간은 미래로 열려 있다기보다 과거를 향하고 있다는 느낌을 준다. 영광스러운 순간을 살려내고 그 안에서 아름다운 사건과 인물들을 확인하는 것이 <총서>의 일관된 주제이다. 그렇다고 '요순시대'처럼 찬란한 과거를 그리워하는 서사가 들어 있는 것은 아니다. 오히려 과거와 비교되는 현재를 영광의 시대로 만들기 위한 의도가 담겨 있는 것으로 보인다. <총서>는 현재의 사회적 문제를 직접 지적하는 일이 거의 없다. 만약 경계하는 경우가 있다면 과거의 어려움을 모르거나 과거의 '훌륭한'

---

7) 동아시아 전통에서 충효가 차지하는 비중이 줄어들기는 했지만 여전히 강하게 남아 있는 것도 사실이다. 일찍이 『국화와 칼』에서 루스 베네딕트는 일본 문화의 특징으로 '충'을 지적했는데, 차이는 있겠지만 동아시아 삼국에서 충은 공동체의 유지를 위해 매우 중요한 의미를 가지고 있었다고 할 수 있다.

정신을 잃어버린 인물이 등장할 때이다.

소설의 문법 역시 남쪽의 그것과는 여러 면에서 다르다. 전반적으로 고전 소설의 문법을 따르고 있지만 가장 두드러지는 특징은 인물을 다루는 방법에 있다. <총서>는 인물들을 다룸에 있어 혈통을 중시한다. 인물은 그의 가계와 함께 소개되는 경우가 많다. 흔히 말하는 '출신 성분'이 강조된다. 뛰어난 일군은 어김없이 뛰어난 일군이었던 부모를 두고 있거나, 예전에 김일성의 감화를 받은 적이 있는 인물이다. <총서>의 소설에 한정하면 직업 역시 세습되곤 한다. 공장에서 일하는 일군은 대대로 공장 일군이고 뛰어난 군인은 군인의 아들이다.[8]

앞서 밝혔듯이 『영생』은 김일성의 죽음을 다루고 있는 소설이다. <총서>가 김일성의 생애를 다루고 있는 것을 감안하면 『영생』이 마지막 권이 되는 것이 마땅하다. 그러나 실제로는 『영생』이 발간된 1997년 이후에도 <총서>는 지속적으로 발간되고 있다. 여기에는 주인공의 죽음이 <총서>의 마무리가 될 수 없는 나름의 사정이 있을 것으로 짐작된다.[9] 북한 사회에서 김일성의 죽음은 일반인의 죽음과 다른 의미를 가지고 있었을 뿐 아니라 현실 정치에까지 영향을 미칠 수 있는 사건이었다. 이전의 <총서>도 발간 순서가 시간 순서를 충실히 따르고 있었다고 볼 수는 없지만 『영생』의 소재는 급히 작품화된 편에 속한다. 보통

---

8) 물론 이러한 인물의 특징은 정권의 후계 문제와 연결된다. 후계 문제를 개인의 선택이 아니라 국가의 전체 시스템 안에서 정당화하고자 하는 의도라고 판단할 수 있다. 수령의 후계자가 수령의 아들인 것은 혈통으로 보아 당연한 일이 된다.

9) 다음과 같은 평가는 판단에 혼선을 가져오게 한다. 역사의 마지막 편이라는 의미로 보아야 하는 것인지, 단지 생애의 마지막을 지적한 것인지 확실히 판단하기 어렵다. 결과로 보면 『영생』 후에도 여러 편의 <총서>가 창작된다. "장편소설(백보흠·송상원 작)은 총서 <불멸의 역사>의 마지막 단원을 이루는 종결편으로서 위대한 수령 김일성 동지의 빛나는 생애의 마지막 해인 주체83년(1994)의 혁명 활동 내용을 감명 깊게 형상하였다."(조선중앙통신사, 『조선중앙년감』, 1998, 232면.)

1930년대 이후의 작품이 수십 년의 시간 차이를 두고 창작되었는데 비해 『영생』은 사건과 출간 사이의 시간이 불과 3년에 불과하다. 이는 이 소설의 특별한 성격과 중요성을 보여주는 것이기도 하다.

<총서>의 개별 작품들은 <총서>가 갖는 전반적인 특징(기획 목적에 부합하는)을 대부분 가지고 있다. 그렇더라도 다루고 있는 시기나 사건에 따라 각각의 작품에 대한 평가나 의미 부여는 조금씩 달라질 수 있다. <총서> 안에서 『영생』이 갖는 의미는 다음 몇 가지로 정리할 수 있다.

우선 『영생』은 살아 있는 인물의 기록에서 죽은 사람의 기록으로 넘어가는 시기를 다루고 있다. <총서>는 시기별로 김일성의 행적을 기록한 소설이다. 크게 해방 전과 해방 후편으로 나누기도 하고 여러 번에 걸쳐 개작이 이루어진 작품도 있다. 어찌되었든 『영생』 이전까지 <총서>는 살아있는 사람의 기록이었다. 그러나 『영생』 이후의 <총서>는 죽은 사람의 기록이 된다.

『영생』은 대부분의 <총서>에 비해 사건의 완결성 면에서 매우 취약한 구조를 가지고 있다. 이 소설의 현재 시간은 1993년 12월에서 김일성이 실제 사망하는 1994년 7월까지의 반년 남짓이다. 다른 <총서>들이 분명한 사건을 가지고 있는 데 비해 『영생』은 사실 하나의 완결된 사건을 가지고 있지 않다.10) 북에서는 김일성의 죽음 자체가 더할 나위 없이 중요한 사건이겠지만 서사로 볼 때 이 소설에서는 기승전결로 구분할 수 있는 뚜렷한 사건이나 개성적인 인물을 발견하기 어렵다.11)

---

10) 예를 들어 김정의 『닻은 올랐다』는 1920년대 중반 "타도 제국주의 동맹" 조직 과정을, 최학수의 『압록강』은 1930년대 중반 보천보 전투를, 석윤기의 『봄우뢰』는 1930년대 초 반일유격대 창건을 다루고 있다.

11) 최언경은 앞의 글에서 "소설에는 기승전결로 맺어지고 발전하는 사건과 인물관계는 없다."(49면)고 말한다. 김일성의 예상치 않은 죽음에 기승전결을 두기 어려웠으리라는 짐작을 할 수 있다.

『영생』은 역사가 아닌 현재의 기록, 완결된 역사의 기록이 아니라 진행 중인 역사, 엄밀하게 말해 마치지 못한 역사의 기록이라는 점에서 다른 <총서>의 소설과 구분된다. 다루고 있는 소재는 현재에도 시효가 다하지 않는 문제들이다. 소설의 배경이 되는 시간, 소설이 발표된 시간, 길게 보면 지금까지 이어지고 있는 문제들이다. 농업 문제와 북미 핵 문제 등이 그것이다.

마지막으로 옛 역사의 종결과 새로운 역사의 시작을 다루고 있다는 점을 들 수 있다. 북의 역사 인식에서는 현재까지를 식민지 해방 투쟁을 벌이던 1930년대의 연장으로 볼 수 있는지 모르겠으나, 국제 정세의 측면에서 보면 김일성의 죽음은 하나의 역사를 종결지은 사건이라고 할 수 있다. 『영생』의 시간은 실제와 상관없이 김정일이 대외적으로 북의 유일 지도자로 등장한 시점이기도 하다. 소설에서는 '유훈통치'를 강조하고 있지만 죽음 이후 새로운 시대가 시작되는 것임에는 틀림이 없다.

이러한 특징에 비추어 우리는 『영생』을 통해 북한의 두 가지 현실을 확인해 볼 수 있다. 하나는 총서 안의 현실이고 다른 하나는 『영생』이 창작될 당시의 현실이다. 이는 <총서>가 단순히 소설이 아니라는 점에서 착안한 것으로 소설의 내용을 신뢰하는 지와는 다른 차원의 문제이다. 작품 속 내용이 미화되고 왜곡된 것임에도 불구하고 그것이 현실에서 선택된 것임에는 틀림이 없다. 김일성과 관련된 사실이 왜곡되었을 가능성은 매우 높지만, 주변의 정세나 세세한 사실들에서 추론할 수 있는 내용들은 의외로 많다. 또, 소설이 창작될 당시에 북한이 안고 있던 문제가 무엇이었는지, 드러내고자 하는 것과 감추고자 하는 것이 무엇이었는지도 짐작해 볼 수 있다.

3. 『영생』의 배경과 이념

『영생』의 시간적 배경이 되는 1994년 전후와 소설이 실제 창작되는 1997년 사이는 흔히 "고난의 행군"기라고 불린다. 식량 부족, 핵 문제 등으로 곤란을 겪게 되는 시기이다. 『영생』에는 소설적 현재와 발표되는 시점 사이의 중요 문제가 담겨있다.

소설에서 중요하게 다루고 있는 문제는 크게 세 가지이다. 우선 농업 문제를 들 수 있다. 이는 김일성이 죽기 전까지 늘 마음을 쓴 일이다. 두 번째는 북미 간 외교 문제이다. 이 소설에서 굳이 중심 사건을 찾자면 카터의 방문과 김일성-카터의 회담이 될 것이다. 앞서 말한 대로 완결되지 못했다는 의미는 있지만 핵 갈등은 90년대 이후 지금까지 이어져 오는 가장 민감한 문제임에 틀림이 없다. 세 번째는 단군 능 발견과 관리 문제이다. 김일성은 생전에 단군 능 복원에 유별난 관심을 보인다. 이는 민족의 정통성 확립이라는 주제와 연결된다.

물론 『영생』에서 벌어진 사건을 현실의 사건과 동일시하는 데는 문제가 있다. 평자들이 아무리 "소설은 이 모든 실재한 위대한 력사적 사실들을 더하지도 덜지도 않고 성실하고 진실하게 그리고 있다."[12]고 역설하더라도 소설은 사실 그대로의 역사는 아니다. 그렇다고 해도 소설에서 다루고 있는 세 가지 현실 문제가 갖는 중요성이 줄어드는 것은 아니다. 이들 문제들이 단순히 1994년의 사실을 넘어 1994년과 1997년의 사이의 핵심 문제로 읽힌다는 점은 변하지 않기 때문이다. 소설과 현실의 대화를 살펴보는 일은 때로 역사와 현실 이상을 볼 수 있도록 해준다.

---

12) 최언경, 앞의 글, 50면.

소설은 농업에 대한 김일성의 관심으로 시작한다. 식량난에 대한 직접적인 언급은 없지만 '인민'들을 위해 가장 필요한 것이 식량이라는 생각으로 식량 증산을 위해 노력하는 김일성의 모습이 중요하게 다루어진다. 대부분의 총서가 김일성과 인민 사이의 계몽적 관계를 드러내고 있는데, 『영생』의 경우 농업 문제와 관련된 이야기에서 이러한 계몽적 구도가 가장 분명하게 드러난다. 김일성은 인민과의 접촉을 통해 현실적 삶에 지침을 주고 때로는 감화를 통해 인민의 교양을 향상시키는 일을 한다.

물론 『영생』에서의 계몽은 신화를 깨는 이성의 힘을 의미하지는 않는다. 어리석은 백성들의 생각이나 행동을 지적하여 깨우쳐주고 때로 지침까지 내려주는 교육자에 의한 일방향의 계몽이다. 따라서 합리적 원칙이나 구조적 개선을 수반하지도 않는다. 계몽을 가능하게 하는 요소는 타고난 성품이나 자애로운 마음이다. 수령에 대한 일반적인 호칭에서도 드러나지만 김일성의 계몽은 '어버이'와 '자식'의 관계가 확대된 것이라 볼 수 있다.

소설에서 김일성은 연백평야 지대에 큰 관심을 보인다. 소설 속 김일성의 행적을 따라가면 평양 다음으로 많이 등장하는 곳이 연백이다. 연백은 북을 대표하는 평야지역이기도 하지만 그들의 역사에서 매우 중요한 의미를 지닌 곳이기도 하다. 김일성은 연백에 농업 사령관으로 가서 다음과 같은 말을 했다고 한다.

> 그이께서는 무척 만족하시여 연백군은 해방후 38분계선이 생기면서 두동강으로 갈라졌댔는데 전쟁때 우리가 남연백군을 해방하여 이 고장을 다시 배천군으로 부르게 됐다고 하시면서 연백벌의 긴 력사와 앞날에 대해서까지 세세히 말씀하시였다.[13]

지난 역사를 통해 현재를 말하는 <총서>의 문법을 여기서도 확인할 수 있다. 역사적으로 겪었던 어려움을 말하고 그 극복 경험을 통해 현재의 어려움에 대해서도 말하는 방식이다. 위 예문 다음 장면에서는 어렵게 획득한 땅이 지금은 '조국'을 위해 중요한 역할을 하고 있으니 농민들은 농업의 중요성을 깊이 깨닫고 성심을 다해 열심히 일해야 한다는 비교적 진부한 계몽적 설명이 이어진다.

연백평야를 방문한 김일성은 농업 일군들을 만나게 되는데, 이들 중 몇몇은 예전에 김일성과 관계를 맺었던 사람들의 자손들이다. 대표적인 인물이 천도산 관리위원장 배연실이다. 김일성은 배연실의 과거에 대해 잘 알고 있다. 영화 <흰 저고리>는 한 여인의 영웅적 삶을 다룬 영화인데, 이 영화의 주인공 여인은 1950년대의 어려운 시기에 열여섯 명의 전쟁고아를 키웠다. 배연실은 그 딸 중 하나이다. 고아로 어렵게 자란 그는 지금 수백정보의 논밭을 관리하는 관리위원장이 되어 있다. 배연실의 성공한 모습을 본 김일성은 "이것만 보아도 우리 사회주의가 얼마나 좋은가를 알 수 있소 이 사회주의를 지키기 위해서도 쌀을 많이 생산해야 합니다."[14]라고 말하며 스스로 감격해 마지않는다. 배연실이 천도산 관리인이 된 것도 사실은 김일성 덕이다. 배연실은 오래 전 김일성의 교시에 따라 30년 동안 그곳에 뿌리내리고 살아왔기 때문이다. 배연실의 개인사적 이야기는 천도산 복숭아 이야기로 이어진다. 천도산에서 복숭아가 많이 난다는 말을 듣고 서술자는 "1963년 당시에만 하여도 천도산에는 복숭아는 커녕 산열매 하나도 없었다."고 말한다. 작가는 농업에 대한 김일성의 관심을 인민에 대한 사랑으로 연결 짓는다. 소설에

---

13) 백보흠·송상원, 『영생』, 문학예술종합출판사, 1997, 21면.
14) 『영생』, 25면.

는 그가 인민들을 직접 만나 이야기를 나누고 그들의 일상에 세세하게 관심을 기울이는 모습이 자주 그려진다.

농업에 대한 관심은 '저택시험포전'을 통해서도 드러난다. 시험포전은 다양한 작물을 다양한 조건 아래에서 재배하는 일종의 실험 농장이라고 할 수 있다. 국가에서 농업 실험을 위한 장소를 마련하는 것은 그리 특별할 것이 없다. 농업이 주요 산업인 대부분의 국가에 존재하는 일반적인 제도이다. 『영생』의 시험포전은 김일성이 손쉽게 찾아볼 수 있는 곳에 있고, 또 실제로 그는 그곳에 자주 들러 자상한 관심을 보여준다. 그래서 이름도 '저택시험포전'이다.

농업이 주산업이었던 왕조 국가에서 시험 농장은 농업 기술의 발전과 계몽이라는 눈에 보이는 목적 외에 백성에 대한 국왕의 관심을 드러내는 수단으로 사용되었다. 소설 속 시험포전의 경우도 크게 다르지는 않다. 작가는 관심을 넘어 '손수 챙기는' 모습을 애써 강조한다. 오삼수라는 저택시험포전 관리인의 등장은 그 효과를 높여주는 데 크게 기여한다. 그는 놀라운 성실성을 가진 인물인데, 김일성과 나이가 같아 '동갑이'라고 불린다. 비록 나이는 같다고 하지만 오삼수는 김일성에게 지속적으로 감화를 받는 인물이고 김일성을 어버이처럼 모시는 충직한 일군이다.

어떤 정치적 의도가 개입되어 있든 농업 문제는 곧 생존의 문제였다고 할 수 있다. 90년대 중반 이후 북에 찾아온 식량 사정의 어려움은 이전 50년의 역사에서 찾아볼 수 없을 만큼 심각한 수준이었다. <총서>에서 그러한 위기가 그대로 언급되지 않는 것은 어찌 보면 당연하지만, 농업에 대한 새삼스러운 관심만으로도 위기의 실재를 짐작하게 한다. 김일성의 유훈이 『영생』이 창작될 1997년까지 이어지고 있다는 점을 생각하면, 소설 속에서 보이는 농업에 대한 관심은 1997년을 사는 북의 인민들에게 들려주는 유훈이라 보아도 크게 그르지 않다.

농업 문제가 국내적인 문제였다면 핵을 둘러싼 북미간의 대립은 긴급히 풀어야 할 국제 문제였다고 할 수 있다. 국제적 '위기'로 치달았던 이 문제를 소설에서는 정당한 합의를 이끌어 내는 과정을 중심으로 풀어나간다. 현재도 완전히 해결되었다고 볼 수는 없지만 당시의 협상은 북의 필요와 미국의 요구가 어느 정도 맞아떨어진 상태에서 '성공적으로' 마무리되었다고 평가된다. 소설에 따르면 정당한 쪽은 자주권을 지키려는 북이고 남과 미국의 강경파들은 평화를 해치는 '악'이다.

북미 간 핵 위기가 전 세계의 관심을 끌었던 역사적인 사건임에도 불구하고 그것을 다루는 방식은 다분히 '총서적'이라고 할만하다. 소설에서는 국제관계의 역학이나 당사국의 이해관계보다는 김일성 개인의 통찰과 판단이 강조된다. 사건의 심각함보다는 그것에 의연히 대처하는 개인의 역량이 서사의 중심에 놓이는 셈이다. 흑연감속로 노심 교체 문제가 회담의 주제였는데, 김일성은 핵 문제를 자주권의 문제로 보고 교체를 '단호히' 명령했다고 한다. 전쟁을 피하기 위해 굴욕을 감수할 것인가 자주권을 지키기 위해 전쟁까지 불사할 것인가를 선택해야 하는 순간 그는 매우 단호하고 의연한 모습을 보여준다. 물론 이러한 결정 뒤에는 "미국이 조선반도에서 전쟁도 불사하겠다고 하지만 결코 800억 딸라를 쥐여뿌리려 하지는 않을 것이다. 아니 그보다는 조선에서 전쟁이 일어나는것으로 하여 저들의 핵전략, 세계전략이 파탄되는것을 두려워할것"[15]이라는 당시 정세에 대한 판단이 작용하기는 한다. 그러나 소설에서는 이러한 판단의 근거보다는 자주를 위한 개인의 '의지'가 더 중요하게 부각된다.

---

15) 『영생』, 195면.

특히 카터와의 회담 성공과 관련해서 회담 당사자의 인격이 강조되는 모습은 독자를 당황하게 만들기에 충분하다.

> 김일성 주석은 미국의 건국과 운명을 대표했던 죠지 워싱톤, 토마스 제퍼슨, 아브라함 링컨 3대 대통령을 다 합친 것보다 더 위대하다. 김일성 주석은 세계의 건국자들과 태양신을 다 합친 것보다 더 위대한 인간운명의 태양신이라는 것을 나는 서슴없이 말하게 되는 바이다.16)

회담을 마치고 남으로 내려간 카터는 기자들과 회견을 갖는데, 위 예문은 그 회담 내용 중 일부이다. 이에 덧붙여 카터는 핵 의혹과 함께 김일성에 대한 의혹이 모두 풀렸다고 말한다. 외교 문법을 떠나 상식적으로 이해할 수 없는 서술이다. 회견 후 김일성에 대한 평가는 '현시대의 예수', '아주 훌륭한 생애'17) 등으로 다양하게 표현된다. 『영생』의 저자들은 주로 자신들이 직접 개입하여 김일성의 위대함을 강조하는 방법을 쓰는데, 위에서는 특별히 카터의 입을 빌려 그 권위를 얻고자 한다.

농업 문제와 북미 회담이 죽기 전 김일성이 관심을 가진 국내외 문제였다면, 단군 능의 발굴과 그에 대한 김일성의 관심은 권력 승계와 북의 정통성 문제와 관련된다. 김일성은 평양에서 발견된 단군릉에 지대한 관심을 보인다. 무엇보다도 단군이 민족의 시조라는 사실 때문이다. 단군릉이 김일성의 고향인 평양에서 발견되었다는 사실도 그것이 강조되는 숨은 이유로 보인다. 또, 단군릉에 대한 북의 관심은 일회적인 데서 그치지 않는다. 김일성 사후 단군 문제는 점차 중요성이 더해진다. 북한에서 "김일성을 사회주의 조선의 시조로 받들고, 김정일이 '주체의

---

16) 『영생』, 265면.
17) 각각 『영생』, 266, 240면.

태양으로 영원히 받들어 나가는 김일성 민족'의 새로운 태양이라고 규정"18)하고 있는 것을 생각하면 단순한 소재 차원의 문제를 뛰어 넘는 다.『영생』의 창작 시기를 생각하면 단군에 대한 소설의 관심이 1994년 에 한정되는 것으로 느껴지지 않는다.

단군에 대한 강조는 이후에 벌어지는 단군 문학의 발전과도 연관이 있어 보인다. 단군 문학은 김일성 사후의 수령영생 문학으로 다시 이어 진다. 수령영생 문학은 "그를 단군과 비견하는 위인, 민족의 시조로 찬 양하는 것이다. 유훈 통치기에 단군과 관련된 신인 작가들의 소설이 여 러 편 발표되었는데 대부분이 단군과 김일성을 같은 반열에 올려놓고 이를 '조선민족 제일주의 정신'과 연결시키는 수법"19)으로 발전한다.『영 생』의 경우는 주인공이 살아 있을 때인 만큼 단군과 김일성의 동일시가 나타나기보다는 단군에 대한 그의 관심이 드러나는 수준에서 이야기가 그치고 있다.

4. 소설의 기억과 현실 정치

김일성의 사망이 '김정일 시대'의 새로운 개막을 의미하는 것은 사실 이었다. 하지만 김정일 정권의 공식적인 출범은 김일성의 죽은 지 4년 이 지난 1998년이었다. 김일성의 뜻을 이어 받아 김정일 시대 곧 선군 정치의 시대로 넘어가면서도 김일성의 영향력은 완전히 사라지지 않았 다. 특히 북은 김일성이 죽은 후 1998년까지 4년 동안을 '유훈통치' 시

---

18) 배성인,「김정일 시기 북한 문학의 특징」,『통일문제연구』43호, 2005, 290면.
19) 같은 글, 290면.

기라 하여 김일성 체제를 그대로 승계하는 것처럼 포장 하였다.[20] 『영생』은 이 유훈통치 시기에 창작된 소설일 뿐 아니라 소설 속 내용 역시 유훈 통치의 시작을 다루고 있다.

유훈 통치 시기는 기억의 통치 기간이라고 할 수 있다. 살아 있는 사람에 의한 판단이 아니라 죽은 사람의 뜻을 이어 받아 국가가 통치되는 특별한 시기이다. 물론 이는 살아 있는 사람, 정치적 실권을 장악한 사람의 정치적 의도에 의해 선전된 것이기는 하다. 그렇더라도 이를 표면적으로 드러내는 일은 매우 특이한 경우라 하지 않을 수 없다.[21]

과거에 얽매이는 사회적 분위기는 <총서>의 서사와도 통하는 면이 있다. 특히 시간문제에서 그러한데, <총서>의 시간은 미래로 열려 있지 않다. 과거에 얽매이는 시간이며 이를 통해 반복되는 현재를 살핀다. 이는 같은 일이 벌어진다는 의미에서 반복이 아니라, 사건이 갖는 의미를 규정하는 방식이나 사건을 해결하는 방식이 과거에 많이 기대고 있다는 뜻으로서의 반복이다. 이때 과거의 경험은 절대적으로 중요하고, 새로운 이들은 풍부한 과거 경험을 가진 이들에 비해 언제나 열등하다.

<총서>는 이데올로기 장치이자 통치 수단이다. 이때 중요한 의미를 갖는 것이 기억의 호출과 그것의 현실적 적용이다. 잘 알려져 있듯 소설은 기억의 형식이라는 점에서 역사와 통한다. 역사가 가진 기억의 특성과 소설이 가진 기억의 특성은 서구적 개념에서는 '허구'라는 기준에

---

20) 같은 글, 287면.

21) 김일성 사후 강조된 유훈 통치는 앞서 살펴본 북의 위기 상황을 역설적으로 보여준다고 할 수 있다. 이에 대해서는 다음 글을 참조할 만하다. "대외적으로 핵문제와 관련된 북미간의 갈등, 대내적으로 최악의 자연재해에 따른 식량난과 악화되는 경제난에 의해 위기설로까지 이어졌다. 이러한 대내외적인 체제불안 요인을 타파하기 위한 수단으로 김정일은 김일성의 유훈을 표방하며 군 위주의 통치 체제를 강화하게 된다."(김윤영, 「북한이 주장하는 '선군혁명문학'의 실체」, 『북한』, 2001.12, 162면.)

의해 나뉜다. 그런데 허구의 개념은 관점에 따라 크게 다를 수 있다. 사실주의에서 허구는 '거짓'과는 무관한 인과의 개념으로 사용된다. 거기에 효과적인 모방이라는 의미가 더해지면 허구는 사실과의 거리를 잃어버린다. 사실주의 문학과도 거리를 두고 있는 북의 '주체 문예'에서 허구는 '역사적 진실'에 위치를 내주게 된다. 문학 내적인 완결성보다는 현실과의 관계가 중심에 놓이게 되고, 역사와 사실의 경계는 매우 모호해진다. 역사를 극적인 재미를 줄 수 있도록 형상화하는 것이 문학에서 가장 중요한 문제가 된다.

이런 관점에서 볼 때 <총서>는 사적 기억의 역사화라고 말할 수 있다. 김일성이라는 개인의 역사가 곧 북의 역사가 되기 때문이다. <총서>에 따르면 역사적으로 중요한 시기, 중요한 자리에는 늘 김일성이 있었다. 때문에 그가 겪어온 역사가 현재의 북한을 형성하게 했다는 점에 아무런 의문도 제기할 수 없다. 이러한 생각은 공적 역사와 사적 역사의 경계를 지우고, 공적 기억과 사적 기억의 경계를 지우는 결과를 낳기 쉽다.

앞 장에서 살펴 본대로 『영생』의 경우도 개인에 대한 기억이 북의 현대사라는 공적 기억과 겹쳐지고 있음을 알 수 있다. 인민들에 대한 관심, 북미대화를 해결해가는 과정, 단군릉에 대한 김일성 개인의 관심은 역사의 방향과 사회 구성원의 운명을 좌우할 수 있을 만큼 중차대한 것으로 다루어진다. 그가 다루고 있는 사건이 개인의 문제가 아니고, 개인이 해결할 수도 없는 문제라는 상식은 소설의 작가나 독자 사이에 끼어들 틈이 없다. 과도한 책임감22)과 그에 대한 무한한 신뢰만이 드러날

---

22) 자신에게 주어진 일을 해야 한다고 주장하면서 김일성은 "내가 쉬면 나라가 서. 몸은 백두산에서 내려왔지만 마음은 아직도 백두산에서 내려오지 않았다."(『영생』, 231면)고 말한다. 물론 소설에서는 이것이 과도한 책임감이 아니라 김일성의 뭐

뿐이다.

그의 사적 기억은 서사의 전개에도 영향을 미친다. 비교적 최근의 시간을 다루고 있다는 점 때문으로 보이지만, 김일성은 과거의 인물들과 과거의 사건들에 대해 매우 큰 관심을 보인다. 현재의 일들을 과거의 사건을 통해 비추어보고 현재의 인물들을 과거 그들의 전 세대와의 연관을 통해 성격화하기도 한다. 앞서 다룬 천도산 관리 위원장 배련실은 물론, 옥도리 관리 위원장인 림경찬에 대해서는 "그가 림근상의 아들"이었음을 애써 강조한다. 김일성의 중요한 즐거움 중 하나가 유자녀들을 자주 만나는 일이라는 점에서도 이를 확인할 수 있다.[23]

다음 예문은 소설에서 과거의 기억이 가장 극적으로 표현되는 장면이다.

> 리대천은 편지와 사진을 집어 장군님께 드리였다. 그것은 수령님께서 김책동지와 나란히 찍으신 40여년전의 사진이었다. 편지봉투를 보니 그것도 가렬한 전쟁시기에 김책동지와 어느 한 항일투사가 수령님께 올린 편지였다.
> 수백수천번 꺼내보신듯 사진의 모서리가 닳아서 보풀이 일었다. 아마도 수령님께서는 기쁘거나 슬플 대, 힘겨우실 때 그리고 떠나간 동무들이 못 견디게 그리우실 때 이 사진, 이 편지를 들여다보며 천만가지 생각을 하시였으리라.[24]

어난 점으로 지적되고 있다.

23) 『영생』, 227면.

24) 『영생』, 466면. 이에 대해 한 평론에서는 "영결식 전날 일군들은 금수산 의사당 집무실 수령님의 금고에서 한 장의 사진, 해방 후 새 조국을 건설하는 길에서 우리 수령님께서 혁명전우 김책과 함께 찍으신 사진 한 장을 발견하였다."(김성복, 「다양한 시점에서 풍만하게 그려진 위인의 숭고한 인간세계」, 『조선문학』, 1999.11, 13면)고 그 의미를 상세히 설명한다. 역시 혁명전우, 새조국 건설이라는 과거가 강조된다.

김일성이 죽은 후 그의 집무실 금고를 열어보니 그 안에 사진이 한 장 남아 있었다. 위 글은 그 사진에 대한 설명이다. 소설은 사진의 의미를 강조하고 있으며 독자의 감동을 불러내기 위해 노력하고 있다. 금고 안에 든 사진이 가장 깊은 곳에 담긴 가장 소중한 기억이라는 느낌을 강요한다.[25] 앞서 현재의 문제를 과거의 사건을 통해 비추어본다는 점에서 <총서>의 시간관은 매우 특이하다고 지적한 바 있다. 김일성의 과거는 곧 역사이고, 김일성이 과거에 묶여 있는 한 북한 사회 자체가 과거에 묶여 있는 것이라 볼 수 있다.

사진은 소설에 등장하는 자잘한 기억들과는 비교할 수 없는 중요한 의미를 갖고 있다. 김책이라는 이름이 주는 무게 때문에 북한 사회 기원의 문제를 떠올리게 하기 때문이다. 위 예문을 통해 우리는 비록 정권 수립 60년이 되었지만 기원에 대한 자부심을 세우는 일을 그들이 매우 중요하게 생각한다는 사실을 알 수 있다. 이는 남에서 애써 정권의 기원을 지우려고 하는 것과는 대조되는 면이다.

일반적으로 현재의 정권은 자신의 권위나 권력을 유지하기 위해 기원을 지우는 방법을 사용한다. 권력의 기원에는 반란이나 우연 등 권력이 강조하기에는 껄끄러운 요소들이 많기 때문이다. 이에 비해 기원을 강조하는 이유는 기원이 가진 긍정적 가치가 현재를 유지하는 데 도움이 되기 때문이다. 역으로 말하면 현재가 과거에 비해 불안한 요소를 많이 가지고 있을 때 과거를 강조하게 된다. 인민의 충성이나 정권의 정통성을 강조하고자 할 때도 기원이 강조될 수 있다. 따라서 북한 사회나 <총서>가 기억의 정치에 의지하고 있다는 사실은 현재의 체제를

---

25) 이 부분은 오손 웰스의 영화 『시민 케인』을 떠올리게 한다. 이해하기 어려운 복잡한 인간성을 가진 신문왕 찰스 포스터 케인이 모든 성공에도 불구하고 어린 시절 어머니에게 받은 썰매를 일생동안 가장 소중히 여겼다는 것이 이 영화의 중심 서사이다.

유지하는 데 과거가 주는 도움이 크다는 의미로 해석해도 좋을 것이다. 기억 주체의 죽음을 다루고 있는 『영생』은 기억의 정치에 한 정점이 되는 소설이다.

기원은 가장 먼 역사라는 점에서도 주목할 만하다. 기원에 대한 강조는 현재에 대한 문제의식으로 이어지기보다는 확인하기 어려운 환상으로 작용할 가능성이 크다. 민족주의자들이 역사에서 굳이 고대사를 강조하는 이유와 크게 다르지 않다. 기원에 대한 강조는 단군릉에 대한 강조와 자연스럽게 이어지기도 한다. 이러한 이데올로기를 소설 속에서는 사진을 통해 강조한 것이다.

기억과 기원을 나타나기 위해 동원된 것이 김책의 사진이었다. 그런데 이 것 말고도 중요한 사진이 한 장 더 등장한다. 죽음을 맞기 이틀 전인 7월 5일 아침 김일성은 갑자기 과거의 어느 날을 떠올린다. 작가들은 맥락 없이 "그이께서는 불현듯 1946년 어느 여름날에 어리신 장군님에게 군복을 입혀안으시고 김정숙동지와 함께 사진을 찍으시던 일이 생각나시었다. 아드님에 대한 그리움을 무엇으로 다 표현할 수 있단 말인가."[26]라고 기술한다. 아들에 대한 사랑을 보여줌과 동시에 기원부터 함께 해온 김정일과의 관계가 강조한다. 김정일을 김책과 동일한 수준에서 이야기하고 있는 셈이다. 소설을 따르자면 김책과 김정일은 죽기 전까지 김일성의 마음속에 남아 있는 가장 아끼는 두 사람이었다.

---

26) 『영생』, 370면.

5. 『영생』의 주제와 의미

지금까지 <총서> 중 1994년부터 김일성이 사망하는 1997년 7월까지를 다룬 소설『영생』을 북한 현대사와 기억의 정치라는 관점에서 살펴보았다. 미학적 특징보다는 문학 외적인 요소들에 주목하였다.

제목이 의미하는 바와 같이 이 소설의 주제는 김일성의 죽음이다. 김일성의 죽음이라는 역사적 사실과 죽음을 맞이하는 북의 분위기, 거기에 앞서 죽기 전까지 인민을 위해 노력하는 김일성의 모습이 모여 하나의 주제를 이루는 소설이다. 그러나『영생』은 죽음을 단순한 종결로 보지 않는다는 데 '총서적' 특징이 있다. 소설 안에서 김정일은 "영결! 그것은 영원히 헤여진다는 말이다. 허나 우리 인민은 래일의 영결식을 통해 수령님과 헤어지는 것이 아니라 영원히 같이 있게 될 것이다."[27]라고 말한다.

소설에 자주 등장하는 유훈 통치라는 말은『영생』의 주제를 잘 보여준다고 할 수 있다. 김일성이 죽은 후 천도산에서 난 과일을 과일 구하기가 어려운 북쪽 인민에게 먼저 보내야 한다는 김일성의 유훈은 다른 무엇보다 우선해서 지켜진다. 그것이 가장 중요한 국사이기 때문이 아니라 죽기 전에 강조한 '유훈'이기 때문이다.『영생』을 다룬 평론에서도 소설의 의미를 "영생기원의 절절한 념원이 뜨겁게 담겨져 있다.", "수령님의 유훈교시관철에 산악같이 떨쳐 나섰다."[28]는 데 두고 있다.

북이 보여주는 반근대적 특징은 가족 공동체의 보존에서 출발한다. 김일성과 김정일의 세습 문제도 이러한 틀에서 생각해야 한다. 충과 효

---

27) 김성복, 앞의 글, 14면.
28) 최언경, 앞의 글, 49면.

의 문제라든지 사적 영역과 공적 영역의 구분 없음도 근대 안의 반근대라는 특성 안에서 설명된다고 할 수 있다.[29] 『영생』에서 드러나듯이 북의 인간관계는 개인과 개인의 사적인 관계로 이어져 있을 뿐 공적인 명분으로 이어져 있지는 않다. 김일성의 죽음을 보고 오덕실은 "장군님… 불효한 저희들이 수령님께 늘 걱정을 끼쳐드렸기 때문에 … 그래서… 수령님께서 돌아가셨습니다."[30]라고 말한다. 여전히 그들은 유격대처럼 커다란 적과 대결하고 있고, 그런 의미에서 언제나 위기를 건너고 있다. 위기를 벗어나기 전까지는 비상 체제가 가동되게 마련인데 『영생』은 지도자의 죽음으로 그 위기가 새삼스럽게 부각되는 장면을 다루고 있는 소설인 셈이다.

근대 안에서 유지되고 있는 반근대적 특징은 북만의 문제가 아니라 현실 사회주의권 모두의 문제이기도 했다. 근대화 과정 속 남한의 현실도 이와 크게 다르지 않았다. 그러나 그러한 시대는 언젠가 끝날 수밖에 없다. 보기에 따라 『영생』은 한 시대가 마무리되어야 할 자리에서 다시 시작을 이야기하는 독특한 소설이라 할 수 있다.

---

29) 물론 북한의 도덕관에 의한 충효사상은 유교 사상 그대로가 아니라 주체사상에 기초하고 있다. 북한에서 말하는 '충효'는 '수령, 당, 대중'의 통일체인 '사회 정치적 생명체'를 중심으로 한 수령에 대한 충효이다. 이런 시각에서 김정일은 어버이 수령에 대한 '충성의 화신', '충신의 귀감'으로 찬양되고 있다. 이에 대해서는 김윤영, 「북한 소설의 김정일 '수령형상창조' 연구」(『동남어문논집』 24집, 2007.11, 67면) 참조.
30) 『영생』, 449면.

저자 소개_김한식

충북 청원 출생.
고려대학교 국문과 및 동대학원 졸업. 문학 박사.
고려대학교 강사를 거쳐 현재 상명대학교 한국어문학과 교수.
저서에 『서정시의 운명』, 『현대문학사와 민족이라는 이념』, 『문학의 해부』, 『세계문학 여행-소설로 읽는 세계사』 등이 있음.

도시에서 살아남기—현대 도시성장소설 연구

초판 인쇄 2016년 6월 1일
초판 발행 2016년 6월 9일
지은이 김한식
펴낸이 이대현
편 집 오정대
펴낸곳 도서출판 역락
　　　　서울 서초구 동광로 46길 6-6 문창빌딩 2층
　　　　전화 02-3409-2058(영업부), 2060(편집부) | FAX 3409-2059
　　　　이메일 youkrack@hanmail.net
　　　　역락 블로그 http://blog.naver.com/youkrack3888

등 록 1999년 4월 19일 제303-2002-000014호

ISBN 979-11-5686-326-7 93810

정 가 22,000원

*파본은 구입처에서 교환해 드립니다.

이 도서의 국립중앙도서관 출판예정도서목록(CIP)은 서지정보유통지원시스템 홈페이지(http://seoji.nl.go.kr)와 국가자료공동목록시스템(http://www.nl.go.kr/kolisnet)에서 이용하실 수 있습니다.(CIP제어번호 : 2016013534)